EBTA

讓證據說話的技術分析（上）

Evidence Based Technical Analysis

大衛・艾隆森 David Aronson / 著

黃嘉斌 / 譯

寰宇出版股份有限公司

John Wiley & Sons, Inc.

Evidence Based Technical Analysis: David R. Aronson
Published by John Wiley & Sons.Inc.,Hoboken ,New Jersey.

目 錄
Contents

謝辭 Acknowledgments

一本書雖然標示著作者的名字，實際上是反映很多人的貢獻。我想藉此機會感謝一些人，沒有他們的幫助，本書將不可能出版。

首先要感謝提姆・馬斯特博士（Dr. Timothy Masters），我很榮幸已經認識他十年了。他耐心而明智的指導我，讓我能夠站在穩定的統計基礎上。提姆不只提供很多技術方面的資訊，也負責編寫程式，跑ATR法則實驗，並針對6,400個接受測試的法則做例行性的統計檢定。提姆也設計了蒙地卡羅排列方法（Monte Carlo permutation），這可以取代懷德（White）設計的現實檢視（Reality Check）方法，用以檢定資料探勘發現之最佳法則的統計顯著性。提姆非常大方地公開他的方法供大家使用，本書則是首先運用這種方法的出版品。

我另外要感謝一些人提供的協助，包括史都華・奧考洛夫斯基（Stuart Okorofsky）的電腦程式設計與約翰・沃伯格博士（Dr. John Wolberg）建構的資料庫，以及現實檢視方法的創始者郝伯特・懷德博士（Dr. Halbert White），麻州大學知識發現實驗室主任大衛・簡森教授（Professor David Jensen）。

我也要感謝下列這些人閱讀本書草稿，並提供許多珍貴的意見：Charles Neumann, Lance Rmbar, Dr. Samuel Aronson, Dennis Katz, Mayes Martin, George Butler, Dr. John Wolberg, Jay Bono, Dr.

Andre Shlefier, Dr. John Nofsinger, Doyle Delaney, Ken Byerly, James Kunstler, Kenny Rome。

特別感謝John Wiley & Sons的Kevin Commins，他能體會技術分析的重要性，以及Emilie Herman對於本書編輯的協助。感謝Michael Lisk與Laura Walsh。

導論
Introduction

技術分析是研究金融市場資料重複發生的型態，藉以預測未來的價格走勢[1]。技術分析包含很多方法、型態、訊號、指標與交易策略，各有其擁護者，他們都各自宣稱相關方法有效。

很多傳統或運用普遍的技術分析方法，其處境有些像醫學還沒有從民俗療法演變為科學之前的狀況。我們經常可以聽到這方面的生動描述與經過細心挑選的軼事，但很少看到客觀的統計證據。

本書的主要論述是：技術分析如果要展現其宣稱的功能，就必須被提升到嚴格的科學領域。科學方法是唯一能夠從市場資料內淬取有用知識的理性方法，也是判斷某種技術分析是否具備預測能力的唯一理性方法。我稱此為「證據為基礎的技術分析」（evidence-based technical analysis，EBTA）。透過客觀觀察與統計推論（換言之，採用科學方法），EBTA可以把神奇思考與盲目相信演變為隨機漫步的冷酷懷疑。

不論是技術分析或其他類似領域，要由科學角度切入，顯然不容易。科學結論往往不同於直覺觀察。過去，人們認為太陽圍繞著地球運轉，但科學資料顯示這種表面現象是錯的。憑藉著事物表象所歸納的知識，很容易發生錯誤，尤其是碰到複雜或高度隨機的現象，而此兩者正是金融市場行為的典型特色。科學方法雖然不能保證從浩瀚的市場資料內，提煉出珍貴的黃金，但不科學的方法幾乎一定會產生虛假的結果。

本書的第二個論述是：技術分析所提供的一些通俗智慧，並不能被視為有效知識。

重要定義：論述與主張，信念與知識

我已經使用了知識（knowledge）與信念（belief）這兩個名詞，但沒有做嚴格的定義。另外，本書還會使用一些重要名詞，以下準備做一些正式的定義。

知識的基本建構積木是陳述（declarative statement），也就是主張（claim）或論述（proposition）。陳述句是四種句型之一，另外還有驚嘆句、疑問句與命令句。陳述句不同於其他句型，在於其蘊含著真實性質，也就是說陳述句可以是真、不真、或許真、或許不真。

譬如說：「某超級市場正在特賣橘子，每打5美分」就是陳述句。它主張本地市場存在的一種事件狀態。這個陳述可能真或不真。反之，驚嘆句為「太棒了，真是好價錢！」命令句為「去幫我買一打。」疑問句為「橘子是什麼？」這些都沒有所謂真或不真的問題。

我們對於技術分析的研究，需要關心陳述句，譬如：「法則X具有預測功能」。我們想要做的，是判斷這個陳述是否直得我們相信。

當我說：「我相信X」，這代表什麼意思呢？一般情況下，「相信X」代表我們預期X會發生[2]。因此，如果我相信「橘子特賣價格每打5美分」的陳述，這代表如果我去這家商店，應該可以用5

美分買到一打橘子。反之，先前談到的驚嘆句或命令句，都沒有這種預期在內。

這代表什麼？任何陳述如果要成為信念的對象，則必須「蘊含著可供預期的事件」[3]。這類陳述稱為具備認知內涵（cognitive content）—— 傳遞某種可供認知的東西。「如果陳述不包含可供認知的東西，自然也就沒有可供相信的對象。」[4]

所有的陳述句雖然都應該具備認知內涵，但實際上並非如此。如果缺乏認知內涵的情況很明顯，那就不至於造成問題。舉例來說，「星期二的平方根是質數」[5]。這句話顯然沒有意義。可是，某些陳述句缺乏認知內涵的情況並不明顯。若是如此，那就會造成問題，讓我們誤以為該陳述蘊含著某種可供預期的主張，實際上卻沒有這種主張。這種虛假的陳述句，本質上是沒有意義的主張或空泛的論述。

沒有意義的主張雖然不是信念的有效對象，但還是有人相信。報紙上刊載的占星預測，或是一些健康保養品的含糊承諾，往往屬於這類沒有意義的主張。那些相信這些空泛論述的人，根本不清楚這些陳述沒有可供認知的內涵。

判斷一個陳述是否具備可供認知的內涵，或是否是信念的有效對象，關鍵在於霍爾（Hall）所謂的可資辨識之差別的檢定[6]（discernible-difference test）。具有認知內涵的言論，使其主張可以是真或不真；真或不真就是一種可供判斷的差別。這也是為什麼某些言論具備可相信的內涵，有些言論則不具備這類內涵[7]。換言之，某個論述如果能夠通過可資辨識之差別的檢定，則該論述為真而產生的預期，將不同於該論述為不真而產生的預期。

這種可資辨識之差別的檢定，可以運用於具有預測意圖的陳述。預測是有關未來知識的主張。如果預測具有認知內涵，應該可以清楚判斷其預測結果是真或不真。很多（如果不是大多數的話）技術分析從業人員提供的預測，往往不存在認知內涵。換言之，很多預測都太過含糊而不能判斷其對錯。

「橘子特賣價格每打5美分」，只要我到該市場，就能判斷這個陳述的對錯。就是這種可之辨識之差別，使得陳述得以被檢定。如同本書第3章討論的，在可之辨識之差別的基礎上檢定一項主張，這是科學方法的核心所在。

霍爾在他的著作《實際身處》（Practically Profound）內說明，在可資辨識之差別的檢定上，他為什麼認為佛洛伊德的心理分析毫無意義。

「佛洛伊德有關人類性慾發展的一些主張，往往與各種都能狀態吻合。舉例來說，我們不能有效確認或反駁『陽具嫉妒』（penis envy）或『閹割情結』（castration complex），因為解釋這些行為的正面或反面證據，並沒有可資辨識的差別。所謂的性心理壓力究竟是表達出來或受到壓抑，就會產生全然相反的行為。」「認知內涵的條件，排除了所有鬆散、不明確或妄想的（陰謀論）的陳述，如果該陳述為真或不為真之間，並不存在可資辨識之差別的話[8]。」同理，「智慧設計理論」（Intelligent Design Theory）也沒有可供認知的內涵，因為我們所觀察的生命不論具備哪種形式，都符合智慧設計者的概念[9]。

什麼是知識（knowledge）呢？知識可以定義為：有根據的真實信念（justified true belief）。因此，某個陳述如果被視為知識，不只必須是信念的對象而具有認知內涵，而且還要具備另外兩個條件。第一，必須是真的（或可能真的）。第二，該陳述必須有合理根據。所謂「有合理根據的信念」，是指該信念是根據明確證據所做的合理推論。

遠古時代的人們誤以為太陽是圍繞的地球運轉。顯然地，這些人並不具備正確的知識，但即使當時有人持著相反意見而主張地球圍繞著太陽運轉。雖然這個主張本身為真，但他仍然不具備知識。他的描述雖然吻合後來天文學家的證明，但他當時並沒有合理證據支持該信念。如果不具備合理的證據，真實的信念也不能被視為知識。相關的概念，請參考圖1.1。

根據前一段說明顯示，如果不能滿足知識的兩個必要條件，則屬於錯誤的信念或不真的知識。所以，錯誤的信念可能是因為主張無意義，也可能是因為主張雖然有意義，但不是根據明確證據所做的有效推理。

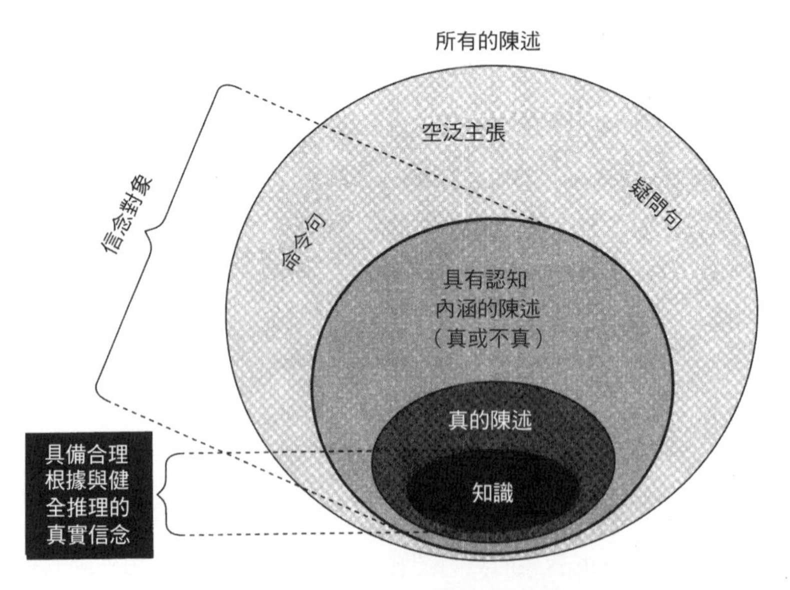

圖1.1　知識：具備合理根據的真實信念

可是，即使我們儘量避免犯錯，透過最明確的證據而採納最嚴謹的推論，最終還是可能產生錯誤的信念。換言之，我們可能在合理根據之下，相信錯誤的信念；採納在可供運用的證據，並透過符合邏輯的推理，而自以為掌握某種知識。「如果相關主張具備合理根據與嚴謹推理，則有資格說我『知道』。可是，這並不足以擔保我們真的知道[10]。」

當我們試圖透過可供觀察之證據而瞭解世界，則錯誤是不可避免的。所以，透過科學方法建構的知識，本質上是不確定、暫時的，但要比其他非正規方法取得之知識更明確一些。隨著時間經過，科學知識會演進，能夠愈來愈精確地描述事實。這是一種持續進行的程序。「證據為基礎的技術分析」（EBTA）是運用目前所能取得之證據，透過最嚴格的推理而所能夠得到的市場行為知識。

錯誤的技術分析知識：未受過嚴格訓練的代價

為了要說明一般技術分析提供的知識為何不足以信賴，首先要區分兩種型式的技術分析：主觀與客觀。這兩種處理方法都可能產生錯誤信念，但原因不同。

客觀的技術分析方法，具有非常明確而可重複進行的程序，訊號沒有模稜兩可之處。這種方法可以透過電腦運作，針對歷史資料進行測試。歷史測試結果可以接受嚴格的計量評估。

主觀的技術分析方法，則沒有明確的程序。由於內容相對含糊，有賴分析者本身的主觀解釋。因此，主觀技術分析不適合由電腦運作、也不適合做歷史測試，其績效當然也很難做客觀評估。基於這個緣故，我們很難拿出明確證據來駁斥主觀技術分析。

由EBTA的立場來看，主觀方法造成的問題很棘手。主觀技術分析大多提供沒有明確意義的主張，雖然沾染著認知內涵的假象。由於這類方法沒有明確說明如何運用，不同分析者根據相同一組資料所做的結論也可能大不相同。因此，這類方法提供的預測是否有用，原則上沒有辦法做判斷。傳統的圖形分析[11]、手工繪製的趨勢線、艾略特波浪理論[12]、甘氏型態……等都屬於這類範疇[13]。主觀技術分析是一種宗教，涉及信仰的問題。不論有多少經過挑選的驗證案例，都沒有辦法彌補這類方法的缺失。

雖然缺乏認知內涵，也不可能有明確的證據，但這類主觀方法還是不乏信徒。本書第2章解釋人類思維存在多方面瑕疵，即使沒有明確證據、甚至在明顯相反證據之下，還是可以產生堅強的信念。

客觀的技術分析也可能產生錯誤的信念，但架構是不同的。這些錯誤可以回溯到客觀證據的不當推論。請注意，一種客觀方法在歷史測試過程能夠提供利潤，並不足以證明該方法確實有效。歷史績效可能欺騙我們。某種預測方法的歷史測試成功，是該方法具備預測能力的必要條件，但不是充分條件。所以，歷史測試成功，並不代表未來運用就能夠獲利。

過去績效優異，可能是因為運氣，也可能是資料探勘造成的向上偏頗。歷史測試績效究竟是源自於運氣，或是好的方法，必須透過嚴格的統計推估來確定。這是本書第4章與第5章的討論主題。第6章將討論資料探勘偏頗的問題。關於資料探勘，如果處理正確的話，這是現代技術分析者取得知識的有效方法，但相關結果必須運用特殊的統計檢定。

EBTA爲何不同？

證據為基礎的技術分析（EBTA）有何不同於一般技術分析呢？首先，EBTA只考慮有意義的主張——能夠根據歷史資料進行檢定的方法。其次，EBTA採用精密的統計推論技巧，藉以判斷某種方法是否確實具備獲利效力。所以，EBTA的根本目的，是尋找確實有用的客觀方法。

EBTA排除任何形式的主觀判斷。主觀的技術分析甚至不能稱為錯誤，也就是說甚至連錯誤的資格都沒有。任何錯誤（不真）的陳述，至少必須具備能夠接受檢定的認知內涵。主觀技術分析的陳述並沒有這種內涵。乍看之下，這些陳述雖然似乎蘊含著知識，可是更進一步分析之後，將發現它們只有空泛的主張。

很多新世代產品的推銷，往往充滿這種空泛主張。他們宣稱，你只要戴上這種特殊金屬手鍊，就會調節體內的磁場，全身活力奔騰。你打高爾夫球的成績也會顯著進步，甚是可以改善愛情生活。可是，這些主張都沒有明確的內容，其宣稱的功能都不能接受檢定。換言之，我們沒有辦法利用客觀證據來證明這些主張正確或不正確。主觀的技術分析也是如此，它們不接受客觀證據的考驗。所以，它們落入信仰的範疇。

反之，有意義的主張可以接受檢定，因為其承諾是可衡量的。這些主張必須說明高爾夫球的成績會進步多少，活力會增進多少。我們可以透過實際資料來證明或反駁前述主張。

由EBTA的立場來看，主觀方法的倡導者面臨一些選擇：或是重新建構為客觀方法（如同某位艾略特波浪理論家建議的[14]），接受客觀資料的檢定；或者承認相關方法只能做為信仰的對象。甘氏線也許確實能夠提供有用的資訊；可是，就其目前的形式來說，我們拒絕承認這屬於知識範疇。

在客觀技術分析的領域裡，EBTA並不會輕易接受歷史檢定結果。相反地，任何歷史檢定都必須接受嚴格的統計評估，判斷其績效是否源自於運氣、是否存在偏頗？如同我們在第6章將討論的，很多情況下，優異的歷史測試績效只是資料探勘傻子的黃金。這可以解釋為何很多技術方法的歷史測試績效傑出，卻不適用於實際操作的原因。EBTA運用嚴謹的統計方法，儘可能資料探勘偏頗。

由傳統技術分析演變到證據為基礎的技術分析，其中也涉及專業道德意涵。對於分析師來說，不論其提供的服務形式如何，其所做的建議在道德上與法律上都應該要有合理的基礎，不該做沒有根據的主張[15]。可是，分析的合理基礎又是什麼呢？就是客觀的證據。主觀的技術分析方法不符合條件。在EBTA架構下提供的客觀技術分析，則合乎這種標準。

學術界的EBTA研究結果

證據為基礎的技術分析並不是什麼新玩意兒。過去20多年來，很多備受推崇的學術期刊[16]，曾經發表很多本書倡導之嚴格方法的技術分析論文[17]。這方面沒有一致性的結論，有些研究顯示技術分析沒用，有些則顯示有用。可是，每個研究都只就特定層面與特定資料而論，因此可能得到不同的結論。這是科學常有的現象。

以下列舉一些學術界的發現。如果由嚴格、客觀的方法處理，技術分析還是值得研究的。

• 有關實際股票價格走勢圖與隨機漫步程序所產生之價格走勢圖，

圖形分析專家沒有辦法區別兩者之間的差別[18]。

- 實際證據顯示，商品與外匯市場存在可供運用的客觀趨勢指標[19]。另外，順勢操作的投機客能夠賺取利潤，這點能夠由經濟理論解釋[20]，因為其行為使得商業交易者得以規避風險，把價格風險轉嫁給投機客。
- 簡單的技術法則不論個別使用或配合使用，如果運用於相對新公司構成的股價指數（例如：羅素2000或那斯達克綜合股價指數），可以產生統計上與經濟上顯著的利潤[21]。
- 神經網路配合簡單移動平均買-賣訊號法則而構成為非線性模型，運用於1897年到1988年的道瓊工業指數，顯示不錯的預測能力[22]。
- 簡單動能指標偵測到類股趨勢之後，相關趨勢還會持續發展而提供超額報酬[23]。
- 呈現相對強勢或相對弱勢的股票，隨後3～12個月內仍然會呈現相對強勢或相對弱勢的趨勢[24]。
- 創52週高價的美國股票，其表現優於其他股票。取當前股價與52週高價之差值作為技術指標，可以衡量未來走勢的相對表現[25]。這個指標運用在澳洲股票，其預測能力更佳[26]。
- 在外匯市場根據客觀方式檢定頭肩型態，顯示其預測能力很有限。表現甚至不如簡單的過濾法則。同樣的頭肩型態，如果運用於股票市場，並不能提供有用的資訊[27]。根據這種型態進行操作，績效類似隨機訊號。
- 對於股票交易來說，成交量數據可以提供有用的資訊[28]，能夠提高重大消息公布造成之價格大幅波動的獲利能力[29]。
- 透過電腦資料建構的模型，包括：神經網路、基因演算，以及其他統計學習或人工智慧方法，可以找到具有獲利能力的技術指標型態[30]。

我所批判的是哪類的技術分析？

我從1960年開始研究技術分析，當時年齡是15歲。高中與大學時代，我利用圈叉圖追蹤不少股票的走勢。1973年，我開始從事股票經紀業務，從這個時候開始也由專業立場採用技術分析，隨後又進入一家軟體開發的小公司雷登研究集團（Raden Research Group Inc.，專門從事金融市場電腦人工智慧學習與資料探勘的研究），最後則進入史匹爾-里茲-開洛格（Spear, Leeds & Kellogg）擔任專業股票交易員[31]。1988年，我取得市場技術協會頒發的市場技術分析師（Chartered Market Technician）資格。我個人收集的技術分析相關書籍超過300本。在這個領域內，我曾經發表10幾篇專業論文，也經常到處演講。目前，我在紐約市立大學巴魯奇學院（Baruch College）奇克林商學研究所（Zicklin School of Business）講授技術分析課程。我坦然承認自己過去所發表的論述與研究，大體上都不符合EBTA的標準，尤其是在統計顯著性與資料探勘偏頗方面。

服務於史匹爾-里茲-開洛格的5年期間內，實際操作績效讓我對於技術分析長期累積的信心開始產生懷疑。我所深信的東西，竟然會失靈到這種程度！到底是我個人的緣故，或是技術分析本身有問題？我在學術領域所受到的哲學訓練，促使我進一步思索。一直到我閱讀下列兩本書之後，終於相信自己的疑惑是有根據的：湯瑪斯．基洛維奇（Thomas Gilovich）的《我們如何瞭解事物並非如此》（How We Know What Isn't So），以及麥可．薛莫（Michael Shermer）

的《人們為何會相信荒誕不稽的玩意兒？》（Why People Believe Weird Things）。我的結論：包括我在內的技術分析者，知道一大堆莫名其妙的東西，相信一些荒誕不稽的玩意兒。

技術分析：藝術？科學？迷信？

技術分析圈子裡始終存在一種爭議：技術分析屬於科學或藝術？事實上，這個問題問得不好。比較適當的說法應該是：技術分析是建立在迷信或科學之上？在這個架構上，爭議就不存在了。

有些人認為，技術分析涉及太多細節與解釋，所以其知識不適合表達為可供科學檢定的格式。對於這種說法，我的回答是：不能檢定的技術分析，看起來好像是知識，實際上不然。這是屬於占星術、卜卦……等迷信的領域。

創造力與想像力是科學發展的要素。這對於技術分析也很重要。任何科學探索都起始於假說，新觀念或新想法可能源自於過去知識、經驗或單純直覺的刺激。好的科學方法應該在創造力與嚴格解析之間找到均衡點。海闊天空的想法，必須受到嚴格科學紀律的統轄，透過客觀檢定排除一些沒有價值的渣子。除非建立在現實世界上，否則新奇想法只能是人們遐想的對象，玄想將取代嚴格思索。

技術分析法則不太可能具備物理定律一樣的精確預測能力。金融市場本質上的隨機、複雜性質，使得這類的發展不太可能產生。可是，預測精確並不是科學不可缺少的必要條件。所謂科學，就是毫不妥協地認知與排除錯誤觀念。

我對於本書有四項期待。第一，我希望本書能夠刺激技術分析者之間的對話，最終讓這方面的學問能夠建構在更堅固的智識基礎上；第二，鼓勵有志者繼續朝這個方向拓展；第三，鼓勵技術分析使用者要求這方面的產品與服務提供更多的「牛肉」；第四，鼓勵技術分析者（不論專業與否）瞭解他們在機器—人性互動關係之間扮演的重要角色，這可以加速EBTA知識的發展。

無疑地，某些技術分析同業可能不會贊同本書的觀念。這是很好的現象。牡蠣經過沙子的刺激，才會孕育珍珠。我懇請這個領域的工作者，把精力發揮在真正的知識上，不要去防禦那些不可防禦的東西。

本書內容分為兩大部分。第一篇探討EBTA在方法論、哲學、心理學與統計學方面的基礎。第二篇則展示EBTA的一種處理方法：針對S＆P 500指數過去25年的歷史資料，檢定6,402種二元買一賣法則的結果。這些法則將採用一些專門處理資料探勘偏頗問題的檢定方法來做統計顯著程度的評估。

第I篇

方法論-心理學-哲學-統計學的基礎

第1章

客觀法則與其評估

本章準備介紹客觀的二元訊號法則（binary signaling rules），及其嚴格的評估方法。這可以做為非消息面訊號獲利能力的評估基準。另外也說明為何需要排除市場資料蘊含的趨勢因素，如此才能比較各種多—空部位法則的績效。

關鍵分野：客觀vs.主觀的技術分析

技術分析可以劃分為兩大部分：客觀與主觀。主觀的技術分析涉及一些沒有明確定義的方法與型態，其結論經常包含分析者個人的解釋。因此，兩位分析師即使運用相同技術分析方法於相同的市場資料，也可能產生截然不同的結論。所以，主觀方法是沒有辦法進行檢定的；換言之，我們沒有辦法使用實際資料來驗證這類方法的效用。主觀技術分析是各種神秘傳說孕育的溫床。

反之，客觀方法有明確的定義。客觀方法運用於市場資料，其訊號或預測絕對不會模稜兩可。所以，我們可以利用歷史資料做模擬，判斷客觀方法的績效程度。這種程序稱為歷史測試或檢定（back testing）。客觀方法的歷史檢定是可以重複進行的，能夠檢定某種陳述的獲利能力，或根據統計證據拒絕某項陳述。因此，我們可以判斷哪種客觀方法是實際有效的，哪些則否。

如何判斷某種方法究竟是客觀或主觀的呢？兩者之間的分野為電腦程式化準則（programmablility criterion）：某種方法是客觀的，若且唯若該方法可以建構成為電腦程式而產生明確的市場部位（多頭[1]、空頭[2]或中性[3]）。任何方法只要不能建構為這類的可執行程式，就屬於主觀方法。

技術分析法則

客觀技術分析方法也稱為機械性（mechanical）交易法則或交易系統。本書把所有的客觀技術分析方法都簡稱為法則。

法則也就是一種函數，把一項或多項資訊（稱為法則輸入因素）轉換為法則的輸出結果，也就是建議的市場部位（例如：多頭、空頭或中性部位）。法則輸入因素包含一種或多種金融市場時間序列。法則本身則是由數學邏輯運算因子構成，可以把輸入時間序列轉換為一種或多種市場部位的建議（多頭或空頭部位，或退場觀望）。法則的輸出結果通常表示為正／負數據（例如：+1或-1）。本書採納一般的習慣，正數代表多頭部位，負數代表空頭部位。請參考圖1.1，其中顯示法則如何把輸入時間序列轉換為輸出時間序列。

當法則的輸出序列數值變動時，稱為產生訊號。訊號代表有異於先前建議的市場部位變動。舉例來說，如果輸出結果由+1變為-1，代表結束既有的多頭部位，並且建立空頭部位。輸出結果的數值未必侷限為{+1,-1}。複雜法則的輸出數值可能介於+10到-10之間；換言之，部位規模具有相當彈性。舉例來說，+10可以代表10口銅契約多頭部位。如果輸出數值由+10變成+5，代表把多頭部位

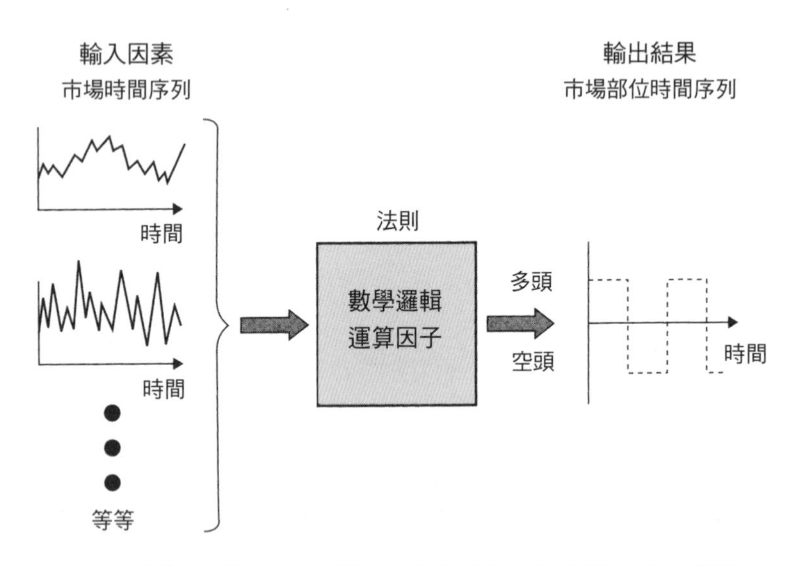

圖1.1 透過技術分析法則而把輸入時間序列轉換為市場部位的時間序列

由10口契約減少為5口契約。

二元法則與門檻

最簡單的法則可以提供二元輸出結果（binary output）。換言之，相關法則的輸出結果總共只有兩種可能數值，譬如：+1與-1。二元法則提供的兩個輸出結果也可以用來代表「多頭／中性」部位（+1與0），或代表「空頭／中性部位」（-1與0）。本書考慮的法則都屬於多頭／空頭的二元部位，數值分別為+1與-1。

採用二元多一空法則的投資策略，永遠會停留在市場內，或是持有多頭部位，或是持有空頭部位。這種法則，又稱為反轉法則（reversal rule），因為交易訊號永遠是讓多頭反轉為空頭，或讓空頭反轉為多頭。經過一段時間之後，反轉法則提供的訊號時間序列，將是由+1與-1交替構成的多、空部位數列。

至於界定交易法則的數學邏輯運算因子，其格式很多，但有一些共通主題，其中一個是所謂的門檻（threshold），這是界定輸入時間序列波動的某關鍵水準，代表資訊發生變動。由於輸入時間序列是由有效資訊與雜訊構成，門檻代表一種過濾有效資訊的濾網。

採納門檻的法則，當時間序列向上或向下穿越門檻，則產生訊號。這種關鍵事件可以透過不等關係（大於「>」或小於「<」）的邏輯運算因子界定。舉例來說，如果時間數列數值大於門檻，法則輸出＝+1，如果時間數列數值小於門檻，法則輸出＝-1。

門檻可以設定為固定值，或者其數值可以隨著時間序列波動而變動。如果時間序列展現趨勢，比較適合採用變動的門檻。資產價格（例如：S&P 500指數）與資產殖利率（例如：AAA級債券殖利率）通常存在趨勢，這種情況不適合採用固定數值的門檻。移動平均與亞歷山大反轉濾網（Alexander reversal filter），後者又稱為曲折濾網（zigzag filter），這些都是經常採用變動門檻的時間序列運算因子。關於法則採用之運算因子的討論，請參考本書第8章。

移動平均穿越法則是很典型的例子，說明具有趨勢之時間序列如何透過變動門檻來產生交易訊號。一般來說，當時間序列由某個方向穿越移動平均，就會產生訊號。舉例來說：

如果時間序列向上穿越移動平均，則交易法則輸出值＝+1；反之，如果時間序列向下穿越移動平均，則交易法則輸出值＝-1。

關於這個法則，請參考圖1.2。

由於移動平均穿越法則採用單一門檻，所以其產生的訊號必定互斥。對於特定的門檻，只可能發生兩種情況之一：時間序列或是位在移動平均之上，或位在移動平均之下[4]。而且這兩種情況也涵

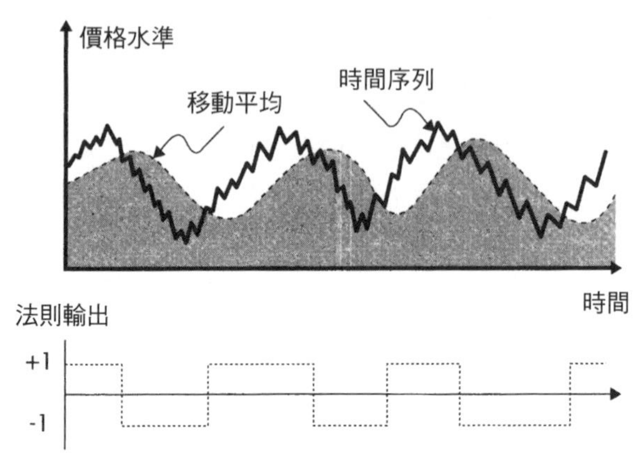

圖1.2　移動平均穿越法則

蓋所有可能情況[5]（換言之，沒有其他情況）。所以，交易訊號不可能彼此衝突。

如果時間序列不具備趨勢，法則可以採用固定數值的門檻。這類時間序列是平穩的（stationary）。事實上，平穩的時間序列存在嚴格的數學定義，但此處是泛指時間序列之數值隨著時間經過而做相對平穩的波動，整個結構大致呈現水平狀。技術分析玩家通常稱此這類時間序列為擺盪指標（oscillators）。

具備趨勢的時間序列，可以被剔除趨勢（detrended）。換言之，被剔除趨勢之後，這種沒有趨勢的時間序列將成為平穩的時間序列。關於剔除趨勢的方法，詳細討論請參考本書第8章，通常是取差值或比率。舉例來說，把時間序列除以其移動平均，結果會產生平穩的時間序列。一旦剔除趨勢之後，時間序列數值會波動於相對固定的數值區間之內，通常是圍繞在平均數上下波動。平穩的時間序列可以採用固定數值的門檻。圖1.3顯示一個固定數值門檻法則的例子，當時間數列大於75，法則輸出值為+1，否則為-1。

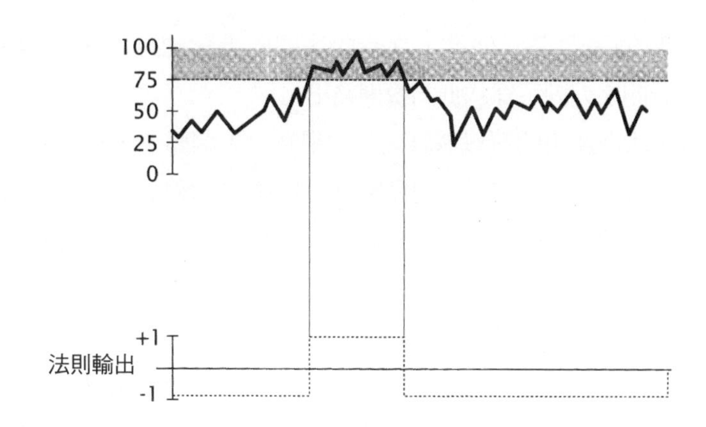

圖1.3　單一固定門檻的法則

多重門檻的二元法則

如同稍早提到的，對於單一門檻，二元法則的推演相當自然，因為門檻會界定兩個彼此互斥、互盡的結果：時間序列不是大於門檻，就是小於門檻。可是，如果採用多重門檻，也可以推演二元法則，但門檻如果不只一個，輸入時間序列就可能產生兩種以上的狀況。因此，多重門檻法則需要引用更複雜的邏輯運算因子，不能單單侷限於大於或小於（如同單一門檻的情況）。

如果有兩個或以上的門檻，時間序列就可能出現兩種以上的狀況。舉例來說，如果有兩個門檻（譬如說，高門檻與低門檻），時間序列就有三種可能狀況：大於高門檻、小於低門檻，以及介於高門檻與低門檻之間。這種情況下，如果要建構二元法則，就必須透過兩個互斥事件來界定法則。一個事件可以定義為時間序列由某個方向穿越某個門檻，另一個事件則定義為時間序列由另一個方向穿越另一個門檻。所以，當某個事件發生時，會產生一種法則輸出值，直到另一個事件發生為止（該事件與先前事件互斥），則引發另一個輸出值。舉例來說，當時間序列向上穿越高門檻則輸出+1，當時間序列向下穿越低門檻則輸出 -1。

這類法則運用的邏輯運算因子，稱為上下翻動（flip-flop）；換言之，某事件發生時，法則輸出值朝某個方向翻動，當另一個事件發生時，輸出值朝另一個方向翻動。翻動邏輯可以配合變動或固定門檻的法則。舉例來說，移動平均帶狀法則就是兩個變動門檻的法則，請參考圖1.4。對於這個例子，移動平均是夾在上限與下限之間，形成帶狀結構。上限與下限可以分別定義為移動平均 ±X%，或根據最近的價格波動率來決定帶狀寬度，後者通常稱為包寧傑帶狀[6]（Bollinger Band）（相關著作《包寧傑帶狀操作法》，請參閱寰宇出版公司）。當價格時間序列向上穿越帶狀上限，輸出值為+1。這個數值將持續維持，直到時間序列向下穿越帶狀下限，輸出值將變成-1。

當然，還有很多其他可能性。此處的主要目的，是舉例說明輸入時間序列如何轉換為輸出時間序列的市場部位。

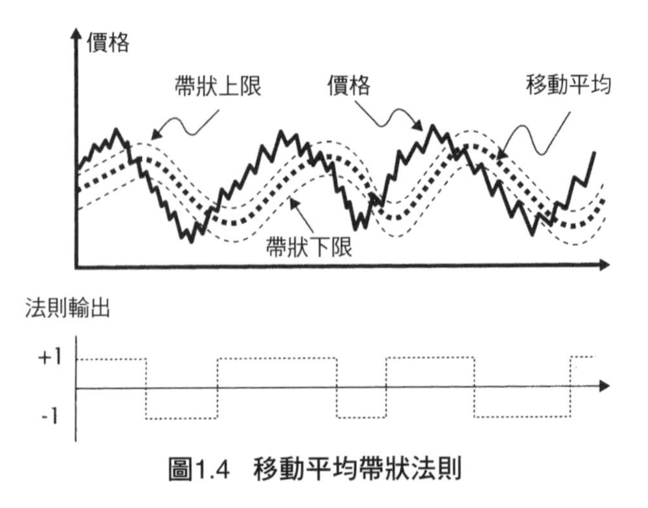

圖1.4　移動平均帶狀法則

對於門檻法則，海耶斯[7]（Hayes）又增添方向模式（directional modes）的維度。譬如說，他引用多重門檻於擴散指標[8]（diffusion indicator）的平穩時間序列。任何既定時間點上，該指標的模式是定義為指標讀數所在的區間，以及其最近的變動方向（例如：最近5週的向上或向下變動）。每個區間都由高門檻與低門檻（例如：60與40）界定。海耶斯將此引用於一種稱為Big Mo的擴散指標。根據兩個門檻與兩種變動方向（向上與向下），可以界定6種互斥的狀況。二元法則可以把某輸出值（例如：+1）指派給其中一種狀況，並且把另一種輸出值（例如：-1）指派給其他5種狀況。海耶斯表示，當擴散指標讀數大於60，而且方向朝上變動，這種模式的股票市場（價值線綜合股價指數）報酬年度水準為50%或以上。在1966年到2000年之間，這種情況發生的時間大約佔20%。可是，如果擴散指標讀數大於60而最近變動方向朝下，則市場年度報酬率為 0，發生的時間大約佔16%[9]。

傳統法則與顛倒法則

本書第II篇探討很多案例，評估6,400多種二元多-空法則運用於S&P 500指數的獲利結果。很多法則產生的市場部位，其觀念符合傳統技術分析原則。舉例來說，根據傳統技術分析理論，當價格時間序列大於移動平均，可以解釋為多頭趨勢（輸出值+1），如果價格小於移動平均，則解釋為空頭趨勢（輸出值-1）。我稱此為傳統的技術分析法則。

由於傳統技術分析的真實性頗值得懷疑，所以檢定法則的設定，可以與傳統解釋相反。換言之，對於傳統技術分析認為具備上升趨勢預測意義的型態，實際上可能代表未來價格將下跌。當然，另一種可能是前述兩者——傳統法則與顛倒法則——都不具備預測能力。

我們很容易辦到這點，只要根據傳統技術分析法則而把輸出結果顛倒就可以了。我稱此為顛倒法則（inverse rules），請參考圖1.5。傳統移動平均穿越法則的顛倒法則如下：當輸入時間序列位在移動平均之上，輸出值為-1；反之，當輸入時間序列位在移動平均之下，輸出值為+1。

我們還基於另外一個原因而需要考慮顛倒法則。本書第II篇檢定的很多法則，其輸入時間數列並不是股價指數，例如：BAA級與AAA級公司債的碼差。這種情況下，究竟如何解釋這些輸入時間序列，並沒有很明確的根據。所以，我們有必要把碼差上升與下降趨勢都考慮為買進訊號。這部分的詳細討論，請參考本書第8章。

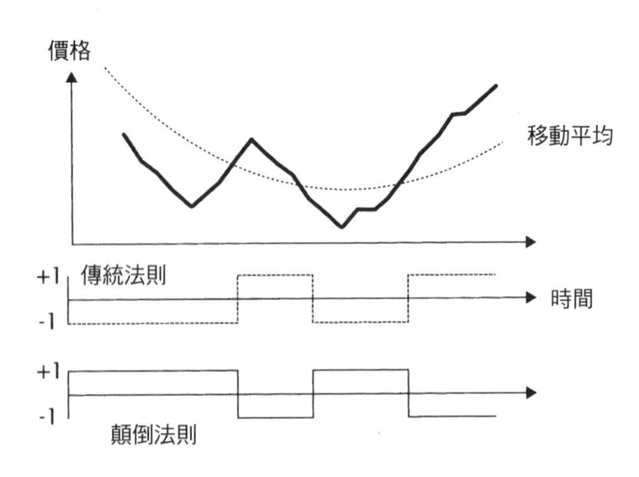

圖1.5　傳統法則與顛倒法則

法則評估的基準

很多情況下，績效只有相對意義。換言之，唯有跟某個基準作比較，績效才有意義。以田徑的推鉛球來說，成績應該與當天、全國或全世界的基準作比較，結果才有意義。如果某人的鉛球成績為42英尺，這未必有明確意義，但如果他過去的最佳成績為23英尺，則43英尺顯然代表意義非凡的表現。

法則評估的情況也是如此。績效唯有與相關基準作比較，結果才有明確意義。單純說某個法則的歷史測試績效顯示報酬率為10％，這並沒有太大意義。對於相同一組資料，其他法則的測試績效可能顯示30％的報酬率，若是如此，則報酬率10％算是比較差的成績。反之，如果其他法則都幾乎不能獲利，則10％就屬於十分優異的表現。

評估技術分析法則的績效，應該採用什麼基準呢？某技術法則必須超過什麼標準，才算得上優異呢？可供運用的合理標準相當多。本書定義的標準，是完全沒有預測能力的法則（換言之，隨機產生之訊號）。這符合很多科學領域的慣例。對於醫藥來說，某種新藥物的表現必須顯著勝過安慰劑（糖錠），才能視為有效。當然，正常情況下，投資人應該挑選更高而不是更低的標準。另一些經常採用的標準，包括：無風險報酬、買進-持有策略的報酬、目前使用法則的報酬，以及其他。

事實上，某個法則僅僅勝過基準，未必算得上優異的法則。法則唯有顯著勝過比較基準，才能排除運氣的成分。對於特定的樣本資料，一種完全沒有預測能力的法則，很可能純粹因為運氣而勝過基準。因此，如果希望超過基準的程度足以排除運氣的成分，則涉及了統計顯著性（statistical significance）的問題。本書第4、第5與第6章會探討這方面的細節。

如果我們同意比較基準是沒有預測能力之法則的報酬，那還會面臨另一個問題：沒有預測能力的法則，其報酬水準應該如何呢？乍看之下，這個問題的答案應該很明顯，「零」似乎是相當合理的答案。可是，這個問題唯有擺在相當明確的外在條件之下，我們才能思考其答案。

事實上，沒有預測能力的法則，期望報酬可能顯著不同於零，因為法則的表現可能受到一些與預測能力完全無關的因素影響。

相關效應：部位偏頗與歷史測試期間的市場趨勢

法則的歷史測試績效，實際上是由兩個獨立成分構成。其中一個成分是來自於法則的預測能力（如果有的話）。這是本書的研究主題。第二種成分則是來自於兩種與預測能力無關的因素：（1）法則的多／空部位偏頗，（2）歷史測試期間的市場淨趨勢。

如果想要評估法則的預測能力，就必須考慮前述第二種成分可能造成的重大影響。這部分影響可能造成某個完全沒有預測能力的法則，產生正數的平均報酬，也可能讓具備預測能力的法則，產生負數的平均報酬。除非移除這個績效成分，否則就不能正確評估法則的預測能力。讓我們分別考慮這個成分包含的兩種因素。

第一個因素是法則的多／空部位偏頗。這是指測試期間內，法則輸出狀態為+1與-1分別佔據的時間百分率。如果其中一種輸出狀態佔據測試期間的百分率，顯著超過另一種輸出狀態，則部位存在偏頗。舉例來說，如果測試期間內大多持有多頭部位，則相關法則存在多頭部位偏頗。

第二個因素是歷史測試期間內的市場淨趨勢，也就是市場價格的每天平均變動量。如果市場淨趨勢不等於零，而且法則又存在多／空部位偏頗，法則績效就會受到預測能力以外因素的影響。這種情況下，法則的歷史測試績效，可能超過或低於其預測能力的表現程度。可是，這兩個因素——市場淨趨勢與多／空部位偏頗——只要不是同時存在，法則的歷史測試績效就會完全反應其預測能力（加上隨機雜訊）。我們稍後會透過數學方式說明這點。

讓我們舉例說明相關情況。設想某種技術分析法則存在多頭部位偏頗，但完全沒有預測能力。假定交易訊號是由輪盤提供。為了讓法則存在多頭部位偏頗，輪盤產生+1的機會必須大於-1。假定輪盤總共有100個槽，其中有75個槽屬於+1，25個槽屬於-1。歷史測試期間內，每天都轉動輪盤決定當天的輸出值，+1代表多頭部位，-1代表空頭部位。大體上來說，測試期間內，持有多頭部位的時間佔75%，空頭部位持有時間佔25%。另外，測試期間內，如果市場價格的每天平均變動量大於零（換言之，市場淨趨勢向上），則前述法則的期望報酬大於零，雖然該法則不具備預測能力。我們可以利用隨機變數期望值的公式（稍後討論），計算這個法則的期望報酬。

沒有預測能力的法則，期望報酬可能為正數。同理，如果部位偏頗與市場淨趨勢的方向相反，則具備預測能力的法則，期望報酬可能為負數，因為部位偏頗與市場淨趨勢的綜合效力，可能足以抵銷法則的預測能力。這部分討論清楚顯示，如果我們要發展一種衡量法則績效的基準，就必須設法排除市場趨勢與部位偏頗的交互影響。乍看之下，一種具有多頭偏頗的法則，如果擺在上升趨勢的市場內進行測試，就會展現其預測能力。可是，實際上，未必如此。

法則存在多頭偏頗，是因為其多頭與空頭訊號的定義方式。如果法則比較容易產生多頭訊號，則持有多頭部位的時間百分率，就比較容易超過空頭部位持有時間百分率（假定其他條件都不變）。這種情況下，如果測試期間的市場淨趨勢朝上，多頭偏頗法則的績效顯然會得到助力。反之，如果法則比較容易產生空頭訊號，則該法則運用於市場淨趨勢朝下的測試期間，空頭偏頗法則的績效會得到助力。

讀者可能想知道，法則定義如何導致部位多／空偏頗呢？這個問題值得稍微解釋一下。本書考慮的法則類型，都屬於二元反轉法則，永遠會在市場上持有多頭或空頭部位。這種情況下，如果法則的多頭（+1）條件相對容易滿足，則意味著空頭（-1）條件相對不容易滿足。換言之，產生-1的輸出狀態相對不容易發生，所以該法則持有多頭部位的時間佔有百分率相對多於空頭部位。當然，如果法則重新定義，我們也可以讓前述情況變成相反，使得空頭條件相對容易滿足。假定其他條件都不變，這類法則推薦的空頭部位相對超過多頭部位。本書的宗旨是評估法則的預測能力，所以我們不希望這方面評估受到法則多、空條件滿足容易程度的影響。

讓我們考慮一個空頭條件相當嚴格而多頭條件頗寬鬆的法則。這個法則的輸入資料為道瓊運輸指數，所產生的部位則建立在S＆P 500指數[10]。此處考慮道瓊運輸指數的移動平均帶狀法則，帶狀寬度為 ± 3%；每當道瓊運輸指數低於移動平均帶狀下限（根據定義，這屬於相對罕見的情況），則建立S＆P 500空頭部位；否則持有S＆P 500多頭部位。請參考圖1.6，這顯然是一個具有多頭偏頗的法則；測試期間內，如果S＆P500呈現上升趨勢，則該法則的獲利能力顯然會受惠於多頭偏頗。

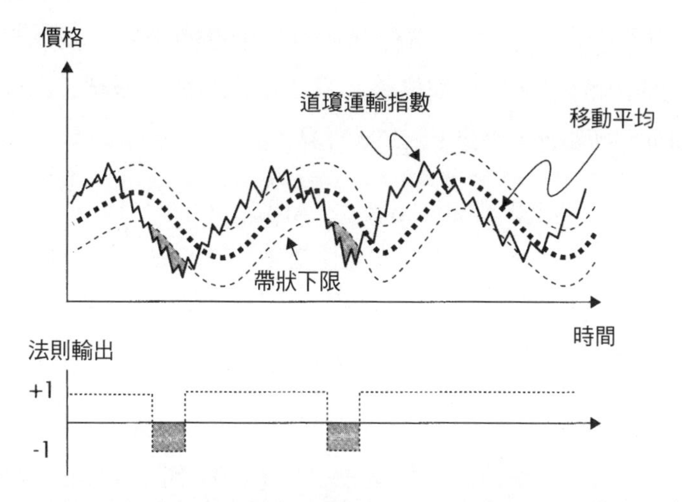

圖1.6 法則：空頭條件嚴格，存在多頭部位偏頗

現在，讓我們考慮兩種二元反轉法則的歷史測試，這兩種法則分別稱為法則1與法則2。測試資料為S＆P500指數，期間介於1976年月1日到2004年12月。這段期間內，S＆P 500的每天平均複利報酬為+0.035％，換算為年度化利率+9.21897％。假定法則1持有多頭部位的時間佔90％，法則2佔60％。另外，假定兩個法則都完全沒有預測能力，不妨假定輸出結果是由輪盤決定，輪盤有100個槽，法則1有90個槽屬於+1，10個槽屬於-1，法則2有60個槽屬於+1，40個槽屬於-1。根據大數法則[11]，在整個測試期間的7,000個交易日內，法則1持有多頭部位的時間大約是90％，法則 2持有多頭部位的時間則大約是60％。這兩個法則雖然存在不同程度的多頭偏頗，但完全沒有預測能力。雖說如此，兩種法則的期望報酬差異頗大。

法則的期望報酬取決於三個數量：（1）部位持有多頭部位的

時間百分率,(2)部位持有空頭部位的時間百分率,(3)歷史測試期間內的每天平均價格變動量。法則的期望報酬(expected return,簡稱ER)根據下列公式計算。

期望報酬ER = [p (L) × ADC]-[p(S) × ADC]

其中,p (L)代表多頭部位發生機率(持有多頭部位的時間百分率),p(S) 代表空頭部位發生機率(持有空頭部位的時間百分率),ADC:市場價格的平均每天變動量。

根據這個公式,法則1的期望報酬是每天0.028%,年度化報酬率為7.31%[12]。法則2的期望報酬為每天0.007%,年度化報酬率為1.78%[13]。這個例子說明歷史績效可能造成兩方面的誤解。第一,兩種法則的報酬都為正數,但我們知道兩者都沒有預測能力。第二,法則看起來優於法則2,其實兩者不相上下,兩者都沒有預測能力。

實際檢定法則的時候,我們可以透過一種方法排除部位偏頗與市場趨勢造成的影響。把相關法則的報酬,減掉某種具備相同部位偏頗而不具預測能力之法則的期望報酬。舉例來說,假定我們不知道法則1與法則2沒有預測能力。我們只知道兩者的歷史部位偏頗分別為90%與60%,而且知道歷史測試期間的市場每天平均報酬。這種情況下,我們可以計算這兩種法則在測試期間內的實際報酬,結果法則1與法則2的報酬分別為7.31%與1.78%。然後,我們可以根據前述公式,計算p(L)與p(S)分別為90%與10%,以及分別為60%與40%的無預測能力法則期望報酬,結果分別為7.31%與1.78%。因此,把法則1與法則2的實際報酬,分別減掉具備相同部位偏頗而不具預測能力之法則的期望報酬,結果兩者的報酬都是零,意味著兩者都不具備預測能力。

總之，把歷史測試期間實際的報酬，減掉具備對等部位偏頗而不具預測能力之法則的期望報酬，就可以移除與法則預測能力無關的報酬成分。換言之，我們可以把比較基準，定義為任何具備對等部位偏頗而不具預測能力之法則的期望報酬。

簡單的解決辦法：剔除市場資料趨勢

前述程序頗為繁瑣，如果接受檢定的法則數量很多，實際作業恐怕有困難，因為每個法則都必須根據特定的部位偏頗，計算個別的比較基準。很幸運地，我們還有其他處理辦法。

比較簡單的辦法，是把準備接受檢定的市場資料（譬如說，S&P 500指數）預先抽離趨勢。請注意，我們需要特別強調，抽離趨勢的資料只用來計算法則的報酬。如果相同的資料也作為法則的輸入時間序列，則不能使用抽離趨勢的資料來提供交易訊號。換言之，訊號必須來自實際的市場資料（不是抽離趨勢之後的資料）。

抽離趨勢是一種簡單的轉換程序，如此產生的新市場資料，其價格的每天平均變動量為零。如同稍早提到的，如果交易市場在測試期間內不存在淨趨勢，法則部位偏頗就不會造成績效扭曲。所以，如果報酬是根據抽離趨勢之後的市場資料計算，不具備預測能力的法則（換言之，比較基準），其期望報酬為零。因此，具備預測能力的法則，根據抽離趨勢之後的市場資料計算，期望報酬大於零。

市場資料如何抽離趨勢呢？首先決定歷史測試期間內，市場資料的每天平均價格變動量。然後，把每天的價格資料減去前述平均變動量。

請注意，抽離趨勢之後的市場資料，以及先前討論的，把法則報酬減去具備對等部位偏頗而不具預測能力之法則的期望報酬，這兩種方法在數學上是對等的。關於這個結論，本書附錄提供數學證明，但各位稍微思考一下，就不難瞭解其中關連：如果測試期間內的市場價格每天平均變動量為零，則不具備預測能力之法則的期望報酬為零，不論該法則的多／空部位偏頗如何。

為了說明這點，讓我們回頭觀察隨機變數期望報酬的計算公式。請注意，如果市場價格的平均每天變動量（ADC）為零，則不論部位偏頗程度如何〔換言之，不論 p(L) 或 p(S) 如何〕，期望報酬（ER）都是零。

期望報酬ER = [p(L) × ADC]-[p(S) × ADC]

舉例來說，如果 p (L) 為60%，p(S) 為40%，期望報酬 = [0.6 × 0]-[0.4 × 0] = 0。反之，如果法則具備預測能力，根據抽離趨勢市場資料計算的期望報酬大於零。這項正數報酬顯示法則的多、空部位是其來有自的，不是隨機的。

運用每天價格比率的對數值而不是百分率

截至目前為止，我們考慮的法則報酬或市場報酬，都是以百分率表示。這在解釋上比較單純。可是，利用百分率表示的報酬存在一些問題。如果採用每天價格比率的對數值，就可以避免發生這些問題：

$$\log\left(\frac{\text{當天價格}}{\text{前一天價格}}\right)$$

對於對數為基礎的報酬，抽離趨勢的方法也如同百分率報酬一樣。計算測試期間內，交易市場每天價格比率對數值的平均數。然後，把每天價格比率的對數值，減去前述平均數，結果就是抽離趨勢之後的每天市場報酬資料。

其他細節：展望偏頗與交易成本

俗話說得好，魔鬼存活在細節裡。法則檢定就是典型的例子。歷史檢定還需要考慮兩個因素，否則不足以確保其精確性。首先是展望偏頗（look-ahead bias）與其相關問題，以及設定的執行價格，第二是交易成本。

展望偏頗與設定的執行價格

展望偏頗[14]也稱為「洩漏未來資訊」（leakage of future information）；換言之，歷史測試期間內，某時間點運用的資訊，實際上並不是該時間點所能夠知道的資訊。法則產生訊號所運用的資訊，並不是訊號產生當時所能夠知道的資訊。

很多情況下，這個問題是很微妙而難以察覺的。如果沒有察覺這方面的問題，法則的檢定績效可能嚴重高估。舉例來說，某個法則運用收盤價或收盤之後才能知道的任何輸入資料。這種情況下，顯然沒有理由在盤中運用涉及當天收盤價的訊號，否則結果就存在展望偏頗。事實上，這類訊號的最早可能執行機會是隔天的開盤價（假定採用每天的價格資料）。本書第II篇檢定的所有法則，所採用的市場資料都是每個交易日收盤後的資料。因此，這些法則檢定假定的執行價格都是隔天的開盤價。這意味著法則當天（日期0）的報酬，等於日期0收盤的法則輸出值（+1或-1），乘以隔天（日期+1）

開盤價到再隔天（日期+2）開盤價之間的市場價格變動。市場價格變動是取價格比率的對數值，也就是日期$_{+2}$與日期$_{+1}$之開盤價比率的對數值，如同下列方程式顯示者：

$$Pos_0 \times \text{Log}\left(\frac{O_{+2}}{O_{+1}}\right)$$

其中，POS$_0$代表日期$_0$收盤的法則市場部位，O$_{+1}$代表日期$_{+1}$的S＆P 500開盤價，O$_{+2}$代表日期$_{+2}$的S＆P 500開盤價。

前述報酬抽離測試期間的趨勢之後，結果將是：

$$Pos_0 \times \left(\text{Log}\left(\frac{O_{+2}}{O_{+1}}\right) - \text{ALR}\right)$$

其中，POS$_0$代表日期$_0$收盤的法則市場部位，O$_{+1}$代表日期$_{+1}$的S＆P 500開盤價，O$_{+2}$代表日期$_{+2}$的S＆P 500開盤價，ALR代表測試期間的平均對數報酬（average log return）。

法則運用的輸入資料，其公布時間如果落後或做後續修正，也可能產生展望偏頗的問題。舉例來說，某法則的歷史測試如果運用共同基金的現金數據[15]，由於這些資料公布大約有2個星期的時間落後，所以法則必須把時間落後的因素考慮在內，否則就會發生展望偏頗的問題。至於本書檢定的法則，都沒有運用時間落後或做後續修正的資料。

交易成本

歷史測試是否應該把交易成本考慮在內？如果歷史測試的目的，是要運用法則於實際交易，那麼前述問題的答案很明顯。舉例來說，訊號頻率很高的法則，其交易成本勢必相對偏高，績效比較必須考慮這方面的因素。交易成本包括經紀商手續費與滑移價差（slippage）。滑移價差是買進-賣出報價之間的價差，還有交易指令執行對於行情造成的影響（換言之，買進會造成價格上漲，賣出會造成價格下跌）。

可是，如果法則檢定的目的，是要評估法則的預測能力，則把交易成本考慮在內，就會影響這方面評估的精確性。就本書來說，由於我們是要評估法則的預測能力，並不打算把相關法則運用於實際交易，所以都不考慮交易成本。

第2章

主觀技術分析的效力錯覺

瘋子與騙子之間的差別，在於騙子知道自己欺騙，瘋子則否。

— Martin Gardner

本章的宗旨有二：第一，鼓勵讀者在態度上懷疑主觀技術分析，因為這是由不能接受檢定、沒有認知內涵的論述構成。第二，強調技術分析領域需要透過客觀而嚴格的方法取得知識，克服人們經常相信一些缺乏明確證據、甚至證據相互矛盾之論述的習慣。

除了一些涉及信仰的事物之外，多數人都認為自己的信念，是根據合理證據所做之合理推論的結果。我們的知識是來自於我們相信為真的東西，因為這些都是根據適當證據所做的正確推論[1]。我們知道冰淇淋是冰的、地心引力確實存在、某些狗會咬人，因為我們有第一手的經驗，但如果沒有時間或沒有辦法直接取得相關知識，我們就非常願意相信我們認為可靠的第二手資訊來源。

不幸地，我們的很多信念都是錯的。不知不覺地，透過如同呼息一般的自然程序，我們在沒有可靠證據、理性推論的情況下，採納了各式各樣的信念。根據這方面的研究資料顯示，這是源自於各種認知錯誤、偏頗與錯覺。這是很嚴重的瑕疵，因為某種謬誤概念一旦被採納之後，通常都很難排除，即使有明確證據顯示其錯誤也一樣。謬誤概念難以革除，也是源自於各種認知錯誤，導致我們會袒護既有的信念。

即使經過釐清之後，很多錯覺也很難改正。讓我們舉例說明這點，請參考圖2.1。線段A看起來要比線段B來得長，但實際用尺衡量，兩者的長度實際上是一樣的。可是，即使經過說明，還是不能真正排除這類的錯覺。眼見未必可靠。

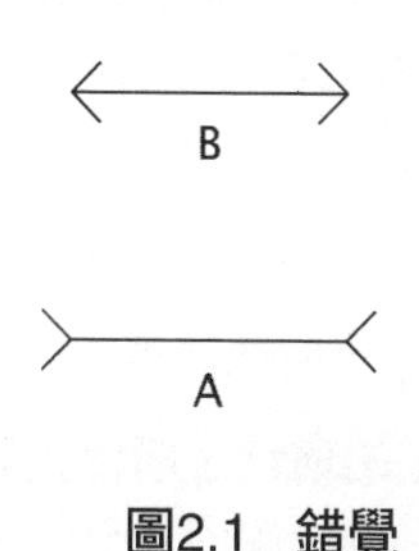

圖2.1 錯覺

圖2.2是另一個錯覺例子[2]。右側的桌子，其桌面看起來比較長。可是，如果實際用尺衡量，將發現兩張桌子的桌面大小相同。

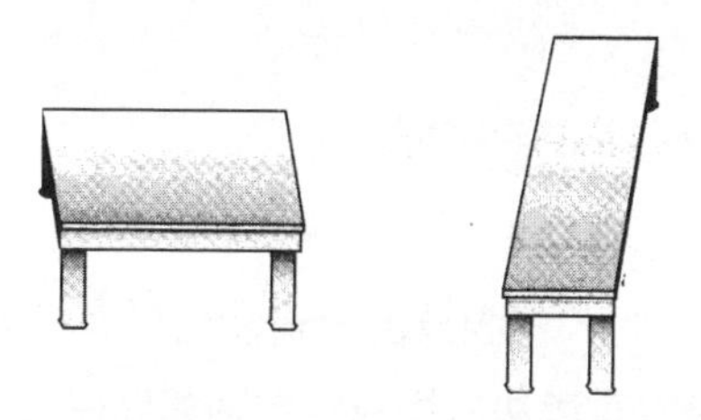

圖2.2 兩張桌子的桌面大小與形狀都相同

取自 Roger N. Shepard 的 Mind Sights。資料引用經過 Henry Holt and Company, LLC 許可。

正常情況下，人類大腦解釋的感知，可以提供有關外在世界的精確信念。適者生存的的演化壓力，確保這種重要能力得以發展。可是，人類大腦／視覺系統的適應情況雖然很好，畢竟還是有缺失的。在相對惡劣而超出演化架構範圍之外的情況下，這套系統還是可能出差錯。

就如同感知可能出現錯覺一樣，人類的知識也可能發生錯覺。有些論證看起來像是有效，實際不然，就如同感知錯覺一樣，謬誤的知識經常發生在人類認知能力演化的正常範圍之外。在這類不當條件之下，人類通常有效的學習策略將喪失應有功能，於是「知道」一些實際不然的東西[3]。

過去30多年來，認知心理學發現，錯誤知識經常是我們在複雜而不確定的環境下，處理資訊所造成的系統性錯誤（偏頗）。金融市場屬於複雜而高度不確定的環境，所以我們的主觀資訊分析導致知識錯覺也就不奇怪了。

系統性錯誤不同於隨機錯誤；類似的環境之下，系統性錯誤會重複發生。這應該算是好消息，因為這類錯誤是可預測的，因此也就可以採取防範步驟。第一個步驟，就是瞭解這類錯誤是常見的。

主觀技術分析不是正統知識

如同第1章定義的，主觀技術分析涵蓋所有內容模糊的技術分析方法，這些知識沒有辦法轉換成為電腦運算程式而供歷史檢定之用。主觀技術分析的範圍雖然很廣，但具備一項共通特徵：金融市場的相關知識可以透過不正式、不科學的方法取得。我認為這種信念是錯誤的。

本書導論提到，主觀技術分析知識不能視之為錯誤，因為某種方法是錯誤的，意味著該方法能夠接受檢定而產生矛盾的客觀證據。主觀技術分析得以不受經驗資料挑戰，因為這類方法是沒有辦法檢定的。所以，主觀技術分析知識並不是錯誤，而是毫無意義。

對於那些無法檢定的信念，我們只能透過信仰、傳奇證據或權威斷言而接受。所以，主觀技術分析就如同占星學、卜卦算命、另類療法或其他不能接受檢定之陳述一樣，不應該被視為有效的知識。

可是，很多技術分析專家與使用者堅決相信主觀方法的效力，如果旁人提出質疑，他們都會宣稱其信念是根據與證據的。我認為，這些人都犯了一般的認知錯誤，採用不科學方法從事傳統技術分析。

技術分析當然不是遭到不科學方法肆虐的唯一領域。醫學與心理學也同樣受到錯誤知識的困擾，而且影響更為嚴重。有一種方興未艾的運動，稱為證據為基礎的醫學，其訴求得到眾多醫生們的肯定，他們只採用效力經過驗證的方法。心理醫療也出現類似的運動。有一本期刊稱為《心智健康執業科學評論》[4]（Scientific Review of Mental Health Practice）強調其宗旨，就是排除沒有根據、不能接受驗證的醫療方法。不幸地，一般的醫生與治療師非常不可能會放棄根深蒂固的習慣。舊有的信念很難改變。可是，年輕醫生的彈性比較大，或許能夠被說服；如此一來，病人就可以受惠於這些經過證明的有效方法。

本章主題雖然是批評主觀的技術分析，但客觀技術分析也難免受到錯誤知識影響。可是，兩者的錯誤來源不同。主觀技術分析的問題，是缺乏量化的證據，但客觀技術分析則可能經由量化證據做出錯誤的推論。這方面的問題與解決辦法，請參考本書第6章的討論。

個人軼事：首先是技術分析的信仰者，其次是懷疑者。

一本探討計量、客觀證據之必要性的書，談到個人的軼事或許難免讓人覺得奇怪。可是，我還是打算談談自己在這方面的歷程，由最初堅信技術分析，然後信念瓦解，最後又由懷疑論者重新擁抱技術分析，秉持著最嚴謹的態度從事研究。

最初接觸技術分析，當時還只有十幾歲，很想相信這方面的陳述都是真的。運用走勢圖型態投資賺錢，似乎頗為神奇，但應該是可能的。在此之前，我的收入都是來自於暑假除草，在長島北岸挖牡蠣，在本地度假區域工作。我雖然不排斥出賣體力的工作，但如果能夠坐辦公室賺錢，那還是頗有吸引力的。

如同多數技術分析信徒一樣，我最初的信念都不是直接的，而是閱讀一些自詡為這個領域權威的說法。當時，我完全沒有料到，這些人的主張根本沒有明確的根據。「技術分析」這個字眼本身，似乎就蘊含著「科學」。後來，我慢慢發現，這些人的知識多數來自於更早期的自詡專家們。遊戲人間的哲學家阿提摩斯・華德（Artemus Ward）曾經說過：「讓我們遭致麻煩的，通常不是我們不知道的東西，而是我們自以為知道、但實際不知道的東西。」

我閱讀的第一本技術分析書籍是尼可拉斯・達華斯（Nicholas Darvas）的《我如何在股票市場賺進兩百萬美元》（How I Made Two Million Dollars in the Stock Market）。（相關著作《華爾街傳奇：我的生存之道》，請參閱寰宇出版公司）。作者將其成功歸因於一種稱為箱形理論（Box Theory）的繪圖方法。這是我第一次接觸技術分析，這種完全透過股價走勢決定買、賣訊號的方法，實在讓人覺得非常神奇、刺激。達華斯把階梯狀的價格區間，稱為箱狀。

不久之後，我發現這只不過是新瓶裝舊酒，代表一般技術分析的支撐-壓力觀念。不過，這並沒有阻擋我的學習熱忱。其次，我研究繪圖技術機構（Chartcraft）最專精的圈叉圖（OX圖），開始記錄與保留大量的股價走勢圖譜。我的16歲生日，父母送給我一本股價技術分析的聖經著述，也就是愛德華＆馬基的《股價趨勢技術分析》（Technical Analysis of Stock Trends）（中文版，請參閱寰宇出版公司），我也因此成為技術分析的最忠實信徒。

不久之後，我報了一些明牌給我的化學老師。最初的成功發生在一支稱為Cubic的股票，很多老師也跟著我相信這套神秘的繪圖方法。稍後，我又選中一些贏家。當時，包括我在內的每個人，都完全沒有想到這一切可能來自於純粹的運氣。我閱讀的技術分析書籍，從來沒有提到金融市場價格走勢的隨機性質，也沒有提到投資方法涉及的運氣成分。我的最初成功是很合理的，因為一切都符合書籍上描述的情節，不過成功並沒有持續很久。我的表現不再優異，大家對我提供的消息也不再熱衷。可是，這並不影響我對於技術分析的熱忱，因為相關的失敗永遠都可以解釋原因。由事後的角度觀察，很容易說明自己為何錯解了圖形走勢。我知道如何糾正自己，下一次絕對沒問題。

高中時代，我的理科成績很好，雖然我後來才知道我當時等於是科學文盲。後來，進入大學之後，科學方法論告訴我，科學並不只是由一堆事實構成的。科學方法的最重要特質，是區別真實與錯覺的知識。大約花了40多年的時間，經過慢慢的琢磨，我才瞭解科學方法與技術分析之間的關連。

我對於技術分析的懷疑，起始於我在Spear, Leads & Kellogg擔任專業交易員的期間，由1996年秋天到2002年春天。身為專業交易員，我可以運用公司的資本進行投機。我的交易策略是根據過去35年的技術分析經驗。由1996年10月到2000年2月的最初3年半期間內，我賺了不少錢。由於我的方法屬於主觀性質，所以很難判斷相關獲利究竟是因為我的技術分析能力，或是因為我在多頭行情內持有多頭偏頗的部位。我懷疑是後者，因為月份報酬分析顯示我的績效大概與市場基準相當。換言之，我的操作並沒有顯著正值的alpha[5]。另外，當行情在2000年3月向下反轉之後，我先前的獲利也在隨後兩年內消失無蹤。所以，在整個5年半期間內，我的操作績效大體上是「不怎麼樣」。

進入Spear, Leads & Kellogg之前，我就主張採用客觀的交易方法，所以在Spear的期間內，我試圖想要發展一套系統性電腦交易程式，藉以提昇操作績效。可是，由於時間與資金的限制，這些計畫始終沒有結果。所以，我只好繼續仰賴傳統的長條圖分析，以及幾種主觀解釋的技術指標。

可是，我在某些方面還是頗客觀的。進入Spear之後不久，我就開始保留非常詳細的交易日誌。每筆交易進場之前，我都會說明該筆交易的技術分析根據。另外，每筆交易都會事先設定「認輸」的位置，換言之，一旦行情朝不利方向發展到特定位置，該筆交易就認輸出場。我的老闆堅持這點。整個5年多期間，我都非常完整的保留交易日誌。而且每筆交易完成之後，我還會做事後的分析。由於這些白紙黑字的紀錄，所以很難找到藉口來安慰自己的失敗。這些紀錄冷冰冰地瞪著我，也加速我拋棄主觀技術分析的決心。這些績效只是我個人操作的結果，或許是因為我沒有正確理解技術分析相關書籍的說明，或許過去30多年來我都犯了某種錯誤。可是，我還是懷疑這些主觀技術分析的可靠性，甚至懷疑它們的意義。

我曾經與同事討論有關技術分析可靠性的想法，他們的反應都很典型：技術分析顯然有效。歷史價格走勢圖清楚地顯示著趨勢與型態，所以不太可能是錯覺。某本備受推崇的技術分析書籍曾經說過[6]，技術分析的根據就在這裡。可是，這些說法很難讓我滿意。後來，我發現很多技術分析非常重視的價格型態與趨勢，也經常出現在純粹隨機的資料中[7]，這點讓我對於圖形分析的信念全然瓦解。另外，有些研究資料顯示，圖形判讀專家甚至不能區別隨機產生的走勢圖與實際的市場走勢圖[8]。這些隨機產生的價格走勢圖，根據設計就缺乏任何可供預測的趨勢與型態，但那些專家們竟然看不出這些圖形與實際的價格走勢圖之間存在顯著的差異。單就這點來說，那些根據實際價格走勢圖所做的趨勢或型態判斷，顯然不值得相信。「顯然有效」當然不足以做為市場型態技術分析有效的根據。

湯瑪斯・基洛維奇的《我們如何瞭解事物並非如此》[9]，以及麥可・薛莫的《人們為何會相信荒誕不稽的玩意兒？》[10]，這兩本書讓我得到啟發，我相信人們應該抱著懷疑的態度處理技術分析，而且要採用嚴格的科學方法。

人類心靈：型態的自然發現者

人類天生就會尋找可供預測的型態。我們不喜歡不可預測、不可解釋的東西，所以我們的認知功能自然會搜尋秩序、型態與意義，不論實際感知的對象是否存在秩序、型態或意義。「很多情況下，我們經驗的東西，只不過是偶然形成的自然現象[11]。」「月球表面看似臉譜、熱門音樂倒著演奏聽起來像是魔咒、醫院門板紋路呈現耶穌的影像……等，這些都是人類視覺或聽覺在隨機刺激中找到的秩序[12]。」

尋找秩序是我們維持生存的重要能力[13]。遠古時代，那些最擅長尋找秩序的人，能夠繁衍最多的後代，我們都是由此演化而成的。不幸地，演化過程並沒有讓我們具備相同的能力，用以判別有效與無效的型態。因此，我們的知識經常摻雜著謬誤。

不論是現代或史前時代，取得知識可能發生兩種錯誤：學習謬誤的東西，沒有學習正確的東西。就此兩者來說，我們似乎比較容易觸犯第一種錯誤。根據演化生物學家的推測，對於早期人類生存來說，取得謬誤知識所造成的傷害，少於沒有學習重要的知識。譬如說，出獵之前的跳舞祭典，雖然對於打獵成功沒有幫助，但這類謬誤知識造成的傷害很有限，頂多只是浪費一點時間與精力而已。可是，打獵的時候，如果不知道應該處在下風，那就可能威脅獵人的生存機會。

因此，人類演化過程培養出我們對於可預測型態與因果關係的一種飢不擇食慾望；汲取謬誤的知識，就是這個過程內非常值得付出的代價之一。有些時候，出獵舞祭之後，確實有豐富的獵穫；於是，兩種原本沒有關連的東西，經過人們的解釋而產生關連，這項迷信也因此得到強化。另外，這類祭典往往能夠讓人們產生一種錯覺，自認為可以藉由神靈來控制一些原本不能控制的東西，這種感覺有助於降低憂慮壓力。

現代文明生活使得前述狀況發生重大變化。不只決策程序變得更複雜，謬誤知識所必須付出的代價也變得更大。全球暖化問題的爭論就是一個例子。全球溫度普遍上升，究竟代表真實的長期警訊，或只是週期性的偶發現象？如果我們認為這只是不值得大驚小怪的短期偶發現象，而且這種見解是錯誤的，我們的後代子孫將付出慘重的代價。可是，如果我們把全球暖化當成是嚴重的生存威脅，結果證明是錯誤的，這種謬誤知識造成的傷害相對有限。

人類智能演化是很漫長的程序，長達數百萬年。這段期間內，智能演化基本上是為了適應外在環境，主要的任務很單純：生存與繁衍。人類智能與思考能力的演進，主要是為了適應環境，求取生存，繁衍後代，而不是因應複雜的現代文明，後者大約只佔據10,000或15,000年的時間。換言之，在人類的整個演化過程內，大約有99%的時間是面臨很單純的環境。所以，面對著目前文明生活所需要的複雜判斷與決策環境，我們的智能產生適應不良的情況，也就不足為奇了。相較於那些出獵之前舉行舞祭的史前人類，我們現在的迷信態度並沒有得到多大的改善。

荒誕信念的普遍程度

飢不擇食追求知識的慾望，不可避免地造成一些荒誕的信念。至於這種荒誕信念瀰漫在我們之間的普遍程度，則可以由1990年的一次蓋洛普調查看到端倪，這是針對1,236位美國成年人所做的問卷。人們相信包括超自然力量之內各種荒誕不經之怪事的普遍程度，實在令人害怕[14]。以下統計數據是引用自薛莫（Shermer）的著作[15]。

占星術52%

第六感46%

巫術19%

外星人出現在地球22%

史前古文明亞特蘭提斯（Atlantis）33%

人類與恐龍生存在相同時代41%

與死者靈魂溝通42%

鬼魂35%

個人的超自然經驗67%

天文學家卡爾・沙根[16]（Carl Sagan）遺憾地表示，相信占星術的人甚至多過演化理論。他把這種非理性與迷信的態度，歸因於科學文盲，後者根據調查大約佔總人口的95%。「在這種環境下，假科學變得很興盛。類似如新興醫藥或療術的奇怪信念，經常假借科學之名而大行其道。這些假科學提供的證據，根本經不起檢驗，但相反的事實則被忽略不理會。可是，這些人的說法不只能夠被接受，而且還能還成為流行，因為他們的言談訴諸於科學所不能的激情[17]。」如同沙根所說的，身為懷疑論者並不好玩。相信一些類似如牙仙子或聖誕老人的有趣或慰藉想法，是一種未經滿足的重擔態度。

認知心理學：啓示、偏頗與錯覺

認知心理學（cognitive psychology）關心的議題，是我們如何處理資訊、彙整結論、擬定決策。這門科學研究人的心智程序，如何把感官輸入資訊轉換、簡化、發揮、儲存與復原[18]。

過去30多年來，認知心理學曾經對於人類不可靠知識之起源做了深入的研究。結論好壞參半。好的部分是普通常識與經驗的直覺解釋，大體上都還算正確。壞的部分則是人類智能仍然不能適應不確定的環境，不能做精確的判斷。碰到不確定的狀況，直覺判斷與透過不正式方法取得的知識經常都是錯的。由於金融市場存在高度不確定，這個領域的錯誤知識也是可以預期的。

根據丹尼爾．卡尼曼（Daniel Kahneman）、保羅．斯洛維克（Paul Slovic）與亞莫斯．特弗斯基（Amos Tversky）等人的先進研究顯示，錯覺知識的來源有二[19]。第一，人們存在各種認知偏頗與錯覺，使得我們的經驗、以及經驗代表的知識被扭曲。第二，為了彌補心智處理資訊所受到的限制，人類演化過程產生幾種心智捷徑，稱為判斷啟示方法（judgment heuristics）。這些思考法則會在意識層面上自動運作，這是我們之機率評估與直覺判斷的基礎。這些功能是人類日常生活不可或缺的東西。這些簡便的思考法則，通常都能有效運作，但某些情況下，則會產生偏頗的決策與錯誤的知識。

謬誤的知識通常會變得根深蒂固，這是最大問題所在。根據研究顯示，某種想法一旦被採納，往往禁得起反向新證據的挑戰，即使我們發現當初引用的證據完全錯誤，也很難動搖既有的信念。

接下來，我們準備討論一些導致謬誤知識的認知錯誤。為了說明方便起見，我們會分別說明這些認知錯誤，但實際上它們是一起運作、彼此強化的，因此而讓一般人深信主觀技術分析有效的錯覺。相關說明請參考圖2.3。

人類資訊處理限制

人類處理資訊的能力雖然很強，但畢竟還是有限制的。諾貝爾獎得主賀伯．賽門（Herbert Simon）稱此為「有限理性原理」（principle of bounded rationality）。「相較於所需要解決之問題本身

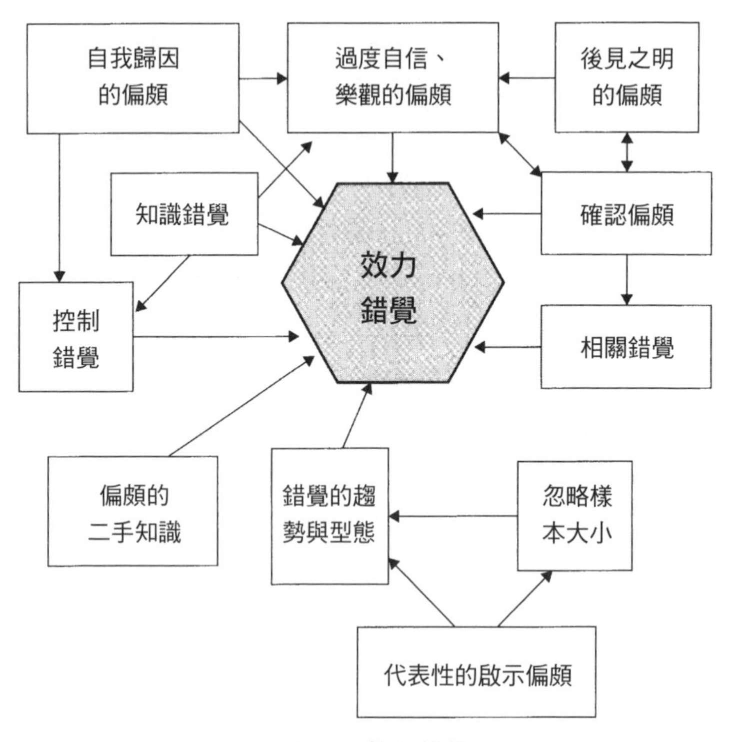

圖2.3　效力錯覺

的規模來說，人類處理與解決複雜問題的能力是很有限的[20]。」因此，我們只能照顧整個資訊洪流的一小部分，並透過簡化的程序處理。

任何特定時間，人類記憶能夠同時處理的資訊數量大約只有7種，加減2種[21]。如果需要結構配置思考的話，那麼人類處理問題的能力更有限。由結構配置角度思考的問題，需要同時考慮數個因素（變數）。根據研究資料顯示，如果需要思考結構配置問題，一般人頂多只能處理3個因素[22]。醫療診斷屬於最典型的結構配置思考問題。唯有同時考慮一組症狀與檢查結果，才能判斷各種疾病之間的差異，如果個別思考症狀，則只代表彼此沒有關係的非資訊事實。

相較於相繼或線性思考方式，結構配置思考屬於要求較高的模式。對於相繼／線性問題，相關變數可以做個別的分析，因此即使涉及很多變數，每個變數蘊含的資訊也不會受到其他變數影響。所以，一旦個別因素都經過解釋之後，個別資訊可以透過線性方式來結合（換言之，透過代數方式加總[23]），然後推演綜合的意義。舉例來說，假定相繼問題涉及7個變數，每個變數的數值都有+1或-1兩種可能。另外，假定有5個變數的值為+1，2個變數的值為-1。經過線性加總結合之後[24]，結果是+3或〔(+5) + (-2)〕。研究資料顯示，涉及多種因素的問題，專家們透過主觀方式擬定決策時，主要都仰賴線性結合的法則[25]，雖然處理效率遠不如線性迴歸模型[26]。這些研究顯示，人類的線性思考效率不如線性迴歸模型，主要是因為人類結合資訊的效率不如正式的數學模型。

透過線性方式結合資訊，可以用以解決相繼思考的問題，但不能解決結構配置思考的問題。對於配置思考問題，相關資訊彼此交錯、連動。換言之，相關變數不能在個別狀態思考，這完全不同於處理相繼／線性問題。為了說明變數彼此互動的意義，讓我們考慮涉及3種變數A、B與C的結構配置問題。假定這3個變數都只能出現兩種數據：高或低（換言之，二元變數）。對於結構配置問題，A讀數的意義取決於B與C的讀數；譬如說，假定A讀數為高，如果B讀數為低而C讀數為高，其解釋將全然不同於如果B讀數為高而C讀數為低。對於相繼／線性問題來說，A讀數為高所代表的意義，將不受到B或C讀數的影響。

關於前述兩種配置——配置1（A高-B低-C高）與配置2（A高-B高-C低）——之間的差別，請參考圖2.4與圖2.5。三度空間的八個小方塊，顯示3種二元變數總共有8種不同的結構配置。對於線性結合來說，3個二元變數總共只有4種不同數值[27]。

對於主觀的市場分析師來說，如果要結合5種——數目不算多——指標來預測行情，這類思考問題大概都是結構配置性質，而不

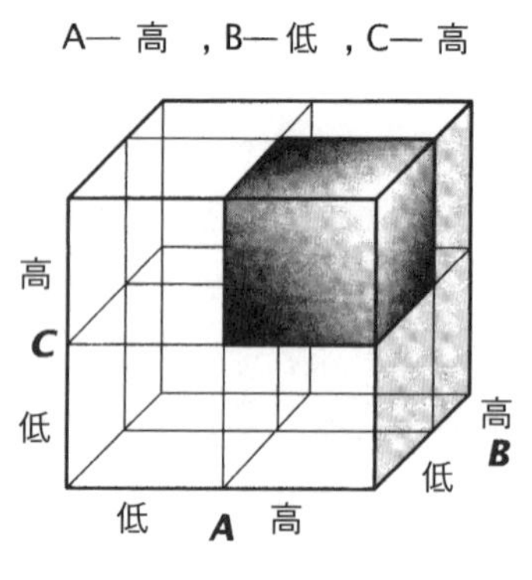

圖2.4 結構配置 1

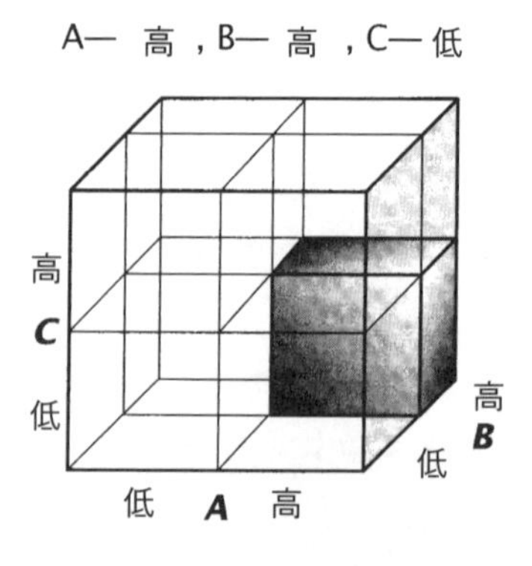

圖2.5 結構配置 2

是相繼／線性問題[28]。為了提供有用的資訊，單單是決定這5種指標中，哪些應該結合（有些可能是多餘的或不相關的），其本身就是顯著的結構配置問題。雖然只有5種指標，就必須評估26種可能的組合（採用2個指標有10種組合，採用3個指標也有10種組合，採用4種指標有5種組合，採用5種指標有1種組合）。其次，一旦決定由哪些指標構成預測組合之後，引用多重指標法則也會涉及結構配置思考。如同稍早提到的，即使指標只有兩種可能讀數（二元指標），3種二元指標就可能有8種不同的讀數配置。4種二元指標則有16種不同的可能讀數配置，5種二元指標有32種。主觀分析師相信自己可以處理這類問題，恐怕是太過自信了。這種現象並不讓人覺得奇怪，只不過是一種過度自信偏頗的例子罷了。

過度自信的偏頗

一般來說，人們太過於自信。人們對於自己能力的評估，經常呈現過度自信的偏頗[29]。人們對於自己貢獻與能力的肯定，經常顯著超過客觀證據呈現的程度。在很多方面，人們都認為自己的層次超過平均水準，這包括他們所知道的，以及相關知識的精確程度。換言之，人們對於自己擁有的知識，往往太過於傲慢。

這種偏頗非常普遍，以致於心理學家認為，過度自信是一種天生的傾向，他們對於這種觀點很有自信。生物學家推測，高度自信是一種成功的求偶策略，所以我們的祖先可能都特別會炫耀自己。對於人類演化或發展來說，高度自信應該屬於有益的特徵，即使那些大膽的人因為嘗試新玩意而喪生也是如此。另外，其他的認知偏頗也會強化過度自信的偏頗，例如：自我歸因偏頗、確認偏頗、後見之明偏頗…等，這些稍後會討論。

哥倫比亞大學的心理學家傑尼特・麥卡夫（Janet Metcalfe）對於人類過度自信的問題，提出下列總結[30]：

> 人們自認爲可以解決問題，實際不然；他們非常相信自己即將找到問題的正確答案，實際上是即將犯錯；他們認爲已經有了相關問題的資訊，實際不然；他們認爲答案已經到了嘴邊，實際上根本沒有答案；他們以爲自己始終知道答案，實際上根本搞不清楚狀況；他們認爲自己已經掌握應該學習的東西，實際不然；他們以爲自己已經瞭解，但證據顯示的剛好相反[31]。

關於過度自信的偏頗，一些發現包括：

- 對於最困難、最不可能完成的工作，過度自信的現象最明顯[32]。研究顯示下列工作會呈現極端過份自信的現象：預測賽馬比賽的結果[33]、判別歐洲人與美國人的字跡、預測股票價格漲跌。在技術分析的領域裡，類似情況則見於結合多種指標、透過主觀配置推理來預測股票行情。
- 過度自信通常與不能適當評估各種工作的困難程度有關；對於愈困難的工作，這種現象愈明顯。技術分析者或許不清楚主觀資料分析所需要引用之結構配置推理。
- 自信會隨著可供運用的資訊數量增加而增加，雖然預測精確程度並不會因此而提升[34]。除非新增加的資訊確實具備作用，而且能夠成功地被整合，否則自信增加是沒有根據的。
- 當多種輸入要素彼此吻合的程度提升時，信心也會提高。如果輸入要素彼此獨立（無關），而且能夠提供有助於預測的資訊，則信心增加是有根據的。可是，如果輸入要素是多餘的，前述結論就不成立了。很多技術指標因為名稱不同而看起來有差別，實際上都是衡量類似的市場因素。這往往會無謂地提升信心。

- 當醫師表示他們有88%的信心正確診斷肺炎，實際上只有20%是正確的[35]。外科醫生對於頭顱創傷的診斷，也呈現類似過度自信的現象[36]。
- 許多專業人士對於其專精領域的判斷，也同樣呈現過度自信的偏頗。舉例來說，當化學公司的經理人對於公司的某些狀況有90%信心（換言之，出差錯的可能性只有10%），事實上只有50%的機會正確[37]。電腦公司的高級主管對於公司一般狀況有95%的信心，實際上只有80%的正確機會。關於其公司本身的細節狀況，95%的信心只代表58%的正確程度[38]。
- 華爾街分析師對於每季盈餘預測往往過度自信，這可以由後來的盈餘預測意外發生頻率證明。根據某份研究資料顯示（涵蓋500,000多個預測）[39]，這方面的預測錯誤平均為44%。當實際結果超過預測區間，就會造成預期上的意外，預期的區間太小，也就代表過度自信的徵兆之一。
- 對於短期行情預測與選股能力，個人投資者往往會高估自己的能力，這點可以由交易進出頻率看出端倪[40]。
- 關於未來股票行情的發展概況，華爾街策略家的預測往往過度自信，實際狀況經常讓他們大感意外。雖說如此，但似乎沒有影響這些策略家的信心[41]。如果他們會因此而調整自信程度，後續的預測應該會放寬其區間，使得預測與實際結果不容易脫節。可是，情況似乎不是如此。

根據過度自信現象的普遍程度判斷，主觀技術分析應該也會受到影響。過度自信看起來應該會發生在三個方面：（1）特定方法的預測能力，（2）主觀資料分析與非正規推論做為知識取得方法的效力，（3）根據多種指標綜合判斷行情的結構配置推理。金融市場非常複雜，而人類智識能力有其限制，使得人們在這些領域內呈現的高度自信是沒有根據的。

根據某份研究資料顯示，有兩類專門從事預測的領域，其工作者通常得以避免過度自信的問題：氣象預報與賽馬評估優劣條件。他們的預測結果很容易校正：「他們每天都面臨類似的問題；他們提供明顯（可證明為錯誤）的機率預測，然後很快就會有明確結果做為回饋。如果這些條件不能滿足，專家與非專家的預測都有過度自信的偏頗[42]。」

對於主觀技術分析來說，歷史資料研究不能提供精確的回饋，因為這些方法的預測與結果評估並沒有明確的定義。只有客觀的方法，才可能產生有意義的回饋。可是，主觀技術分析運用於即時交易，如果願意採納可證明為錯誤的預測，那還是可以產生回饋的。所謂「可證明為錯誤」的預測，是指其具備認知內涵。換言之，某種預測方法的安排，可以清楚根據實際結果判別預測正確或錯誤。譬如說，下面預測屬於可以證明為錯誤的陳述：

> S&P 500指數在距離今天的未來12個月之後會走高，這段期間內的最大跌幅不會超過目前水準的20%。

12個月之後，如果指數沒有走高，或這段期間內，出現較目前指數水準低20%的價格，則前述預測即可證明為錯誤。不幸地，主觀技術分析者很少提供這類可證明為錯誤的預測，因此而不能產生有意義的回饋。於是，過度自信的偏頗會持續下去。

將來會變得更好：樂觀的偏頗

樂觀偏頗是把過度自信延伸到未來，因此而產生沒有根據的期待[43]。這種情況下，多數人認為自己未來發展的樂觀程度將超過一般人。

在樂觀偏頗的影響下，即使過去的預測績效普遍不理想，技術分析者還是會持續相信其方法的預測效力。《郝伯文摘》（Hulbert Digest）的資料可以做為證據[44]，這份通訊報導把市場預測轉化為績效可供驗證的投資建議。可是，關於行情預測績效不彰的問題，某些投資建議快訊的發行者認為，《郝伯文摘》採用的評估方法並不恰當。郝伯認為，這些說法剛好凸顯他把一些模糊建議轉換為績效可供衡量的明確建議。郝伯追蹤的一些投資快訊，其建議相當明確，所以不需經過轉換。

雖然這方面的預測績效長久以來始終為人詬病，但投資快訊的發行者仍然信心滿滿地提供預測，訂閱者也繼續相信其預測；所以，兩方面都存在樂觀的偏頗。如果訂閱者實事求是，應該會取消訂閱，那麼發行者也就無以為繼。顯然地，預測成功並不是維持信心的關鍵。怎麼解釋？投資快訊發行者與訂閱者可能都相信技術分析有效的某種根本理論，即使相關預測通常並不成功。如同本書稍後將解釋的，某種根深蒂固的信念，可以克服統計證據，因為人們比較容易接受一些故事所渲染的信念，抽象事實未必有太大意義。（請參考二手資訊的偏頗與描述力量的相關討論。）

自我歸因的偏頗：失敗的合理化藉口

我們透過經驗的學習，即由其他偏頗的扭曲，使得過度自信的態度會更進一步強化。所謂「自我歸因的偏頗」（self-attribution bias），是指我們藉由偏頗或特定目的來解釋過去的成功與失敗經驗。「諸多領域的各種研究資料顯示，人們會把好的結果歸因於自己的能力，把失敗歸因於外在環境[45]。」因此，對於我們的能力或採用的策略，會營造出一種過度樂觀的想法。過去失敗經驗雖然會促使改進，但我們經常會根據本身的需要來解釋失敗發生的理由，使得前述改善程度很有限。這可以解釋那些投資通訊的發行者，即使面對著非常明確的負面證據，仍然對於自己的績效信心滿滿。

除了覺得舒服外，根據自己需要來解釋，也符合直覺意義。當我們的意志獲得成功，好的結果自然會聯想到我們本身的努力，這似乎也代表真理。將成功歸因於運氣或其他我們不能控制的因素，不只不能獲得情緒上的滿足，似乎也比較說不過去。我們喜好那些表面上看起來合理的東西。至於失敗，由於我們已經盡力，所以失敗看起來更像是因為運氣欠佳的緣故。對於好的結果，一般人都會忽略運氣（隨機）成分。這屬於統計專業人員需要處理的領域。

關於賭徒的自我歸因偏頗，相關研究頗值得參考[46]。由偏頗的立場評估過去的失敗，即使面對著不斷累積的虧損，賭徒也能夠對自己的賭技保持信心。相當令人意外地，過去的虧損並不會被忽略。事實上，賭徒們耗費相當大的認知精力來處理失敗，重新由有利角度做解釋。虧損經常被視為幾乎賭贏的不小心失敗，或歸因於運氣太壞。反之，任何勝利都被視為賭技的正常發揮[47]。所以，不論勝負，賭徒都會對於自己的技術充滿信心。

身為專業交易員，我經常聽到自我歸因的合理化藉口。我原本也有這方面的問題，直到我開始記錄交易日誌為止；每進行一筆交易，我都會預先設定某個必須承認自己預測失敗的出場點。我雖然引用主觀的技術分析方法，但評估準則是預先設定的，非常客觀。一旦信念不斷受到負面回饋的侵蝕，我開始質疑自己的能力。

知識錯覺：我當然知道

知識錯覺是對於自己知識之質與量的錯誤信心。這種錯覺源自於一種錯誤前提：愈多的資訊，將轉化為愈多的知識[48]。對於評估賽馬優劣條件的人，擁有愈多的資訊，往往會讓他們對於預測愈有信心，但預測的精確程度並沒有因此改善[49]。擁有愈多的訊息，讓人們誤以為掌握愈多的知識。

知識錯覺在技術分析領域裡有其重要性，因為技術分析經常處理大量的資料。不只金融市場本身會創造一系列個別時間序列，而且每種時間序列又會衍生為多種技術指標的時間數列。由於可供運用的資料非常多，往往會讓技術分析者產生錯覺，自以為擁有非比尋常的知識。

知識錯覺一方面是源自於人們高估自己執行結構配置推理、同時思考多種因素的能力。正常情況下，人們只能處理2、3種變數的結構配置推理（請參考本書第II篇）。如果不能體會這方面的限制，人們很容易認為愈多的變數（指標），會帶來愈充分的知識、愈明智的看法。

操控的錯覺：我能處理

操控錯覺是我們自以為能夠控制結果，實際上卻不然。那些自認為能夠掌控事態發展的人，會覺得比較快樂，比較沒有壓力[50]。

這種認知錯覺會得到歸因偏頗的強化，後者又會導致過度樂觀。

根據諾夫辛格（Nofsinger）的看法，最容易導致操控錯覺的事件，通常具備下列五種性質[51]：

1. 個人介入的程度很深。
2. 有相當多的選擇。
3. 有很多資訊可供考慮（知識錯覺）。
4. 對於相關工作相當熟悉。
5. 早期成功。

前四項顯然適用於主觀技術分析。技術分析者個人介入的程度通常很深，因為他經常分析市場資料，創造新的技術指標，由新的角度解釋技術指標，重複繪製趨勢線，重複計算艾略特波浪……等。技術分析的相關選擇也很大，包括追蹤哪些市場、採用哪種指標、在哪裡繪製趨勢線……等。深入研究與定期運用，使得技術分析者相當熟悉這些方法。至於第五項因素，則涉及顯著的機運成分。某些人開始的時候會嚐到甜頭，對於這些人來說，基於歸因偏頗，他們會把自己的成功歸因於技巧與技術分析方法的效力。所有這些因素都會讓人們產生沒有根據的操控錯覺，自認為有能力擊敗市場。

後見之明的偏頗：我早就知道會如此

在結果已經知道之後，當我們由事後角度回顧事件，後見之明的偏頗會讓我們認為不確定事件的預測相對簡單，但這是一種錯覺。對於不確定事件，例如：足球比賽或某技術分析型態的價格變動方向，一旦知道最後結果，我們經常會忘掉結果明朗化之前的不確定狀況。請參考圖 2.6。

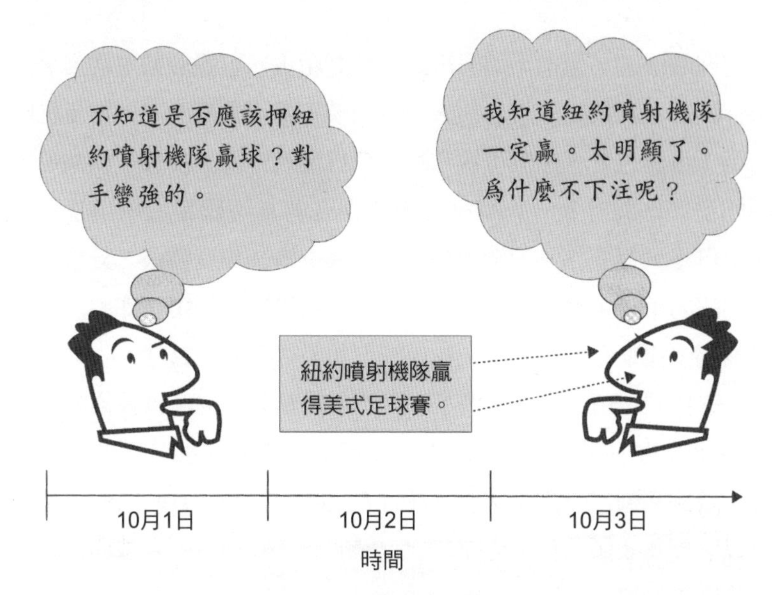

圖2.6 後見之明的偏頗

如果我們清楚大腦儲存記憶的方式，就很容易瞭解這種認知扭曲發生的原因。在我們的大腦記憶區域，過去事件是根據性質而分類儲存（例如：運動事件），不是根據事件發生的時間前後順序儲存。所以，不同時間發生的類似事件會儲存在一起，結果經常會造成混淆。當足球賽結束之後以後，比賽之前的不確定知識與賽後的確定知識彼此混合。比賽之前存在種種不確定，兩隊各有獲勝的理由。比賽之前與之後的知識彼此混合，我們不復清楚記憶賽前的知識或不確定狀態。因此，賽前的不確定狀態，經過賽後確定知識的影響，使得記憶之中的先前不確定程度顯著降低。這會促使我們高估自己的預測能力。基於這個緣故，科學家對於預測程序的界定，以及預測精確性的評估，都會特別小心。

主觀技術分析尤其容易發生後見之明的偏頗，因為相關領域缺乏明確的法則，包括：型態辨識、預測產生、事後評估。面對著即時行情，主觀技術分析必須處理各種模稜兩可的東西。一份走勢圖之中，可能包含著無數可供判斷未來行情的線索，由最空頭到最多頭的徵兆同時存在，迫使交易者必須在非常不確定的環境下做判斷。可是，對於相同一份走勢圖，如果由事後角度觀察，分析者當初面臨的不確定性都消失了，因為最終結果已經知道。如此一來，走勢圖主觀型態分析呈現一些實際上並不存在的確實性。

讓我們引用一個虛構例子，說明最終結果如何減低技術分析者當初面臨的不確定環境，並因此而高估走勢圖型態分析的預測效用。請觀察圖2.7，這是時間A當時看到的走勢圖。當時的價格型態可以解釋為多頭意義：先前多頭走勢的旗形整理，一旦整理完畢，價格應該會繼續上漲。

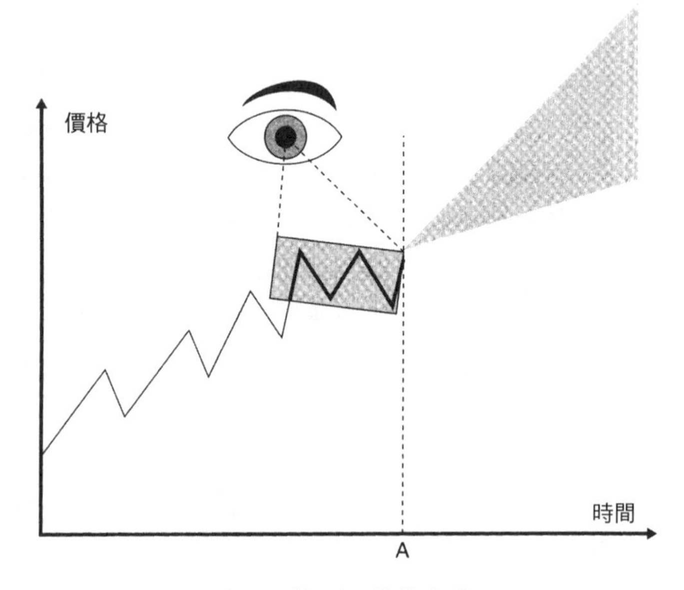

圖2.7　推測價格將上漲

可是，同一份走勢圖也可以解釋為空頭意義（請參考圖2.8）：先前價格漲勢出現「頭肩頂」排列，而且價格隨後跌破頸線，然後又重新反彈到頸線附近，這代表很好的放空機會。事實上，截至A點為止，圖2.7與圖2.8兩份走勢圖完全一樣，差別只在於技術分析者預測採用的根據不同（請參考走勢圖的陰影部分）

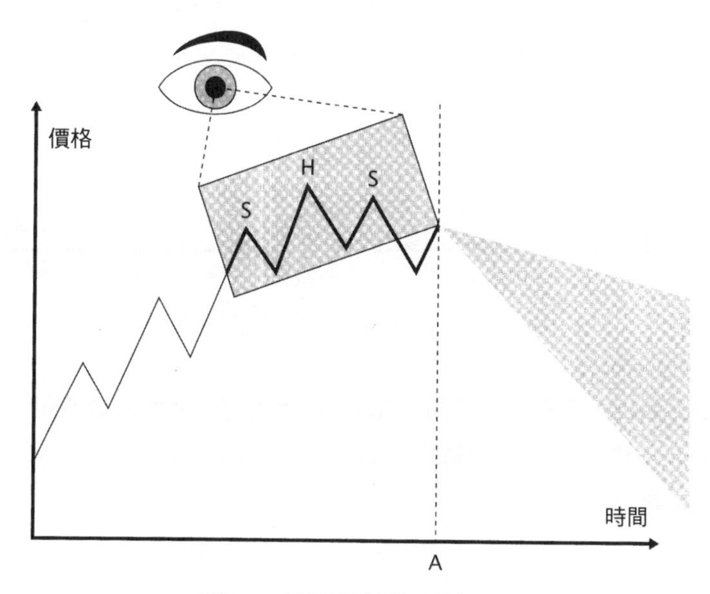

圖2.8 推測價格將下跌

事實上，在點A的時候，股價型態顯示的後續走向是非常不確定的，如果把當時型態解釋為多頭旗形整理，隨後價格應該上漲，如果解釋為頭肩頂排列，則價格應該下跌。這種不確定性，充分顯示在圖2.9，這說明圖形分析者對於同一份走勢圖為何經常有不同預測的理由。

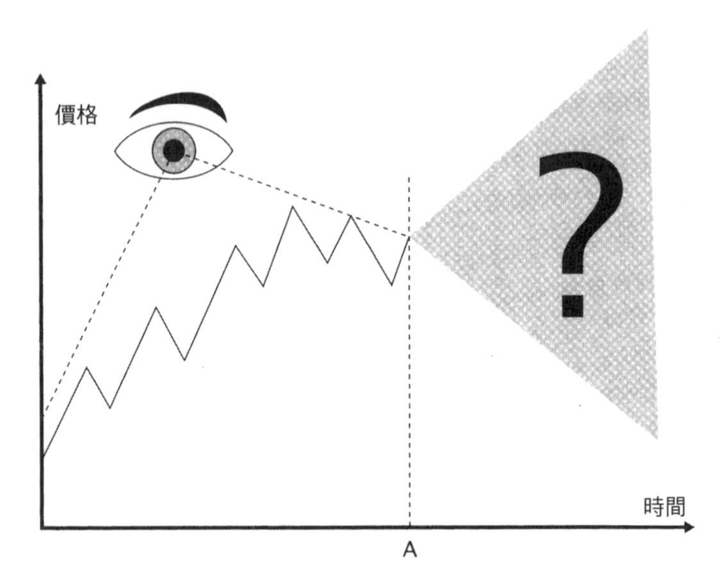

圖2.9　即時行情判斷面臨的不確定性

現在，讓我們把時間點往後挪到B，看看圖形分析者如何看待先前的狀況。我們準備觀察A點之後發生的兩種不同走勢，這可以說明後見之明如何「釐清」A點當時面臨的不確定性，並因此而造成主觀技術分析不論價格實際上漲或下跌都顯然有效的假象。

首先，讓我們考慮圖2.10的情況，A點之前的走勢圖與先前的走勢圖完全相同，但A點與B點之間呈現上漲走勢。觀察者如果知道A點與B點之間發生漲勢，這種後見之明會讓主觀技術分析者更容易看到A點呈現的多頭旗形排列，也因此忽略A點同時呈現的頭肩頂空頭排列。換言之，後來結果的知識，會讓先前不正確的解釋變得模糊，也會讓先前正確的解釋變成理所當然。A點當時原本高度不確定的情況，如果由事後的B點判斷，將變成「顯然是多頭旗形排列」。同理，觀察者在B點具備的事後知識，讓A點可能產生的

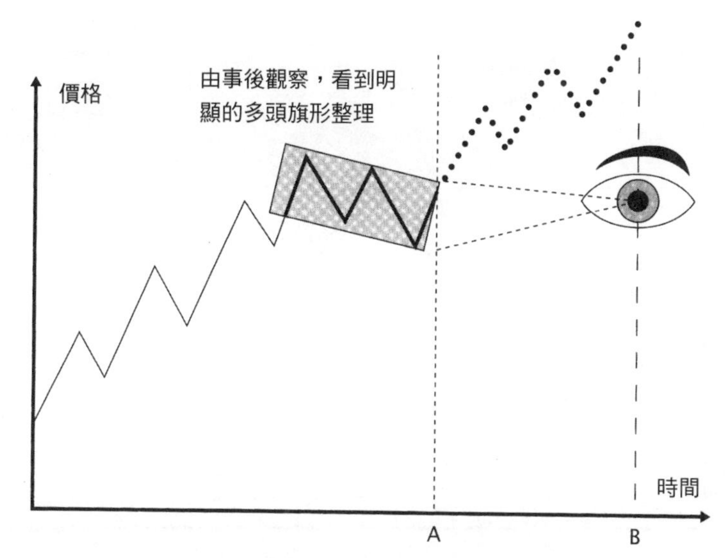

圖2.10 後見之明造成的謬誤確定性

頭肩頂空頭排列，其可能性大幅降低。所以，處在事後的角度，很多證據都顯示主觀技術分析是有效的。

反之，如果分析者在B點觀察到A點之後發生下跌走勢（請參考圖2.11），則後見之明的偏頗會凸顯頭肩頂排列發生的有效預測，至於A點原本同時存在的多頭旗形解釋變得不重要。

這些說明想要凸顯一個重點：不論最後的結果如何，即使當時同時存在多、空徵兆而難以判斷，但永遠可以根據事後結果而顯示先前某種正確的預測。由於主觀技術分析的型態定義相當模糊，又缺乏客觀的評估標準，在後見之明偏頗的作用之下，很容易對於主觀圖形分析的效用產生錯覺。

我們最初學習頭肩型態的時候，難道沒有研究歷史走勢圖的例子，觀察頭肩型態是否確實有效？我們有多少人認為：「這玩意兒

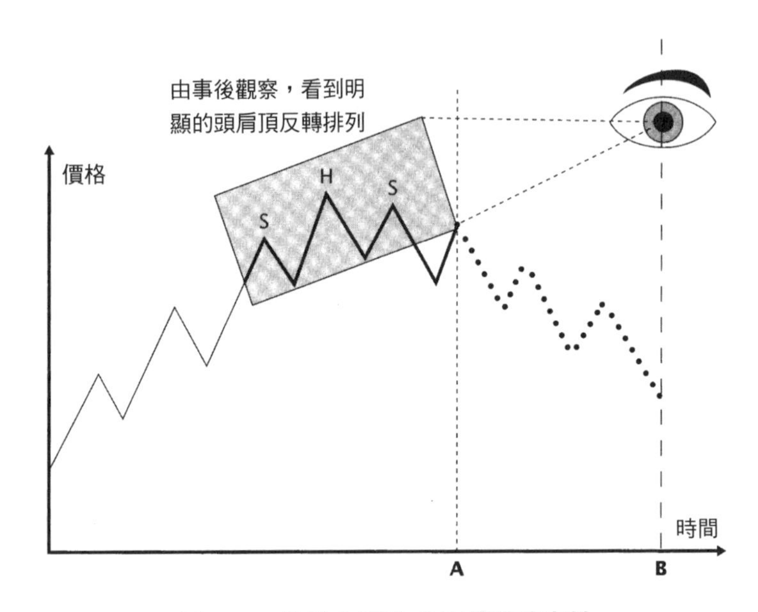

圖2.11　後見之明造成的謬誤確定性

確實有效」！我們有多少人是後見之明偏頗的受害者？

一些相當具有說服力的證據顯示[52]，人們會受到後見之明偏頗的影響。有一份典型的研究資料顯示，美國尼克森總統於1972年造訪中國大陸之前，請學生們評估一些外交上相關結果的可能性。舉例來說，請學生們評估尼克森總統與毛澤東舉行會談的可能，並評估美國與中國建立某種外交關係、但沒有實際承認中國的可能性。正式造訪中國之前，這兩個事件充滿不確定性。在尼克森造訪中國大陸的兩個星期之後，當前述兩個事件都已經發生而結果眾所周知；這個時候，請學生們回憶先前所做的預測。間隔兩個星期，有67%的學生們「記得」他們所做的預測精準程度超過實際水準。換言之，他們已經不太記得先前面臨的不確定性。又隔了幾個月，受到後見之明影響的人，更從67%上升到84%。

司法審判過程，證人也會受到後見之明偏頗的顯著影響。證人通常相信自己的證詞很精確，但他們所回憶的事件發生順序與細節，通常都會受到所知道的最後實際結果影響[53]。

歷史見解很容易受到後見之明偏頗的影響，因為歷史學家是由事後的角度描述先前發生的事件。舉例來說，對於很多歷史學家來說，納粹第三帝國是很容易預測得到的發展。這些歷史學家宣稱，納粹政權興起的種子，在很多年之前便已經清晰可。事實上，第三帝國只是各種可能發展之一。對於歷史學家來說，由於從事後角度觀察，所以結果往往都是不可避免的。

有些實驗證據顯示，為了降低後見之明偏頗而採行的策略，通常都沒有效果[54]。即使已經預先知道後見之明偏頗的可能影響，而且想要儘量避免受其干擾，仍然不能有效控制這方面的問題。所以，這看起來是不接受理性控制的。即使是專業人士也難以避免。某份研究資料顯示，由一群醫生評估其他醫師所做的診斷錯誤。這些從事評估的醫生們，都知道正確的診斷應該如何。評估者不能瞭解那些受過訓練的醫生為何會出現診斷錯誤。由於這些評估者已經知道正確的診斷應該如何，這使得過去事件變得非常容易預測（診斷）。

後見之明的偏頗是如何發生在認知程序？這個問題雖然還沒有定論，但相信其根由已經超出人們自以為精明或想要取得控制的慾望之外。某些證據顯示，這與人類的記憶運作方式有關[55]。簡言之，大腦的記憶並不是被動地按照事件發生時間順序做儲存。記憶是一種積極的程序，相關事件經過分解之後才做儲存，回憶則需要把這些經過分解的事件進行重建。當我們經歷某個事件時，相關經驗會被分割，每個經驗片段都會根據性質而分別儲存，而不是根據事件的時間發生順序做被動儲存。舉例來說，我們上個月在國外朋友家碰到一隻狗，這個事件會被分解為很多片段，包括：狗的記憶、朋友的記憶、國外旅行的記憶，然後分別儲存在大腦的不同地方。當我們想要回憶這段經驗時，需要由大腦的不同區域，把許多記憶片段重新拼湊起來。根據心理學家的推測，人類大腦之所以如此運作，可能是因為這種方法在演化過程發揮得很有效率。可是，由於時間因素並不是儲存系統的重要性質，所以我們通常很難正確回憶事件發生的順序。當我們要評估預測能力時，事件發生的順序就變得很重要了。

儲存事件的分解過程中，新經驗與舊經驗彼此混合。就如同把墨水滴到清水中，兩者將徹底而不可復原地混合在一起，最近取得的知識（例如：不確定事件的結果）與結果發生前的知識混合。結果發生之後與結果發生之前的知識，兩者變成不可區分。這可以說明人們為何很難重建先前的不確定狀況。

主觀技術分析者是否能夠克服後見之明的偏頗呢？為了回答這個問題，我們需要由兩種工作環境考慮：（1）型態研究——也就是由歷史資料中搜尋具有預測能力的型態，（2）即時預測——把型態套用在當前市場，預測後續的行情演變。關於型態研究的工作，某些早期理論的發展就是典型的例子，包括道氏理論的創始者查爾斯．道（Charles H. Dow），還有艾略特波浪理論的創始者拉夫．艾略特（Ralph N. Elliot）。理論發展過程中，他們兩人提出非正規的假說，檢定具有預測能力的各種價格型態。至於把這些型態運用到即時市場而預測未來行情發展，典型的例子包括目前道氏理論家里查．羅素（Richard Russell）運用道氏理論，以及羅伯．普烈西特（Robert Prechter）運用艾略特波浪理論。

關於歷史型態研究，我認為後見之明的偏頗是不可避免的，因為分析者不能遮掩已知的結果知識。只因為知道後續的價格走勢，就會影響分析者對於先前型態的認知，並因此產生偏頗。唯有客觀的技術分析才有機會避免發生後見之明的偏頗，因為這種分析方法只利用特定時間所知道的資訊來產生交易訊號，並透過客觀方法評估訊號。

至於運用於即時行情預測，主觀分析者如果願意運用可供驗證錯誤的預測，則可以避免發生後見之明的偏頗。所謂可供驗證錯誤的預測，是指預測當時就必須清楚設定（1）預測錯誤的結果，（2）用以評估預測的程序，以及進行該程序的時機。舉例來說：

> 由目前起算的6個月之後，行情將走高，而且這段期間內的價格跌幅不超過目前水準的20%。
>
> 就目前行情水準而言，價格會先上漲20%，不會先出現20%跌幅。
>
> 買進訊號一旦產生，持有多頭部位，直到賣出訊號發生爲止。

前面兩個預測存在明確的結果，清楚定義何謂預測錯誤。舉例來說，如果價格在上漲20%之前，先下跌超過20%，則是明確的預測錯誤。第三個預測是一種訊號，蘊含著明確的評估程序：計算買進之後到賣出訊號產生之間的盈虧。可供驗證錯誤的預測，能夠讓分析師與客戶都能夠得到珍貴的回饋。不幸地，很少主觀分析者能夠辦到這點。

二手資訊的偏頗：好故事的影響力

任何人都不可能透過親自的經驗取得每項知識，所以我們的知識大多是間接學習、得到的。

關於知識傳遞的方法，最常見者莫過於口頭敘述。生物學家史蒂芬・珍古德（Stephen Jay Gould）稱人類為「敘述故事的靈長類」。千、萬年以來，人類都透過這種方式傳遞知識。因此，我們所知道的大多數東西，甚至包括算術在內，都是透過敘述格式儲存在大腦[56]。

基於這個緣故，好故事的說服力更甚於客觀證據。根據心理學家的推測，明確、煽情、多采多姿的故事，對於人類信念的影響力很大，因為這類故事都讓我們憶起原本存在的類似劇本[57]。至於抽象的概念則不同於生動的故事，很難撩動大腦的故事網路。哲學家羅素（Bertrand Russell）認為，透過不正式（非科學）管道學習，我們是對於情緒性刺激而不是數字產生反應[58]。正因為這個緣故，科學家所受到的訓練剛好相反，儘可能不受激情故事的影響，把注意力完全擺在客觀事實，尤其是那些可以簡化為數據者。

並不是所有的故事都具有同樣的效果。為了吸引我們的注意，故事必須有趣、容易瞭解，而且不是舊調重彈。最好是有關真人的故事，尤其是我們認識的人。符合情緒需求，而且具有娛樂與資訊意義的故事最棒。好的故事不只會吸引我們的注意，其本身甚至也有生命，會不斷被引述。

真實與故事之間的衝突

我們想知道的知識與好故事傳達的知識，兩者之間經常存在衝突。幽默大師緬肯（H. L. Menchen）曾經說過：「真理的不討喜之處，在於它們經常讓人覺得不舒服、沈悶。人們喜歡有趣、溫馨的東西。」事實經常充滿不協調之處，所以聽眾必須仰賴故事敘述者如實道來，而不是說些我們想聽的。

不幸地，即使二手資訊的主要目的是傳遞知識，還是難免會產生滿足聽故事的情趣偏頗。說故事的人非常清楚，如果所敘述的內容充滿太多矛盾或冷冰的事實，經常會讓聽者覺得無趣。所以，故事的不一致或模稜兩可之處會儘可能降低，也會故意誇大一些內容[59]。相關修改雖然讓聽者更容易接受，但也可能因此破壞真實情況。結果，聽者會得到經過渲染的資訊，表面上很清晰、明確。這種情況甚至會出現在科學論文的摘要敘述或傳達過程。經過不斷的重述、轉達，內容的真實程度會愈來愈離譜。原本只是可能具有意義的東西，結果變成重大意義的發現。

透過因果關係把事件連串起來，這類的敘述最具說服力。因果關係是人類演化過程培養出來的主要認知管道[60]，能夠滿足我們解釋外在世界的需求[61]。研究陪審團的決策可以發現，法庭最偏愛因果關係的陳述[62]。凡是能夠經由因果關係而把一系列事件串連為緊密、可信的陳述，最能夠贏得陪審團的共鳴[63]。

請注意，當因果關係的陳述看起來很可信、具有諷刺幽默感，往往會讓人們忽略其謬誤。舉例來說，某個發生在1950年代的故事如下：「十誡包含297個字。美國獨立宣言包含300個字，林肯的蓋茲堡宣言包含266個字，但美國政府物價穩定局的命令包含26,911個字。」事實上，物價穩定局根本沒有發出這類命令。雖說如此，但不論政府單位如何澄清，這段故事的魅力仍然不減，廣為流傳。即使物價穩定局已經解散而不復存在，還是不能阻止這個故事流傳，只是把「物價穩定局的命令」改成「聯邦政府命令」[64]。這段故事恐怕不容停止，因為它透過諷刺的語調，生動地描述政府機構的官僚氣息。

艾略特的故事

艾略特波浪理論算得上是技術分析領域內的巨大架構，其魅力可以凸顯好故事的威力。根據這套理論的觀點，價格波浪只是宇宙秩序與型態的表徵之一，這類秩序不只發生在金融市場，也普遍存在自然界，包括：貝殼的形狀、天體銀河、松果、向日葵花，以及無數其他自然現象。

波浪理論認為，市場價格是一種碎形（fractal）：是由許多不同層級之類似結構組成，小結構可能只歷經幾分鐘，超大結構則可能涵蓋千、萬年[65]。它們具有共同的形狀，稱為艾略特波浪，由8個上升與下降波浪構成。事實上，這種興衰的普遍型態不只呈現於金融市場，而且也普遍存在於群眾心理趨勢、文明興衰、文化變遷與其他社會趨勢。根據這套理論的說法，任何具有成長與變動的循環，都呈現相同的結構。甚至艾略特波浪理論的最主要倡導者之一，羅伯・普烈西特本人的事業生涯，也符合艾略特波浪理論的起伏變動。這一切都關連著所謂的費波納奇數列（Fibonacci series）與黃金比率，這些具有很多奇特的數學性質[66]。

可是，凡是可以解釋所有東西的理論，也等於沒有解釋任何東西。艾略特波浪理論雖然頗為盛行，但不是一套有效的理論，只是由羅伯・普烈西特敘述的神奇故事[67]。這個故事特別具有說服力，因為艾略特波浪理論可以套用在各種規模之市場循環走勢，我相信這是因為該理論的相關法則定義非常鬆散，所以具有顯著的彈性可以適用各種情況。艾略特波浪理論專家解釋市場行情的自由與彈性，頗類似哥白尼之前的天文學家，雖然他們採納不正確的地球中心理論，但還是可以解釋各種星體運轉的現象。所以，即使艾略特波浪理論完全錯誤，其分析方法仍然可以用來解釋過去的市場資料[68]。

事實上，只要模型的彈性夠大，自然就可以完美套用在實際的資料上。舉例來說，只要二項式的項數夠多，就可以在任何精準程度下約估函數。可是，某套模型或方法雖然可以完美地解釋過去的資料，但如果對於未來預測不能被驗證為錯誤[69]，那就沒有任何意義或用途。

雖然艾略特波浪理論據說可以用來解釋銀河或整體宇宙，但其運用於金融市場的績效則實在不怎麼樣[70]。若是如此，那又如何解釋這套理論始終備受推崇呢？我個人認為，主要是因為艾略特波浪理論的架構雄偉，遠超過其他技術分析方法，所呈現的因果關係似乎可以解釋市場過去與未來的各種發展。某些故事實在太神奇而不可能被淡忘或忽略。

自利的故事

關於二手資訊的傳遞或解釋，自利動機經常會造成扭曲。具有明確意識型態或理論立場的人，通常都會凸顯有利於自己的故事層面，忽略其他矛盾或不吻合內容。技術方法或套裝軟體的推銷者，通常都有明確的自身利益或立場。

做為本書作者的我[71]，或任何具有特定立場的人，都難免有這種問題。可是，故事敘述者如果受制於客觀證據與可供重複的程序，那麼自利就不至於造成嚴重的扭曲。

確認的偏頗：
既有的信念濾網如何因應相反證據的挑戰？

「信念一旦形成，我們就會過濾資訊，藉以維持既有信念[72]。」這種確認的偏頗，讓我們輕易接受那些支持既有信念的新證據，至於那些相反的證據，則被視為不可信[73]。這種傾向阻礙我們由新的經驗中學習，阻擋我們修正錯誤的既有信念。確認偏頗可以解釋我們為何難以排除錯誤的信念。

確認偏頗具有理性基礎

很多情況下，我們有理由特別重視那些支持既有信念的證據，並且懷疑那些與既有信念相互矛盾的證據。如果沒有這類的機制，則我們的信念體系將非常不穩定。

把先前的知識當做一種解釋濾網，這屬於人類智慧的特徵，前提是先前的知識必須有合理根據。某些人宣稱，只要利用一般五金行能夠購買的材料，就可以在室溫條件下進行核融合[74]；科學家非常懷疑這種說法。後來的種種證據顯示，這種所謂的「冷融合」是不能成功的。對於超級市場懸掛的廣告標語：「貓王乘著飛碟重返地球，舉辦外星人演唱會」，很少人會真的相信。可是，如果先前的信念並沒有可靠的證據或正當的推理，那麼做為一種智性濾網就大有問題了。可是，人們經常不清楚自己的信念是否有合理根據。因此，確認偏頗是指那些不該發生而發生的信念濾網。

偏頗的感知

確認偏頗是感知（perception）運作的結果。信念會塑造預期，後者又會塑造感知，然後塑造結論。所以，我們會看到自己想看到的，做成我們想做成的結論。梭羅（Henry David Thoreau）曾經說過：「我們只會聽到或瞭解我們已經約略知道的東西。」唯有看到才能讓我們相信（眼見為憑），這種說法或許應該改為：唯有相信才能讓我們看到。

預期對於感知造成的影響，可以透過下列實驗說明。實驗對象如果認為飲料含有酒精而實際沒有，仍然有助於減緩社交焦慮。反之，實驗對象如果認為飲料不含酒精而實際含有，則不能有效減緩社交焦慮[75]。

我們不只不能感知與既有信念衝突的新資訊，也不願意做成與既有信念衝突的結論。因此，資訊如果與既有信念吻合，則我們很容易接受；反之，對於不符和既有信念的新資訊，我們則會抱著挑剔、排斥的態度。確認偏頗可以解釋我們的信念為何不能合理地因應新資訊[76]。

實際的情況可能更糟。在確認偏頗與機運法則共同運作之下，錯誤信念會隨著時間經過與熟悉事件而強化[77]。一種完全沒有預測效果的技術分析方法（例如：投擲銅板決定交易訊號），有時候也會因為機運而成功。隨著時間經過，由於確認偏頗作用的緣故，那些成功案例的重要性會被強調，失敗案例則被忽略。換言之，即使是一套完全沒有預測能力的方法，如果我們相信其效用，那麼在確認偏頗的作用下，我們會愈來愈相信該套方法的效力。我們對於無效方法的信念，將隨著時間經過而強化，不論實際證據顯示如何。這也意味著技術分析者即使採用無效的方法，通常也很難察覺，因為他採用該方法的時間愈久，純機運的成功將被解釋為該方法確實有效的信念。

動機因素

確認偏頗也會受到動機因素強化。技術分析者對於他們心愛的方法，通常都會投入大量的金錢與情緒，尤其是那些專業玩家。

一般人都希望自己的信念與態度能夠持續下去。根據弗萊斯汀杰（Frestinger）主張的認知不協調理論[78]（theory of cognitive dissonance），人們有強烈的動機試圖緩和或降低心理上的不協調[79]。凡是與既有信念不協調的證據，會讓我們因為不舒服而產生強烈的排斥感，所以人們很難接受這類的證據。

偏頗的問題與解決方式

確認偏頗也會扭曲我們處理問題與搜尋答案的態度。搜尋態度上的偏頗，使我們找到的證據，比較容易符合先前的信念，不容易找到與先前信念衝突或矛盾的證據。主觀技術分析當然經常發生這種現象；換言之，主觀技術分析者會偏向於搜尋那些支持既定方法的證據與案例。矛盾的證據比較難以碰上，因為主觀的型態並沒有非常明確的條件。

接受過科學訓練的人，會由兩個角度克服這方面的偏頗。第一，進行檢定的時候，他們會建立客觀準則來評估結果。第二，積極尋找那些與先前信念或假設相互矛盾的證據。科學家們相信，那些禁得起相反證據挑戰的信念，其可靠性絕對勝過那些只得到確認證據支持的信念。

客觀技術分析也會有確認偏頗的問題。當分析者透過歷史檢定尋找某種有效的交易法則，如果第一個接受檢定的法則不能提供理想的績效，分析者會繼續尋找。換言之，他會持續更換參數、邏輯、指標…等，檢定一系列的法則，直至找到令他滿意的法則為止。這稱為資料探勘。因為整個搜尋程序究竟什麼時候停止，完全取決於分析者，搜尋可以沒有範圍。如此可以保證最終可以找到滿意的法則。所以，分析者最初認為理想法則存在的信念獲得確認。

事實上，透過資料探勘找到的法則，其歷史績效往往會高估未來實際的績效。這種高估的現象，稱為資料探勘偏頗，詳細情況將於本書第6章討論。問題並不是發生在資料探勘本身。事實上，如果處理恰當，資料探勘是一種很好的研究方法。錯誤發生在沒有考慮資料探勘造成的向上偏頗。如同第6章將解釋的，只要考慮搜尋理想法則的程度，就可能有效推論某個法則的未來績效。

模糊評估準則造成的確認偏頗

由於主觀技術分析對於如何評估預測結果究竟是成功或失敗，準則相當含糊，這讓分析者很方便認定相關預測成功（確認偏頗），同時也方便排斥相反證據。這讓主觀技術分析者得以避免因為負面回饋而改變既有信念[80]。

主觀技術分析的預測錯誤，可以透過幾種方式來遮掩。其中一種方法，我稱其為「重新命名」。某向上突破型態失敗之後，可以改名為多頭陷阱。根據技術分析原理，向上突破意味著上升趨勢（請參考圖2.12）。

一旦預期中的上升趨勢沒有發生，就應該視為預測錯誤。可是，如果型態重新命名為多頭陷阱[81]，結果將成為另一種型態的成功訊號（請參考圖2.13）。客觀的型態定義與預先確定的評估準則，可以避免發生這種事後彌補的伎倆。

另一種彌補預測錯誤的方法，是相關預測沒有清楚的終點。預測的終點，是指某未來時間或事件，其發生將用以評估預測。預測

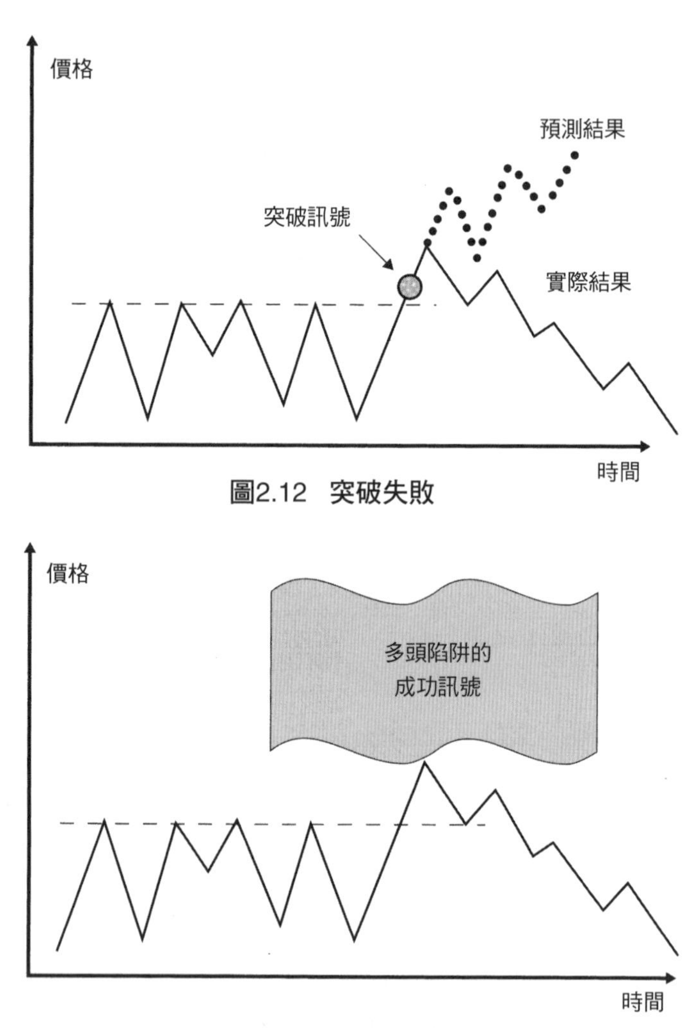

圖2.12　突破失敗

圖2.13　預測錯誤透過重新命名而遮掩

或交易訊號如果沒有清楚的終點，也就沒有意義。很多技術分析者經常會提出沒有清楚終點的預測。譬如說：「我看好中期走勢」。這種預測非常含糊，幫自己預留很大的迴旋空間，因為很難明確指出其預測為錯誤。一個真正有效的預測，應該明確指出期間長度，或反向的價格走勢幅度。舉例來說，「我預期行情會由目前水準至少上漲5%，在此之前不會出現5%以上的跌幅」，這種說法就不容易在事後打迷糊仗。客觀技術分析提供的交易訊號，存在明確的終點，後者代表部位出場訊號。

事後改變評估準則，這種彈性使我們很容易找到支持的證據。這也是科學為什麼會具有雙重性格的理由。一方面，科學非常具有彈性，能夠廣泛接納各種可供檢定的假說，另一方面則對於檢定與評估的程序，態度非常嚴苛。事實上，科學家的所作所為，就是採用嚴格程序來判斷哪些概念是沒有價值的。日常生活裡，人們如果也採取這種科學態度，就不容易接納錯誤的信念[82]。一般人相當擅長根據其經驗，捏造一些表面上具有說服力的觀念、理論或解釋[83]。可是，一旦信念成形之後，一般人不太懂得如何去檢定這些信念。這方面的最大問題，是不能明確界定哪些結果屬於可信的證據，哪些不是。如果沒有客觀的評估準則，那麼如何尋找證據就變成漫無章法。

確認偏頗與模糊證據

確認偏頗究竟如何影響先前信念，一方面取決於新證據的明確程度。如果新證據很含糊，確認偏頗應該會充分發揮。模糊的證據如果可以被解釋為衝突或吻合，通常都會被視為吻合。

主觀技術分析方法在兩方面相當含糊。第一，型態與訊號的定義；第二，如何評估特定型態所做的預測或產生的訊號。由於這兩種模糊，所以經常可以找到弱式的支持證據。弱式證據沒有足夠的力量反駁某方法有效的信念，但弱式證據有很大的解釋空間，可以被認定與特定方法有效的信念吻合。弱式證據的最大特徵，是可以經過解釋而與很多不同觀點吻合。舉例來說，價格走勢圖上的某種型態，可以解釋為5波浪的艾略特主升波，但也可以解釋為其他型態，甚至是純粹的隨機走勢[84]。客觀界定的型態與評估準則，則不允許這類的解釋彈性。某份資料或者代表某型態，否則就不是。某個走勢或者符合某種型態預測，否則就不是。

確認偏頗與明確矛盾的證據

現在，我們要考慮一個問題：如果證據明顯與既有信念相互衝突，確認偏頗將如何運作呢？多數情況下，證據會正反參半，有些證據與既有信念吻合，有些證據則明顯矛盾。對於這些情況，確認偏頗仍然會發生作用，但會變得複雜、微妙。

有些人或許認為，那些不一致的證據會被忽略，或加以扭曲而使其吻合。可是，情況通常不會如此，因為人類自認為是理性動物，其認知程序具備某種程度的一貫性。「人們通常不會只因為想要看到自己想看的、或相信自己想相信的，就赤裸裸地忽略明確違反既有信念的證據[85]。」人們通常會嘗試修改不協調的資訊，想辦法緩和這些證據與既有信念相互衝突的程度。換言之，確認偏頗會鼓勵微妙的認知操弄，讓明確的不協調證據變得更緩和，減少其重要性。

減緩不協調證據的方法之一，是套用嚴苛的認可標準[86]。對於那些支持既有信念的證據，只要稍具說服力或稍見效力，就可以被接受。反之，凡是那些與既有信念相互衝突的證據，則必須有完全不容置疑的說服力。採納信仰療法的人，對於那些天花亂墜的說詞，往往毫不懷疑地接受，但對於質疑其效力的科學檢測，則嚴苛挑剔。所以，對於不協調的證據，不允許有絲毫可容懷疑之處，但對於支持性的證據，則抱持著非常寬容的態度；透過這類的運作，使得錯誤信念得以繼續維持。

關於確認偏頗，最令人覺得詫異的一點，是與既有信念相互衝突的證據反而會強化該信念。一般人可能會認為，同時出現正面與反面的證據，至少應該會淡化既有信念的強度。可是，研究資料則顯示相反的結果。舉例來說，在某個實驗中，接受實驗者看到有關罰金效果的正面與反面證據，這些證據非常清楚而明確[87]。實驗對象可以分為兩種類型：一種的既有信念認為罰金是好的，另一種的既有信念認為罰金是不好的。這兩類人都看到有關罰金效果的兩份不同摘要報告，其中一份報告顯示罰金是控制犯罪的有效方法，另一份報告顯示罰金沒有效果[88]。這些實驗使他們認為那些與既有信念符合的證據為正確，與既有信念衝突者為錯誤。結果，這些關於罰金是否有效的兩方面證據，使得接受實驗者更強化既有信念。換言之，明確的正、反面證據，使得持有兩種不同信念的人，其觀點的差異變得更極端、分歧更嚴重。

關於接受實驗者的反應，還有一點值得注意。反面證據並不會被誤解為正面證據，也不會被忽略。反之，這些反面證據會被嚴格檢驗或甚至挑剔而顯示為錯誤，因此而減少其重要性。換言之，對於這些反面證據，認知程序會發揮顯著的批判功能，試圖減緩這些反面證據的影響[89]。

讓我們看看與技術分析比較接近的情況，賭徒即使面臨不斷累積、擴大的損失，還是能夠經由確認偏頗繼續堅持其賭技幻想。雖然輸錢是失敗的明確證據，但這類輸家還是抱持樂觀的態度，湯瑪斯・基洛維奇表示，賭徒們通常採用不同的立場評估輸與贏的結果，展現明顯的偏頗態度[90]。如同前文討論的罰金情況一樣，賭徒並不會忘掉或忽略失敗證據（輸錢），他們會運用明確的認知程序轉化這些失敗證據，使其傷害程度降低。這種現象可以由賭徒日記的相關記載看出來。失敗案例評論的篇幅顯著超過成功，成功與失敗的解釋顯著不同。成功很容易就歸因於技巧（自我歸因的偏頗），失敗則是因為運氣不佳，賭技只要稍做調整想必就可以轉敗為勝。

這些資料可以顯示，當主觀技術分析者所偏愛的方法，遇到客觀相反證據時，將會如何反應[91]。舉例來說，假定研究資料顯示，某主觀方法轉換為客觀方法之後，經過檢定發現該方法沒有效用。碰到這種情況，該方法的信徒通常會嚴格批判該研究資料。不論在哪個科學領域內，任何研究都多少可以找到毛病，沒有任何研究可以絲毫沒有可供批評之處。反之，主觀技術分析者也可以精心挑選一些案例來支持其方法，然後「正名」該方法是有效的。經果檢定與解釋之後，最後結果可能是讓主觀技術分析者對於其運用方法更具信心，認定那些研究資料只是象牙塔內書呆子的囈語，根本是不知所云。

確認偏頗之外：真正的信徒

前文已經談到錯誤的信念可以在沒有明確根據的情況下蓬勃發展，甚至面臨著反向證據，這些信念反而可以變得愈來愈強。可是，信念的堅韌性質不僅於此。研究資料顯示，信念一旦成形，即使得知該信念形成當初的根據是全然錯誤的，信念仍然得以殘存。

研究資料顯示，實驗對象被誤導而產生某種信念，即使事後得知整個過程，仍然不能全然勾消已經形成的信念。有一項研究與技術分析之間的關係特別密切，因為其中涉及型態判別。實驗對象被要求判別真正的與虛構的自殺留言[92]。最初，實驗對象接受錯誤的資訊而誤以為能夠判別真正與錯誤的自殺留言，但這些資訊實際上是錯誤的；換言之，他們並不具備這方面的判別能力。稍後，即使實驗對象得知自己被誤導，但他們仍然相信自己顯然具備判別真正與虛構自殺留言的能力。其他類似實驗也得到相同的結論：即使得知信念形成當初的根據是全然錯誤的，相關信念仍然得以殘存[93]。

所以，即使艾略特、甘氏與道氏等人現在重返人世，宣布他們的理論都純屬虛構，恐怕仍然有很多人會繼續相信這些理論。我們知道，現在至少有一個版本的艾略特波浪理論被轉化為客觀架構；如果這套架構沒能通過客觀檢定，艾略特波浪理論的信徒們究竟會如何反應，結果應該很有趣[94]。

主觀方法很容易產生確認偏頗

某些主觀技術分析方法相對容易產生確認偏頗。這些方法具有三種性質：（1）關於該方法之所以有效，有一套精心設計的因果關係說詞或故事，（2）事實發生之後，很容易套入既有的理論作解釋，（3）不提供可證明為錯誤的（或可檢定的）預測。

哪些技術分析方法符合這些條件呢？艾略特波浪理論、甘氏理論、賀司特循環理論（Hurst cycle theory），以及一些建立在占星學基礎上的方法。舉例來說，艾略特波浪理論是透過精密的因果理論解釋普遍存在的塑造力量，其訴諸對象不只是物質世界而已，還包括群眾心裡、文化與社會。另外，這套理論有高度的翻新能力。由於採用各種期間與規模的波浪，所以任何歷史資料都可以推演（套入）相關的波浪計數。可是，目前除了已知有一套客觀版本的艾略特特波浪方法之外[95]，其餘運用都不能提供可供檢定／可證明為錯誤的預測。

首先考慮第一項因素：精細的因果關係解釋。透過精密複雜程序編織故事，使得技術分析方法禁得起實際證據的挑戰，因為這反應了人們內心深處試圖解釋周遭一切的迫切需要。對於所經驗到的事物，我們總想要解釋其中的因果關係，所以我們長久以來已經培養出這類的能力，知道如何編織足以說服自己的故事。「為了求取生存，對於所面臨的各種結果，我們似乎都想要解釋，尋找合理化、一致性的理由與性質。經過一番練習之後，我們就可以迅速而有效的進行這方面的工作[96]。」研究資料顯示，那些建構錯誤信念的人，如果曾經針對這些信念尋找合理化理由，則相較於那些沒有尋找合理化理由的人來說，他們更不容易改變既有信念[97]。實驗對象如果曾經尋找其信念的理由與根據，則其信念將變得非常強烈，即使事後得知他們是經過操弄而相信這些錯誤信念，通常還是會繼續相信[98]。事實上，他們繼續相信這些既有信念的程度，幾乎不弱於那些不知道自己被操弄而相信錯誤信念的人。

導致技術分析方法不接受證據挑戰的第二與第三項性質，是把事後的行情走勢套入既有技術分析方法的合理化能力，以及技術分析方法對於未來行情所做的預測，可以不接受檢定（不能證明為錯誤）。由於主觀技術分析方法解釋上深具彈性，歷史價格走勢通常都可以套入既定的技術分析方法，所以很容易排除相關方法矛盾或衝突的證據。假定預測結果實在錯得離譜，甚至主觀評估也很難隱藏其錯誤；碰到這種情況，最常見的解釋，是方法引用錯誤，而不是方法本身不適用。由於主觀技術分析方法通常有很大的解釋彈性，所以能夠根據實際發生的結果來套用相關技術分析方法。總之，因為主觀技術分析方法通常都能夠由事後角度來解釋任何行情變化，而且又不會做事後可以證明為錯誤的預測，所以不容易受到證據的挑戰。

科學領域內，如果某套理論所做的預測與實際結果之間產生矛盾，則該理論就必須被捨棄或修正。經過修正之後，新版本的理論仍然必須禁得起未來實際現象的檢定。這種排除理論錯誤的基本機制，請參考圖2.14與本書第3章的深入討論。

技術分析方法或任何科學理論之需要修正或放棄，整個判斷根據完全在於其預測是否發生錯誤。如果可以透過事後解釋來排除所有不吻合或衝突的現象，那麼前述的判斷根據就完全失去意義了。

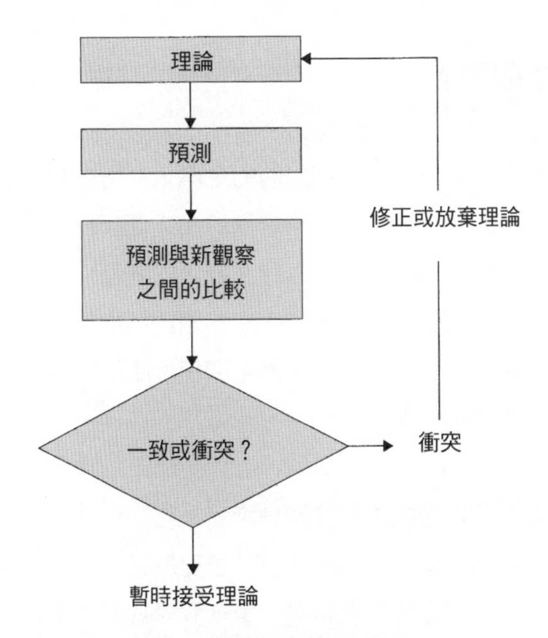

圖2.14 科學如何排除不當的理論

研究資料顯示，對於某些人來說，確認偏頗程度更甚於其他人。說來或許有點奇怪，愈聰明的人，似乎愈容易發生確認偏頗。哈佛大學心理學家大衛・柏金斯（David Perkins）進行一項很有趣的實驗顯示，愈聰明的人（智商愈高的人），愈擅長建構解釋來維護既有信念[99]。可是，柏金斯也發現，由於這些人很擅長針對既有信念尋找合理化解釋，所以不太容易接受其他說法或觀點。因此，這些人的信念比較不容易改變。社會學家奈爾森（Jay Stuart Snelson）稱此為「意識型態免疫」（ideological immunity）。他認為，成功而精明的成年人很少會改變其根本觀點[100]。那些在特定領域內汲取的知識，最容易產生這方面的問題。這意味著透過主觀方法累積知識（經驗）的精明人，很難改變其既有信念。

相關的錯覺

截至目前為止，我們討論的主題，都是有關人們對於其本身或其能力的錯誤信念。接下來準備討論人們對於整體世界的信念，尤其是關於兩個變數之間是否存在關係的問題[101]。研究資料顯示，人們往往會感受到實際上並不存在的關連。換言之，對於兩個變數之間的關係，人們經常會對於其相關程度產生錯覺。這是主觀技術分析的一項嚴重問題。

表示為二元變數的主觀技術分析

對於兩個變數，如果其中一個變數可以用來預測另一個變數，則這兩個變數之間存在相關，第一個變數屬於預測指標，第二個變數則是代表預測結果的應變數。主觀技術分析雖然通常都不會如此表示，但所有這類方法實際上都認定兩個變數之間存在關連。預測指標也就是技術分析型態或訊號，例如：頭肩頂排列。至於結果，則是指相關型態預測未來價格走勢的結果。舉例來說，頭肩頂型態預測該型態完成之後，價格應該出現下降趨勢。事實上，整個技術分析——不論主觀或客觀——都試圖尋找這類關連。然後，這種關連就可以單獨用來預測行情走勢，雖然是更經常彼此配合使用。

主觀技術型態，不論是預測指標或結果，都可以視為是二元變數；換言之，只能出現兩種數值的變數。就預測變數來說，相關型態或訊號只有兩種可能，或是（1）目前呈現，要不然就是（2）目前不呈現[102]。至於結果變數，相關型態或訊號預測的未來價格走勢或是（1）發生，要不然就是（2）沒有發生。

舉例來說，頭肩頂排列在型態完成之後，應該出現下降趨勢，所以頭肩頂型態與下降趨勢之間存在相關（換言之，前者預測後者）。在某個時間點，頭肩頂型態與頸線突破訊號或是出現在走勢圖上，否則就是沒有出現[103]。前述訊號產生之後，下降趨勢或是出現，否則就是沒有出現。任何主觀技術型態與訊號都可以根據這個架構解釋。

本章的主要論述是強調主觀技術分析的知識效力純屬錯覺。本節探討的主題，則是其中的一種特定錯覺：相關錯覺。所謂的相關錯覺，是指人們對於某兩種變數之間感受的顯著相關性質，實際上並不存在。

人們為何會有相關錯覺的傾向？

這方面的許多研究資料顯示，人們很容易產生相關的錯覺[104]。這種錯覺之所以容易發生，似乎是因為錯誤的資訊處理。更明確來說，人們過份重視那些確認既定相關性質存在的案例，而且太輕忽那些不確認或違背既定相關性質的案例。對於技術分析來說，所謂的確認案例，是指型態／訊號發生，而且所預測的結果也發生。舉例來說，頭肩頂型態發生，而且隨後出現下降趨勢。如果各位相信某種主觀價格型態確實具備預測價值，那麼不妨自行評估看看，這種信念是否完全或主要建立在成功案例（確認案例）之上。然後，各位再考慮看看，有沒有同樣重視那些失敗的案例（包括錯誤的正面訊號與錯誤的負面訊號[105]）。

對於任何兩個二元變數來說，確認情況只是結果的四種可能之一。另外三種可能性分別為：（2）型態／訊號發生，但所預測的結果並沒有發生；（3）型態／訊號沒有發生，但所預測的結果卻發生；（4）型態／訊號沒有發生，所預測的結果也沒有發生。前述第一種與第四種情況，屬於正確的預測，第二種與第三種則屬於錯誤的預測。第二種情況稱為錯誤的訊號（false signal），或錯誤的正面訊號（false positive）。第三種情況稱為訊號失敗（failure to signal），或錯誤的負面訊號（false negative）。

左上角方格的誘惑

兩個二元變數可能構成的四種可能情況，請參考圖2.15，其中顯示2×2＝4個方格。這種常見的資料分析工具是由四個方格構成，每個方格都代表一種可能狀況。每個方格內，分別記錄某個樣本觀察所出現之該種可能狀況的發生次數。這種表格很適合用來表示主觀技術分析型態與其結果，防範技術分析者忽略某種可能狀況。

研究資料顯示，人們之所以會發生相關錯覺，是因為他們只專

	預測結果發生	預測結果沒有發生
型態／訊號發生	**正確預測** 確認情況	**錯誤** 錯誤訊號
型態／訊號沒有發生	**錯誤** 訊號失敗	**正確預測** 沒有機會

圖2.15 2×2可能表格

注於確認的案例，也就是落在2×2表格左上角方格的狀況[106]。由另一個角度說，人們通常都會忽略剩餘三種可能狀況的案例。為何會產生這方面的錯誤呢？理由有兩點。第一，確認案例特別容易引起注意；第二，人們對於相關存在所需要之充分證據的直覺誤解。

確認案例屬於特別容易引起注意的證據，因為它們可以確認人們構想的假設。換言之，確認案例是一種正面、積極的回應。當主觀技術分析者認為自己發現一種有用的型態或訊號，通常會翻閱歷史資料，檢視其想法是否正確。所以，這相當於是一種非正規的假設檢定。這種情況下，那些呈現型態發生、而且產生正確預測結果的案例，將特別容易引起技術分析者注意，因為這些案例符合最初的構想。

我們不妨考慮艾略特波浪理論。對於市場走勢的基本型態，當艾略特勾畫初步的構想——價格發展是由5波段的推動浪與3波段的修正浪構成——他面臨實際的證據會如何反應呢？這個時候，他的假設只是一種構想而已，還沒有發展為堅強的信念。可是，艾略特心中一旦產生這種構想，自然會尋找那些支持這項構想的證據。這種情況下，在艾略特的眼中，確認案例會顯得特別突出。

必要證據vs.充分證據

由於確認案例顯得特別搶眼，就會產生一種謬誤的直覺。這種直覺——導致相關錯覺的元兇——認為確認案例是證明相關現象存在的充分證據。一般人認為，確認證據本身就已經足夠了。這是錯誤的想法！

事實上，這種直覺並不是完全錯誤，只是不夠完整而已。這項直覺正確地告訴我們，確認案例（落在左上角方格的案例）是相關現象存在的必要證據。如果頭肩頂型態（或任何型態與訊號）是有效的預測指標，則在該型態發生之後，所期待的結果也會發生。可是，請注意，即使有很多確認案例，仍然也不足以確定相關性存在。換言之，對於相關性存在來說，確認案件雖然是必要的，不過不是充分的。事實上，當我們判斷相關性是否存在時，應該同時考慮圖2.15的四個可能狀況。

這是因為我們不瞭解某錯覺有效的既定信念，並不能由充分證據來證明。因此，我們不將其視為信念或信條，而是客觀證據的合理推論[107]。很多研究資料顯示[108]，當人們透過非正規分析判斷兩個變數之間是否存在相關，經常會出現兩種錯誤。一是相關性質相當顯著，但人們不能察覺[109]（無形關連）；一是察覺到無效的相關性質（錯覺關連）。這兩種錯誤都源自於觀察者對於既有信念的預期。

首先考慮人們觀察兩個實際存在關連之變數資料的情況[110]。假定觀察者沒有預期這兩個變數之間存在關連，則除非其相關程度到達0.70以上，（讀數衡量相關程度，數值介於0到1.0之間，1.0代表絕對相關，0代表沒有關連），否則觀察者不能察覺其中關連。請記住，技術分析處理的變數，其相關程度很少到達0.7或以上[111]。這意味著，主觀技術分析者如果採用非正規／直覺的資料分析方法，通常會錯失他們事先沒有預期存在而實際存在的關連。

關於技術分析的知識錯覺，還有更嚴重的問題：分析者經常察覺實際上並不存在的關連。如果觀察者對於某特定型態與結果之間的關係存在既定信念，或者試圖尋找證據支持這種關係，那麼在前文討論的確認偏頗影響之下，分析者經常會察覺實際上並不存在的關連。技術分析者研究歷史資料時，幾乎不可能不受既定信念或意圖影響。

即使沒有既定信念或相信某種信念的意圖，人們還是經常會察覺虛假的關連。斯梅茨蘭德（Smedslund）曾經針對這種現象進行最早的實驗[112]。接受實驗的護士們觀察100張代表病人的卡片。每張卡片都記載某個病人呈現或不呈現某種病徵（二元預測指標），以及該病人最後是否被診斷罹患某特定疾病（二元的結果）。每位接受實驗的護士，都必須判斷病徵與疾病之間是否存在關連。圖2.16顯示這些護士所做判斷的摘要資料。

超過85%的護士認為，病徵與疾病之間存在關連。這些人被左上角（病徵存在／疾病存在）的37個顯著確認案例說服。可是，實際資料並不足以支持他們的結論。經過適當分析而把所有四種情況都考慮在內，結果顯示病徵與疾病之間並不存在顯著關連。

	實際診斷	
	疾病存在	疾病不存在
病徵存在	A格 37個案例	B格 17個案例
病徵不存在	C格 33個案例	D格 13個案例

圖2.16 護士所做評估的資料：斯梅茨蘭德的實驗（1963）

適當考慮所有可能狀況

把所有四種情況都考慮在內的正式統計檢定，才是判斷病徵與疾病之間是否存在關連的嚴謹方法。可是，就目前這個例子來說，即使不採用正式的統計方法，也不難看出病徵與疾病之間並不存在關連。我們可以計算各種情況之間的某些比率。舉例來說，病人出現病徵而結果罹患該疾病的比率大約是0.69(。可是，「A格」除以「A格+B格」的比率，37/54＝0.685）。可是，沒有出現病徵而最終仍然罹患疾病的比率幾乎同樣高，大約是0.72（「C格」除以「C格+D格」，33/46＝0.717）。所以，透過這個簡單的計算，我們發現不論事先有或沒有顯示病徵，罹患該疾病的比率大約相同（分別為0.69與0.72）。假定該病徵與疾病之間存在顯著關連，則前述兩項數據應該有明顯的差距，譬如說，「A格」除以「A格+B格」的比率顯著較大而為0.90，「C格」除以「C格+D格」的比率顯著較小而為0.40。即使是如此，也不代表該病徵是罹患該疾病的原因，但病徵確實是疾病的有效預測指標。

雖然一些簡單的比率就足以顯示該病徵與疾病之間並不存在顯著關連，但仍然有高達85%以上的護士認為該病徵是疾病的可靠預測指標。根據許多相關資料綜合分析，護士們所感受的關連顯著程度，主要是取決於確認案例數量，也就是A格顯示之病徵與疾病同時發生的案例。她們的判斷不受前述分析比率的影響；換言之，護士們不會注意其他三種可能性（另外三個方格）。其他心理學家進行的研究，許多都支持斯梅茨蘭德的結論[113]。

檢定兩個變數之間的相關程度，正確的統計方法是採用卡方檢定[114]（Chi-square test）。這項檢定可以判斷每種可能性發生的案例數量差異程度，是否足以顯示兩個變數之間存在顯著的相關。換言之，該檢定可以藉由每種可能性發生的案例數量，判斷是否有異於隨機現象。如果每種可能性的發生案例數量，顯著[115]不同於隨機型態，卡方統計量的數值會很大。這是相關存在的有效證據。

請參考圖2.17，這份資料與圖2.16很類似，但數據經過調整，藉以顯示病徵與疾病之間的關連程度。每個方格內也顯示了病徵與疾病之間全然沒有關連的期望數據（純粹隨機的型態）。舉例來說，B格代表病徵出現而沒有發生疾病的案例數量為7件，但病徵與疾病如果完全沒有關連，則發病的期望案例應該有16.2件。

另外，有病徵而發病的比率為0.87（＝47/54），無病徵而發病的比率為0.50（＝23/46）。此兩者之間的差異很顯著，意味著病徵與疾病之間存在關連。

	最終診斷		
	疾病存在	疾病不存在	
病徵存在	A格 47個案例 期望案例 ＝37.8	B格 7個案例 期望案例 ＝16.2	54
病徵不存在	C格 23個案例 期望案例 ＝32.2	D格 23個案例 期望案例 ＝13.8	46
	70	30	100

圖2.17 相關存在的有效證據

不對稱二元變數在錯覺相關內扮演的角色

如果涉及不對稱（asymmetric）二元變數的情況[116]，特別容易產生錯覺關連。二元變數可能是對稱或不對稱。對稱的二元變數，其可能出現的兩種數據，分別代表某種性質（紅色／藍色、共和黨員／民主黨員）或發生某事件（下雨／下雪、水災／火災）。至於不對稱的二元變數，則兩個數值分別代表某性質或某事件發生與不發生。舉例來說，某個數值代表某性質發生，另一個數值代表某性質不發生；或者，某數值代表某事件發生，另一個數值代表某事件不發生。換言之，有一個數值代表某東西或某特性不存在。

研究資料顯示[117]，當預測指標與結果變數都屬於不對稱類型的二元變數，沒有受過嚴格訓練的資料分析者，特別容易受到確認案例（型態發生／期待結果也發生）的吸引。注意力移往左上角，特別容易引起錯覺相關。關於不對稱的二元變數，除了左上角之外，剩下三種可能性分別代表：型態沒有發生、預期結果沒有發生，或兩者都沒有發生。

事件沒有發生或某性質不存在，這些情況特別容易被忽略，因為一般人很難設想或評估這類證據。研究資料顯示，相較於那些發生或有作為的對應情況來說，沒有發生或沒有作為者，實驗對象需要耗費更大的認知精力做評估。關於事件沒有發生或性質不存在之陳述，在處理上所需要花費的額外認知精力，不妨讓我們考慮下列例子。下列兩個陳述雖然都傳達相同的資訊」，但第一個肯定格式的陳述，其意義很清楚；至於第二個否定格式的陳述，一般人恐怕要花點時間才搞得清楚。

第一個陳述：所有的人都會死亡。

第二個陳述：所有不會死亡者都不是人類。

主觀技術分析的很多論述，顯示兩個不對稱二元變數之間存在相關：某訊號／型態或是呈現於走勢圖，或是不呈現，該訊號／型態預測的結果或是發生，或是不發生。這種情況下，先前討論的心理學研究資料顯示，主觀技術分析者特別容易受制於錯覺相關。他們通常都會過份強調確認案例，也就是那些型態／訊號發生、預期結果也發生的案例。表2.1顯示一些主觀價格型態的例子，以其這些型態預期的後續價格趨勢。

表2.1 主觀型態與其預測結果

型態／訊號	預期結果
頭肩頂	下降趨勢
完成5個艾略特波浪	修正浪
強勁上升趨勢端點出現旗形排列	上升趨勢持續發展
極端多頭的人氣讀數	空頭市場

隱藏或不完整資料使得錯覺相關的問題更嚴重

截至目前為止，我們的討論顯示人們因為沒有充分考慮資訊的各種可能性，因此而誤信某種相關性質。可是，主觀技術分析者面臨的問題不只如此。資料不完整會讓這個問題變得更嚴重。關於圖2.15可能表格所需要填入的方格計數甚至未必明確。資料遺失的問題，是主觀技術分析必須處理的另一項嚴重課題。

如果型態／訊號沒有明確的定義，預測結果的評估程序缺乏客觀界定的標準，那麼可能狀態的計數也就難以進行。沒以這些計數資料，就不能評估訊號／型態的效率。這個問題甚至存在於左上角的確認案例，雖然主觀技術分析者似乎永遠不缺乏這類的支持案例[118]。關於資料遺失的問題，唯有明確、客觀的定義，才是真正的解決辦法。直到技術分析能夠引入充分的客觀性質之前，這個領域還會繼續瀰漫著神話與魔術般的傳說。

如果錯覺相關是不可避免的，那麼稍早提到的兩種認知錯誤就會確保錯誤觀念永遠存在。只要我們相信某種關係存在，就會提升該關係之確認案例被發現的可能性（確認偏頗）。另外，這種相關很容易就納入我們的信念體系。如同基洛維奇指出的，一旦認定某種現象存在，人們就很容易找到理由來解釋該現象之所以存在的原因與意義。

換言之，人類是很擅長看圖說故事的[119]。研究資料顯示，當人們被告知其在某一方面的能力高於（或低於）平均水準，就很容易找到理由說明其中緣故[120]。主觀技術分析的誘人之處，一方面就是其編織故事說明相關方法有效的能力。這些故事本身就有助於維繫信念。

行為理論對於錯覺相關的解釋

到目前為止，我們都是藉由認知心理學（cognitive psychology）來解釋錯誤的信念為何會產生、為何難以排除。心理學還有另一種稱為行為理論（behaviorism）的派別，由稍微不同的角度解釋錯誤信念為何有助於維繫主觀技術分析的效力。

行為心理學考慮報酬（正面強化）與懲罰（負面強化）對於習慣性行為學習的影響。舉例來說，籠子內的鴿子，如果每當牠啄某個按鈕就可以得到飼料，久而久之，牠就會學到啄按鈕的行為。一旦養成這種行為之後，只要能夠繼續取得飼料，牠就會繼續啄按鈕。可是，飼料報酬一旦停止，鴿子遲早會瞭解啄按鈕已經得不到飼料，則先前學習的行為也會消失。

行為心理學的某個研究領域，是探討習慣強度（由抗拒消失的難易程度來衡量）與當初養成該習慣所採行之強化課表類型之間的關係。換言之，那類型的強化課表類型能夠培養最強的習慣。最單純的強化類型，是每個行動都得到報酬；譬如：鴿子每啄一次按鈕，就可以得到一粒飼料。另外還有部分的強化，譬如每隔60秒得到一次報酬，或每啄十次得到一次報酬。研究結果顯示，部分強化課程的學習速度雖然比較緩慢（需要較長的時間才能養成習慣），但習慣一旦養成之後，就更難以消失。

這方面研究運用於技術分析領域，有一點特別值得強調：在所有部分的強化課表類型之中，隨機強化[121]（random reinforcement）養成的習慣最不容易消失。所謂的隨機強化，行為與報酬之間並不存在真正的關連。換言之，行為是否得到報酬，完全由機運決定。在某個實驗中，一隻鴿子啄一個彩色按鈕而透過隨機程序得到飼料（報酬），整個程序只進行了60秒。可是，在飼料報酬停頓之後，鴿子啄按鈕的行為繼又續了3.5個小時。換言之，相較於養成該習慣的隨機強化程序時間（60秒），這隻可憐鴿子啄按鈕的習慣，其維持時間長度為210倍[122]。

對於那些相信技術分析錯覺相關的人，他們所得到的報酬就屬於隨機強化類型。每隔一段期間（時間長短完全是隨機的），某訊號／型態發生之後，就會出現預期中的結果，因此而強化既有信念。根據行為心理學方面的研究資料顯示，透過這種程序養成的信念是不容易消失的。迷信與賭博就是仰賴錯覺相關而養成的習慣，兩者都很難克服[123]。

過去，當我在美國證券交易所擔任場內交易員的期間，看到很多同事都有顯著的迷信行為。譬如說，某位交易員堅持每天都打相同一條領帶，另一位同事則堅持走某個門，還有一位同事絕對不會使用紅色的筆。他們之所以養成這些奇怪的習慣，可能是因為相關行為與某種希冀或忌諱的結果偶爾相繼發生而被賦予特殊意義，使得隨機強化程序得以發揮作用。

走勢圖分析的錯置信念

主觀技術分析者不論實際採用的特定方法是什麼，他們都相信目視圖形分析的效果。他們相信，價格走勢圖蘊含著金融市場的秩序，透過有效的分析方法就可以發現這些秩序。技術分析的前輩們整理出一些分析原理，這些原理到現在仍然被視為是有效的分析工具。本節準備說明這類技術分析信念為什麼是錯置的。

這並不是說圖形分析不該在技術分析領域內扮演任何角色。圖形分析可以用來建構一些有關金融市場行為的可檢定假設。可是，在這些假設經過明確而客觀的檢定之前，都只代表論述而已，算不上是值得信賴的知識。

不嚴謹的搜尋，自然會找到想要的秩序

人們對於自己經歷的一切，經常想要尋找其中的秩序與意義，而且也有能力辦到。「人類或許是在演化過程培養了這方面的能力：相較於隨機現象，有組織、有秩序的現象更有助於我們的運用。偵測型態、尋找關連的傾向，讓人類文化得以發展與進步。可是，由於這種傾向太過強烈而無所不在，我們往往會看到一些實際不存在的關連[124]。」

直覺或不嚴謹的思考，會讓我們接受表面的印象與明顯的解釋。不幸地，乍看之下很明顯的東西，未必代表真理。對於我們的老祖宗來說，太陽顯然繞著地球運轉。對於早期的技術分析研究者，金融市場價格顯然構成可資辨認的型態與趨勢。就如同早期的天象觀察者，由隨機散佈的星球，看到獅子狀與獵戶狀的星座，早期的技術分析者也由股票與商品價格的隨機走勢，看到了頭肩排列、雙重頂、三重頂與其他型態。於是，這些型態就變成主觀技術分析的素材。

不論是否真的存在這類排列，我們的神經系統會讓我們看到具有特殊意義的形狀。著名的模型預測與資料探勘權威約翰·艾達博士[125]（Dr. John Elder），稱此為「雲中兔子」（bunnies in the clouds）效應。可是，我們有理由質疑圖形分析知識的有效性，甚至質疑建立在其之上的知識。我認為，顯示在價格走勢圖上的趨勢與型態，只不過是那些認定金融市場存在秩序而執意尋找相關徵兆者所看到的假象。

這並不是說金融市場完全不存在真實的趨勢與型態。事實上，有明確證據顯示價格走勢存在具有預測能力的型態[126]。可是，單純憑藉著肉眼觀察價格走勢圖，絕對不足以發現或驗證真實的型態。研究資料顯示[127]，即使是圖形分析專家也不容易判別真正的股價走勢圖與隨機程序模擬的走勢圖。某種分析方法如果不能判別走勢圖究竟是真實或虛構，顯然就不是可靠的工具。同樣的道理，如果不能判別真鑽與假鑽，就沒有資格鑑定鑽石項鍊的價值。

金融市場資料的虛幻趨勢與型態

統計學家哈利·羅伯茲（Harry Roberts）表示，技術分析者容易看到虛幻的型態與趨勢，理由可能有兩點。「第一，股價繪圖方法通常是顯示一系列的（價格）水準，而不是價格變動量；價格水準容易產生虛幻的型態或趨勢。第二，機運行為本身就會產生各種可供解釋的型態[128]。」

羅伯茲表示，技術分析者非常重視的一些價格型態[129]，經常出現在隨機程序模擬的走勢圖。所謂的隨機程序，根據定義就不存在趨勢、型態或任何可供運用的秩序。然而，羅伯茲的隨機程序模擬走勢圖卻呈現頭肩頂、頭肩底、三角形頭部與底部排列、三重頂、三重底、趨勢通道、……等。

投擲銅板就是一種隨機程序，我們可以藉此模擬股價走勢圖。由任何起始價格開始，譬如＄100，每當銅板出現正面，就代表價格上漲＄1，銅板出現反面，則代表價格下跌＄1，如此重複投擲銅板，就會產生一系列價格變動與對應的價格走勢圖。走勢圖上任何一點的價格，都代表起始價格＄100，加上截至當時為止的（投擲銅板）價格累積變動量。大約經過300次投擲之後，「價格資料」

就足以呈現一些令人訝異的型態：很多都是我們在金融資產價格走勢圖上經常能夠看到的所謂「型態」。這些呈現在銅板投擲走勢圖上的型態或趨勢，顯然沒有預測價值。

這引發一個重要的問題：如果圖形分析者強調的型態，如此經常地出現在隨機程序模擬的走勢圖上，而後者顯然不具備任何預測功能，那我們有什麼根據相信實際價格走勢圖上呈現的相同型態具備預測能力呢？沒錯，羅伯茲辨認價格型態的能力或許不值得信賴；他畢竟只是統計學家，不是技術分析專家。如果圖形專家能夠像寶石鑑定專家判別真鑽與假鑽一樣，辨識實際與隨機程序模擬的價格走勢圖之間的差別，那麼羅伯茲的隨機程序實驗只證明自己缺乏圖形分析技巧罷了。圖形專家們當然會宣稱他們能夠判別實際走勢圖與隨機程序模擬走勢圖上的型態。如同技術分析者宣稱地，假定果實際走勢圖上的型態是反映市場供、需變動與人氣起伏，那麼這些型態應該有別於隨機程序模擬的型態[130]。

不幸地，圖形專家並不能判別真正與虛構的走勢圖型態。阿迪遜（Arditti）透過統計檢定來驗證這點[131]。把實際與虛構的走勢圖混合在一起，供一些接受實驗的圖形分析專家判別；結果，他們展現的判別能力並不優於純粹的猜測。隨後，華頓商學院的傑勒米．席格教授[132]（Professor Jeremy Siegel）也進行一項類似的非正規研究，結論也同樣是如此[133]。席格提供八份價格走勢圖（請參考圖2.18）供華爾街一群自認為有能力判讀價格走勢圖的經紀人辨識，這群專家們並不能有效判別兩者之間的差別。我個人也曾經做過類似的實驗，對象是一群剛修完一學年技術分析課程的研究生。結果，他們顯示的判別能力，類似於純粹的猜測。真正的價格走勢圖標示著「X」。

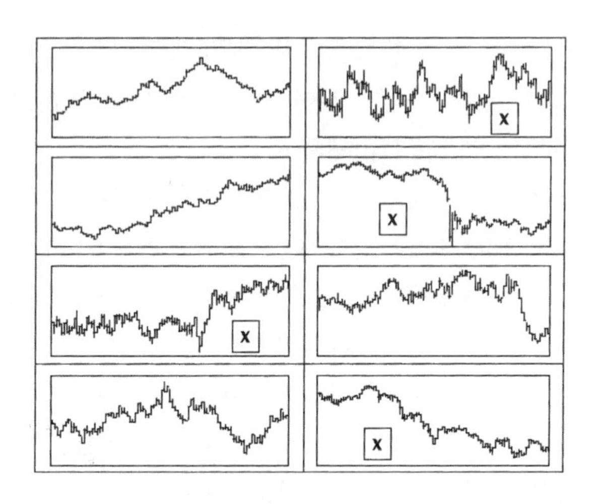

圖2.18 實際與隨機程序虛構的價格走勢圖

資料來源：Jeremy J. Siegel, Stocks for the Long Run, 3rd ed., Copyright 2002, 1998, 1994, McGraw-Hill。

這些研究資料代表什麼意義呢？首先，這並不足以顯示金融市場的價格走勢純屬隨機，也不能證明價格不存在趨勢與型態。可是，這些資料確實讓我們不得不質疑主觀／目視技術分析是否稱得上是一種知識，是否具備預測能力。如果圖形判讀代表一種有效的知識，最起碼也應該能夠判別真正與虛構的走勢圖。

運動領域虛幻趨勢的證據

秩序錯覺並不單單發生在金融市場，也同樣迷惑著運動迷與運動選手，他們相信運動成績呈現趨勢與高、低潮。棒球迷或棒球選手不是經常談論著所謂的打擊低潮或高潮嗎？籃球迷、選手、教練或電視轉播評論專家也常談論著發燙的手氣。

很多人都相信運動員的成績表現存在趨勢，因為這方面的現象很明顯。可是，嚴格的統計分析資料顯示[134]，手氣發燙只是一種錯覺。運動迷被自己的直覺欺騙了。這些錯誤的信念源自於誤解隨機現象應有的行為[135]。普通常識讓我們相信隨機程序不該出現一系列相同的結果（連續三振、連續得分或其他等等）；我們誤以為隨機程序應該產生交替的現象。

運動表現呈現的趨勢，大體上來說，是一種認知錯覺。所謂的打擊高潮或低潮，往往只是某種相同結果連續發生的現象，這種現象在隨機程序內經常可以看到。真正的趨勢，是某種相同結果連續出現的頻繁程度，已經超過隨機現象的正常表現。換言之，真正的趨勢，其持續時間必須夠長，而在隨機程序內很罕見。

基洛維奇指出，「運動選手績效的連續程度，雖然沒有超過機運所能解釋的部分，但這並不代表運動選手的表現是由機運決定。實際上並非如此。棒球選手是否能夠擊出安打，取決於很多非關機運的因素，其中最重要者包括防禦者與攻擊者的技巧。可是，有一個因素絕對不會造成影響或提供預測功能：選手最近的打擊率[136]。」

如果想要瞭解運動選手、運動迷與圖形分析者為何會在隨機資料中看到趨勢與型態，那就要稍微深入探討直覺判斷的性質。

直覺判斷與啓發扮演的角色

「簡單說來，思考程序可以分為兩大類：自動與經過控制的[137]。」「直覺是屬於自動思考程序。這是我們直接取得知識的管道，不需要經由觀察與推理而立即可知的[138]。」普林斯頓大學的心理學家丹尼爾．卡尼曼（Daniel Kahneman）表示，直覺就如同知覺一樣，反應自然而快速。反之，「經過控制的思考，就如同推理一樣，具有批判與解析的性質[139]。」經過控制的思考，科學推理就是最典型的類型。最令人嘆為觀止的醫學診斷，通常非常仰賴直覺，他們似乎可以憑著直覺感受到隱藏的東西。主觀技術分析者主要仰賴直覺，也因此蒙受其害。

人類的智慧有其限制。人類感覺器官接收的資訊很多，我們只能留意其中一小部分。另外，我們的心智並不適合處理複雜的工作，譬如說，面對不確定環境，人類不擅長估計機率、然後擬定正確的決策。

我們必須簡化，否則不足以因應。我們透過一種稱為判斷啟發方法（judgment heuristics）的簡單法則，把複雜的推估與決策程序單純化。對於整體資訊，我們只注意其中一小部分，利用非常簡單的資訊處理程序與推理，迅速歸納出結論。所有這一切，都是自動發生的，不需要刻意的作為。我們可以自然而然的做直覺判斷，就如同我們辨識面孔一樣，後者是人類心智相當擅長處理的工作。

我們經由過去的經驗取得判斷啟發。所謂的啟發（heuristics），是指透過嘗試錯誤程序（trial and error）取得相關的思考法則。另外，這些法則是經由非常微妙的機制進入我們的腦海，我們並不確實知道自己如何與何時學習得到它們。我們之所以採納這些法則，是因為它們通常都確實有用。可是，這些法則的作用並不完美，它們一旦發生問題，我們的判斷就會受害。

所幸啟發判斷通常都會在相當固定的情況下發生問題。換言之，這類判斷都會在相同情況下重複犯錯[140]。這種一致性讓我們得以預測啟發判斷會在哪些情況下犯錯，以及如何犯錯──究竟是出現正面或負面的偏離。

一般而言，啟發判斷最容易在不確定環境下犯錯[141]。金融市場屬於高度不確定的環境，所以直覺判斷在這個領域裡經常發生偏頗。困擾主觀技術分析者的直覺判斷偏頗，使他們經常看到實際上並不存在的型態與趨勢。換言之，主觀技術分析者存在系統性的偏頗，經常在隨機現象中看到秩序。這也可以解釋圖形分析者為何不能區別實際價格走勢與隨機資料。

伯頓．麥基爾教授（Professor Burton Malkiel）表示，「隨機是一種人們難以接受的概念。當事件成群或連續發生，人們就試圖尋求解釋與型態。他們不相信投擲銅板也會產生這種經常發生在隨機資料的現象。因此，股票市場也是如此[142]。」麥基爾的立場相當極端，他相信股價走勢純屬隨機現象。我並不認同他的觀點，但我同意人們經常在隨機資料中看到虛幻的秩序。基於這個緣故，肉眼並不是觀察價格走勢圖的可靠工具。

我們從隨機資料上看到趨勢與型態的錯覺，可以歸因於一種啟發判斷發生錯誤：代表性推理（reasoning by representativeness）。換言之，我們錯誤運用了通常有用的代表性法則，結果產生感知上的偏頗，察覺實際不存在的秩序。

啟發偏頗與可得性啟發

人類的智能相當有限，啟發可以協助我們快速擬定複雜的決策，但在某些情況下，啟發也會導致決策偏頗。啟發偏頗的概念，很容易透過可得性啟發（availability heuristic）解釋。

我們透過可得性啟發估計未來事件發生的可能性。換言之，愈容易出現在我們腦海裡的事件類型，我們認為這些事件將來發生的可能性愈高。事件很容易出現在我們的腦海，稱為認知可得

（cognitively available）。舉例來說，飛機失事就屬於具有高度認知可得性的事件。

可得性啟發確實有些道理。回憶某類事件的容易程度，確實與該類事件過去發生的頻繁程度有關，而且過去發生愈頻繁的事件，通常將來也會頻繁發生。這符合某種機率理論的說法：某事件將來發生的機率，與該事件過去發生的頻率有關[143]。舉例來說，暴風雨過去發生的頻率高於星球撞擊，將來發生的可能性也較高。

可得性啟發存在一些問題，因為某些因素會提升事件的認知可得性，但這些因素與該事件的歷史發生頻繁程度無關，因此也與估計未來發生可能性無關。所以，我們對於發生可能性的判斷，將因為這些不相干因素的影響而呈現高估的現象。有兩個因素——最近程度（recency）和生動程度（vividness）——與事件發生的可能性高低無關，但會提升認知可得性。換言之，某類事件愈近期發生、景象愈生動（深刻），則該類事件愈容易浮現在我們的腦海[144]。舉例來說，剛發生不久的飛機失事事件，可能讓我們印象非常深刻；因此，在廣受媒體報導的飛安事件發生之後不久，人們會高估飛機失事的可能性，特別害怕搭乘飛機。請注意，這種判斷偏頗會讓我們高估事件發生機率。可得性啟發絕對不會讓我們低估事件發生的可能性；錯誤永遠發生在高估的一側。

代表性啟發：相似性的推理

代表性啟發最早是由卡尼曼（Kahneman）與特弗斯基（Tversky）提出[145]，這與主觀技術分析之間存在密切關連。我們利用這個法則來做分類判斷。換言之，我們藉此判斷某對象屬於某特定類別的發生機率，譬如說，判斷眼前這隻狗屬於捲毛狗的機率。代表性啟發的根本前提，是某類別的成員都具備該類別特有的共通性質。換言之，來自相同類別的對象，我們有理由相信它們具有一些共通性質。當我們透過代表性而試圖判斷某對象是否屬於某類別，就會不知不覺地考慮該對象與相關類別之特性之間的相似性。這也是為什麼這種啟發稱為透過代表性推理的緣故。

本節與下一節將說明一個觀點，運用肉眼觀察走勢圖，這種技術分析方法存在一種根本瑕疵，因為其感知會產生一種偏頗，即使在隨機資料中也會看到秩序與型態。我相信這種偏頗是錯誤引用代表性啟發。換言之，由於誤用代表性啟發而產生的偏頗，可以解釋主觀技術分析者為何會產生錯覺，以致於在隨機資料中看到秩序。

圖形分析者之所以會犯這項錯誤，理由相當微妙，容我藉由一個比較容易瞭解的例子，說明代表性推理造成的啟發偏頗。

如同稍早提到的，根據代表性進行推理的前提，是某類別之事件或物件可以由該類別之典型特質代表，也就是具備該類別最顯著之特質的典型例子。這種推理方式，效果通常都不錯。可是，一旦物件最顯著的特質並不能做為判斷類別的可靠指標時，問題就產生了。換言之，如果物件最吸引我們注意力的特質與該物件之類別判斷無關[146]，則根據代表性進行推理就會失敗。不幸地，我們的直覺判斷通常都是根據物件或事件的最顯著特質，而不論該特質是否是判斷類別的可靠指標。

根據代表性進行推理，是考慮物件最顯著特質與類別最顯著特質之間的相似性或匹配程度，藉以估計該物件屬於某類別的機率。匹配的特質愈吻合，則判斷物件屬於該類別的機率愈高。「現代心理學家認為，我們的分類概念就如同銀行櫃員機、女性主義者、微電腦，以及其他種種，都是透過我們認定的一系列特質來做比較[147]。」請參考圖2.19的說明。很多情況下，這種簡潔、快速的法則，確實能夠取得精確的結果；否則的話，人們也不會採用這種法則。

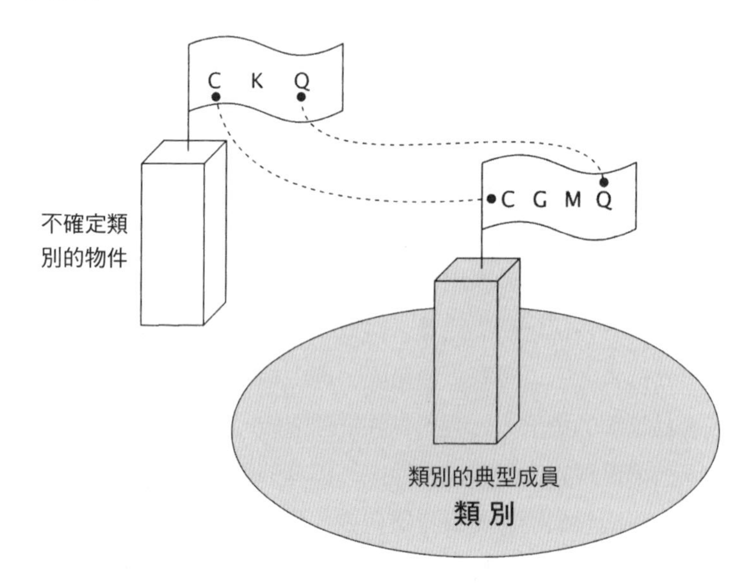

圖2.19 根據特質匹配程度做分類

讓我們考慮一個代表性法則造成類別判斷錯誤的例子。假定搭乘飛機的時候，你發現鄰座的人（對象）很可能是恐怖份子（類別）。你之所以如此認為，是因為這個人具備一些特質：顯然是中東人種、留著繞腮鬍、年齡介於25歲到30歲之間、戴著回教頭巾、閱讀可蘭經，而且看起來很緊張。你認為這個人是恐怖份子的結論是很自然產生的，因為他具備很多你認為恐怖份子應有的特徵（代表性）。換言之，你是根據代表性啟發進行推論。現在，讓我們考慮另一種情況。假定鄰座這位中東年輕人，他穿著牛仔褲，圓領衫上印著不太雅觀的圖案，戴一頂紐約洋基隊的棒球帽，翻閱《花花公子》雜誌，嚼著口香糖，聽著熱門音樂。若是如此，你的腦海就不會閃過「恐怖份子」的念頭。類別的直覺判斷，是取決於對象與類別之間最顯著特質的吻合程度。

根據代表性進行判斷之所以會犯錯，是因為沒有考慮類別判斷所應該思考的統計／邏輯要素。判斷某事件或物件屬於某類別的正確機率估計方法，稱為貝氏定理[148]（Bayes' theorem），這是根據機率理論推演出來的定理。套用在前一段討論的例子上，相關判斷必須考慮一些因素，譬如：這個世界上恐怖份子佔總人口的比例、具有前述特徵者佔總人口的比例、恐怖份子具備這些特徵所佔的比例（換言之，某人確實是恐怖份子而具有相關特徵的條件機率）。把這些數據都代入貝氏定理的公式，就可以取得具有前述特徵者是恐怖份子的條件機率。

由於直覺是根據代表性進行推論，而不是貝氏定理，所以我們會觸犯所謂的「基數謬誤」（basis rate fallacy）。這是沒有考慮特定狀況涉及的基數統計資料。非常幸運地，恐怖份子畢竟很罕見（換言之，基數很小）。所以對於那些具備前述特徵的人，他們實際上是恐怖份子的可能性很小。或許每100萬個具備前述特徵的人之中，只有一個是恐怖份子；對於如何判斷鄰座人士是否是恐怖份子，這項事實是很重要的。然而，我們總是會忽略基數統計資料，因為直覺判斷完全取決於物件或事件的顯著特徵，而不是真正有關的資料（例如：基數）。

金融分析專家認為，1987年10月份股市大崩盤之後，接著將發生通貨緊縮的經濟衰退，這就是根據代表性推理的一個謬誤案例。1987年的股票市場表現，非常類似1929年發生的情況，後者緊跟著發生了通貨緊縮的景氣蕭條。由於1987年與1929年一樣都發生股市崩跌，分析家被兩者之間的相似性迷惑，因而忽略了兩者之間的顯著差異。換言之，對於通貨緊縮景氣衰退具有預測功能的因素來說，1987年與1929年之間存在明顯的差異。仔細觀察過去100年的股票市場崩跌案例，我們發現價格崩盤並不是通貨緊縮經濟蕭條的可靠預測因素。

另一種有關代表性推理的錯誤，稱為關連謬誤（conjunction fallacy），這是沒有考慮真子集合（proper subset）的構成要素，必定包含於該子集合所屬之較大集合。舉例來說，馬所構成的集合，是動物所構成之集合的真子集合。所以，馬的成員數量少於動物，因為除了馬之外，動物還包括許多其他成員。雖說如此，但人們根據代表性進行推理時，則會忽略這項根本邏輯事實而發生關連謬誤[149]。卡尼曼與特弗斯基曾經進行一項實驗[150]，實驗對象聽取下列陳述：

> 琳達是31歲的單身女性，聰明而坦率，主修哲學。身為一個學生，她非常關心歧視與社會正義的議題，而且曾經參加反核子示威遊行。下列兩者之中，何者的可能性較高？(1) 琳達是銀行出納人員；或者 (2) 琳達是銀行出納人員，而且是活躍的女性主義者。

非常令人訝異地，85%的實驗對象認為琳達比較可能是銀行出納，而且是活躍的女性主義者。這個結論忽略一項邏輯事實：對於某集合與其真子集合，前者發生的機率必定高於後者。由於琳達具備一些顯著的特質，一般人直覺上認定屬於女性主義的特質，以致於判斷上產生結合謬誤。讓我們考慮兩個集合，一是女性銀行出納構成的集合；另一是女性銀行出納，而且是女性主義活躍份子構成的集合。前者顯然大於後者，後者是前者的真子集合，因為某些女性銀行出納未必是活躍的女性主義者。其他相關研究也得到類似結果，這使得卡尼曼與特弗斯基認為，一些顯著的細節描述，將導致機率判斷發生偏頗。每增添一項有關物件或事件之細節的描述，必定會造成該物件或事件的發生機率降低[151]，但如果這些細節描述符合人們認定某個類別具備的典型代表性質，則人們直覺上將因此認定該物件或事件的發生機率提高。圖2.20說明結合謬誤的情況。

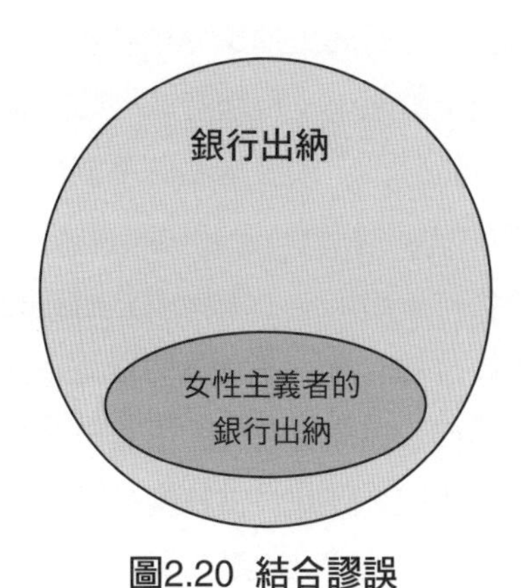

圖2.20 結合謬誤

陪審團的判決如果發生結合謬誤，問題就很嚴重了。舉例來說，考慮下列兩者之中，何者的發生機率較高[152]？

1. 被告離開犯罪現場。
2. 被告因為擔心招惹謀殺嫌疑而離開犯罪現場。

第二個陳述是「離開現場」與「擔心招惹謀殺嫌疑」的結合。由於第二個陳述之集合，是第一個陳述之集合的真子集合，所以根據定義，第二個陳述之集合的發生機率較低。顯然有些人可能離開犯罪現場，原因並不是擔心招惹謀殺嫌疑，譬如說，拿回送洗的衣服。可是，由於額外細節的描述，使得第二個陳述更符合謀殺罪犯的代表性特徵。

代表性啓發與價格走勢圖上的趨勢／型態錯覺：真實與虛假

截至目前為止，我們都是由物件分類的角度，討論代表性啟發。事實上，有關技術分析的更抽象分類判斷，也會涉及代表性啟發：因此，對於表面上看起來呈現趨勢或型態的樣本資料，需要判斷是否值得更進一步做分析，或者是屬於不值得做進一步分析的隨機資料。

請注意，關於資料看起來是否隨機或非隨機的判斷，並不是透過意識認知。這屬於自然而然、非意識的性質，就如同我們辨識朋友的臉孔一般。包括代表性推理在內的所有啟發判斷，都是自然產生的，沒有涉及意識認知。因此，當技術分析者認定某價格資料內包含真正的型態與趨勢（換言之，屬於非隨機性質）而值得進一步分析，整個程序並沒有涉及經過控制的思考。這也就是說，技術分析者沒有認真思考：「這份資料是否包含可供運用的秩序與結構？」

啟發判斷會不知不覺溜進我們的腦海，對於信念產生重大影響。可是，啟發思緒並沒有考慮一些用以判斷資料是否包含真正型態或趨勢的重要性質。

稍早，我曾經請讀者投擲300次銅板建立虛構（隨機）的價格走勢圖。如果各位當時沒有這麼做，我請各位現在務必要做。這個虛構走勢圖不只會讓本節的說明夠有意義，也會徹底改變各位對於價格走勢圖的看法。套用瑪莎・史都華（Martha Stewart）的說法：「這是好事。」

如果這是各位第一次透過隨機程序建構資料，那麼資料看起來的非隨機程度，或許會讓各位大感意外。你也許沒有預期看到各種熟悉的型態，例如：頭肩底、雙重頂等。此處必須考慮的問題是：眼前的一系列資料，我們明明知道是隨機模擬的，但為什麼看起來會呈現真正的型態與趨勢。或者，由另一個角度說，純隨機程序產生的資料，為什麼看起來會像是根據特定法則產生的，似乎可供預測？

你的走勢圖看起來或許像圖2.21。

重點是：看起來不像隨機的東西，未必就是不隨機的東西。我的論點是，隨機程序產生的資料之所以看起來呈現趨勢與型態，是因為錯誤引用了代表性啟發。更明確來說，隨機的資料究竟應該如何呢？代表性啟發讓我們產生一種錯覺，一種錯誤的隨機典型特質。所以，當我們看到的資料不符合這種錯誤的典型，就自動認定

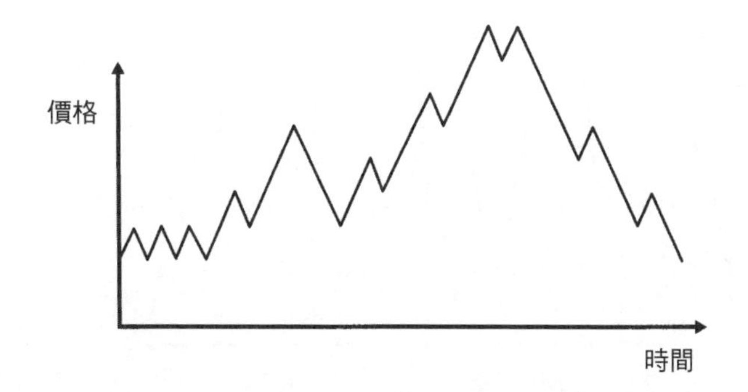

圖2.21 隨機程序產生的資料，看起來存在秩序

資料是非隨機的。根據這項錯誤的結論，就很容易認定資料中存在可供預測未來的趨勢與型態。

根據代表性進行的推理，經常會產生一種預期：結果理當類似於其產生原因。這通常是合理的預期。地球（大原因）產生地心引力（大結果），但鞋裡的一顆小石頭，只會讓我們覺得不舒服。可是，結果應該類似其原因的法則，未必始終成立。1918年發生的流行性感冒，影響所及確實很大，不過是由微生物造成的。

可是，這跟資產價格走勢圖有什麼關連呢？走勢圖呈現的資料，似乎是由某種程序產生的，由金融市場的活動造成的。該程序就是原因，資料則是結果。把我們在24小時內的體溫繪製為圖形，這是結果，造成該結果的原因，則是我們身體的新陳代謝程序。

代表性做為基礎的思考程序，是不受意識認知程序控制的；當我們看到資產價格走勢圖，就自然而然想到該走勢圖是由具備某種性質之程序產生的。如果股價走勢圖看起來像圖2.22的模樣，早期的技術分析者或許就不至於看到賺錢機會，技術分析這門學問也就不會發展開來。這份資料看起來才符合「隨機」的典型結構：雜亂、沒有秩序、沒有趨勢。

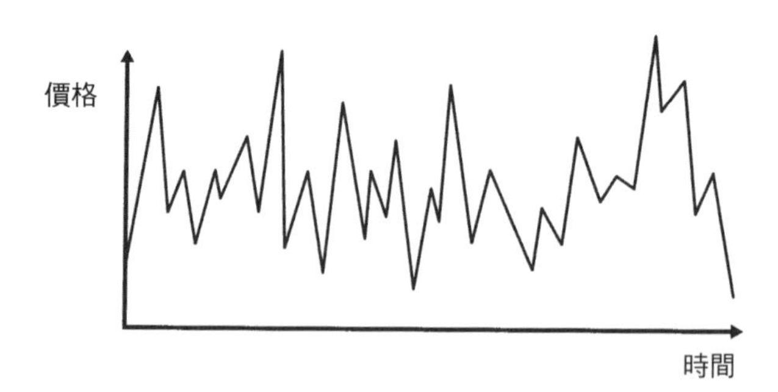

圖2.22 直覺認定的隨機資料典型結構：雜亂、沒有秩序、沒有趨勢

依據代表性啟發，我們認定某個程序（原因）是隨機的，其結果（資料）看起來也應該是隨機的。根據這個假設，任何資料只要偏離我們認定的隨機典型結構，由於其中呈現某種型態或趨勢，則認定這是非隨機程序產生的結果。股價走勢圖看起來，像是由非隨機程序產生的；換言之，價格資料符合我們對於秩序與可預測性的概念。請注意，金融市場或許確實存在某種程度的非隨機性質，確實存在可供預測的根據。不過，這並不是此處的重點。重點是：具備預測功能的非隨機結構，是否能夠透過肉眼與直覺觀察出來？

如同稍早提到的，代表性推理的不足之處，在於過度專注表象，同時還忽略了重要的統計與邏輯特質。如同本書第4章將解釋的，某個資料樣本的最重要特色——由資料處理的觀點著眼——是樣本構成觀察值的個數。某個樣本資料是否能夠提供有效的結論，取決於觀察值的個數。觀察值的個數必須夠多，才能精確反映產生該資料之程序的真正性質（不論隨機或非隨機）。反之，資料樣本如果太小，可能產生型態與趨勢的錯覺，因為小樣本不足以反映產生該資料之程序的真正性質。

我認為，透過肉眼觀察價格走勢圖，能夠有效判斷趨勢與型態的信念，是透過類似下列不正確思考程序產生的：

1. 根據代表性啟發進行的推理，隨機程序產生的資料，看起來也應該是隨機的——雜亂無章、沒有秩序、沒有組織，不應該有型態或趨勢的任何徵兆。
2. 所有的隨機資料樣本，都應該具備隨機的典型性質，不論該樣本的觀察值個數有多少。
3. 觀察小樣本的資料，其特質似乎不符合直覺對於隨機的想法。

4. 因此認定該資料是來自於某種非隨機程序。
5. 非隨機程序應該具備可供預測的條件，因此其資料應該存在可供預測的型態與趨勢。

圖2.23說明相關情況。

資料是否蘊含可供預測的秩序？

是的，因為資料樣本不符合我們直覺認定的典型隨機特質。

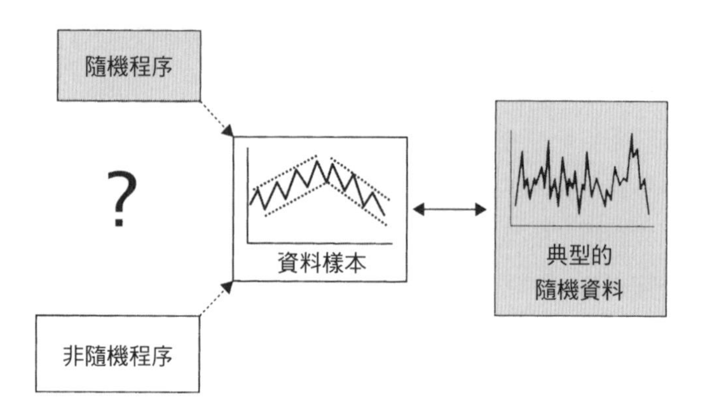

圖2.23 由於資料不符合我們直覺認定的典型隨機特質，因此認定具有預測功能

前述推理程序的主要缺失，是沒有考慮樣本大小（也就是第2點）。不論觀察值多寡，認定樣本資料必然可以精確反映該資料產生之程序的性質，這違反了重要的資料分析原理：大數法則（the Law of Large Numbers）。根據代表性進行推理，顯然沒有遵從大數法則。換言之，樣本太小而不足以歸納出具備統計意義的結論。這項錯誤招致的懲罰，則是變為「隨機愚蠢俱樂部」的成員[153]。

大數法則與忽略樣本大小的錯誤

大數法則告訴我們，樣本大小非常重要，因為這將決定我們根據樣本資料所做之推論的可信任程度。大數法則也稱為平均數法則（Law of Averages），唯有當樣本是由數量夠大的觀察值構成，才能精確反映產生該樣本之程序的性質。換句話說，唯有夠大的樣版，才能精確顯示產生該樣本之母體的性質。銅板投擲的次數愈多，樣本出現頭部的比例，愈能夠代表銅板公正的程度。總之，樣本愈大，我們對於樣本所做的推論愈有把握。本書第4章會詳細講解。就目前討論來說，重點是大數法則與小樣本資料之型態與趨勢錯覺的關係。

根據小樣本所做的推論，可能造成嚴重誤差，因為小樣本彰顯的性質，可能顯著不同於母體（產生該樣本之程序）。這可以解釋一小段的虛構股價走勢圖（透過隨機程序模擬）為何看起來會呈現真正型態與趨勢的原因。當然，根據定義，這類資料不可能存在型態或趨勢。所以，關於某樣本資料究竟是來自於隨機或非隨機程序，如果樣本太小，就不能提供可靠的結論。請參考圖2.24與圖2.25，當部分走勢圖（小樣本）看起來呈現非隨機性質，則由部分構成的整體走勢圖也會產生非隨機的錯覺。

投擲銅板的實驗，可以說明小樣本可能產生的錯覺。對於公正的銅板來說，出現正面與反面的可能性相同。投擲銅板出現正面的期望機率為0.5。只要投擲銅板的次數夠多，這種預期是正確的。如果投擲100,000次，出現正面的比例應該非常接近0.5。事實上，只要投擲的次數夠多，出現正面的比例非常不可能超出0.497～0.503的範圍[154]。

問題是直覺通常沒有考慮樣本大小或大數法則。所以，即使銅

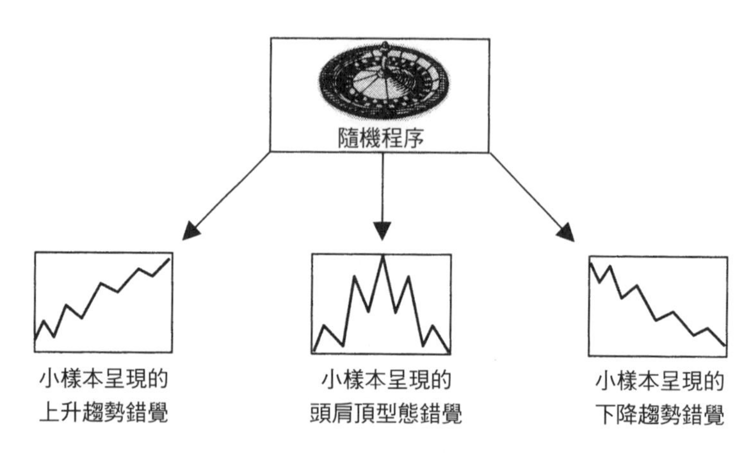

圖2.24　隨機程序產生之小樣本呈現的趨勢與型態錯覺

板的投擲次數很少，我們也預期正面出現的比例為0.5。沒錯，不論投擲幾次銅板，即使只投擲兩次，出現正面的期望機率也是0.5，但投擲的次數如果很少，實際出現正面的比例很可能顯著不同於0.5。舉例來說，投擲10次的結果，結果很可能是3個正面（0.3），7個反面（0.7）。可是，如果投擲100,000次公正的銅板，則幾乎不可能出現正面比例0.3（30,000次），反面比例0.7（70,000次）。

關於隨機程序，人們經常有一種錯覺，認為結果交替發生（上／下，正／反）的頻率要遠超過實際發生的程度。因此，當我們設想投擲公正銅板的結果時，所想像的正、反交替出現程度，通常都遠超過真正隨機程序可能產生的結果[155]。相較於直覺想像，隨機程序出現交替結果的頻率較小，出現連續結果的可能性較大。因此，當一組資料呈現的結果，如果不符合我們對於交替現象發生的直覺預期，就會產生趨勢的錯覺。舉例來說，投擲公正的銅板6次，直覺告訴我們，結果為「正面-反面-正面-反面-正面-反面」的可能

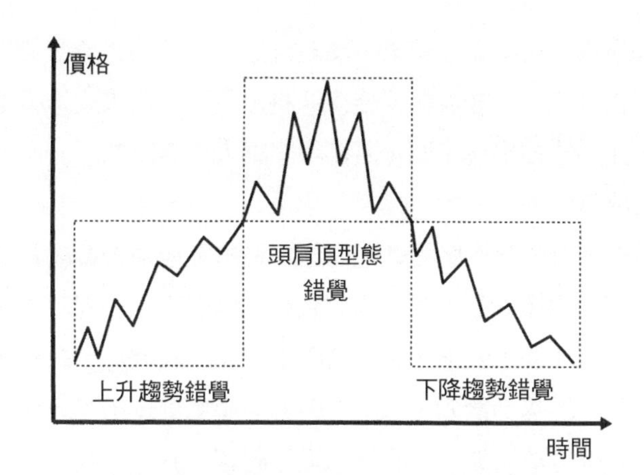

圖2.25 如果小部分走勢圖看起來存在秩序，結合之後的整體走勢圖也會呈現非隨機外觀

性，應該大於出現「正面-正面-正面-正面-正面-正面」；可是，這兩種結果的發生機率，實際上是一樣的[156]。因此，對於真正的隨機程序，直覺經常讓我們誤判為非隨機。

相較於我們的直覺，因為隨機結果實際發生的交替現象較少，連續現象較多，所以隨機程序經常被誤判為非隨機。舉例來說，對於罰球率為50%的籃球選手，其投籃命中的機率約略等於投擲公正銅板出現正面的機率。所以，這位選手如果罰球20次，很可能會出現連續罰中4次、5次，甚至6次的情況。換言之，一般人所謂的「手氣發燙」[157]，往往只是純粹的機運，或純粹的隨機現象。

隨機程序應該有較多的交替現象、較少的連續現象，這種錯覺來自於兩種錯誤感知：（1）群聚錯覺（cluster illusion），以及（2）賭徒謬誤（gambler's fallacy）。所謂的群聚，是指類似事件在時間或空間上聚集在一起的意思。隨機時間序列的類似結果聚集在一起，會產生動能存在的假象，因此而造成趨勢將持續發展的錯覺。

賭徒謬誤也是認為類似結果不應該群聚在一起的錯覺：如果類似結果群聚在一起，意味著相反結果即將發生。舉例來說，投擲公正的銅板，如果連續出現正面，賭徒謬誤讓人們誤以為下一次投擲出現反面的機率將增加。

觀察者對於某程序的既定信念，將決定他是否會成為群聚錯覺或賭徒謬誤的犧牲品。假定我們觀察一種程序，該程序實際上屬於隨機程序而我們不知道。這種情況下，如果我們認定該程序為非隨機，應該呈現趨勢徵兆，那麼就很容易產生群聚錯覺。該程序遲早會產生連續現象，讓先前的信念獲得確認。於是，觀察者將受制於群聚錯覺。

反之，如果觀察者的既定信念認為該程序屬於隨機現象，則比較可能受制於賭徒謬誤。隨機程序也遲早會發生連續4個正面，然後跟著發生反面。這雖然是隨機程序的正常現象，但出現反面將強化反面應該出現的錯誤信念。因此，當某真正的隨機程序，不論觀察者認定其為非隨機而群聚現象應該發生，或認定其為隨機程序而群聚現象代表相反現象將發生，他們的信念都會得到確認。事實上，對於真正的隨機程序，這兩種觀察者的預期都是錯誤的。隨機漫步沒有記憶，先前結果不會影響後續事件。

群聚錯覺也可能發生在空間架構上。隨機資料造成的這種感知錯覺，顯示人們對於隨機性質的另一種錯誤預期。這種錯誤的預期認為，隨機資料不應該展現任何組織或形式的跡象。任何偏離這項預期的發展，都被錯誤解釋為非隨機程序運作的結果。這種隨機程序呈現的空間型態錯覺，最典型的案例發生在第二次世界大戰期間，德國的V-1與V-2飛彈攻擊倫敦[158]。報紙刊載飛彈爆炸位置的地圖，讓讀者立即產生一種群聚錯覺，認為爆炸位置存在特定型態。

這種錯覺經過解釋之後，認定德國飛彈攻擊故意避開倫敦的某些地區。同樣透過錯誤的推論，倫敦居民相信德國飛彈沒有攻擊的地區，必定居住著德國間諜。可是，如果正式分析彈著點，可以發現其分配完全符合隨機程序。

美國加州發生的癌症群聚歇斯底里，則是空間群聚錯覺最見發生的案例。每當某個社區發生的特定癌症病例（譬如：石綿引發的肺癌）高出正常水準，就會造成居民恐慌。事實上，純粹的運氣也會產生群聚現象。對於沒有受過統計分析訓練的人來說：對於加州的5,000個調查分區與80個可能的環境癌症病例，則可能某個分區的癌症病例看起來可能高於純粹運氣所能解釋。某些情況下，這類群聚現象確實意味的環境毒害，但未必始終如此，至少不會像直覺認定的程度那麼高。

讓我們回到技術分析的主題上，那些看起來頗有秩序的雙重頂、頭肩底…等排列，並不符合很多人對於隨機程序的直覺概念。人們誤以為隨機程序產生的資料應該雜亂無章、沒有型態；所以，這些看起來有秩序的排列，意味著它們必定來自於某種非隨機程序，不只適合肉眼觀察、分析，而且還可以用以預測未來發展。如同哈利·羅伯茲所說的，隨機漫步會呈現一些主觀技術分析者視為珍寶的型態。

總之，一般人很難判斷某組資料究竟是否屬於隨機現象。數萬年的演化讓我們很容易看到秩序，而且十分擅長解釋秩序何以存在，所以我們不難理解技術分析的前輩們如何能夠發現各種型態與趨勢，並創造理論來解釋這些型態何以發生的緣故。關於金融市場資料的波動，如果我們想要尋找其中的秩序，不能仰賴肉眼與直覺，而需要採用更嚴格的方法。

排除虛假的知識：科學方法

本章探討多種可能讓我們汲取錯誤知識的途徑。防範這種可能性發生的最好辦法，就是科學方法，也就是下一章準備討論的主題。

第 3 章
科學方法與技術分析

技術分析的最大問題在於錯誤的知識。技術分析傳統運用上，其教條與神話都來自於信仰與軼事。這是因為技術分析試圖採用非正規、直覺方法尋找具備預測功能之型態的後果。做為一種學科，技術分析顯然有不足之處，因為其運用方法缺乏嚴謹的紀律。

採用嚴格的科學方法，可以解決這方面的問題。科學方法並不是一種可以自動產生知識的食譜。科學方法是「一套為了描述與解釋過去或現在的一系列可觀察或可推理現象而產生的方法，其目的是建構可供公開拒絕或驗證的可檢定知識。」換言之，這是分析資訊的一種特定方法，目的在於檢定某些主張[1]。本章準備摘要說明科學方法的邏輯與哲學基礎，討論技術分析採用科學方法的意涵。

最重要的知識：一種取得更多的方法

西方文明帶給世界的各種知識之中，科學方法是其中最有價值者，這是一套取得新知識的方法。這是由歐洲的一些思想家在1550年到1770年之間發明的[2]。」相較於其他不正式的方法，科學方法可以讓我們篩除謬誤。過去400年來，科學方法讓人類得以顯著擴大控制自然界的力量。

科學方法可以保護我們的心智弱點，避免因為我們透過比較不嚴格的方法汲取錯誤的知識。日常生活裡，這些不嚴格方法取得的知識雖然也很有用，但有時候顯然會發生錯誤。譬如說，對於古代人，太陽顯然是繞著地球旋轉。這種看法必須經由科學糾正。不正式觀察與直覺推論經常會發生錯誤，尤其是處理複雜或高度隨機的現象；金融市場行為就是如此。

由歷史觀點來看，技術分析並沒有引用科學方法，但目前的情況正在改變。在學術圈子或商業領域內，一群稱為「計量玩家」（quant）的人，他們都採用科學方法。事實上，某些最成功的避險基金，所採用的策略就屬於科學的技術分析。

當然，很多傳統的技術分析者，他們拒絕做這方面的改變。人們很難放棄既得利益與思考習慣。同樣地，民俗療法演變為現代醫學、煉金術演變為化學、占星學演變為天文學，過程都難免會遇到抗拒進步的人。傳統與科學之間發生摩擦，情況是可以預期的。可是，歷史先例如果有參考價值的話，我們不難理解傳統技術分析勢必成為邊緣領域。目前仍然有占星學、煉金迷與巫醫，但這些東西已經不值得認真對待。

希臘科學傳說：好壞參半

古希臘人是首先嘗試科學化的文明，不過結果只能算好壞參半。好的方面，包括亞里斯多德發明的邏輯學。這種正式的推理程序，到了現在還是科學方法的基石。

至於壞的方面，則是亞里斯多德對於物質與運動提出的一些錯誤理論。他的理論並不是根據所觀察的現象進行歸納，然後再透過新的觀察做檢定（就如同現在應用的科學方法一樣），而是由形上學演繹而得。每當觀察現象與理論發生衝突的時候，亞里斯多德與其門徒通常都會扭曲事實，而不是修改或放棄理論。現代科學的做法剛好相反。

亞里斯多德最終還是體會到一點，如果要瞭解世界的話，演繹邏輯畢竟是不夠的。他發現，建立在歸納邏輯——根據觀察而做一般化結論——之上的經驗方法確實有其必要。這項發明對於科學的貢獻至大。可是，他自己並沒有好好運用這項發明。在雅典著名的講學所，亞里斯多德與其學生們觀察各式各樣的自然現象。不幸地，他們所做的推論基本上都是根據亞里斯多德的教條，而且證據往往明顯不足[3]。換言之，根據太少的證據，建立起太多的理論。當事實與所偏愛的理論發生衝突，亞里斯多得總是會扭曲事實來迎合理論。

最終，亞里斯多德的傳奇卻成為科學發展的障礙。由於他的權威與名氣，使得一些錯誤的理論都沒有受到質疑而流傳了2,000年。這妨礙了科學知識的成長，至少對於我們現在所謂的科學知識是如此[4]。同樣地，類似如道氏、莎貝克（Schabacker）、艾略特與甘氏（Gann）等技術分析前輩彙整的理論，也沒有受到質疑或經過檢定而流傳至今。就如同科學沒有教條存在的空間一樣，技術分析領域也應該如此。

科學革命的誕生

「科學是第17世紀的主要發現或發明。當時的人們發現——這項發現深具革命性——如何根據所謂的科學方法，衡量、解釋與控制自然現象。自從第17世紀以來，科學顯著進步，發現許多真理，也造就了整體人類，但科學方法本身並沒有變化。機於這個緣故，第17世紀或許是人類歷史上最重要的一個世紀[5]。」

科學革命起始於西元1500左右的西歐，當時的智識世界處於停滯狀態，所有的知識都是由權威當局說了算數，而不是建立在觀察事實之上。當時的智識權威，是指羅馬教會與希臘科學教條，其認定的真理完全不接受挑戰。地上的事物都是由亞里斯多德物理學掌管，天上的事物則是以希臘天文學家托勒密（Ptolemy）的學說為準，後者又經過教會的背書。托勒密學說認為地球是宇宙的中心，太陽以及其他星球都圍繞著地球旋轉。對於沒有經過嚴格訓練的觀察者來說，周遭現象確實符合教會宣揚的理論。

一切原本都沒有問題，直到有人開始發現一些與既定理論衝突的現象。軍隊的砲兵發現，砲彈是遵循拋物線的軌跡前進，顯然不符合亞里斯多德的運動理論（請參考圖3.1）。經過重複觀察，砲彈移動的軌跡確實呈現拋物狀，顯然不同於希臘理論的預測：砲彈一旦脫離砲管，應該立即墜地。所以，如果理論沒有錯的話，那就是士兵眼花了。由實際觀察與理論預測做比較，藉以驗證理論的效力，這是現代科學方法的根基。

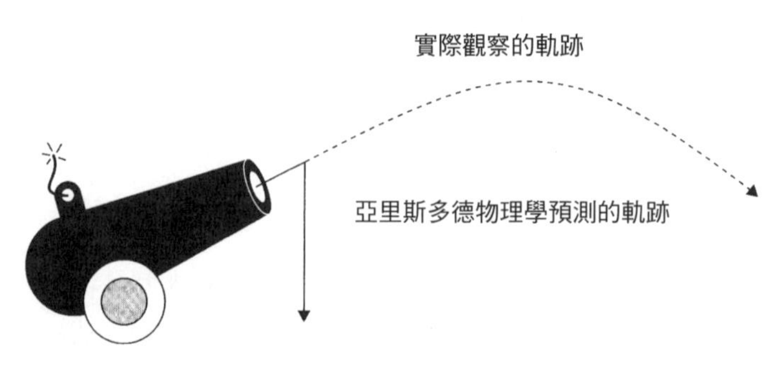

圖3.1 預測與觀察

另外，當時的天體觀察也開始發現一些現象，顯然與地球為中心的教會理論產生衝突。天文學方面的衡量愈來愈精確，發現星球運動很多方面都不同於理論預測。當時的天文學家，最初還能夠勉強彌補、修改教會的理論，使其不至於與實際觀察產生嚴重矛盾。隨著不協調的現象變得愈來愈多，理論被迫附加一些新的假說，在星球的主要運行軌道上，加一些小軌道。這種特別的安排，稱為本輪（epicycles），使得既有理論能夠涵蓋不協調的新發現。舉例來說，本輪可以用來解釋某些星球為何有時候會倒退運行，而不是順著連續軌跡劃過天空。經過一段時間之後，持續累積的本輪，使得根本不正確的地球中心理論變得愈來愈複雜，一圈圈的本輪又套著另一圈的本輪。

迦利略（Galileo Galilei, 1564-1642）發明望遠鏡，算得上是科學發展史上的里程碑。他發現，有4個月球繞著木星旋轉。這個發現顯然違背教會的正統理論（所有的天體都應該圍繞著地球旋轉），嚴格挑戰長久以來不可動搖的信念。教會當局不願接受這項事實。教會最初雖然允許迦利略發表其發現與新著述，但隨後又撤回許可，並將其定罪。迦利略被迫放棄天文研究，而且遭到軟禁[6]。

教會的天體理論最終還是被結構更簡單、理論更正確的哥白尼模型取代了。這套模型是以太陽為宇宙的中心，使得相關的假說變得更單純。現在，我們當然知道太陽並不是宇宙的中心，但在哥白尼時代，這套理論卻代表人類天文知識的一大進步。

客觀眞實的信條與客觀的觀察

關於實體（reality）的性質，科學有一個根本假定：在觀察者之外，存在獨立的客觀實體，這個實體也就是觀察者感知的對象。這是科學強調觀察的根本信條（faith）。此處稱其為「信條」，因為沒有實驗或邏輯根據可以證明客觀實體存在。舉例來說，我沒有辦法證明所看到的紅燈交通號誌，是存在於我之外的客觀實體，而不是我個人的單純想像。

各位或許會問，對於這種顯然如此的東西，為什麼還要大張旗鼓的深究呢。每個人都知道外在世界確實存在，不是嗎？可是，對於科學來說，這個問題很重要，透過科學方法證實或直覺知道，這完全是兩碼子事。科學不能只因為看起來確實如此而認定為事實。我們知道，很多看起來理所當然或顯然如此的東西，結果並不是真的。科學假定獨立而客觀的真實存在，並不是因為這是自明之理，而是因為這符合科學架構的基本原理：單純性原理（the principle of simplicity）。

根據這項原理，愈單純愈好。所以，當我們面對幾個可信程度類似的理論，則單純性原理將促使我們接受最單純的理論，也就是涉及最少假設、結構最不複雜的理論。單純性原理又稱為「奧康剃刀」（Occam's Razor），讓我們剔除理論太過複雜的部分。哥白尼宇宙模型之所以優於教會正統模型，因為它用簡單的架構，取代了每個星球各有軌道的本輪複雜安排。同樣的道理，如果隨機漫步假說可以解釋金融市場的行為，那麼因為其採用很少的假設，應該優於艾略特波浪理論，因為後者假定各種波浪型態、黃金比率、費波納奇數列，以及種種複雜現象。換言之，除非艾略特波浪理論能夠更精地預測行情，否則我們寧可相信結構遠較單純的隨機漫步假說。

假定外部實體存在，能夠讓我們必須處理的問題顯著簡化。否則，恐怕就需要引用一系列複雜的假設，說明兩個人觀察相同的現象，為何會產生大體上相同的感知。當我碰到紅燈號誌的時候，為了要解釋其他車子為什麼也停下來，假定外在世界確實存在紅燈，會讓整個問題簡單得多。如果不做這種假設，恐怕就要引用複雜的假設，才能說明其他車子為什麼也停下來。

因此，關於客觀實體的信條，科學對於主觀與客觀感知有著根本不同的見解。我對於交通號誌的客觀觀察，以及我因為可能工作太晚而主觀感覺懊惱，兩者顯然是不同的。客觀觀察能夠與別人分享，並得到其他人的確認。基於這個緣故，透過客觀觀察建構的知識，也可以與別人分享，並得到其他人的確認。可是，主觀思緒、解釋或感覺，則缺乏這方面的性質；單就這點，主觀技術分析也不該視為正規的知識。

科學知識的性質

愛因斯坦曾經說過：「我長久以來學到一件事：我們所有的科學，根據實體所做的衡量都非常粗淺，近乎兒戲，但也是我們所擁有最珍貴的東西[7]。」科學知識不同於其他形式取得的智慧，例如：普通常識、信仰、權威與直覺。這方面的差異，也就是本節準備討論的主題，說明了科學何以更為可靠。

科學知識屬於客觀知識

科學只處理外在世界的事實，儘可能追求客觀，雖然並無所謂絕對的客觀。如此可以排除許多本質上屬於個人的主觀事件。我們的思緒或情緒，很難精確地與別人共享，雖然這是藝術家、詩人、作家或作曲家所試圖嘗試的。威廉・巴洛斯（William Burroughs）在《赤裸的午餐》(Naked Lunch）一書中，試圖傳遞吸食海洛因的經驗。可是，我絕對不可能完全體會他的經驗，我或其他讀者得到的感覺，可能全然不同於巴洛斯的經驗。因此，科學知識是可以公開分享的，也可以由其他人驗證。這使得許多獨立觀察者可以得到最大的共通結論。

科學知識是建立在觀察之上，屬於經驗的。所以，這不同於數學或邏輯論證，因為這些論證是根據公理（axioms）演繹出來的，未必要以外在世界的事實為準，也不需經過實際觀察的驗證。舉例來說，畢氏定理告訴我們，直角三角形斜邊（c）的平方，等於另外兩邊（a與b）的平方和：

$$c^2 = a^2 + b^2$$

請注意，這個定理並不是觀察數以千計的直角三角形所歸納出來的結論，而是根據一組普遍被接受的公理所演繹出來的。

科學知識是量化的

希臘數學家畢達哥拉斯（Pythagoras，西元前569年～475年）曾經說過，運用計量方法描述世界，觀念最清楚。他認為，不論是外在世界或內在心靈，基本上都是數學的。科學對於計量化程序的重視，絕對不應該低估。「對於人類能夠衡量的事物，將事物轉化或簡化為數字，就意味著我們可以更瞭解、控制這些事物。對於人類不能衡量的領域，知識進展就比較不成功，這有一部份可以解釋為什麼心理學、經濟學與文學批評沒有辦法提升到科學的境界[8]。」

對於我們所觀察的東西，如果要做嚴格、理性的分析，就必須簡化為數字。量化程序使得觀察現象可以採納一種最有效的分析工具：統計學。「絕大部分的科學家認為，如果不能用數學格式描述，就不屬於科學領域[9]。」量化程序是知識客觀化的最佳保證，使得相關知識能夠與他人共享，並接受檢定。

科學的宗旨：解釋與預測

科學的宗旨，是發現一些法則，用以預測未來的觀察，並解釋先前的觀察。可供預測的法則，又稱為科學定律，是有關一些重複發生之程序的陳述，例如：「事件A通常可以預測事件B」，但定律並不試圖解釋為什麼。

解釋現象之所以發生的理論，又較預測法則更勝一籌，顯示事件B為什麼總是發生在事件A之後。本書第7章將探討行為金融學（behavioral finance）的一些理論，藉以解釋金融市場的行為，何以有時候是非隨機的。這些理論或許有助於技術分析的發展，也可以解釋某些技術分析方法為何有效。

科學定律與理論的運用，各有不同的普遍程度。愈普遍適用者——換言之，可以針對很寬廣的現象做預測與解釋者——愈有價值。某種技術分析法則如果適用於所有的金融市場與所有的長短時間架構，其價值當然勝過只適用於銅期貨小時走勢圖的方法。

定律或法則也有不同的預測能力。穩定性愈高的法則，愈有價值。假定其他條件相同，某技術分析法則的成功率為52%，其價值就不如成功率為70%的法則。函數關係可以算是最重要的科學法則。函數運用方程式的格式，描述一組觀察值的關係。這種方程式顯示所要預測之變數（稱為應變數，通常標示為Y）為另一些用以預測之變數（稱為自變數，通常標示為X）的函數；換言之，

$$Y = f(X_i) \qquad \text{其中} i = 1, 2, \cdots, n$$

一般來說，用以預測之變數的數值為已知，但應變數的數值為未知。很多運用情況下，應變數Y代表未來結果，自變數X的數值則是當前已知。一旦確定函數關係之後，只要代入已知的自變數數值，就可以計算應變數（被預測之變數）的對應數值。

函數關係通常可以透過兩種方式產生。第一，根據相關的解釋理論推演函數關係；第二，根據自變數與應變數的歷史數據，套取函數關係（例如：利用迴歸分析技巧）。目前的技術分析大多透過第二種方式推演函數關係，因為技術分析理論還處於建構階段（參考本書第7章）。

邏輯在科學內扮演的角色

科學知識之所以受到推崇，一方面是因為其結論來自於邏輯推演。運用邏輯與實際證據做為結論的根據，使得科學得以避免非正規推理常見的兩種謬誤：訴諸於權威，訴諸於傳統。訴諸於權威，是以某位權威人士的見解做為論述的依據。訴諸於傳統，是以長久以來的作法做為論述的依據。

技術分析方法的根據，大多訴諸於傳統或權威，而不是正式的邏輯與客觀證據。多數情況下，目前權威只不過是引用過去權威的說法，過去權威則又引用更早期權威的說法，至於最初的知識來源，基本上則是透過直覺產生的。所以，訴諸權威的謬誤，就是權威之間彼此強化。

首要邏輯法則：一致性

亞里斯多德（西元前384年～322年）據說是正規邏輯的發明

者，最初源自於幾何學。遠在更早的2000多年前，埃及人已經知道如何精確衡量線的長度與角的大小，甚至知道如何計算面積，但「希臘人把這些觀念加以延伸，根據數學定義（公理）建構結論無庸置疑的系統[10]。」

正規邏輯屬於數學的一個分支，研究主題是正確的推理法則，用以建構與評估論述的有效性質。有別於非正規的推理，根據正規邏輯推演出來的結論是絕對不可能發生錯誤的。

一致性（consistency）法則是正規邏輯的最根本原理。這可以表示為兩種法則：排中律（Law of the Excluded Middle）與不矛盾律（Law of Noncontradiction）。「根據排中律，物件只能具備或不具備某性質。沒有中間的替代可能。換言之，不允許有中間地帶[11]。」某個論述只能是真或不真，不能兩者皆是。所以，只有二元狀況才適用這個法則，否則就是誤用。

「不矛盾律與排中律之間存在密切關係。不矛盾律是指『是』與『不是』不能同時成立[12]。」某個陳述不可以同時是真與不真。如果某個陳述允許同時為真與不真，則該陳述稱為自相矛盾。

如同後續章節將顯示的，這些邏輯法則普遍運用於科學推理。觀察證據顯示某技術分析法則的歷史測試結果產生獲利，這在邏輯上雖然不能直接證明該法則具備預測能力，但這些證據可以用來證明該法則並非不具備預測能力。換言之，透過不矛盾律，這可以間接證明該法則具備預測能力。這種證明方法稱為間接證明或反證方法，屬於科學領域內常用的方法。

論點與論述

邏輯推論有兩種不同的格式：演繹（deduction）與歸納

（induction）。我們準備分別探討這兩種格式，說明它們如何一起運用於現代科學邏輯架構上，也就是假說演繹方法（hypothetico-deductive method）。可是，探討這些推論格式之前，讓我們先說明一些定義：

- **命題**（Proposition）：一種可以顯示為真或不真的陳述（declarative statement），有時候稱為主張（claim）。舉例來說，下列陳述為一個命題：「頭肩型態的預測功能超過隨機訊號」。命題不同於其他不包含可顯示為真或不真之性質的陳述，例如：驚嘆陳述、命令陳述或疑問陳述。因此，只有命題才可以被肯定或否定。
- **論述**（Argument）：由一群命題構成者，其中一種命題稱為結論，這是由其他命題（稱為前提）經過邏輯推演而得到的命題。所以，論述是根據前提做為證據而建立其結論為真的一系列陳述。

演繹邏輯

如同稍早提到的，邏輯有兩種格式：演繹與歸納。本節準備討論演繹邏輯，下一節則討論歸納邏輯。

定言三段論（Categorical Syllogisms）　演繹論述的前提可以做為無庸置疑之證據而顯示結論為真的論述。定言三段論是最常見的演繹論述。這是由兩個前提與一個結論構成。定言三段論處理類稱（categories）之間的邏輯關係。第一個前提顯示某類稱的一般性質，例如：凡人都會死，最終結論則顯示特定案例的性質，例如：蘇格拉底會死。

前提1：凡人都會死。

前提2：蘇格拉底是人。

因此：蘇格拉底會死。

請注意，該論述的第一個前提建立起兩個類稱之間的關係，兩個類稱分別為「人」與「死」（第一個類稱屬於第二個類稱）：凡人都會死。第二個前提是有關第一個類稱之某個別成員的陳述：蘇格拉底是人。於是，這使得該個別成員也屬於第二類稱：蘇格拉底會死。

定言三段論的一般格式如下：

前提1：類稱A的所有成員都是類稱B的成員。

前提2：X是類稱A的成員。

因此：X是類稱B的成員。

演繹邏輯有一項很好的特質：明確性。若且唯若兩個條件滿足的話，演繹而得的結論絕對為真：論述的前提為真，論述的格式有效。如果這兩個條件中的任一條件不滿足，則結論絕對不成立。因此，對於有效的論述來說，只要前提為真，結論就必須為真。換句話說，有效的論證絕對不可能出現前提為真而結論不真的情況。

總之，演繹取得的結論只有兩種可能：真或不真。如果論述格式有效或前提為真的兩個條件缺少任何一個，則結論為不真。反之，如果兩個條件同時具備，則結論為真。沒有中間的模糊地帶。

請注意，「真」與「有效」是兩個不同的概念。「真」的相反是「不真」，這是有關個別命題的性質。命題如果符合事實，就是真。因為前提與結論都是命題，兩者都可以是真或不真。「所有的豬都會飛」是一個不真的前提。「蘇格拉底是人」是一個真的前提，「蘇格拉底會死」則是一個真的結論。

「有效」則是論述格式的性質。換言之，「有效」是關於論述構成之命題之間關係的性質。因此，有效或無效是指兩個前提與其結論之銜接推論是否正確的問題，效力無關乎論述前提或結論之真或不真。如果前提為真，則有效論證得到的結論必定為真。

然而，即使構成論述的兩個命題都不真，但只要命題之間的邏輯關係正確，論述還是有效的。這種定言三段論具備有效的格式，因為其結論是其前提的邏輯結果，即使其前提與結論都不真。

前提1：凡人都不會死。

前提2：蘇格拉底是人。

因此：蘇格拉底不會死。

論述有效或無效，與事實完全無關；所以，我們最好藉由一種稱為尤拉圓（Euler circles）的圖形來說明。尤拉圖形中，類稱構成要素的集合，是由一個圓來表示。舉例來說，所有跑車的集合可以用一個圓來表示，所有車的集合也可以用一個圓表示。由於任何跑車都是車，所以「跑車」集合屬於「車」集合；換言之，「跑車」集合的圓，包含在「車」集合的圓之內，請參考圖3.2。

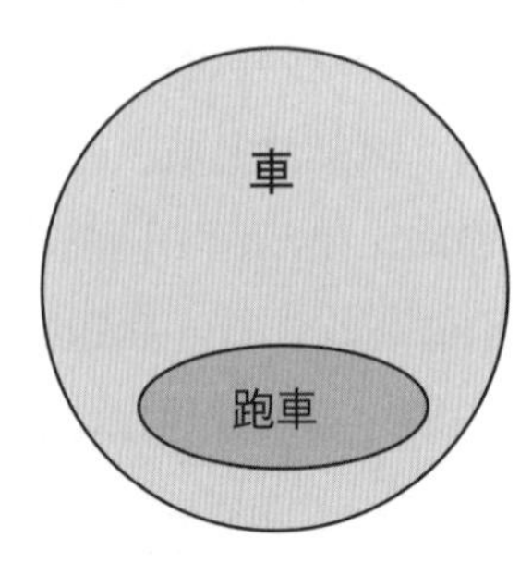

圖3.2 尤拉圓

圖3.3可以說明為什麼論述1為真而論述2為不真。論述1之所以有效，因為其結論「X屬於B」是其前提的必然結果。可是，論述2則無效，因為其結論「X屬於A」並不是其前提的邏輯結果。X或許屬於類稱A，但不見得必然如此。。尤拉圖形更適合說明論述的效力狀況，因為論述本身需要動腦筋思考。

論述 1
所有A都是B。
X屬於A。
因此，X屬於B。

論述 2
所有A都是B。
X屬於B。
因此，X屬於A。

論述 1
有效

所有A都是B
X屬於A
因此，X屬於B

類稱 B
類稱 A
X

論述 2
無效

所有A都是B
X屬於B
因此，X屬於A

類稱 B
X
類稱 A

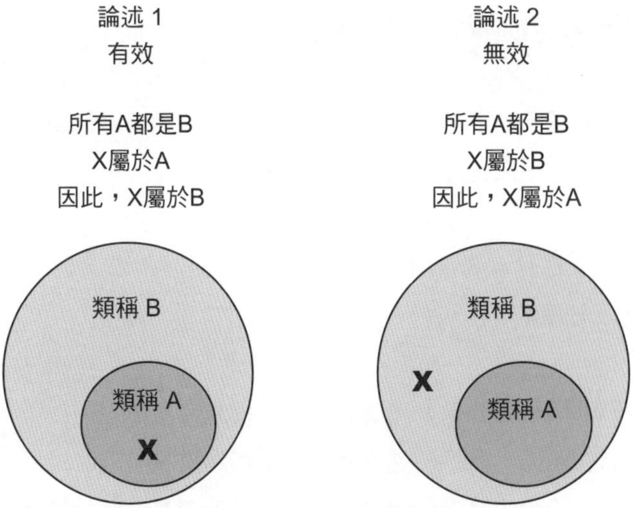

圖3.3 有效與無效的定言三段論

條件三段論：科學論述的邏輯　條件三段論（conditional syllogism）是經常運用於科學推論的另一種演繹論述格式。這是一種用以發現新知識的邏輯架構。

如同定言三段論一樣，條件三段論也是由三個命題構成：兩個前提與一個結論。由於第一個前提屬於條件命題，所以稱為條件三段論。

條件命題是一種複合陳述，透過「如果…，則…」來結合兩個簡單命題。跟在「如果」後面的句子，稱為前件子句（antecedent clause），跟在「則」後面的句子，稱為後件子句（consequent clause）。條件命題的一般格式為：

如果（前件子句），則（後件子句）

例如：

如果牠是狗，則牠有四條腿。

這個例子中，「牠是狗」是前件子句，「牠有四條腿」是後件子句。再舉一個跟此處討論主題有關的例子：

如果這種技術分析法則具備預測功能，則歷史測試報酬率應該超過零。

我們的最終目的是要建構為真的這種條件命題之前件子句。如同稍後將顯示的，我們將透過間接方法辦到這點。

條件三段論的第二個前提，是肯定或否定第一個前提之前件子句或後件子句為真的命題。繼續引用先前例子來說明，第二個前提可能是下列四個陳述之一：

牠是狗：肯定第一個前提的前件子句爲眞。

牠不是狗：否定第一個前提的前件子句爲眞。。

牠有四條腿：肯定第一個前提的後件子句爲眞。

牠沒有四條腿：否定第一個前提的後件子句爲眞。

條件三段論的結論用以肯定或否定第一個前提之剩餘子句為真。換言之，結論是關於第二個前提沒有提到的第一個前提剩餘子句。舉例來說，如果第二個前提談到第一個前提的前件子句（牠是狗），則結論就是真對第一個前提的後件子句而言（牠有四條腿）。

以下是條件三段論的例子：

前提1：如果牠是狗，則牠有四條腿。

前提2：如果牠是狗（肯定前提1之前件子句）。

因此：牠有四條腿（肯定前提1之後件子句）。

如果條件三段論具備有效的格式，則其結論將由兩個前提蘊含。另外，如果格式為有效，而且前提為真，則結論也必定為真。

條件三段論的有效格式　條件三段論有兩種有效的格式：肯定前件子句，否定後件子句。對於肯定前件子句的論述，第二個前提肯定第一個前提的前件子句為真。對於否定後件子句的論述，第二個前提否定第一個前提的後件子句為真。此處將說明這兩種有效的格式。

肯定前件子句

前提1：如果牠是狗，則牠有四條腿。

前提2：牠是狗。

有效結論：因此，牠有四條腿。

在這種有效格式中，第二個前提肯定前件子句而陳述「牠是狗」。這兩個前提蘊含結論「牠有四條腿」。這種肯定前件子句之條件三段論的一般格式如下：

前提1：如果A爲眞，則B爲眞。

前提2：A爲眞。

有效結論：因此，B爲眞。

條件三段論的另一種有效格式，是否認第一個前提的後件子句。對於這種格式，第二個前提顯示第一個前提之後件子句為不真。由此可以推論第一個前提的前件子句也不真。讓我們就由例子來說明：

前提1：如果牠是狗，則牠有四條腿。

前提2：牠沒有四條腿。

有效結論：因此，牠不是狗。

這種否定後件子句之條件三段論的一般格式如下：

前提1：如果A爲眞，則B爲眞。

前提2：B爲不眞。

有效結論：因此，A爲不眞。

有時候則可以簡單表示為：

若A，則B。

非B。

因此，非A。

請注意，對於這種論述格式，是採用證據（一隻沒有四條腿的動物）來證明前件子句（牠是狗）為不真。這種推理格式經常運用於科學領域，用以證明假說為不真。假說（hypothesis）是扮演前件子句的角色。我們設定的假說是：牠是狗。後件子句預測如果假說為真所會發生的情況。換言之，如果這隻動物真的是狗，那麼根據觀察，牠應該有四條腿。由另一個角度說，條件命題「若A，則B」意味著如果假說為真（A為真），則實驗應該出現B。第二個前提顯示，實際觀察結果為非B，也就是說B沒有發生。這種情況下，我們可以有效推論假說A為不真。

我們將在適當場合顯示，如果可以證明假說A為不真，也就可以間接證明其他某些假說為真。這個其他某假說也就是我們想要證明為真的新知識，譬如說，新疫苗的效用優於安慰劑，或某種技術分析法則的預測效果優於隨機訊號。

條件三段論的無效格式　推論採用正規邏輯的價值，是因為人們運用非正規條件三段論經常會發生困難。如同本書第2章談到的很多偏頗與錯覺，心理學方面的研究資料顯示[13]，人們對於條件命題的推論經常發生兩種謬誤：肯定後件子句的謬誤，以及否定前件子句的謬誤。下面例子說明肯定後件子句的謬誤：

前提1：如果牠是狗，則牠有四條腿。

前提2：牠有四條腿。

無效結論：因此，牠是狗。

某隻動物有四條腿，當然不保證牠是狗。牠可能是狗，但也可能不是。「牠有四條腿」雖然能夠與「牠是狗」的結論並存，但也可以與其他結論並存，譬如說，「牠是貓」或任何四條腿的動物。所以，「牠有四條腿」並不能保證「牠是狗」的結論必然成立。肯定後件子句之謬誤的一般格式如下：

前提1：如果A爲眞，則B爲眞。

前提2：B爲眞。

無效結論：因此，A爲眞。

對於沒有接受嚴格科學訓練的人，我們經常可以看到這種推理謬誤，包括技術分析的相關論文在內。請考慮下列例子：

前提1：如果技術分析法則X具有預測功能，則歷史測試應該顯示獲利。

前提2：歷史測試顯示獲利。

無效結論：因此，法則X具有預測能力。

這個例子的兩個前提都可能為真，但結論未必為真。關於第一個前提，如果技術分析法則X具有預測功能，那麼該法則在歷史測試過程確實應該呈現獲利。換言之，「歷史測試獲利」是符合「法則X具有預測功能」的論點。可是，歷史測試獲利也可能純屬運氣（所以法則X沒有預測功能）。這類似於先前提到的例子，四條腿的動物可以是狗，但也可以是其他例如：馬、貓、…等的動物[14]。正因為肯定後件子句的謬誤，所以實驗證據不能用以證明假說為真。如同我們稍後將看到的，著名的科學方法論哲學家卡爾・帕布（Karl Popper）主張，科學方法必須仰賴後件子句的否認（證明為錯誤），後者如同我們強調的，才是推論的有效格式。

有關條件三段論的另一種謬誤，則是否認前件子句，請參考下面例子：

前提1：如果牠是狗，則牠有四條腿。
前提2：牠不是狗。
無效結論：因此，牠沒有四條腿。

「牠不是狗」顯然不能保證「牠沒有四條腿」。這種謬誤的一般格式為：

前提1：如果A爲眞，則B爲眞。
前提2：A爲不眞。
無效結論：因此，B爲不眞。

用比較簡潔的方式表達則是：
若A，則B。

非A。

因此,非B。

處理複雜的情況時,無效論證往往不容易察覺。碰到這種情形,不妨藉由A、B、C…等沒有明確意義的符號檢視推論格式是否有效。

關於前文討論的條件三段論,摘要內容請參考圖3.4與3.5。

有效	無效
肯定前件子句 如果A,則B。 A。 因此,B。	否定前件子句 如果A,則B。 非A。 因此,非B。
否定後件子句 如果A,則B。 非B。 因此,非A。	肯定後件子句 如果A,則B。 B。 因此,A。

圖3.4 條件三段論:一般格式

稍早曾經提過,演繹推論的最大長處,是可以提供絕對為真的結論。可是,演繹邏輯也有嚴重缺失,因為其推論格式不能提供新知識。任何演繹論證都只能夠提供前提已經蘊含的知識。換言之,演繹推理只能凸顯前提原本蘊含的事實。

我們並沒有藐視或輕忽演繹方法之重要性的意圖,只是釐清其功能而已。某些情況下,前提所蘊含的結論非常不明顯。數學就是這方面的典型例子:根據數學系統之公理,可以推演一系列定理。這些定理雖然由公理蘊含,但可能要經過非常複雜的演繹程序才能

有效	無效
肯定前件子句 如果是狗，則有四條腿。 牠是狗。 因此，牠有四條腿。	謬誤：否定前件子句 如果是狗，則有四條腿。 牠不是狗。 因此，牠不是四條腿。
否定後件子句 如果是狗，則有四條腿。 牠並非四條腿。 因此，牠不是狗。	謬誤：肯定後件子句 如果是狗，則有四條腿。 牠有四條腿。 因此，牠是狗。

圖3.5 條件三段論：例子

得證，費馬最後定理（Fermat's last theorem）就是例子，該定理最初在1665年被人提到，但一直到1994年才由安德魯·威利斯（Andrew Wiles）與理查·泰勒（Richard Taylor）提出證明。

歸納邏輯

歸納是用來發現新知識的邏輯方法，可以讓我們取得歸納論證之前提所沒有蘊含的新知識。可是，取得新知識必須付出代價：不確定性。歸納方法取得的結論，本質上就存在不確定性。換言之，我們只能在機率架構下，取得歸納結論。所以，機率與歸納方法之間存在密切關連。

歸納的進行方向與演繹剛好相反。演繹是由普遍至特定，演繹所根據的前提，涉及適用於每種情況的普遍性質，結論則屬於特定狀況；譬如說，前提是具有普遍性質的「每個人都會死」，結論則是特定性質的「蘇格拉底是人」。反之，歸納所根據的前提，是建立在有限的觀察案例上，但試圖取得普遍適用的結論，包括尚未觀察的類似案例在內。所以，這種推論格式經常也稱為歸納概括(inductive generalization)。由於結論涉及沒有直接觀察的案例，所以歸納方法存在不確定，結論可能是錯的。

關於歸納概括，請參考下面例子：

前提：1,000隻健康的狗，每隻都有四條腿。

普遍性質的結論：所有健康的狗，都有四條腿。

這個例子的結論，屬於普遍概括格式(universal generalization)，因為結論涵蓋所有的狗。普遍概括格式如下：

所有的X都是Y。

或

每個X都具有Y。

概括未必具有普遍性。非普遍性的概括格式如下：

某些X是Y。

或

P%的X具有Y。

或

X為Y的機率為P。

我們看到，機率經常伴隨著概括陳述出現。事實上，非普遍性的概括，也經常稱為機率概括(probabilistic generalization)。譬如說，鬥牛犬具以暴力傾向的機率高於哈巴狗。這種統計上適當的非普遍性概括陳述[15]，並沒有主張所有鬥牛犬的暴力傾向，甚至沒有主張多數鬥牛犬的傾向。可是，這個陳述顯示，鬥牛犬整體而言的暴力傾向高於哈巴狗。

做為一位科學家而言，亞里斯多德的缺點，就是沒有體認非普遍性概括可以提供有用知識的可能性。他對於演繹方法明確性的執著，促使其研究侷限於普遍概括領域。亞里斯多德沒能體認自然界的許多規律在本質上是屬於機率性質的。

計數的歸納

歸納論述的最常見格式，是採用計數的方式。前提包含證據觀察的計數，然後歸納出來的結論，適用於該計數觀察之外的所有類似觀察。

> 前提：過去20多年來，技術分析法則X曾經出現1,000個買進訊號，其中有700個案例，行情在訊號發生後的10天內走高。
>
> 結論：將來當技術分析法則X發出買進訊號，意味著行情在訊號發生後10天內走高的機率有0.7。

不論是這個例子的結論，乃至於歸納方法取得的任何結論，本質上都是不確定的，因為其結論涵蓋一些還沒有實際觀察的案例。可是，歸納論證取得的結論，其明確程度各自不同，有的較強，有的較弱。歸納論證的強弱程度或結論的明確程度，取決於前提計數證據的質與量。計數證據愈多、其素質愈好，則概括未來之結論也愈精確。

關於稍早提到的技術分析法則X，如果其計數案例只有10個而不是1,000個，成功率仍然是70%，則歸納結論的確定程度起碼少了10倍[16]。換言之，這個法則X運用於將來，其成功率如果顯著不同於70%，也就沒有什麼值得奇怪的。科學領域裡，可供歸納為結論的證據，通常是透過統計方法進行評估。因此，對於結論的不確定程度，可以表示為計量化數據。關於這個議題，請參考本書的第5章與第6章。

歸納論證的強弱程度，也取決於證據的素質。證據素質本身就是一個重要而廣泛的議題，但有一點是可以確定的：某些觀察方法能夠提供素質較好的證據，有些則否。科學方法講究經過控制的實驗，除了所考慮的個別因素之外，其他所有因素都應該維持不變。技術分析不允許控制實驗，但還是有較好與較差的觀察方法。有一個議題與技術分析特別有關連，那就是系統性誤差或偏頗。本書第6章會詳細討論這個問題，客觀技術分析研究如果不夠謹慎的話，特別容易觸犯一種稱之為資料探勘偏頗（data mining bias）的系統性誤差。

關於歸納論述的強弱程度，還要考慮觀察案例與結論未來將引用案例之間的相似程度。某個技術法則提供的多頭／中性訊號（+1, 0），如果只在多頭走勢期間進行歷史測試，則將來運用於空頭行情的績效，想必不能令人滿意。這個技術法則即使完全沒有預測能力，但因為該法則只提供買進或空手觀望的訊號，在多頭市場進行測試也很容易產生獲利。

歸納方法最常見的謬誤，就是草率的概括；換言之，歸納所根據的證據數量太少或證據素質太差。引用少數成功案例做為根據而認定某法則有具有預測能力，就是一種草率的概括。

科學的哲學

科學的哲學（philosophy of science）試圖瞭解科學如何與為何能夠發揮作用，嘗試回答的問題包括：科學命題有何特殊性質？相較於非科學或假科學命題，科學命題有何差異？科學知識是如何產生的？科學如何提供解釋、預測？如何運用科技來控制自然？科學方法的結構與用途如何？科學運用哪些推理方法[17]？

科學方法是人類最偉大的發明之一，也是取得客觀知識最有效的方法。「所謂的西方工業世界，也就是見證科學革命的不朽偉業…[18]。」自從科學革命以來400年，人類預測與控制自然界之能力的進步程度，遠超過現代人出現在地球的150,000年期間。

說來或許有些奇怪，科學的發明與其運用的最初果實，是發生在人們真正瞭解這種方法為何有效之前。這方面的了解是慢慢產生的，歷經數個世紀，隨著科學家的實際操作與持續的批評，研究科學方法的哲學家們試圖追求最完美的方法，過程中才慢慢理解這種方法如何運作與為何有效。

單純知道科學方法有用，這個事實顯然是不夠的。我們還要知道為什麼。對於研究科學方法的哲學家們，下列看似矛盾的問題讓他們始終不能釋懷。一方面，科學確實帶來偉大的勝利，例如牛頓發明的運動定律與萬有引力定律，以及人類運用科技控制自然。由另一方面來說，科學知識在本質上是不確定的，因為邏輯歸納取得的結論在本質上就是不確定的。可是，這種存在顯著瑕疵的推論方法，為何能夠產生如此有用的知識呢？

本節準備討論我們瞭解科學方法如何運作與為何有效之發展過程的重要步驟與里程碑。讀者如果對於這方面歷史發展沒有興趣，可以直接跳到本節最後面的「摘要：科學方法重要層面」。

培根的熱忱

哲學家們沒有得到邀請就到處探索。這是他們的天性。他們告訴我們應該如何行為（倫理學），政府應該如何管理眾人之事（政治哲學），什麼叫做美（美學），以及我們最關心的：什麼構成有效的知識（知識論）？如何取得這些知識（科學哲學）？

科學革命一方面可以說是造反，造反的對象是亞里斯多德科學。希臘人認為，物質世界是真理得不可靠來源。根據亞里斯多德授業恩師柏拉圖的說法，物質世界只不過是形而上、非物質《形式》（Forms）世界之真理與完美——該處有完美的狗、完美的樹與任何可想像的東西——有瑕疵的翻版罷了。

一旦開始叛離當時的正統看法，整個程序變得持續而嚴厲[19]。新興學派經驗主義（empiricism）成功地推翻了希臘典範。這個新學派認為，自然世界不只值得研究，而且仔細觀察也能顯示真理。法蘭西斯．培根（Francis Bacon，1561～1626）是經驗主義的早期研究者，可能也是第一位研究科學方法的哲學家。「對於培根來說，自然界就如同一本開放性的書籍，只要不心存偏見，就不會誤解[20]。」其著名的作品《新工具》（Novem Organum）中，培根推崇觀察與歸納方法的效用。他把科學視為一種完全客觀的理性作為，只要不心存偏見地觀察，然後根據觀察做概括，就可以確認知識或證明某種知識為錯誤。多數情況下，這種方法確實有用。

可是，經驗主義並不如培根與其信徒們所宣稱的那般完美，而哲學家們也提出其中的理由。第一，由於經驗主義是建立在觀察之上，所以需要仰賴一項沒有辦法經由觀察確認的重要假設：自然界在時間上與空間上是均勻的。根據經驗主義的立場，我們所觀察的科學法則，如果在此時、此地成立，則普遍成立於任何時候、任何場合。由於自然界為均勻的假設，沒有辦法透過觀察確認，所以只能當作一種信條。第二，科學處理的現象或概念，往往沒有辦法直接觀察：原子結構、地心引力、磁場…等。這些對象產生的效應雖然可以接受觀察，但其結構沒有辦法完全透過觀察與歸納方法取得結論。它們最好被視為人類發明物來解釋與預測，而不是可供觀察的物理實體。

雖說如此，培根對於科學發展仍然提供了重大貢獻。他大力提倡實驗的重要性，允許觀察過程出現不一致的現象。此兩者都是古希臘人不能接受的。

笛卡爾的懷疑

哲學家最擅長的工作，莫過於提出質疑，而其中又以笛卡爾（Rene Descartes，1596-1650）為最。笛卡爾被推崇為現代哲學之父，在科學發展上也扮演關鍵角色。他繼承了培根的懷疑主義，質疑古希臘流傳下來的權威知識與羅馬教會制訂的教條。可是，笛卡爾的懷疑態度也涵蓋了經驗主義的論點，質疑觀察與歸納概括方法的效用。他說過一句很多人都琅琅上口的名言：「我思故我在」，強調科學必須懷疑一切，除了本身存在以外。秉持著這種立場，知識必須建立在純粹的演繹推理上，不得受到五識（五種感知）之觀察的污染，因為人類的感知非常不可靠。

由於笛卡爾反對經驗主義，主張在真空狀態下建構理論，其科學發現大體上是沒有意義的[21]。可是，他對於科學的貢獻則不可低估。懷疑是科學的重要態度。另外，笛卡爾發明解析幾何學，這對於牛頓後來發明微積分、乃至於運動與地心引力方程式都有重要影響。

休姆對於歸納方法的批判

大衛・休姆（David Hume，1711～1776）是蘇格蘭的經驗主義者與哲學家，他的《人性論》（Treatise on Human Nature）出版逾1739年，試圖處理知識論的核心問題：如何區別真正的知識，以及看法等較低層次的知識。在休姆的著作出版之前，哲學家普遍認為兩者之間的區別，在於取得該知識引用之方法的素質。換言之，判別的關鍵在於探索知識之方法的純度[22]。

什麼是取得知識的最佳方法？關於這個問題，哲學家們的答案並沒有共識。經驗主義者認為，經過客觀觀察之後的歸納概括，是追求智慧的唯一道路。反之，理性主義者則認為，根據自名之理所做的純演繹推理，才是追求知識的正確方法。

休姆同時批評這兩個學派，最終甚至也不同意自己的某些觀點。做為經驗主義者，休姆不贊同理性主義者的純演繹方法，因為這與觀察事實之間缺乏溝通。另外，站在經驗主義的立場，休姆認為，信念程度應該取決於證據程度，並依此做調整，也就是根據實際觀察的符合程度來評估理論的正確性。可是，休姆也批評經驗方法的根本邏輯，似乎有自毀立場的嫌疑。他否認歸納概括方法的效力，也輕視科學方法不足以建構因果關係的能力。他對於歸納方法所做的批評，後來稱為「休姆難題」（Hume's problem）。

休姆由心理學與邏輯角度批判歸納方法。首先，他認為，歸納方法能夠在兩個事件之見建立相關（corelative connection）或因果關連（casual connections），只不過是人類心理的副產品。休姆相信，因與果的感知，只是人類心靈虛構的產物。「A造成B」或「A與B相關」的信念之所以產生，只是因為A發生之後，總是跟著發生B，這是心靈的認知習慣，而且是一種壞習慣。

由邏輯觀點來看，休姆認為，歸納方法的問題在於沒有任何觀察證據——不論多麼完整、客觀——可以取得絕對有效的結論。另外，他表示，沒有任何邏輯法則可以告訴我們，證據在質與量方面具備哪些條件時，才能夠確定由有限觀察歸納出來的結論，可以適用於類似之無限多的觀察案例。這種歸納法則本身，應該是來自於先前有效歸納的結果；依此類推，則可以無限地往前推演。換言之，試圖證明歸納方法的合理性，勢必要仰賴循環論證，一種邏輯上不可能成立的謬論。

基於休姆的批評，歸納方法的支持者只好退而求其次，宣告歸納概括只有機率程度上的正確性。換言之，如果有愈來愈多的證據顯示A與B之間存在關係，那麼兩者之間確實存在關係的機率就愈來愈高。可是，哲學家們很快又指出，即使擺在機率架構上，歸納方法還是有問題。如同第4章將說明的，由A預測B的機率，是定義為A發生而緊跟著發生B的次數，除以A發生的次數（不論B有沒有發生）[23]。如果涵蓋到無限的未來，A的發生次數為無限大，所以B將來發生的機率必定是零（任何實數除以無限大，結果都是零），不論B過去發生的頻率如何。

所以，休姆與其同伴們造成一種矛盾。一方面是他們對於歸納方法之瑕疵所做的看似有效批評。另一方面，歸納方法確實累積了大量的新發現。如果科學確實是建立在一種顯然有瑕疵的邏輯方法上，為何能夠累積如此傲人的成果呢？

威廉・惠威爾：假說扮演的角色

哲學家與科學家們大約花了200年的時間，看著科學方法非常成功地運作著，然後才慢慢瞭解其運作架構、以及為何成功的道理。到了19世紀中葉，我們終於瞭解科學顯然是綜合運用歸納與演繹方法。1840年，威廉・惠威爾（William Whewell，1794～1866）出版《歸納科學發展史與哲學》（The History and Philosophy of Inductive Sciences）。

惠威爾首先提出歸納方法在假說（hypothesis）架構上扮演的重要功能。惠威爾稱此為令人滿意的猜測。他表示，科學發現首先要做大膽的歸納，跳躍到一個新的假說，然後要採用演繹方法。換言之，假說歸納出來之後，根據該假說進行演繹而做預測。這項預測是採用條件陳述的格式：

如果這項假說爲眞，則預測將來會發生特定觀察。

如果實際觀察符合所做的預測，則是確認該假說；反之，如果實際觀察不符合所著的預測，則假說被否定（拒絕）。

科學假說是什麼呢？這是可能存在之型態的推測，例如：

X預測Y。
或
X帶來Y。

這種推測是根據科學家先前之經驗（大量觀察）而產生的；換言之，Y通常都在X之後發生。有關X與Y的假說一旦成形之後，就可以推演可供檢定的預測。這種預測採用條件陳述的格式，由兩個子句構成：前件子句與後件子句。假說本身代表前件子句，預測則代表後件子句。如果只是主張X與Y相關（X預測Y），則採用下列條件命題：

如果X預測Y，則將來X一旦發生，應該會跟著發生Y。

如果假說認定X會造成Y，則採用下列條件命題：

如果X造成Y，則如果X沒有發生，Y就不該發生。

預測蘊含於條件命題的後件子句，這個預測將與實際的新觀察做比較。這些新觀察必須是結果尚不可知者，這點很重要！這並不代表這些新觀察必須是發生於未來的事件；在預測之前，只要這些觀察的結果尚不可知，如此就可以了。對於地質學或考古學等，觀察的相關事件往往早就發生了。可是，這些觀察的結果在預測當時必須尚不可知。

如果新觀察發現Y並沒有跟在X之後發生，或X沒有發生並不能阻止Y發生，則根據有效的演繹推論格式，假說（條件命題的前件子句）被證明為不真。

如果X，則Y。
非Y。
有效演繹：因此，非X。

可是，如果新觀察案例顯示Y確實跟在X之後發生，或X被移除而確實讓Y沒有發生，這並不能證明假說為真！請注意，前文曾經提過，肯定後件子句並不是有效的演繹格式。

如果X，則Y。

Y。

無效推論：因此，X。

預測雖然得到新觀察案例的確認，這只代表我們目前沒有證據證明假說為不真，並不足以保證將來的新觀察案例不會得到不同的結果。

惠威爾同意休姆認為歸納推測是一種人類思考習慣，但休姆所藐視的這種習慣，惠威爾則認為很有意義，雖然帶著神秘色彩。惠威爾不能解釋這種創造力思考究竟是如何產生的，但他相信歸納概括程序扮演一些功能。他認為，科學家建構假說的能力，是一種沒有辦法傳授的重要技巧；如果沒有適當的假說，一組觀察不過代表一些沒有意義的事實，既不能用來預測，也不能用來解釋。可是，如果能夠建構適當的假說，則意味著科學突破。

惠威爾談論的這種科學創造力，讓我回憶起多年前與百老匯著名編曲家查爾斯．史特勞斯（Charles Strauss）的一段談話。當時，我只有20多歲，並不機靈，但很大膽，我請教史特勞斯，究竟如何才能夠如此多產。他告訴我，每天早上8點到11點，下午2點到5點，他都固定坐在鋼琴前面彈奏，不論當時有沒有編曲的靈感都是如此。他說，他把編曲當做一種工作。工作時段內，他會試著彈奏一些旋律，相當於是音樂的假說。他很謙虛地表示，他的作品有

99%要歸功於紀律，只有1%來自於創造力才華。可是，多年之後，當我回憶這段談話的時候，則不認為如此。音樂的旋律有無限多種可能組合，他的音樂能夠如此成功地感染聽眾，絕對跟創造力才華有關，他知道哪些旋律具備感染人心的潛能，哪些不行。這也就是惠威爾所謂「令人滿意的猜測」，一種由繁雜的觀察案例或旋律中透視秩序的能力，一種不可傳授、一般人所不具備的能力。

惠威爾瞭解，擬定假說是一種創造行為，所需要的創造力不下於發明蒸氣機或電燈泡，代表科學思考的一項重大進展[24]。歸納方法本身並不能產生真理，但這是得到真理的第一步驟。這個概念顯然不同於過去的想法：先做系統性的客觀觀察，然後做歸納概括。惠威爾認為，科學家就如同偵探一樣，需要有想像力與創造力。

卡爾・帕布：證明為誤，把演繹方法帶回科學

卡爾・帕布透過兩本重要著作《科學發明的邏輯》[25]（The Logic of Scientific Discovery）與《推測與駁斥》[26]（Conjectures and Refutations）延伸了惠威爾的觀點，並進一步釐清演繹方法扮演的角色，重新界定科學發明的邏輯。帕布的中心論點是：科學探索沒有辦法證明假說為真，只能證明假說為誤。這是運用觀察的證據，配合否定後件子句的有效演繹推論。

如果假說H為真，則預測證據E在特定條件之下應該發生（例如：技術分析法則的歷史測試）。

特定條件之下，證據E沒有發生。

因此，假說H爲錯誤。

站在其立場上，帕布向當時盛行的邏輯實證主義（logical positivism）觀點挑戰。就如同培根反抗希臘傳統論點一樣，帕布則反對當時的維也納學術圈子，後者是邏輯實證學派的老本營。邏輯實證主義者相信，可以藉由觀察證明假說為真。帕布反對這種觀點，他認為觀察所取得的證據，只能用來證明假說為誤。科學只能用來偵測謬誤，不能用來偵測真理。

帕布將其方法稱為「證明為誤」（falsificationism）。一組既定的觀察，可能同時可以符合多不同的假說，或同時被許多不同假說解釋。因此，觀察資料本身，顯然不能協助我們決定哪種假說最可能正確[27]。舉例來說，假定觀察資料顯示我的一隻鞋子不見了。解釋這個觀察現象的假說之一，是我的房間太亂了，所以找不到鞋子。另一種可能解釋，是我家遭小偷，而這個小偷只有一隻腳，所以只偷了我一隻鞋。事實上，我們可以建立無數多種假說，藉以解釋我的鞋子怎麼不見了一隻。

所以，觀察證據不能用來推論假說為真，否則就觸犯了肯定後件子句的謬誤[28]。帕布倡導證明為誤的方法，則是運用觀察資料來否認後件子句，藉以證明假說為誤。換言之，相反的證據可以用來證明解釋為誤。譬如說，只要我能在房間裡找到鞋子，就能證明獨腳小偷的假說為誤。邏輯論證如下：

前提1：如果獨腳小偷拿走了我的一隻鞋，則我不可能在房間裡找到這隻鞋。

前提2：我在房間找到這隻鞋（否定前提1的後件子句）。

結論：因此，獨腳小偷的假說是錯的。

帕布提倡的「證明為誤」方法似乎違反普通常識，因為一般人都偏好採用能夠用以證明結論的證據。如同本書第2章談到的，人們直覺地想用證據來驗證假說為真。很多人誤以為確認假說的證據，就能夠證明假說為真。可是，這種觀念等於是觸犯了肯定後件子句的謬誤。沒錯，如果假說成立的話，我們應該可以找到確認證據，但確認證據並不足以保證假說為真。換言之，確認證據是假說成立的必要條件，但不是充分條件[29]。帕布的論點是：缺乏必要條件就足以證明假說為誤，但必要條件存在並不足以證明假說為真。四條腿是正常狗的必要條件，但某動物有四條腿，並不足以證明牠是狗。然而，如果看到某動物不是四條腿，這就足以證明該動物不是正常的狗。帕布提倡的「證明為誤」邏輯，可以防止非正規推論的確認偏頗（參考本書第2章）。

讓我們引用最後一個例子，藉以釐清證明為誤之證據的力量，以及確認證據無能為力之處。這是哲學家穆勒（John Stuart Mill，1806～1873）提出的黑天鵝問題。假定我們想要確定下列命題：「所有的天鵝都是白色的」；根據帕布的論點，不論我們觀察到多少白天鵝（換言之，確認證據不論有多少），都不能證明這個命題，因為某隻黑天鵝可能隱藏在世界的某個角落。這就是讓休姆大感困擾的歸納限制。我們只要看到一隻非白色的天鵝，就可以確認前述命題不成立。下列條件三段論顯示如何根據否定後件子句的有效演繹方法，藉以證明「所有的天鵝都是白色」的命題為誤。

前提1：如果所有天鵝都是白色的，則將來觀察到的天鵝都必須是白色的。

前提2：看到非白色的天鵝。

有效結論：所有天鵝都是白色的命題爲誤。

根據帕布「證明為誤」的方法，假設（假說）檢定（hypothesis testing）的一般格式為：

前提1：如果假說爲眞，則將來的觀察應該具備性質X。
前提2：觀察並不具備性質X。
有效結論：因此，假說不成立。

這也就是統計學之假說檢定採用的邏輯，請參考本書第4章與第5章。

暫時與累積之科學知識的性質　帕布「證明為誤」的方法有一項重要意涵，所有科學知識都屬於暫時的。不論目前被普遍接受的理論是什麼，該理論始終都必須接受實證觀察的挑戰，隨時都可能被其他更正確的理論取代。目前，愛因斯坦的相對論被視為正確。雖然這套理論已經通過無數檢定，但明天可能出現某個新檢定，證明相對論是錯的或不完整的。所以，科學知識是由推想、預測、檢定、證明為誤、新推想…等程序構成的無限循環。就是透過這種程序，科學知識將持續演進，愈來愈精確地反映客觀事實。

當舊有的理論被取代時，通常並不是因為這些理論是錯的，只是不夠完整而已。當牛頓的運動定律被愛因斯坦的理論取代時，牛頓物理學基本上還是正確的。在日常生活的範圍內，只要物體呈現正常的運動速度（約略不及光速的90%），牛頓的定律還是適用的。可是，愛因斯坦的理論適用於更普遍的範圍，不單適用於日常生活的運動速度，也適用於光速。換言之，愛因斯坦的理論涵蓋更大的範疇，更具普遍適用性，所以蘊含了牛頓的理論。

科學知識建構在先前成功的觀念上（其預測得到確認），並剔除錯誤的觀念（其預測被證明為誤），所以能夠持續進步。這種現象並不存在於其他智識領域，因為其他領域引進新觀念時，「新」並不代表「好」。不論在哪個科學領域內，即使是一般程度的科學家，其掌握的知識程度通常都超過一個世代以前的頂尖科學家。反之，相較於莫札特的音樂，饒舌歌是否更好、更迷人，這恐怕有得爭辯的。

科學侷限於可檢定的陳述　帕布的方法還有另一個重要意涵，科學必須把自己侷限在可檢定的假說——針對尚未進行之觀察做預測的命題——範圍內。當我們說某個假說通過或沒有通過檢定，是指該假設所做的預測得到新觀察的確認或否定。夠過新觀察來驗證預測，這是科學知識得以持續進步的重要機制。基於這個緣故，如果命題不能表示為可供檢定的預測，就必須被剔除到科學領域之外。

就假設檢定程序來說，所謂「預測」究竟代表什麼意思，或許值得進一步說明，因為技術分析主要就是做預測。關於假設檢定，當我們談到預測，不一定是預測未來事件，所觀察的對象不一定發生在未來。所謂「預測」，是指觀察結果尚不可知而言。

類似如地質學等研究過去現象的科學，其預測對象通常都發生在很久以前。舉例來說，根據地質學方面最重要理論「板塊結構學」所做的預測顯示，如果明天在某特定地點做調查，應該可以發現數百萬年前的某特定地質結構。在金融交易方面，根據效率市場假說所做的預測顯示，技術分析法則的歷史測試績效，經過風險調整之後，其獲利不應該超過大盤指數的表現。

一旦根據假說推演適當的預測之後，進行新觀察的準備就算完成了。接下來，我們必須前往有關地質結構預測的特定場所進行探勘，或是進行技術分析法則的歷史測試。然後，比較預測與觀察的結果，衡量兩者之間的吻合程度，決定相關假說有沒有被否定（證明為誤），這部分程序則屬於統計分析的課題。

由科學的立場來看，重點是假設（假說）可以針對結果尚不可知的觀察做預測。這使得假設可供檢定。結果已經可知的觀察不具備這方面的功能，因為我們很容易建構假說來解釋既有的觀察，也就是說我們可以根據已知的觀察結果，由事後角度建構假說來解釋這些觀察結果何以產生。因此，任何研究如果不行或不願提出可供檢定的預測（換言之，使其可能被證明為誤）就不能被視為科學。

科學與假科學之間的分野　帕布倡導的方法，有一項重要意涵，得以解決科學哲學方面的一個關鍵問題：確定科學與非科學之間的界線。科學領域是由一些具有特殊性質的命題構成（包括：推想、假說、主張、理論…等），這些命題的預測必須可以藉由實際證據來否定。帕布認為這類的命題，是可以證明為誤的（falsifiable），也是有意義的。凡是不允許接受這方面挑戰的命題，則屬於不可證明為誤的，也是沒有意義的；換言之，這些命題沒有涉及重要內容，沒有談到一些可供檢定的預期。

不能證明為誤的命題，看起來似乎藉由斷言而說了些什麼，實際不然。這些命題不接受挑戰，因為沒有談到任何可供預期的明確內涵。事實上，這類命題是沒有資訊價值的。因此，命題可以被證明為誤的性質，關係到資訊是否具備內涵。可供證明為誤的命題，具有資訊價值，因為它們會做明確的預測。雖然這些命題可能被證明為誤，但也因此意味著它們提供具有內涵的陳述。任何命題如果不能提供可被證明為誤的預測，等於是說任何結果都可能發生。譬如，如果某氣象預測表示：「明天的天氣可能是陰天，也可能是晴天，可能很乾燥，也可能很潮濕，風勢可能很大，也可能沒有什麼風，氣溫可能很涼，也可能很熱」，這已經涵蓋了所有可能結果。這種命題沒有辦法被證明為誤。這類陳述顯然沒有提供任何資訊。

問題是，有些假科學或假預測，其用詞很巧妙，所做的預測很含糊，沒有提供明確的資訊，因此也沒有辦法被證明為誤。譬如，某位算命先生告訴你：「你會碰到一個皮膚黝黑的瘦高男人，使得你的生命從此發生變化。」不論最後結果如何，這類陳述都沒有辦法被否定。假設你回頭去找這位算命先生，要求退錢，他可能告訴你兩種答案：（1）耐心一點，時間還沒有到；（2）你已經碰到這個人，而且你的生命也已經起了變化，只是你沒有注意到而已。對於這些回答，你沒有辦法反駁，因為當初的預測實在太含糊了——既沒有說明你什麼時候會碰到這個人，也沒有說明什麼叫做「生命發生變化」——不存在可供反駁的內容。反之，如果預測是：「下個星期三的晚上7：00之前，你會看到一位穿著紅皮鞋的男人，在第42街上朝東走，嘴裡哼著Satin Doll旋律」，如此就有明確的內容，因為我們有機會驗證這項預測是否正確。即使這個預測是錯的，至少得到明確的結果，可以評估這位算命先生的話是否值得參考。

電視購物頻道午夜時段的名嘴們，最擅長做這類的渲染：「只要戴上我們的銅質項鍊，保證可以改善各位的高爾夫球表現。」什麼叫做「改善」?要多久的時間?如何衡量成績?如同算命先生的預測一樣,這類的陳述,內容非常含糊,根本沒有辦法推演可供證明為誤(可供檢定)的預測。可是,我們很容易設想一些似乎具備確認作用的傳言或口語。「我的天,戴上這個銅質項鍊之後,感覺放鬆多了。過去,打球的時候,我的全身肌肉緊張,精神緊繃。現在,我打的球變得更直。上個星期,有一次幾乎一桿進洞。現在,我罵三字經的機會變得較少。我太太甚至覺得,我的打球姿勢也變帥。還有,最近掉頭髮的問題也好多了。」沒有意義的陳述仍然可以得到傳言的確認,不過沒有辦法被證明為錯誤。這些人很難被「抓包」,而且很容易透過一些同樣沒有實質內容的傳言來驗證。

反之,「戴著銅質項鍊可以讓你的擊球距離增加25碼」,則是具有實質資訊的陳述,因為這可以推演可供預測的預測。你分別戴著與不戴銅質項鍊,每天各擊100個球,然後計算兩者的平均距離。如此進行10天之後,應該很容易看出有沒有證據支持這個陳述。

帕布方法的限制　帕布所倡導之證明為誤的方法,對於現代科學非常重要,但也招致一些批評。帕布認為假說可以明確被證明為誤的說法,有些人認為是言過其詞。觀察到一隻黑天鵝,雖然可以證明「凡是天鵝都是白的」之類的普遍概括假說,但一般科學上採用的假說未必如此單純[30],通常都屬於機率性的(非普遍性的)。新的假說往往建立在一系列輔助性的假說之上,後者都被假定為正確。所以,當新假說推演的預測隨後被證明為錯誤時,很難確定到底是新假說有問題,還是那些被假定為真的輔助假說有問題。太陽系的第八顆行星海王星當初被發現的時候就是如此。天王星的軌道異常，並不是因為牛頓法則有問題，而是太陽系只包含七顆行星的輔助假說有問題。可是，到了20世紀初，當這套理論再度發生問題時，確實是因為牛頓的理論不夠完整。實際處理科學領域內的研究，手段往往相當複雜。至於技術分析，則還不至於碰到這等複雜程度的問題，因為技術分析仍然停留在處理可靠預測法則的層次上。

另外，由於很多科學假說都採用機率格式（技術分析的情況也是如此），所以結果與假說矛盾的觀察，並不能用以證明假說必然錯誤。不符合假說的觀察結果，可能只是偶發現象。處理這類問題，也正是統計分析扮演的功能。如同本書第4、5章討論的，根據觀察證據否定假說，這類決策可能存在錯誤的機率。統計學可以協助我們評估這類的機率。

雖然存在前述一些限制與其他超越此處討論的議題，帕布對於科學方法論的貢獻，則是無庸置疑的。

科學假設的資訊內涵

容我重複強調一次，假說如果能夠提出可供檢定的預測，則具有資訊價值。換言之，假說必須有被證明為錯誤的可能性。所以，假說可以被證明為錯誤的性質，以及假說具備的資訊內涵，兩者之間應該存在關連。

具有科學意義的假說，其資訊內涵與可供證明為誤的性質，各有不同的程度。有些假說具有豐富的資訊內涵，因此也更可以被證明為錯誤。

當帕布談到「大膽的推想」，是指深具資訊內涵的假說而言，這些假說能夠提出許多可供證明為誤的預測。因此，科學家的任務，是不斷試圖否決既有的假說，將其取代為更具有資訊內涵的新假說。如此一來，科學知識才能夠繼續演進。

深具資訊內涵的假說，可以針對很廣泛的現象，提出許多很明確的預測。每種預測都有機會用以證明假說為誤。反之，資訊內涵貧乏的膽怯假說，只能提供較少、較不明確的預測；因此，這類假說也比較不容易被證明為誤。舉例來說，假說顯示某技術分析法則對於任何一種交易工具的任何時間架構，都具有獲利能力。這種假說就屬於甚具資訊內涵的假說，因為該法則只要在某交易工具的某時間架構上顯示不能獲利，就可以證明此假說為錯誤。反之，假說顯示某技術分析法則只適用於S＆P期貨的週線時間架構，而且只能提供很有限的獲利。這種假說則屬於小眉小眼、缺乏資訊內涵的假說，不容易被證明為錯誤。如果想要證明這個假說錯誤，只能針對S＆P 500的週線資料進行歷史測試，而且測試績效必須顯示幾乎完全不具備獲利能力。

某些技術分析方法表面上看起來似乎甚具資訊內涵，實際不然，艾略特波浪理論就是很典型的例子。乍看之下，這套理論主張任何市場、任何時間架構的價格走勢都適用相同的計數原理。艾略特波浪理論玩家確實能夠在任何價格資料上進行波浪計數，這似乎可以證明該命題有效。事實上，艾略特波浪理論屬於相當膽怯的假說，甚至可以說毫無意義，因為該理論對於未來價格走勢所提供的預測，根本沒有辦法被證明為誤[31]。

另一個例子是效率市場假說（Efficient Market Hypothesis，簡稱EMH）。對於這個假說來說，「效率」是指價格反映所有和資產價格有關之已知、可知資訊的速度。根據EMH，市場價格應該幾乎立即反映相關資訊。EMH有三種版本，代表不同大膽、資訊內涵、可證明錯誤的程度，分別稱為強式EMH、半強式EMH與弱式EMH。

強式EMH認為，金融市場價格會反映所有的資訊，甚至包括沒有公開的內線資訊在內。根據這種假說的預測，任何投資策略，不論是根據企業總裁提供之購併案的內線消息，或是根據基本分析或技術分析，其投資績效都不可能擊敗市場（換言之，任何策略的報酬不能勝過市場指數）。這是最嚴格版本的效率市場假說，也是看起來最具資訊內涵、最可被證明為誤的版本，因為只要有證據顯示任何投資策略能夠帶來不正常利潤，而不論所運用的資訊類型或分析格式如何，就足以否定強勢市場效率假說。可是，由於沒有辦法確認內線消息，所以這個版本的假說在實務上是沒有辦法進行檢定的。

相較於前述強式版本，半強勢版本的效率市場假說，其主張涵蓋範圍較窄、資訊內涵較少。這種版本的假說認為，市場價格會立即反映所有公開的資訊。換言之，如果有證據顯示任何根據公開之基本面資訊（本益比、帳面價值、…等）或技術面資料（相對強度、成交量比率、…等）的策略能夠擊敗整體市場，就足以否定這個版本的假說。事實上，如果半強勢的效率市場假說能夠成立的話，等於是否定了基本分析與技術分析的功能。

至於弱式版本的效率市場假說，其主張最保守、最不具資訊內涵。這個版本的效率市場假說認為，市場價格會反映有關價格、成交量或其他技術指標的歷史資料。這種假說如果成立的話，等於否定了技術分析的功能。相較於另外兩個版本的假說，弱式版本的EMH，其主張的涵蓋範圍最窄，也最難被證明為誤。除非我們找到某種完全仰賴技術分析的投資策略，它能夠創造不正常的利潤，如此才能否定這個版本的假說。

由於弱式版本的EMH最難被證明為誤，所以如果能夠證明其為誤，也最容易讓人們覺得訝異，對於知識進步的助益也最大。這突顯出一項科學普遍原則：最保守、最難以證明為誤的假說，一旦被證明為誤，知識進步的助益最大。如果某檢定顯示內線消息（譬如某企業總裁提供的消息）可以讓股票投資賺取不正常的利潤（因此否定了強式版本的EMH），這並不特別令人覺得意外，也不代表特別重大的知識突破。內線消息能夠讓人撈一筆，這算得上新鮮消息嗎？反之，如果能夠證明弱式版本的EMH為誤，這對於技術分析者與EMH支持者都具有重大意義。這不只意味著過去40多年來深受重視的效率市場假說徹底被推翻（任何版本的效率市場假說都不成立），而且也得以確認技術分析方法的價值。這對於我們目前的知識狀況，絕對是一項重大突破。

因此，我們可以歸納出一項原則：否定某假說所帶來的知識效益，是與該假說的資訊內涵程度呈現反向的變動關係。反之，確認某假說所帶來的知識效益（觀察結果符合假說的預測），則與該假說的資訊內涵程度呈現相同方向的變動關係。

最具資訊內涵的假說，其主張對於新知識的貢獻也最大，因為這種假說處理之現象的涵蓋範圍最廣，精確程度最高，所採用的假設也最少。這類假說一旦被證明為誤，最不容易讓人覺得意外。很少人會期待這類假說被確認，或許只有那些提出假設的大膽科學家才會如此。

舉例來說，根據某大膽的新物理假說，預測可以建構一套不受地心引力干擾的設備。如果真是如此，這套理論將代表既有知識的重大突破。可是，如果沒有辦法建構這種設備，大概不會有多少人覺得奇怪。然而，對於很保守的假說，一旦被證明為誤，情況就截然不同了。

舉例來說，某假說主張目前廣泛被接受的物理理論為真，預測不可能發明不受地心引力干擾的設備。這種保守假說如果被證明為誤，顯然代表物理學的重大突破。

最保守的假說，莫過於主張不可能有新發現。換言之，這類假說主張，目前所知道的，也就代表全部可以知道的。這類假說否決所有涉及新知識的其他假說。這種宣稱不可能有新發現的保守假說，有個特殊的名稱叫做「虛無假說」(null hypothesis)，這是評估有關任何新發現之可能性的起始假設。這些主張新發現的理論，可能是致命疾病的新疫苗、否定地心引力的物理學新理論、具有預測能力的技術分析法則、…等；總之，我們首先應該把虛無假設設定為真。這種情況下，如果有證據顯示虛無假設——最保守的假設——為誤，則代表知識的重大發現。

所以，科學理論的發展程序如下。每當有人提出大膽的新假說時，就可以成立一個對立的假說：虛無假設。虛無假說的保守程度，剛好對應著新假說的大膽程度。沙克 (Jonas Salk) 提出的大膽假說認為，其疫苗防範小兒痲痺的效果優於安慰劑；對立的虛無假說則是新疫苗的效果不會優於安慰劑。這個虛無假設代表很保守的預測，因為先前有關小兒痲痺的新疫苗發明都失敗了。這兩種彼此對立的假說沒有留下任何中間地帶。根據排中律 (Law of the Excluded Middle)，只要其中一個假說被證明為誤，則另一個假說就成立。沙克的實驗清楚顯示，使用疫苗的小兒痲痺感染率顯著低於使用安慰劑者，這否定了虛無假設。結果讓人覺得意外，代表醫療知識的重大突破！

科學家對於證明為誤該有的反應

當某個過去歷經考驗的假說或理論，因為最近碰到一些與其預測矛盾的觀察而最終遭到證明為誤時，科學家究竟應該如何反應呢？一切應該以增進新知識為最高指導原則。可是，科學家畢竟也是人，有時候沒有辦法做到科學上正確的行為。

有兩種可能反應可以增進知識。第一，運用既有假說做先前所不知的新預測。如果這些新發現可以被確認，而且可以解釋為何稍早碰到與假說矛盾的觀察，則既有假說就可以繼續被保留。這種情況下，新發現的事實，則代表我們的新知識。第二種恰當的反應，是拋棄既有假說，提出新假說，後者不只可以涵蓋先前的假說，也可以解釋新發現的矛盾觀察。這種情況也代表知識進步，因為新假說擁有更大的解釋或預測能力。總之，正確的作法是讓知識領域可以擴充為最大。

不幸地，某些情況下，科學福祉往往被擺到個人考量之後。人性可能會妨礙科學效益。科學家對於先前的假說，可能存在情感上、財務上或專業上的牽扯，因此而試圖透過不正當手段排除矛盾證據，設法避免否定個人心愛的假說。這會讓知識萎縮。所幸科學是一個會自我修正的領域。對於那些迷失方向的同儕，科學家會很樂意加以糾正。

讓我們藉由一些例子來釐清這些抽象的概念。首先，我提供一個例子，說明當新觀察與既有假說矛盾時，應該如何反應的問題。就目前這個例子來說，科學家預測新的事實，藉以挽救瀕臨被證明為誤的假說。這個例子涉及19世紀的兩位天文學家，結果他們發現了一顆新的行星，使得既有的天文知識得以拓展。當時，人們普遍接受牛頓力學與地心引力學說，並用以解釋太陽係的行星運轉。牛頓的學說已經得到無數觀察的確認與再確認，但在更高倍數的望遠鏡發明之後，天文學家卻發現天王星的運轉軌道並不符合牛頓理論的預測。

這種情況下，直覺而不正當的反應，是直接否定牛頓力學。可是，很多重要的理論，是建立在一系列輔助假設之上。就目前這個情況來說，關鍵的輔助假設是太陽系只有七顆行星，其中以天王星距離太陽最遠。於是，兩位天文學家亞當斯（Adams）與雷佛利爾（Leverrier）提出一項大膽的預測，太陽系存在一顆尚未被人發現的第八顆行星（新事實），其與太陽的距離更甚於天王星。若是如此，這顆新行星產生的引力，就可以解釋天王星的軌道為何不符合牛頓力學的預測。另外，如果第八顆行星存在的話，牛頓力學可以預測該行星的確實位置。這是非直大膽、深具資訊內涵、而且很容易被證明為誤的預測，算得上是對於牛頓定律的最嚴苛檢定。亞當斯與雷佛利爾對於這個第八顆行星所做的預測，結果在1846年被確認，該行星也就是海王星。所以，這兩位天文學家不只解釋天王星為何會出現不符預期的行為，同時還提出另一項精準預測，使得牛頓理論沒有被否定。

可是，就如同所有的定律與理論一樣，牛頓的理論最終也被證明只是暫時為真。牛頓的理論雖然維繫了200多年，但到了20世紀初期，經過更精密的天文觀察之後，還是發現一些與理論矛盾的真實現象。舊有的理論最終被證明為誤，新的理論代之而起。1921年，愛因斯坦提出更具資訊內涵的新假說：一般相對論（Theory of General Relativity）。現在，大約經過了100年，愛因斯坦的理論還沒有被證明為誤。

牛頓的理論之所以屬於科學，那是因為該理論接受實際證據的挑戰，可以被證明為誤。事實上，牛頓的理論並不完全是錯的，只是不夠完整而已。愛因斯坦的一般相對論不只可以解釋牛頓模型涵蓋的所有現象，而且還能解釋牛頓理論不能解釋的新現象。這就是科學進展的方式。理論存活期間長短沒有太大意義，重點是理論的預測精確性與解釋能力。

亞當斯與雷佛利爾的例子說明得很清楚，假說必須接受實際現象的挑戰。單是證明為誤的性質，就讓科學知識顯著優於傳統智慧。科學可以拋棄錯誤或不完整的觀念，取代為更具資訊內涵的理論，使得知識得以不斷自我修正、持續進展。這提供了很穩固的基礎，使得新觀念可以不斷彼此相疊，達到更高層次的理解。智識活動如果沒有排除錯誤知識的機制，最終難免充斥著謬論。一般所謂的技術分析，存在的問題正是如此。

接下來準備考慮的例子，解釋證明為誤的一種不當反應。這是發生在金融交易領域。科學延伸進入金融交易領域，是最近才發生的現象。這或許可以解釋效率市場假說某些支持者的反應。當觀察現象不符合自己所青睞的理論時，人們往往會降低資訊內涵，藉以避免理論被證明為誤。如同稍早提到的，最弱式版本的效率市場假說認為，根據技術分析建構的投資策略[32]，不能賺取風險調整後的超額報酬。每當研究報告顯示，技術分析投資方法確實能夠賺取超額報酬時[33]，EMH的一些支持者往往會產生奇怪的反應，非常勉強地試圖挽救理論被證明為誤。他們會發明一些新的風險因素，宣稱某種技術分析方法所賺取的超額報酬，只不過是彌補該策略承擔額外風險的代價。換言之，EMH支持者認為，採用某特定技術分析策略的人，將承擔該策略特有的風險。這讓EMH支持者可以認定相關技術分析策略並沒有賺取額外報酬（沒有擊敗市場）。請記住，根據弱式版本，技術分析並不是不能賺取高於市場正常水準的報酬，但這些額外報酬是因為承擔該策略特有之風險而得到的補償。所以，只要納入新的風險因素，即使技術分析方法賺取的報酬高於大盤指數，仍然沒有必要否認EMH。

EMH支持者的這種反應，會產生一個問題。他們是在相關技術分析研究進行之後[34]，才提出這些風險因子。這算不上是真正的科學。如果是在研究進行之前，預先界定風險因子，然後檢定該技術分析方法是否能夠擊敗市場，如此就稱得上科學正確。這種情況下，EMH的狀態將可因為預測成功而提升。可是，EMH的支持者卻不思正道，為了挽救他們青睞的假說，寧可發明一些新的風險因素，藉以排除矛盾的現象。如此一來，假說變得不可被證明為誤，也同時被剝奪了資訊內涵。

前文已經說明EMH的支持者如何藉由導致知識退化的方法，避免弱式效率市場假說被證明為誤。同樣地，對於公開的基本面資訊，例如價格／帳面價值比率與本益比等，研究資料也顯示這類策略可以創造超額報酬[35]。關於這些令人覺得不方便的證據，EMH支持者認為價格／帳面價值比率偏低，或本益比偏低，都是股票風險異常偏高的現象。換言之，相較於帳面價值，股票價格偏低意味著公司營運發生困難。這些說法當然屬於循環論證。關鍵是EMH的支持者不是在相關研究進行之前，預先把價格／帳面價值比率與本益比偏低的因素解釋為風險因子，顯示具備這些條件的股票在風險調整之前，能夠賺取超額報酬。如果他們真的這麼做，那麼將因為涵蓋額外的風險因素，使得EMH的資訊內涵得以擴充。然而，實際情況並非如此，這些理論家是在事實發生之後才發明了這些風險因素，目的只是單純為了要解釋不符合假說預測的證據。這類的解釋，稱為特定的假說（ad hoc hypothesis），也就是為了挽救既有理論，或為了避免假說被證明為誤，而於事後發明的解釋。這種導致知識退化（knowledge regressive）的不計代價行為，帕布稱其為「證明為誤的免疫」（falsification immunization）。

如果帕布知道這種情況，應該會批判這些效率市場假說的死硬派支持者，並讚揚那些行為金融學的支持者。這個相對新穎的學科，提出可供檢定的假說，藉以解釋某些引用基本面或技術面公開資料的策略之所以能夠創造超額獲利，是因為認知偏頗或投資人錯覺。說來或許有些荒唐，認定主觀技術分析有效的錯誤信念，以及某些客觀技術分析方法具備的有效獲利能力，兩者可能都是來自於認知方面的瑕疵。

科學態度：開放而保持懷疑

證明為誤的行為，讓科學發現之途劃分為兩個截然不同的階段：提議（proposal）與否決（refutation）。這兩個階段各自需要不同的心態：開放（openness）與懷疑（skepticism）。這兩種性質剛好相法的心態，界定了科學的正確態度。

建構假說的過程，需要秉持著開放的心胸，準備接受新觀念。提出新假設的時候，必須願意由新的角度看待事物[36]，接受新的解釋，採納大膽的歸納步驟。技術分析者在這方面通常都沒有問題；一般人都很樂意嘗試新的指標、新的系統，以及新的型態。

可是，大膽的推想一旦決定之後，心態就需要由開放、接受，轉變為懷疑。秉持著懷疑的心態，才能找到新假說的瑕疵之處。所以，科學家的心態必須擺盪在兩種極端對立的心態之間，一方面是好奇，另一方面是拒絕相信。可是，懷疑並不是為了懷疑本身，而是為了尋找具有說服力的新證據。這種幾乎是精神分裂的狀態，界定了科學家的態度。

除了對於新假說的懷疑之外，科學家還必須懷疑自己。這是因為我們能夠理解自己的弱點，很容易草率地認定沒有根據的結論（請參考本書第2章）。科學程序可以用來防範這些不當的傾向。

最終結果：假說—演繹的方法

有些人或許會說，根本沒有所謂的科學方法[37]。「就方法來說，科學方法就是在心胸開放的情況下，盡力而為罷了[38]。」原則上，這是解決問題的心智。

目前，科學用以解決問題的方法，稱為假說-演繹的方法（hypothetico-deductive method），通常被認定由五個步驟構成：觀察（observation）、假說（hypothesis）、預測（prediction）、驗證（verification）與結論（conclusion）。「實際的科學研究，這些步驟往往都彼此交錯，很難按照時間先後順序套入這個僵化的架構。有些時候，不同的步驟會混合在一起而變得模糊，有時候則不按照前述順序發生[39]。」可是，思考整個程序包括的步驟，還是很有用的。

假說-演繹方法最初是由牛頓在17世紀提出，但正式名稱則出現在帕布之後。這是哲學家與科學家經過幾百年角力的結果。這套方法整合了歸納與演繹邏輯，反映了這兩種方法的限制，但也發揮了兩者的綜效。

五個步驟

1. **觀察**：在先前所做的一系列觀察中，尋找可能的型態與關係。
2. **假說**：根據一些經過領悟的見解、先前的知識，經過歸納概括，假定特定觀察呈現的型態將出現在未來的類似觀察中。假說可以只主張型態確實存在（科學定律），或進一步解釋型態之所以存在的理由（科學理論）。
3. **預測**：預測是根據假說推演而得，蘊含在條件命題中。命題的前件子句就是假說，後件子句則是預測。預測顯示，如果假說成立的話，我們應該會觀察到什麼現象。舉例來說，如果假說成立，則只要進行O，就應該可以看到X。由X界定的結果，清楚顯示哪些未來觀察可以確認預測，還有哪些未來觀察是與預測矛盾的。
4. **驗證**：根據特定程序所做的觀察，可以與預測做比較。所謂特定程序，可能是經過控制的實驗，也可能是觀察研究。
5. **結論**：根據實際觀察結果與預測之間的吻合程度，針對假說的成立與否做推論。這個階段可能要引用統計推論方法，例如信賴區間與假設檢定，細節內容請參考本書第4與第5章。

技術分析案例

以下是有關假說-演繹方法運用於技術分析領域的例子。

1. **觀察**：我們發現，每當股價指數（例如：道瓊工業指數或S＆P 500）上升穿越200天移動平均，隨後幾個月之內，行情通時會繼續上漲（機率性概括）。
2. **假說**：根據這項觀察所做的歸納概括，以及過去的技術分析知識，我們提出下列假說：一旦道瓊工業指數向上穿越200天移動平均，多頭部位在未來三個月之內大概能夠獲利。我們稱此假說為200-H。

3. **預測**：根據這項假說，我們預測這個技術分析法則的歷史測試應該能夠獲利。相關假說與預測可以表示為下列條件陳述：如果200-H成立，則歷史測試將能夠獲利。可是，這個預測存在邏輯上的問題。即使歷史測試真的顯示獲利，仍然不能證明200-H為真，因為如同稍早提過的，成功的歷史測試只不過符合假說200-H而已，並不能證明其為真。如果勉強想要這麼做，則會觸犯肯定後件子句的謬誤（請參考下面的論述1）。反之，如果歷史測試不成功（不能獲利），則可以證明200-H不成立，因為這是證明後件子句為誤的有效邏輯格式。請參考下列的論述2。

論述1

前提1：如果200-H爲眞，則歷史測試應該獲利。

前提2：歷史測試獲利。

無效結論：因此，200-H爲眞（肯定後件子句的謬誤）。

論述2

前提1：如果200-H爲眞，則歷史測試應該獲利。

前提2：歷史測試不能獲利。

有效結論：因此，200-H爲不眞。

可是，此處的目標是證明200-H為真。為了避開這個邏輯問題，第二步驟可以建構為虛無假設：當股價指數向上穿越200天移動平均，多頭部位在隨後三個月之內不能獲利。我們稱此假設為「虛無-200」。這種情況下，條件命題可以表示為：如果虛無-200為真，則歷史測試不能獲利。歷史測試實際上如果呈現獲利，則可以證明虛無假設為錯誤（否定後件子句）。根據排中律，200-H與虛無-200之間，必有一個成立。換言之，這兩個假說之間沒有中間地帶，不能存在另一種假說。所以，如果我們可以證明虛無假設為誤，等於是間接證明200-H為真。相關的條件三段論如下：

前提1：如果虛無-200爲眞，則歷史測試不能獲利。

前提2：歷史測試並非不能獲利（換言之，呈現獲利）。

有效結論：虛無-200爲不眞，因此200-H爲眞。

4. **驗證**：該技術分析法則經過歷史測試，結果顯示獲利。
5. **結論**：透過統計推理（請參考隨後三章的討論），決定最後結果的意義。

觀察結果的嚴格分析與批判

假說-演繹方法的第五階段，還涉及科學與非科學之間的重要差異。在科學領域內，觀察證據不能只看表面。換言之，證據必須先經過嚴格的分析，才能用以做結論。科學是根據計量資料選擇證據，擬定結論採用的工具是統計推論。

科學還有一項重要原則，也就是寧可採用最單純的解釋（奧康剃刀，Occam's Razor）。所以，唯有當一些比較尋常的假說都被否定之後，才應該考慮比較奇怪的假說。看到不明飛行物體，不該立即解釋為外星人拜訪；首先必須考慮光線錯覺、氣候現象、新型飛機…等比較尋常的解釋，然後才能嚴肅考慮外星人入侵。某技術分析法則在歷史測試過程顯示異常獲利能力，在認可該技術法則之前，首先應該考慮、並否定其他可能的解釋。績效表現優異可能與法則本身無關，可能的解釋包括：樣本誤差（請參考本書第4章與第5章），以及資料探勘偏頗造成的系統性誤差（參考本書第6章）。

摘要：科學方法重要層面

以下列舉科學方法的摘要重點：

- 不論證據多麼完備，科學方法永遠不能證明假說為真。
- 證明後件子句為誤的演繹推論，配合觀察證據，可以在特定機率水準下證明假說為誤。
- 科學只侷限於可以接受檢定的假說。不能接受檢定的命題，不屬於科學討論的範疇，被視為沒有意義。
- 若且為若假說可以推演有關尚不可知之觀察的預測，則假說可以接受檢定。
- 假說如果只能解釋過去的觀察，但不能針對尚不可知之觀察做預測，則不屬於科學。
- 假說檢定是以其所做之預測，比較新的觀察。如果預測與觀察結果彼此吻合，代表假說暫時獲得確認，並不意味著假說已經被證明為真。如果預測與觀察結果發生矛盾，代表假說被證明為誤或不完整。
- 目前所接受的所有科學知識，都只是暫時為真，直到有某個檢定證明它們為誤，然後就被取代為更完整的理論。
- 科學知識是不斷累積、持續進步的。舊有的假說一旦被證明為誤，就被新的假說取代，後者能夠更精確反映客觀事實。科學是唯一具備「愈新愈好」性質的知識追求方法或學科。類似如音樂、藝術、哲學、文學批評…等其他學科採用的方法、形式或知識，雖然會隨著時間經過而變動，但不能說「愈新愈好」。

- 任何一組過去的觀察資料，都可以由無數多種假說來解釋。舉例來說，不論是艾略特波浪理論、甘氏線、傳統走勢圖型態、…等，都可以分別根據本身的理論，解釋過去的市場價格行為。因此，所有這些解釋理論，在實證上都是相等的。究竟哪一套理論比較好，則取決於它們所做之預測與尚不可知之觀察在比較上的吻合程度。對於那些不能產生可供檢定（可以證明為誤）之預測的方法，可以立即被排除，因為這些理論在科學上都是沒有意義的。其次，假說產生之預測，如果與未來實際觀察結果發生矛盾，這些方法也必須被排除，因為它們已經被證明為誤。因此，技術分析領域內，唯一值得考慮的方法，是那些能夠提供具有真正預測能力的可檢定假說。

技術分析如果要採納科學方法的話

本節探討技術分析如果採納科學方法的情況。

排除主觀的技術分析

技術分析採用科學方法之後，最重大的意涵是排除主觀處理方式。主觀技術分析不能產生可供檢定的假說，因此不需在現實世界接受挑戰。這種情況甚至更不如錯誤。主觀技術分析的命題毫無科學意義，不具備資訊內涵。一旦排除主觀成分，就能夠讓技術分析變成純客觀的學科。

技術分析的主觀成分可以透過兩種方式消除：轉移為客觀或放棄。類似如甘氏線、背離、趨勢通道與許多主觀型態或觀念，它們或許能有效反映市場行為的某些層面。可是，就目前的主觀格式來說，我們拒絕接受這類的知識。

把主觀方法轉換為客觀版本，程序並不單純。為了說明這種處理方式，請參考本節稍後討論的「主觀性質的客觀化：範例」，其中採用一種自動化運算方法來處理頭肩型態。

排除沒有意義的預測

那些採用主觀方法的人，我相信他們不會全部都認同我的方法，也不太可能從此不再採用技術分析。對於那些決定繼續採用主觀方法的人，可以透過一個重要步驟，使其結果——雖然不是其處理方法——變得客觀。因此，他們的預測也可以被證明為誤。這至少可以讓其預測變得有意義、具備資訊內涵。就這方面來說，資訊雖然未必正確，但預測具備的認知內涵，可供本書「導論」討論的方法來做檢定辨別。換言之，預測將傳遞一些具有實質意義的東西，預測成立與否，可以透過後續的市場行為來確定。如同我們稍早提到的，如果預測沒有清楚顯示未來事件如何界定預測錯誤，等於是說任何結果都可能發生。

目前，絕大部分的主觀預測都是沒有意義的。一般來說，不論對於消費者或發表預測的分析師而言，這種情況都不明顯。「我的指標目前顯示，行情可能上漲，也可能下跌，上漲的幅度最多可能為無限，下跌的幅度則不會超過100%。」這個陳述非常清楚地顯示不可被證明為誤，因為最後的結果不論如何，都不會與這個預測發生矛盾。這類預測如果具備任何優點的話，那就是明白表示本身的預測毫無意義，完全不可能被證明為誤。可是，典型的預測通則可能是：「根據我的XXX指標顯示，我的看法偏多。」這種不可證明為誤的陳述也同樣沒有意義，但缺乏內涵的情況不明顯。這個陳述雖然提供了行情走高的預測，但沒有清楚說明這一切什麼時候發生，沒有說明這個預測在什麼情況下才算錯誤。

排除一些可能發生的結果，前述偏多的預測可以變得有意義。舉例來說，「我預料行情由目前水準下跌5%之前，必定會較目前水準先上漲超過10%。」因此，在股價上漲超過10%的任何時候，只要行情較目前水準下跌超過5%，這個預測就被證明為誤。

如果各位懷疑自己可能面對著沒有意義的預測，可以藉由一些準則來衡量。你可以考慮一些問題：「出現多大的反向走勢（與預測方向相反的走勢），這個預測才算錯誤？」「這個預測不包含哪些可能結果？」「什麼時候、在什麼狀況下，這個預測才可以接受評估，例如：經過多少時間、價格變動多少（正向或反向的變動）或某特定指標的發展？」各位如果不想看到別人滿臉尷尬的表情，最好不要這麼做。

對於主觀預測，設定預測進行績效評估的時間與方法，可以排除事後迴旋或彌補的空間。一些增添主觀預測意義的方法，包括：（1）設定預測將來做評估的時間點，（2）設定預測判斷為錯誤之前所允許發生的反向走勢幅度，（3）設定在特定反向走勢發生之前，預測應該發生的明確走勢幅度（行情發生Y%反向走勢之前，預期價格應該出現X%的走勢）。這類步驟有助於評估主觀技術分析法則的績效紀錄。有意義的績效紀錄，也可以觀察明確交易建議的實際操作結果。

前述建議還是存在一項限制，績效紀錄即使顯示獲利，我們也不清楚這代表什麼意思。這是因為主觀預測究竟是如何推演而得，其程序並不確定，因此有意義的預測即使能夠在一段期間內呈現不錯的績效紀錄，其分析程序也未必能夠重複於未來。事實上，所使用的分析方法在時間上並不穩定。有關專家主觀判斷的研究資料顯示，他們運用資訊的方式並不確定，某個判斷與另一個判斷所運用的資訊可能差異頗大。「類似如疲倦、煩躁或其他情緒等隨機因素，都可能影響主觀判斷，這也正是人之所以為人的緣故[40]。」換言之，對於相同一組市場資料所構成的相同型態，同一位主觀分析專家在不同時間未必會做相同的預測[41]。

思維模式變動

將技術分析轉換到客觀的架構上運作，湯瑪·斯庫恩（Thomas Kuhn）稱此為「思維模式變動」（paradigm shift）。在《科學革命的結構》（The Structure of Scientific Revolutions）一書中，庫恩不贊同帕布認為科學演化是純粹由證明為誤（falsification）與推測（conjecture）而產生。庫恩認為，科學是透過一系列的思維模式或世界觀而演化。在特定思維模式之下，科學家會依據他們被灌輸的觀點而提出問題與假說。

目前，很多技術分析家長久以來被灌輸的思維模式，是道氏、甘氏、莎貝克、艾略特、愛德華、馬基…等早期技術分析前輩們的非科學、直覺觀點。這些前輩們建立的主觀分析傳統與背景架構，普遍被視為真理，並且繼續傳授給這個領域的研究者。我們只要看看市場技術分析師協會（Market Technicians Association）對於專業分析師（Chartered Market Technicians）的認證考試，就可以窺見其一斑。

轉換成為證據為基礎的客觀技術分析，傳統的技術分析知識必須接受挑戰，有些將被視為沒有意義，有些則被認定缺乏足夠的統計證據。很多技術分析傳統知識將踏上古希臘物理學與天文學的後塵。當然，有些方法確實禁得起客觀統計檢定的考驗，它們將成為技術分析的正統知識。

讀者不要誤會我的立場太過嚴厲，我並不主張藉由「可證明為誤」的準則來判別何者應該納入技術分析的範疇。很多傑出的科學理論，最初也是半弔子，不被「可證明為誤」的準則所接受。很多觀念需要時間來孕育，供其發展，然後才能慢慢演化成為具有意義的科學。社會經濟學（socionomics）就是技術分析領域內的這類例子，這是由艾略特波浪理論演化出來的新學問。我認為這門學問雖然有潛力成為科學，但截至目前為止，還不能被視為科學。根據我與諾夫辛格教授（Professor John Nofsinger，他是社會經濟學的研究者）的談話判斷，這個學科目前還不能提出可供檢定的預測。社會經濟學需要發展出某種計量方法來衡量社會情緒，後者是決定金融市場價格走勢的關鍵因素。

關於這類新研究領域，我們不能不給它們機會，不能只因為暫時還沒有辦法提出可供檢定的預測，就過早將其抹煞。有一天，這些新學科或許會演化成為新科學。

主觀性質的客觀化：案例

技術分析如何由主觀走勢圖型態，轉變為客觀界定的可檢定型態，可以說是最嚴厲的挑戰之一。本節準備討論一個案例，說明兩位學術界的技術分析研究者凱文・張（Keving Chang）與卡羅・奧斯勒（Carol Osler）（下文將兩人簡稱為C&O）如何針對頭肩型態做客觀化處理[42]。當然，此處並不打算談論他們處理的所有型態內容，我們只談論某些法則、以及他們面臨與解決的問題，藉以說明主觀方法轉化為客觀程序可能遭遇的挑戰。讀者如果想要瞭解進一步細節，請參考兩位作者的原稿。

關於頭肩型態的內容，大部分技術分析教科書都有記載[43]，典型的結構如圖3.8所示，由一系列非常清楚的價格擺動構成。對於這種呈現在教科書上的完美型態，即使是技術分析的初學者也不難辨識。可是，我們實際碰到的價格型態，如果不具備如此完美的結構，問題就產生了。關於某個走勢是否屬於頭肩型態的問題，即使是老經驗的玩家，看法也未必相同，因為價格型態並沒有明確的客觀定義。我們瞭解價格走勢看起來應該大致如何，才稱得上是頭肩型態，但這種主觀定義並不明確，沒有斬金截鐵的判別法則，因此某些具有頭肩型態性質的排列，究竟是否適合稱之為頭肩型態，往往就發生問題了。換言之，定義缺乏明確的法則，沒有明白規定應該包含與排除哪些型態。關於這方面的問題，請參考圖3.6。

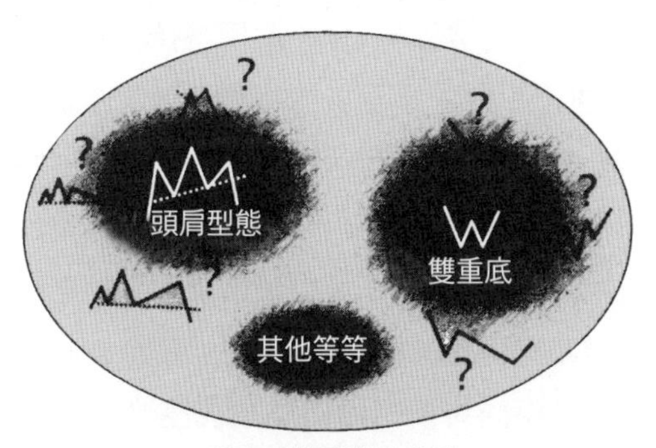

圖3.6　主觀型態：沒有明確的排除法則

如果沒有明確的法則來判斷何謂頭肩型態，顯然就不可能評估這種型態的獲利能力或預測功能。想要解決這個問題，唯一的辦法就是設定明確、客觀的法則，能夠判別有效的頭肩型態[44]。圖3.7說明這個觀念。把主觀型態轉變為客觀型態的挑戰，可以設想為如何在所有技術分析價格型態之內，界定型態明確的一個子集合。

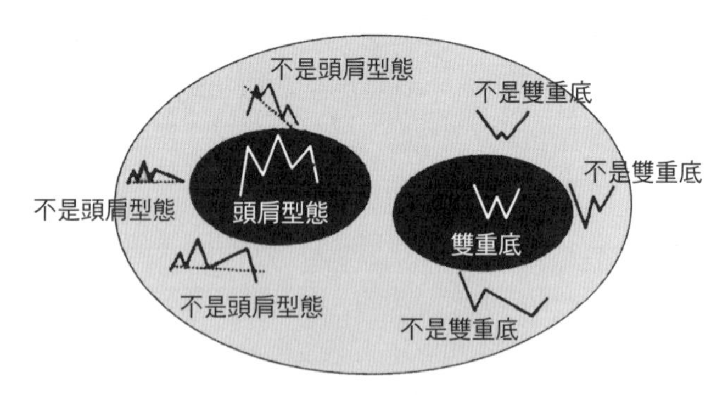

圖3.7　客觀型態：明確的排除法則

根據C&O的定義，頭肩頂型態是由五個樞紐點（價格反轉點）構成，這五個樞紐點包括三個峰位與兩個谷底。在圖3.8中，五個樞紐點分別標示為英文字母A～E，其中C點代表「頭」，位置顯然高於A點與E點的兩個「肩」。至於頭肩頂是否還應該包含其他輔助特徵，例如：喉結、雙下巴或流海，則頗有爭議。C&O的頭肩型態定義並不包含這些特徵。

在現實世界裡，圖形分析者覺得最困擾的問題之一，是價格擺動並不會勾勒出非常清楚的峰位與谷底。事實上，所謂的峰位或谷底，都是由很多不同規模的價格擺動或波浪構成，有些只持續幾分鐘，有些則長達數年。這種性質稱為碎形大小架構（fractal scaling），使得型態判斷很困難。分析者必須憑藉著肉眼過濾價格

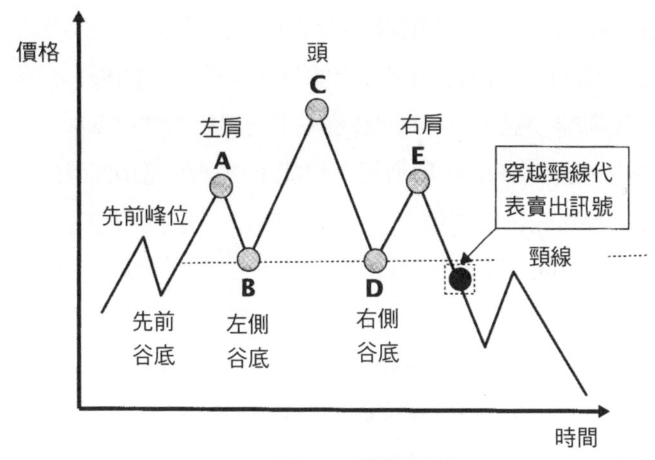

圖3.8　頭肩型態

行為，然後才能辨識特定時間架構上的峰位與谷底。由事後的角度來說，這些判斷看起來很簡單，但處在走勢圖的最右端則很難判斷。

關於這個問題，C&O採用百分率濾網，也稱為亞歷山大濾網[45]（Alexander filter），或曲折指標（zigzag indicator），有興趣的讀者可以參考美林（Merrill）的《過濾波浪》[46]（Filtered Waves）。這是辨識價格走勢之峰位與谷底的一種客觀方法。所謂谷底，是指價格由最近低點向上攀升某特定百分率門檻；所謂峰位，是指價格由最近高點下跌某特定百分率門檻。這種處理方式存在一個問題：時間落差。因為價格必須花費一段時間，才能出現特定百分率門檻的走勢。舉例來說，假定百分率門檻設定為5%，則唯有當價格由高點下跌超過5%，我們才能確定該高點為最近的峰位；同理，唯有當價格由低點彈升超過5%，才能確定該低點為最近的谷底。換言之，當我們判斷峰位（谷底）發生的時候，其實該峰位（谷底）早在價格還沒有下跌（上升）超過5%之前已經出現了。

其次，C&O必須決定如何設定曲折濾網的適當門檻百分率。濾網採用不同的門檻百分率，則會辨識不同規模的頭肩型態。舉例來說，3%濾網所辨識的頭肩型態，可能不會出現在10%濾網辨識的頭肩型態之中。所以，對於同一份走勢圖，可能同時存在多種不同規模的頭肩型態。關於這個問題，C&O的處理方法，是讓每種金融交易工具（譬如：股票或外匯），各自採用10種不同門檻百分率的曲折濾網。這使得他們得以辨識各種規模的頭肩型態。

還有另一個問題：曲折濾網應該採用哪10種門檻百分率呢？某種交易工具適用的濾網門檻，顯然未必適用於另一種交易工具，因為兩者的價格波動程度（volatility）未必相同。所以，關於如何決定每種交易工具的10種濾網門檻，C&O考慮每種交易工具最近的價格波動程度。C&O把價格波動率定義為V，也就是每天價格變動百分率在最近100天之分配的1個標準差。至於10個濾網門檻，則把V分別乘以10個係數：1.5, 2.0, 2.5, 3.0, 3.5, 4.0, 4.5, 5.0, 5.5, 6.0。這10個不同的濾網，代表不同敏感程度。C&O所選擇的這10個係數，得到一般圖形技術分析師的認同，認為它們確實可以在合理程度內有效辨識頭肩型態。

接著，C&O設定一些法則，用以辨識有效的頭肩型態。這些法則適用於經過曲折濾網過濾之後的價格走勢峰位與谷底。

首先，C&O辨識的頭肩型態必須符合下列基本法則：

1. 頭肩頂的「頭」價位必須高於「左肩」與「右肩」。
2. 頭肩頂排列必須發生在上升走勢的末端。所以，頭肩頂的左肩價位必須高於先前峰位（PP），左側谷底的價位必須高於先前谷底（PT）。

關於何謂有效的頭肩頂型態，C＆O還處理一些比較微妙而複雜的問題。他們採用一些頗具創意的方法，衡量型態的垂直與水平對稱程度，以及型態完成的時間，然後設定一些相關法則。透過這些法則，他們可以很確定的辨識某個型態是或不是頭肩頂排列。

垂直對稱法則

垂直對稱法則排除頸線斜率太陡峭的型態。圖3.9顯示的案例，其垂直對稱程度是可接受的。

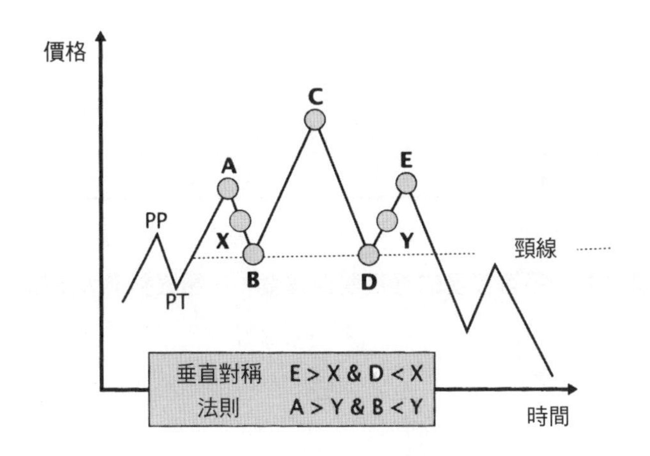

圖3.9 可接受的垂直對稱程度

這個法則比較左肩與右肩的高度（A與E），以及右側谷底與左側谷底的高度（B與D），並且把AB線段的中點定義為X，ED線段的中點定意義為Y。符合垂直對稱程度的頭肩頂型態，必須滿足下列條件：

1. 左肩（A）高度必須超過Y點。
2. 右肩（E）高度必須超過X點。

3. 左側谷底（B）高度必須低於Y點。

4. 右側谷底（D）高度必須低於X點。

圖3.10與圖3.11顯示的兩個案例都不屬於有效的頭肩頂排列，因為不符合垂直對稱法則。

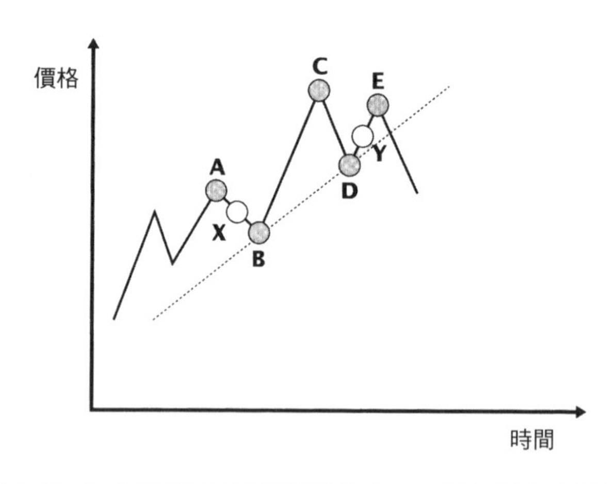

圖3.10　不可接受的垂直對稱程度——頸線斜率太陡峭

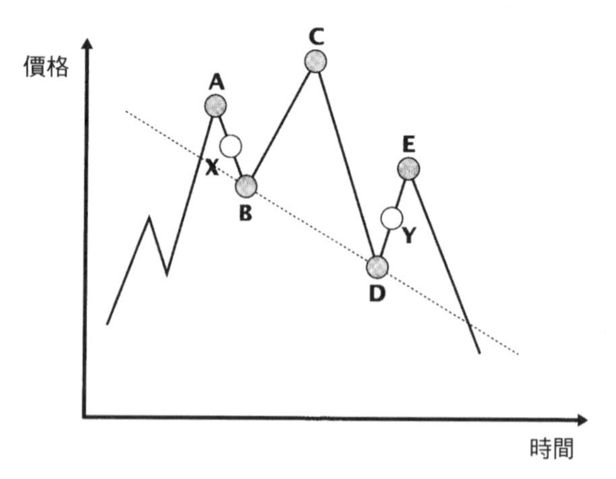

圖3.11　不可接受的垂直對稱程度——頸線斜率太陡峭

水平對稱法則

判斷頭肩型態是否有效的另一個準則，是水平對稱程度，也就是「頭」與兩「肩」之間的水平距離應該相當。換言之，C點與A點之間的水平距離，以及C點與E點之間的水平距離，兩者的差距不能超過2.5倍。至於2.5這個數據是如何來的，則沒有什麼特殊緣故，只是看起來合理而已。請參考圖3.12。

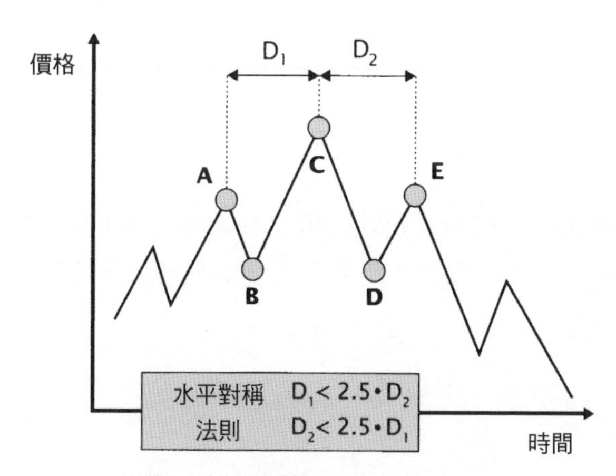

圖3.12　可接受的水平對稱程度

圖3.13則不符合水平對稱法則，因為右肩（E點）的位置拉得太開。同理，如果左肩的位置拉得太開，也同樣不行。

型態完成法則：頸線穿越允許的最長時間

C&O規定頭肩型態的右肩（E點）一旦形成，排列突破頸線的時間不得拖得太久。如同其他規定一樣，這個法則也是透過排列內部的比例來設定，不採用固定時間單位，使得這個法則能夠適用於所有的時間架構。

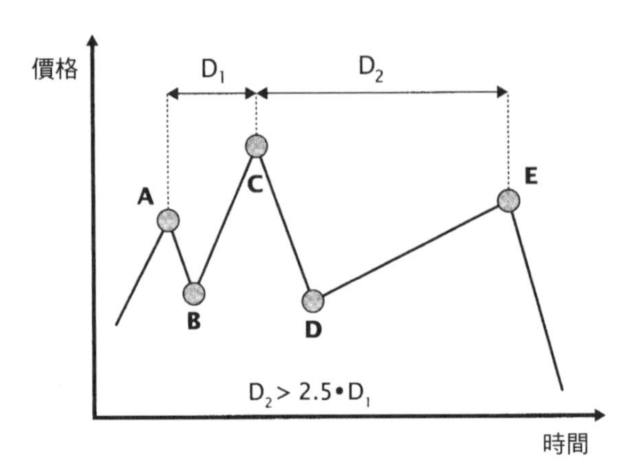

圖3.13 不可接受的水平對稱程度

根據規定，右肩到達頸線突破位置之間的水平距離（標示為D4），必須小於兩肩寬度（換言之，A點到E點的水平距離，標示為D3），請參考圖3.14。另外，圖3.15顯示不符合型態完成法則的例子。

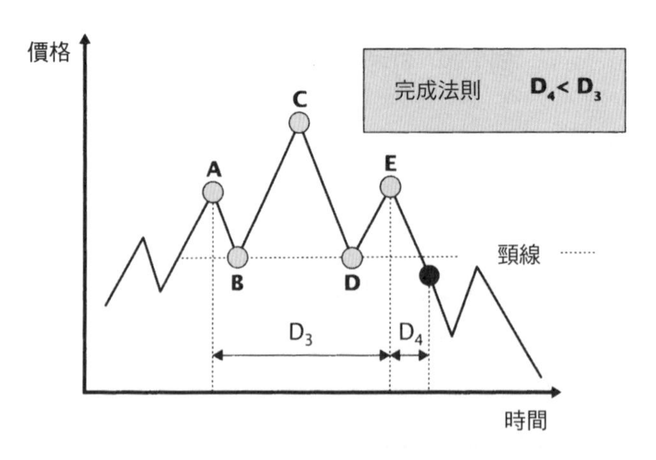

圖3.14 滿足型態完成法則

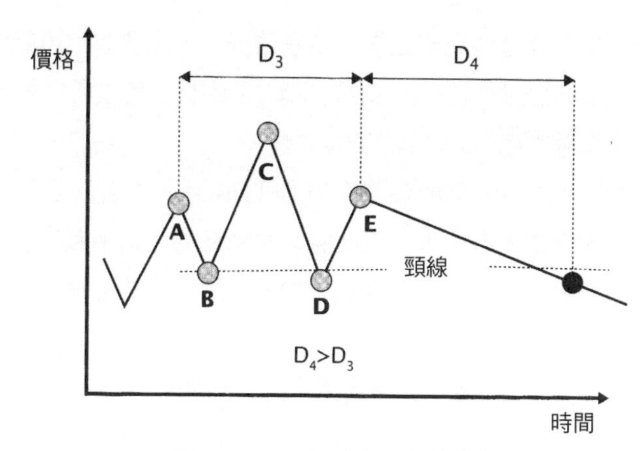

圖3.15 不滿足型態完成法則

洩漏未來資訊：展望偏頗

關於頭肩型態的模擬，C&O小心防範洩漏未來資訊或展望偏頗的問題。歷史測試過程中，如果擬定決策當時，知道一些不該知道的資訊（因為這些資訊當時還沒有發生），就會發生這方面的問題，通常也會高估歷史測試績效。讓我們用一個比較極端的例子來比喻：這等於是看到還沒有出版的《華爾街日報》。

對於頭肩型態的歷史測試，如果曲折百分率門檻大於右肩到頸線突破點之間的百分率，可能發生洩漏未來資訊的問題。這種情況下，頸線突破不得視為有效的賣出訊號，因為當時「右肩」尚未形成。可是，在曲折濾網的右肩被認定之前，價格有可能向下穿越頸線。舉例來說，假定右肩（E點）與頸線之間的距離只有4%，但曲折濾網的門檻百分率為10%。這種情況下，價格突破頸線不代表賣出訊號，因為當時還不能確定右肩已經完成。單就這個例子來說，將價格突破頸線視為賣出訊號，操作績效可能優於等待價格繼續下跌而跨過10%門檻。為了避免發生這類的問題，C&O規定型態訊號必須出現在型態完成之後。某些情況下，這個規定可能導致訊號太遲，但歷史測試畢竟不能發生展望偏頗。我之所以提到這點，主要是要強調C＆O對於細節的重視。

C＆O的型態定義還涉及許多其他的議題，包括：部位進場點、出場點、停損水準…等，但此處想要彰顯的，是主觀型態可以轉變為可供測試的客觀型態。當然，讀者或許還能夠提供更好的客觀型態定義。。

最後，C＆O將自動運算程式認定的合格頭肩型態，交給多位技術分析者評估。C＆O表示，技術分析者同意客觀程式挑選的頭肩型態，確實符合主觀頭肩型態的準則。

頭肩型態的歷史測試結果

對於股票或外匯來說，頭肩型態是否能夠提供預測資訊呢？頭肩型態被視為是圖形排列的中流砥柱，實際上卻沒有什麼價值。根據C＆O所做的檢定，頭肩型態對於股票交易沒有幫助，外匯交易只能提供些許的利益。在外匯交易的6個案例中，有2個案例能夠獲利，但結構相對複雜的頭肩型態，其績效反而不如其他結構更簡單的曲折濾網客觀訊號。總之，對於外匯交易者來說，頭肩型態的價值是非常值得懷疑的[47]。

運用於股票市場，頭肩型態的表現更差。C＆O針對100支隨機挑選的股票進行測試[48]，涵蓋期間為1962年7月到1993年12月。平均來說，每支股票大概每年都會出現一個頭肩型態訊號（包括買進與賣出訊號在內），所以樣本總共包含3,100多個訊號。為了測試實際價格走勢頭肩訊號的獲利能力，C＆O建立模擬的隨機價格資料，做為比較的基準。這些模擬價格資料是透過隨機程序產生的，具備的統計性質與實際價格資料一樣，但完全不具備任何預測功能（因為是隨機程序產生的）。請注意，這些模擬價格資料雖然是透過隨機程序產生，不過還是呈現許多滿足C&O定義的頭肩型態，這確認了我們稍早曾經談到的哈利．羅伯茲研究。

出現在實際價格資料上的頭肩型態，如果具有任何預測價值的話，其訊號的獲利能力應該超過頭肩型態運用在模擬價格資料。可是，C&O卻發現，實際股票價格的頭肩型態，虧損程度甚至稍微超過虛構價格資料的對應表現。根據這份研究資料，「結果明確顯示頭肩排列完全沒有獲利能力。」在10天的持有期間內，交易訊號平均虧損0.25%；運用於隨機價格資料，對應的訊號平均虧損為0.03%。C&O稱呼運用這種型態的交易者為「雜訊交易者」，他們誤把隨機訊號視為有資訊價值的訊號。

羅氏（Lo）等人的類似研究也確認C&O的結果[49]。羅氏採用一種相當複雜的局部平滑化技巧[50]（稱為核心迴歸，kernel regression），把頭肩型態做客觀化的安排。他們的研究找不到證據拒絕頭肩型態毫無用處的虛無假說[51]。

巴考斯基（Bulkowski）發現頭肩型態具有獲利能力[52]，但他的研究顯然有不足之處。對於歷史測試型態與進、出場法則，巴考斯基沒有提供客觀的定義。換言之，他的研究屬於主觀性質。另外，他的研究也沒有針對股票市場在測試期間呈現的趨勢做調整。

技術分析的子集合

根據前述討論，技術分析看起來是由四個子集合構成：（1）主觀技術分析，（2）統計顯著性不可知的客觀技術分析，（3）不具備統計顯著性的客觀技術分析，（4）具備統計顯著性的客觀技術分析。

第一個子集合——主觀技術分析——已經被界定為不可簡化為歷史檢定電腦運算程式的部分。至於第二、第三與第四種子集合，都屬於客觀方法。

第二個子集合是由功能並不明確的客觀方法構成。這些方法雖然都是客觀的，且可以做歷史測試，但結果並沒有被肯定具備統計顯著性。就這個子集合來說，只要套用本書第4、第5與第6章討論的方法就可以了。這並不是說套用統計方法於歷史測試是很簡單的，但這個決定本身確實很簡單。

第三個子集合，也就是沒有價值的技術分析方法，這些客觀技術分析法則經過相當廣泛的測試，並透過統計方法做評估，結果顯示不論是單獨使用或配合其他方法運用，這些方法都不能提供效益。絕大部分的客觀技術分析方法都屬於這個子集合。這是相當理所當然的，因為金融市場原本就很複雜而難做預測，充滿高度隨機性質。事實上，在任何科學領域內，大多數假說都不能成立。具有重大意義的發現，屬於非常罕見的成就。這個結果並不明顯，因為很多被證明為失敗的方法，並沒有刊載於一般雜誌或甚至科學季刊。最重要的是，我們要找到某種程序，藉以剔除這些沒有用的方法。

第四個子集合，包含有用的客觀技術分析方法，它們的功用具有統計顯著性，有些甚至還具有經濟顯著性。雖然有些法則可以單獨使用，但根據金融市場呈現的複雜與隨機性質，這些法則通常都要彼此配合，建構為更複雜的法則，然後才能提供真正的效益。

證據為基礎的技術分析（EBTA）是指第（3）與第（4）個子

集合而言，這些技術分析方法都經過歷史測試與統計分析。圖3.16顯示前述討論的相關分類。

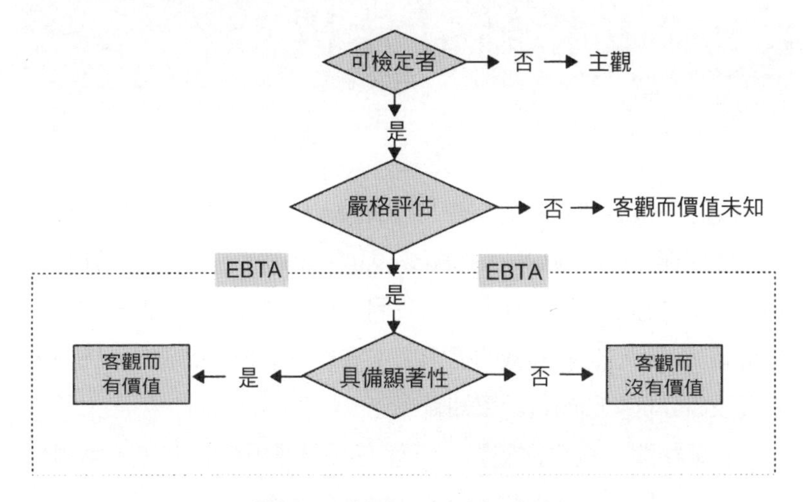

圖3.16 技術分析的子集合

接下來的三章篇幅，準統計學是處理資料的科學。備討論歷史測試結果運用的相關統計分析。

第4章

統計分析

統計學是處理資料的科學[1]。19世紀末，英國的著名科學家與作家威爾斯（H.G. Wells，1866～1946）說過，20世紀自由社會的知識份子有必要瞭解統計方法。我們也可以這麼說，21世紀的技術分析者與運用者也有同樣的需求。本書接下來的三章篇幅，準備處理與技術分析有關的統計學知識。

如果相關資料非常明顯，就沒有必要運用統計方法。舉例來說，假定飲用某口井水的人全部都感染霍亂死亡，飲用另一口井水的人則完全沒有問題；這種情況下，我們知道清楚哪口井受到感染，根本不需要經過統計分析。可是，如果資料的含意不明確，統計分析可能是取得合理結論的最好或唯一方法。

判斷哪些技術分析方法具備真正的預測功能，這是高度不確定的工作。即使是威力強大的法則，運用於不同的資料，表現也可能有很大的差異。所以，如果想要判斷哪些技術分析方法具有實際用途，統計分析可能是唯一實用的辦法。不論我們知道或不知道，技術分析實際上就是統計推論。技術分析想由歷史資料中尋找型態、法則、指標、…等概括原則，然後向外插補（extrapolate）。外插法本質上就是不確定的。不確定導致不舒服。

我們可以透過兩種方式應付這種不舒服的感覺。第一，假裝問題不存在。另一個辦法，則是運用統計學，面對問題而處理問題，將不確定計量化，然後擬定最佳決策。英國的著名數學家與哲學家羅素（Bertrand Russell）說過，「呈現於期待與恐懼情緒中的不確定感，是很痛苦的，但如果我們不想生存在虛幻的童話故事裡，就必須忍耐[2]。」

很多人討厭、不相信統計分析，統計學家也經常被看成玩弄數字、不食人間煙火的怪人。他們經常是笑話故事的主角。人們總是會嘲笑一些自己不懂的東西。有個笑話說，某個6英尺高的人，淹死在平均深度2英尺的水池裡。還有一個關於三個統計學家打獵的故事。他們看到一隻野鴨飛過頭頂，第一個人開槍射擊，結果偏右一英尺，第二個人也開槍，結果偏左一英尺。於是，第三個人高興大叫，「我們打中了！」沒錯，平均誤差是零，但晚餐還是沒有鴨子上桌。

有效的工具可以用在不恰當的場合。很多人經常批評統計學扭曲事實、惡意欺騙。不過，語言也經常如此，但我們不能因此而責怪語言。此處需要秉持著比較理性的態度。我們不該全然懷疑或全然相信統計學，「比較成熟的作法，是學習一些統計知識，知道如何判別什麼是有用而真實的東西，什麼又是愚蠢和欺騙[3]。」全然相信統計學，會遭到沒有必要的欺騙；反之，全然不信統計學，也會變成沒有必要的無知。我們希望在全然不信與全然相信之間，找到某個恰當的中間地帶，也就是沒有成見的懷疑態度，這需要很有技巧地解釋資料[4]。

統計推理概述

對於很多技術分析者或使用者來說，統計推理可能是一門新學科。造訪陌生的場所，或許應該先知道期待什麼。所以，容我們先概述後續三章的內容。

基於第3章討論的理由，我們最好還是先假定所有的技術分析法則都沒有預測功能，歷史測試如果能夠獲利的話，那純屬運氣。這個假設稱為虛無假設。此處所謂的運氣，是指技術法則訊號與其測試之歷史資料樣本所呈現的趨勢之間，存在有利而偶然的對應。這個做為起點的虛無假設，正是我們想要運用實際證據來否認的假設。

換言之，如果實際觀察結果不符合虛無假設的預測，則該假設應該被否定，並接受替代假設，也就是承認該技術分析法則具有預測功能。就技術法則的統計檢定來說，用以否定虛無假設的實際證據，是歷史測試的報酬率。如果報酬率很高，顯然就不能完全訴諸於運氣了。

如果技術分析法則沒有預測功能，則在抽離趨勢的資料中[5]，期望報酬率應該是零。可是，如果資料樣本太小的話，則技術分析法則即使沒有預測功能，其報酬率也可能顯著偏離零。這方面的偏離，是純粹由機運——或好或壞——造成的。這可以由投擲公正的銅板來解釋，如果投擲的次數夠多，出現正面與反面的比例應該各佔50%左右，但投擲的次數如果很少的話，比例可能顯著偏離50%。

一般來說，沒有預測功能的技術分析法則，其報酬率偏離零的程度應該很有限。可是，某些情況下，無效的法則可能純粹因為運氣而產生顯著獲利。所以，碰到這種情況，我們會以為無效的法則具有預測功能。

為了避免產生誤會，最好的辦法就是瞭解純粹的機運可能產生何種程度的獲利。換言之，我們可以透過數學函數，計算獲利因為機運而偏離零的發生機率。這是統計學可以協助我們的地方。

這種數學函數，稱為機率密度函數，可以計算機運造成的各種超額報酬發生機率。換言之，機率密度函數可以顯示某個完全沒有預測能力的法則，純粹因為機運因素而產生各種獲利（或正或負）的發生機率。圖4.1顯示的就是這種機率密度函數[6]。密度函數的中心值為零，這顯示虛無假設認定該技術法則的期望報酬為零。

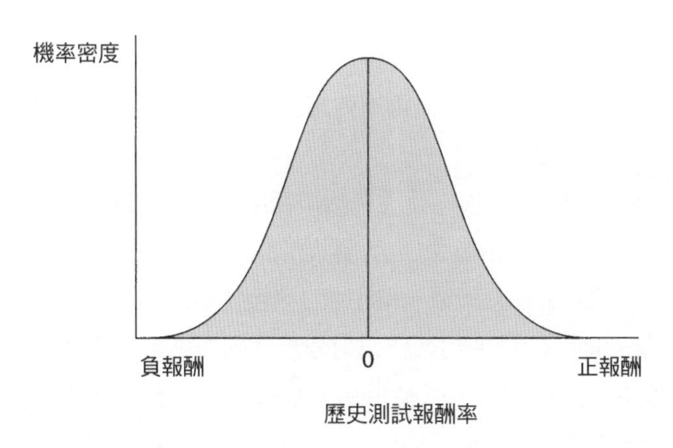

圖4.1　純粹機運的密度函數：某無用技術分析法則的可能表現

請參考圖4.2，假定圖形上的箭頭標示著某技術法則歷史測試產生的報酬率。現在，我們的問題是：這個報酬率超過零的程度，是否足以讓我們否定技術分析法則期望報酬為零的虛無假設？如果報酬率超過零的程度很有限，很可能是因為純粹機運產生的，那就不足以讓我們否定虛無假設。這種情況下，虛無假設就禁得起歷史測試證據的挑戰，我們沒有充分證據可以懷疑該技術分析法則不具備預測功能。

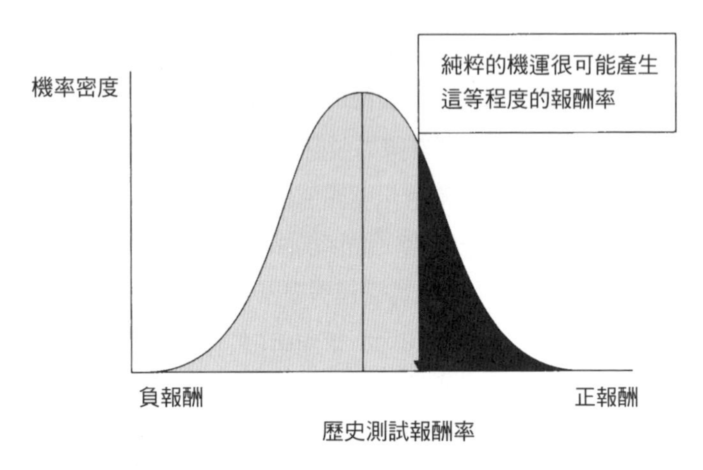

圖4.2　無效法則績效純屬機運的機率

歷史測試證據的強度，是透過機率密度函數位在技術分析法則觀察報酬率右側的面積衡量[7]。就圖4.2來說，這部分是密度函數標示箭頭右側的陰影部分面積。請注意，密度函數之下的整體面積等於1.0，陰影部分面積則代表該技術分析法則如果完全不具備預測功能情況下（期望報酬＝0，虛無假設為真），其報酬率至少等於箭頭標示報酬率的發生機率。如果這個陰影部分的面積相對大，意味著該技術分析法則即使不具備任何預測功能，但起碼呈現箭頭標示報酬率的機率相對大。這種情況下，將沒有根據否定虛無假設。換言之，陰影面積愈大，愈沒有理由認定該技術分析法則具備預測能力（雖然歷史測試的實際報酬率等於箭頭標示水準）。

可是，歷史測試實際觀察的報酬率（箭頭標示水準），如果遠高於零，則陰影部分的面積將變得很小。換言之，實際證據顯示我們應該否認虛無假設。由另一個角度思考，如果虛無假設為真，歷史測試觀察到的報酬率非常不可能（機率很小）會如此之高。這個機率也就是觀察績效（箭頭標示處）右側陰影部分的面積。請參考圖4.3的說明，觀察績效（歷史測試實際觀察到的報酬率）位在密度函數曲線的右端尾部，其右側陰影部分的面積，代表技術分析法則不具備預測功能的發生機率。

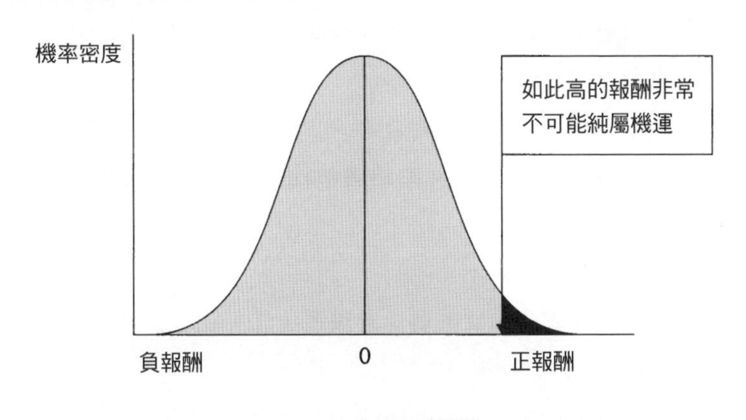

圖4.3　有效法則績效純屬機運的機率

我們必須瞭解，歷史測試實際觀察的證據，沒有告訴我們什麼。這些證據沒有顯示虛無假設或替代假設為真的機率，而只顯示虛無假設如果為真，則該證據的機率分配應該如何。所以，機率代表的是證據的發生可能性，不是假說為真的可能性。在虛無假設為真的情況下，如果觀察證據非常不可能發生，則我們有理由推論虛無假設是錯的。

本書第3章曾經提到，證據顯示某動物有四條腿，並不能證明下列假設為真：「這隻動物為狗」。某動物有四條腿的證據，雖然符合這隻動物為狗的假設，但並不能證明這隻動物就是狗。同理，某技術分析法則的歷史測試績效為正數，雖然符合技術分析法則具有預測功能的假設，但不足以證明該技術分析法則確實具有預測功能。如果想藉由符合某假設的觀察證據，用以證明該假設為真，將觸犯肯定後件子句的邏輯謬誤。

如果某動物是狗，則該動物有四條腿。

該動物有四條腿。

無效結論：因此，該動物是狗。

如果某技術分析法則具有預測功能，則歷史測試應該顯示獲利。

歷史測試顯示獲利。

無效結論：因此，該法則具有預測功能。

可是，該動物如果沒有四條腿，那就足以證明假設「某動物是狗」不成立[8]。換言之，觀察證據可以用來證明假說不成立。這種論證採用有效的演繹格式：否定後件子句。這種論證的一般格式如下：

如果P爲眞，則Q爲眞。

Q爲不眞。

有效結論：因此，P爲不眞（或P不成立）。

如果某動物是狗，則該動物有四條腿。

該動物沒有四條腿。

有效結論：因此，該動物不是狗。

前述論證內，觀察證據（動物沒有四條腿）用以明確證明假說（該動物為狗）不成立。可是，在科學或統計領域裡，通常不可能存在這種程度的明確性。換言之，我們不能絕對地否認假說。雖說如此，但還是可以引用類似的邏輯：某些觀察證據顯示假說為真的可能性不高。換言之，觀察證據讓我們有理由挑戰假說。因此，如果歷史測試的績效表現非常理想，這項證據讓我們有理由否定「技術分析法則不具有預測功能」(或「技術分析法則之期望報酬為零」)的假說。

> 如果某技術分析法則的期望報酬爲零或負數，則歷史測試績效應該相當接近零。
>
> 歷史測試績效並不顯著等於零；事實上，績效顯著大於零。
>
> 有效結論：因此，技術分析法則期望報酬爲零或負數的說法非常不可能成立。

所謂的「非常不可能成立」，究竟要「非常不可能」到什麼程度，才能否定技術分析法則具有預測能力的說法呢？關於這點，沒有簡單明確的法則。根據習慣，除非虛無假設成立的發生機率低於0.05，否則科學家通常不願意否定虛無假設。這個數值稱為觀察的統計顯著性（statistical significance）。

截至目前為止，我們都只考慮單一法則的歷史檢定。可是，實務上，歷史測試通常不會只檢定單一法則。目前，電腦運算功能很強，歷史測試的軟體更是驚人，可以同時處理大量資料，所以人們通常都會同時測試多種法則（事實上，很難避免這方面的誘惑），希望尋找績效表現最理想的組合。這種行為，稱為資料探勘（data mining）。

資料探勘雖然是一種有效的研究方法，但同時檢定許多法則，績效純屬機運的機會也會大增。因此，用以否定虛無假設的績效門檻必須設定得高一點，甚至高很多。門檻夠高才能避免某組法則在歷史測試中因為機運緣故而產生理想績效的可能性。本書第6章會處理資料探勘偏頗的問題。

圖4.4比較兩個機率密度函數。頂端圖形適用於評估單一法則歷史測試的顯著性。下端的密度曲線則適用於評估1,000種法則歷史測試的顯著性。這個曲線考慮了資料探勘的影響，使得測試績效的運氣成分大增。請注意，如果這個由1,000個法則組合而成的最佳法則採用單一法則適用的密度函數，則測試看起來很可能會具有顯著性，因為測試績效會非常深入分配的右端尾部。反之，如果採用適當的密度函數（下端圖形），則測試績效可能就不具備顯著

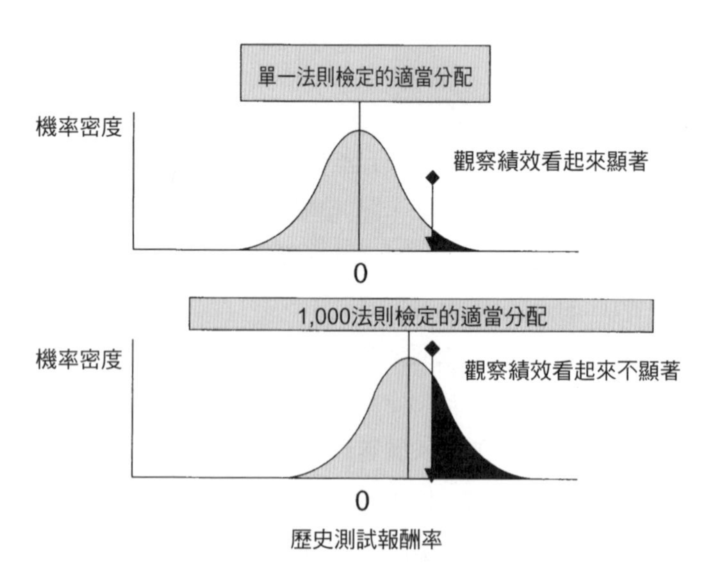

圖4.4　單一法則歷史測試的優異績效，對於1,000個法則的測試，則只是一般而已。

性。換言之，由多種技術法則共同組成的最佳法則，測試績效即使顯著大於零，也未必代表該法則具備預測功能，或期望報酬大於零。

嚴格統計分析的必要性

某個學科運用的工具與方法，將限制該學科的發展潛能。工具與方法的進步，也能促進知識的進步。天文學就是典型的例子，望遠鏡的發明，使得天文學知識大幅拓展。由目前的標準來看，早期望遠鏡看起來雖然很粗陋，但解析度仍然較肉眼高出10倍。技術分析也同樣具備這些機會，但必須把非正式的資料分析，取代為嚴格的統計分析。

非正式分析方法實在沒有辦法從金融市場淬取有效的知識。資料充滿虛幻的型態，有效的型態則被雜訊或複雜結構遮掩。對於這方面的艱難工作，嚴格的統計分析才能勝任。

統計分析是由一組明確的程序構成，用以收集、分析與解釋資料。本章與後續兩章將說明統計工具與推理如何用來辨識有用的技術分析法則。本章屬於概論介紹，內容當然要精簡一些，很多時候甚至必須犧牲數學嚴格性來換取清楚的概念，但不會偏離我們想要傳遞的基本訊息：如果技術分析真的具備人們所相信的功能，則必須採用科學架構，運用正統的統計分析。

範例：抽樣與統計推論

統計推理相當抽象，甚至經常違背普通常識。這有好有壞。邏輯不符合非正式推理，這是好的，因為這有助於我們的日常思考不至於犯錯。可是，也正因為如此，統計推理不容易被一般人瞭解。因此，容我們由明確的例子著手。

統計推論的核心觀念，就是根據樣本向外插補。針對觀察樣本做研究，尋找其型態，期待這些型態存在於樣本以外的案例（向外插補）。舉例來說，某技術分析法則在特定樣本期間顯示獲利能力，我們推論該法則對於未來運用也具備類似的獲利能力。

首先，讓我們準備在與技術分析無關的架構下做處理。這個例子是取字一本傑出的統計學教科書，威里斯（Wallis）與羅伯茲（Roberts）合著的《統計學，新處理方式》[9]（Statistics, A New Approach）。某個箱子裡擺著白色與灰色珠子。珠子的總數量與白色、灰色珠子各佔的比例都未知。現在，我們想要判斷這個箱子中，灰色珠子佔全部珠子的比例。為了簡單起見，把這個數值稱為「灰色比率」。

為了讓這個問題能夠適當反映我們在現實世界裡碰到的統計問題，還需要做一項額外假設。假定我們不能看到箱子內的整體情況，所以不能直接觀察「灰色比率」。這個限制是相當符合現實的，因為對於某些問題，我們是沒有辦法或不方便觀察母體。事實上，也正因為這項限制，所以才需要統計推論。

我們雖然不能直接觀察箱子內的情況，但可以每次由箱子裡拿出20個珠子構成的樣本，並做觀察。所以，我們打算根據抽取的樣本，藉以推論整個箱子裡的「灰色比率」。這個例子中，我們打算抽取50個樣本（每個樣本都包含20個珠子），標楷體的「灰色比率」代表樣本內灰色珠子佔的比率。

關於抽樣的方式，請參考圖4.5的說明。箱子的底部有一塊滑板，滑板上有20個凹槽，每個凹槽剛好可以裝上一顆珠子。滑板由箱子移出的開口處，另有一塊活動面板，使得箱子內的其他珠子不至於掉出箱子。所以，每當滑板往外抽取的時候，就會裝上20個珠子，我們可以觀察這20個珠子內，灰色珠子佔的比率（也就是「灰色比率」）。

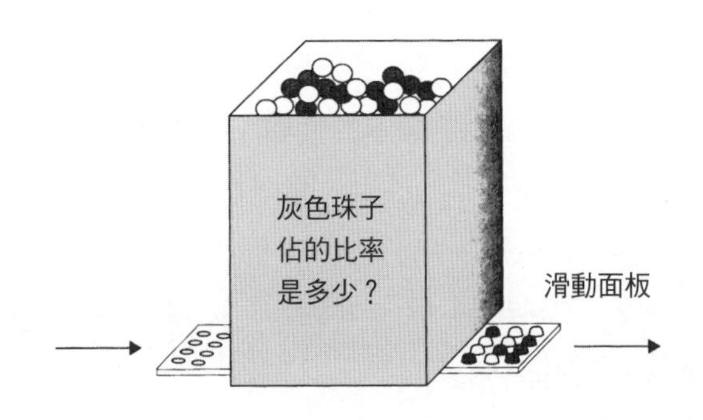

圖4.5　決定每個樣本的「灰色比率」

每次抽樣而記錄「灰色比率」之後，把所抽取的20個珠子擺回箱中，然後徹底搖晃之後，再做下一次抽樣。如此一來，每個珠子每次被抽取的機會都一樣多。就統計術語來說，我們要確定每次抽樣都是隨機的。我們總共抽取50個樣本，總共記錄50個「灰色比率」。

每次抽樣之後，都把抽出的20個珠子擺回箱子，搖晃均勻之後，再做下一次抽樣。如此一來，每次抽樣過程中，箱子內(母體）灰色珠子所佔的比率（「灰色比率」）都相同。對於這類統計性質始終維持相同的問題，稱為平穩（stationary）問題。如果每次抽樣之後，所抽取的20個珠子都不擺回箱子，則每次抽樣的「灰色比率」都不同；這類統計性質持續變動的問題，則稱為不平穩問題。金融市場面臨的問題，可能屬於不平穩問題，但此處為了說明起見，採用平穩問題。

請留意，兩種「灰色比率」代表兩種不同的東西，前者代表整個箱子內灰色珠子所佔的比率，後者代表每次抽取20個珠子，其中灰色珠子所佔的比率。就統計術語來說，我們有意觀察的整體對象，稱為母體（population）。就目前這個例子而言，母體就是整箱珠子。樣本（sample）則是母體的子集合。所以，「灰色比率」是母體的性質，「灰色比率」是樣本的性質。現在，我們想想做的是：根據50個樣本，觀察樣本的性質，藉以推論母體性質。

另外，還有兩個數值需要特別注意其差別。每個樣本包含的觀察數量（目前例子，每個樣本包含20個珠子），以及樣本數量（目前例子，樣本數量為50個）。

機率實驗與隨機變數

機率是用數學方式表達的機運[10]。機率實驗（probability experiment）是對於結果不確定之環境所做的觀察或操作[11]，例如：某個旅程耗費的時間、觀察某地的積雪量、觀察投擲銅板出現正面的機會…等。

機率實驗所觀察的數量或性質，稱為隨機變數（random variables），例如：投擲銅板出現的狀況、某地的降雪量，以及樣本觀察的摘要數值（例如：樣本平均數）。這些數量或性質之所以稱為隨機，因為它們受到機運影響。某隨機變數的單一觀察值或許不容預測，但隨機變數的觀察值如果很多的話，則具備高度可預測的性質。舉例來說，投擲一個公正的銅板，我們很難預期會出現正面或反面。可是，如果投擲1,000次，我們就可以相當確定，正面與反面的發生次數大約各佔500次。

隨機變數至少可能出現兩種數值，但可能更多，實際情況則取決於定義。舉例來說，如果把隨機變數定義為投擲一個銅板出現正面的次數，則可能出現兩種可能數值：0或1（換言之，反面或正面）。如果把隨機變數定義為正午在自由女神底部衡量的溫度，則可能出現的數值很多，實際數量將取決於溫度計刻度的精準程度。

最重要的機率實驗：抽樣

抽樣是統計分析的最重要機率實驗，這是由母體抽取一部份觀察值的程序。此處的隨機變數，稱為樣本統計量（sample statistic），代表樣本任何可計算的性質。先前討論的「灰色比率」，就是樣本統計量。

抽樣可以透過多種不同方式進行，但最重要者，是樣本必須透過隨機方式抽取其觀察，而且每次抽取都應該彼此獨立。這意味著樣本的全部觀察都有相同機會被抽取。因為沒有任何觀察有較大機會出現於樣本，所以這些觀察出現於樣本的機會，是由純粹機運決定。樣本必須透過這種方式建構，因為統計推理所根據的機率原理，假定樣本包含的觀察都是隨機的。

考慮某新藥物測試的自願病患樣本。樣本的建構，必須讓將來可能服用該藥物的人，都有同樣機會被選入測試樣本。如果不是透過這種方式挑選實驗對象，測試結果不能提供完善的結論。如果挑選一些對於該藥物可能產生有利反應者做為醫療實驗對象，結論難免發生偏頗。換言之，對於母體的藥效估計，必定會太樂觀。

假定我們閉起眼睛，每次都隨機由箱子裡取出一顆珠子，然後觀察其顏色。珠子的顏色，可能是灰色或白色，此為隨機變數。接著，假定由箱子抽取20顆珠子，每個樣本都是由20顆珠子構成，樣本內灰色珠子佔的比率，此為樣本統計量，也是隨機變數。

如同稍早討論的，我們可以稱此隨機變數為「灰色比率」。這是隨機變數，因為其數值會受到機運影響。這個數值有21種可能：{0, 0.05, 0.10, 1.15, ⋯, 1.0}。現在，讓我們回頭討論主題：更深入瞭解箱內灰色珠子所佔的比率，也就是「灰色比率」。

單一樣本提供的知識

假定第一個樣本包含13顆灰色珠子。樣本統計量「灰色比率」為0.65（＝13/20）。這透露了有關「灰色比率」的什麼知識呢？如果這是我們能夠運用的唯一資訊，或許被迫認定這個樣本「灰色比率」也就是母體的「灰色比率」；換言之，「灰色比率」＝0.65。可是，這等於是假定單一樣本就能夠充分反應整個母體的情況，顯然是非常不可靠的結論。當然，我們也可以採取相反的立場，認為樣本太小而不足以提供有關母體的任何有用資訊。

這兩種結論都不正確。首先，我們沒有理由認為單一樣本就能夠提供有關母體的完整知識。雖然第一次抽取的20顆珠子，就有可能充分複製母體的情況，但這種可能性畢竟不高。舉例來說，如果「灰色比率」實際上是0.568，那麼20顆珠子的樣本，根本不可能產生這個數據，最接近這個數值的「灰色比率」是0.55（11/20）。如果樣本內的灰色珠子為10顆，「灰色比率」是0.50；灰色珠子為11顆，「灰色比率」是0.55；灰色珠子為12顆，「灰色比率」是0.60。

反之，如果說一個樣本完全不能顯示母體的情況，那也不正確。根據這個樣本，我們至少可以排除有關母體的兩種可能性。

「灰色比率」不可能是1.0，也就是說箱子裡不可能完全是灰色珠子，因為我們的樣本已經顯示7顆白色珠子。其次，我們也可以確定「灰色比率」不可能是0，因為這個樣本已經顯示13顆灰色珠子。

可是，如果想要知道精確的「灰色比率」，那麼單一樣本的「灰色比率」只能提供不確定的知識。即使我們抽取許多樣本，得到許多「灰色比率」的數據，也沒有辦法知道精確的「灰色比率」，因為樣本──根據定義──只代表母體的一部份。除非我們觀察母體的整個狀況（而這是不允許的），否則永遠不知道精確的「灰色比率」。

可是，關於單一樣本提供的資訊，除了知道「灰色比率」不可能等於0與1之外，還可以做一些有根據的猜測。舉例來說，我們雖然不敢說「灰色比率」絕對不可能是0.1，但這種可能性實在不高。第一個樣本的「灰色比率」是0.65，距離0.1實在太遠，「灰色比率」是0.1的可能性太低了。由另一個角度說，如果「灰色比率」真的是0.1，那麼我們抽取樣本的「灰色比率」就非常不可能是0.65。同理，「灰色比率」＝0.95的可能性也不高。如果「灰色比率」真的是.95，那麼抽許樣本的「灰色比率」＝0.65未免太低了。所以，單一樣本雖然不能提供精準的資訊，但至少提供了某種程度的資訊。

50個樣本又能提供什麼資訊呢？

分析更多的樣本，可以得到「灰色比率」的更多資訊。假定我們另為抽取49個樣本，觀察每個樣本的「灰色比率」。首先，我們發現每個樣本的「灰色比率」都各自不同，很難預測其變動。所有的統計量都具備這種隨機行為的性質，稱之為抽樣變異性

（sampling variability）或抽樣變異（sampling variation）。

抽樣變異很重要。這是造成統計結論不確定的根本原因。樣本變異愈嚴重，不確定程度愈大。樣本之間的「灰色比率」變異程度愈大，對於「灰色比率」的判斷也愈不確定。

不幸地，很多人分析資料的時候，並不清楚樣本變異的重要性。這是可以理解的，因為在現實世界裡，通常沒有機會觀察一個以上的獨立樣本。目前這個例子則提供這樣的機會。

進行50個抽樣實驗，「灰色比率」呈現的隨機變異看起來很明顯。可是，對於一般的技術分析研究者來說，情況則非如此。技術分析法則的歷史測試，通常只由市場抽取一個歷史期間做測試，如果這個期間的所有資料都拿來檢定該技術分析法則，則只能得到一個績效統計量。這種情況下，根本沒有機會看到該技術分析法則在其他獨立樣本的表現，也看不到績效統計量的樣本變異。所以，對於不熟悉統計分析技巧的人來說，或許不理解樣本變異的重要性。這是很嚴重的盲點！表4.1把50個樣本的「灰色比率」列為表格，如此可以清楚看出樣本變異性。

「灰色比率」是隨機變數，每個樣本的數值都不盡相同。這個例子說明機運的影響。可是，「灰色比率」也不完全是由機運決定，因為該數值顯然受到母體「灰色比率」影響。

所以，每個抽樣的「灰色比率」是由兩股力量決定的：根本現象「灰色比率」，以及抽樣造成的隨機性質。「灰色比率」扮演地心引力的角色，讓每個「灰色比率」都保持在一定限度內。某些樣本，隨機性質會讓「灰色比率」大於「灰色比率」；另一些樣本，隨機性質則會讓「灰色比率」小於「灰色比率」。換言之，「灰色比率」會以「灰色比率」為中心而波動，這就是抽樣變異性。

表4.1　50個樣本統計量的變異性：樣本灰色珠子所佔的比率。

樣本編號	灰色比率	樣本編號	灰色比率	樣本編號	灰色比率
1	0.65	18	0.60	35	0.60
2	0.60	19	0.40	36	0.55
3	0.45	20	0.60	37	0.50
4	0.60	21	0.45	38	0.50
5	0.45	22	0.55	39	0.45
6	0.45	23	0.45	40	0.50
7	0.55	24	0.50	41	0.55
8	0.40	25	0.70	42	0.45
9	0.55	26	0.55	43	0.55
10	0.40	27	0.60	44	0.60
11	0.55	28	0.70	45	0.60
12	0.50	29	0.50	46	0.60
13	0.35	30	0.70	47	0.65
14	0.40	31	0.50	48	0.50
15	0.65	32	0.90	49	0.50
16	0.65	33	0.40	50	0.65
17	0.60	34	0.75		

關於樣本變異性，還有一點值得留意。每個樣本包含的觀察數量，會影響「灰色比率」與「灰色比率」之間的差異程度。每個樣本包含的觀察數量愈大，「灰色比率」愈能夠精確反映「灰色比率」。舉例來說，如果每個樣本是由200顆珠子（而不是20顆）構成，則「灰色比率」圍繞在「灰色比率」之間波動的變異程度就會下降。事實上， 200顆珠子構成的樣本，其隨機變異程度大概只有20顆珠子樣本的三分之一。這是一個很重要的性質，樣本愈大，樣本的隨機變異程度愈小。如果每個樣本由單一珠子構成，則「灰色比率」只能是0或1。如果每個樣本由2個珠子構成，則「灰色比率」可以是0、0.5或1.0。對於3個珠子的樣本，「灰色比率」可以是0、0.33、0.66或1.0。所以，樣本愈大，隨機變異程度愈小，「灰色比

率」愈能夠精確反映「灰色比率」。這也就是「大數法則」（Law of Large Numbers）的效應：大樣本可以降低機運扮演的角色。換言之，樣本愈大，「灰色比率」會愈緊密地圍繞在「灰色比率」附近。這是統計學最重要的原理之一。

讓我們把前述統計量的重要概念做個總結：抽取50個樣本的過程中，「灰色比率」雖然完全不變，但每個樣本的「灰色比率」往往會有顯著差異。這種現象稱為樣本變異性。每當我們透過隨機抽樣來推估母體的性質，就會發生這種樣本變異。樣本變異性也是統計推理之所以會有不確定的原因[12]。

樣本統計量「灰色比率」的次數分配

先前的機率實驗中，由箱子內抽取20個珠子構成的樣本，隨機變數「灰色比率」總共可能出現21種數值，由完全沒有灰珠（0）到全部是灰珠（1.0）。表4.1顯示50個樣本的「灰色比率」。隨意瀏覽可以發現，「灰色比率」出現某些數值的次數比較頻繁。由0.40到0.65之間的數值，出現的次數較多，小於0.40或大於0.65的數值，則幾乎可以算沒有出現過。對於50個樣本來說，「灰色比率」出現0.50的次數為9次，0.55為8次，0.60為10次。請注意，第一個抽取樣本的「灰色比率」0.65，總共出現5次，並不屬於較常出現的數值，但也不是最罕見者。

有一種稱為次數分配圖（frequency distribution）或次數直方圖（frequency histogram）的工具，傳遞這方面資訊的效率更勝於文字描述或圖表顯示。這份圖形顯示50個樣本可能出現之每個「灰色比率」數值的發生次數。「分配」是相當貼切的字眼，因為這個圖形顯示某隨機變數可能數值的實際發生次數。

次數分配圖的橫軸刻度，顯示隨機變數「灰色比率」可能出現的每個數值，縱軸刻度則代表每個數值的發生次數。圖4.6顯示50個「灰色比率」的次數分配圖。

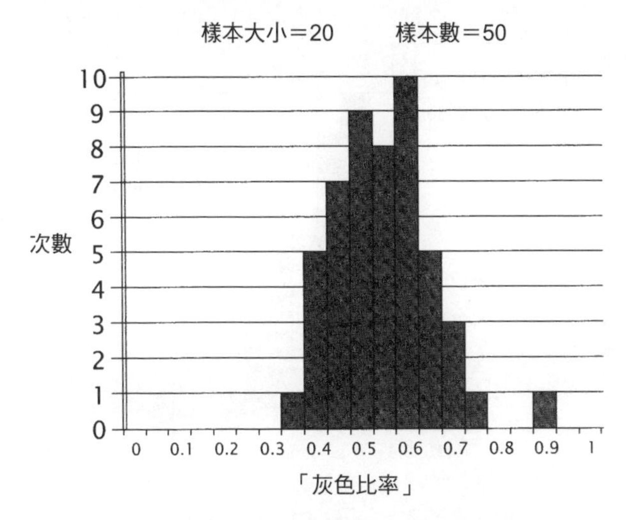

圖4.6　次數分配：「灰色比率」

次數對等於面積

對於次數分配圖來說，某（些）特定值發生的次數，可以用代表該（些）數值之柱狀面積來表示（譯按：對於每支柱狀來說，寬度都是1.0，故其高度也就代表面積）。關於這個概念，如果先瞭解整個分配的情況，就很容易瞭解了。請參考圖4.6，陰影柱狀代表所有50個樣本之「灰色比率」次數分配。所以，這些柱狀的總面積，也就代表「灰色比率」的總發生次數（這個例子是50）。讀者可以加總看看，結果應該是50。

相同原理也可以引用到分配面積的任何部分。我們可以計算某支柱狀面積佔總柱狀面積的比例，這也就是該柱狀代表之「灰色比率」發生次數佔總發生次數的比例。舉例來說，讓我們考慮代表「灰色比率」等於0.60的柱狀，其面積為10（發生10次），該面積佔總面積（50）的20%。關於這個概念，請參考圖4.7。

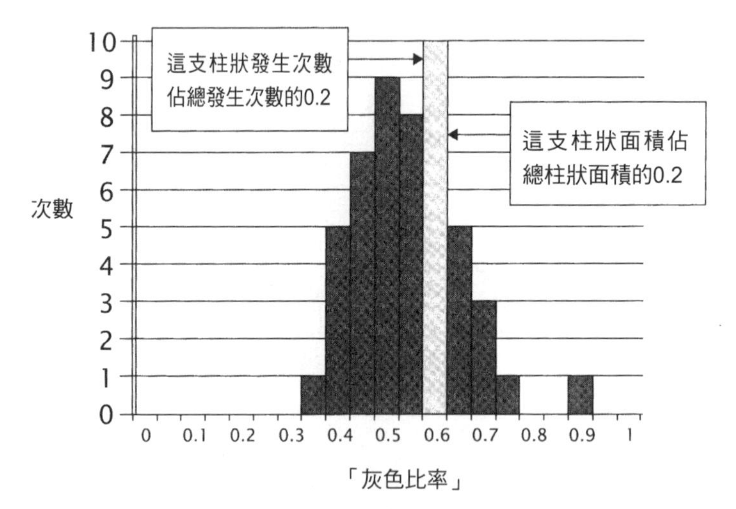

圖4.7　某些觀察發生的比例，等於這些觀察柱狀面積佔總面積的比例

這些觀念看起來雖然很明顯，卻代表統計推理的重要層面。我們最終會運用分配的面積比例，衡量某技術分析法則之績效的發生機率（假定該法則不具備預測功能）。如果這項機率很小，就會導致該法則確實存在預測功能的結論。

「灰色比率」的相對次數分配

相對次數分配非常類似先前討論的一般次數分配。對於一般次數分配來說，每支柱狀代表其對應之隨機變數數值的發生次數。如果把這個發生次數表示為總發生次數的比例，結果也就是相對次數分配了。舉例來說，「灰色比率」出現0.60的發生次數為10次；所以，對於0.60位置的柱狀，一般次數分配顯示的高度為10，相對次數分配顯示的高度則為0.2（10/50）。圖4.8說明此觀念。

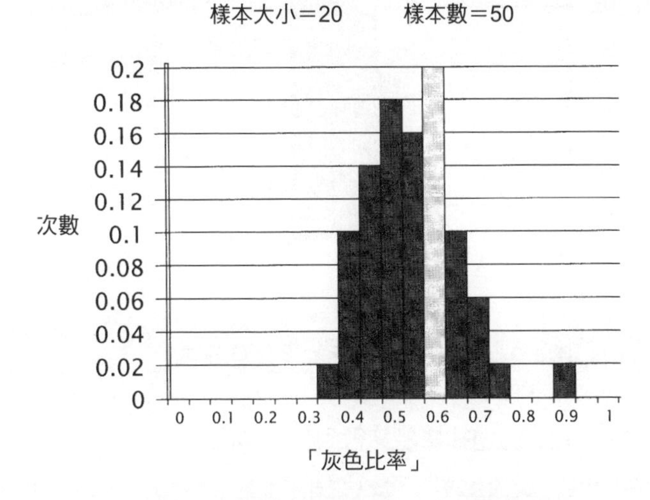

圖4.8 相對次數分配：「灰色比率」

關於一般次數分配，次數與面積之間的對等關係，也同樣適用於相對次數分配。對於相對次數分配，所有柱狀面積的加總和等於1.0。這種情況下，每支柱狀的面積，也就代表該柱狀對應之隨機變數數值發生次數佔總次數的比例。

某單一柱狀或連續幾支柱狀的相對次數，等於這些柱狀的總面積。所以，「灰色比率」等於或大於0.65的相對次數，等於0.10 + 0.06 + 0.02 + 0.02＝0.20。隨後，當我們檢定技術分析法則時，也會做這類的陳述。根據前述說明，我們可以說「灰色比率」等於或大於0.65的相對次數等於0.20。圖4.9說明這方面的概念。

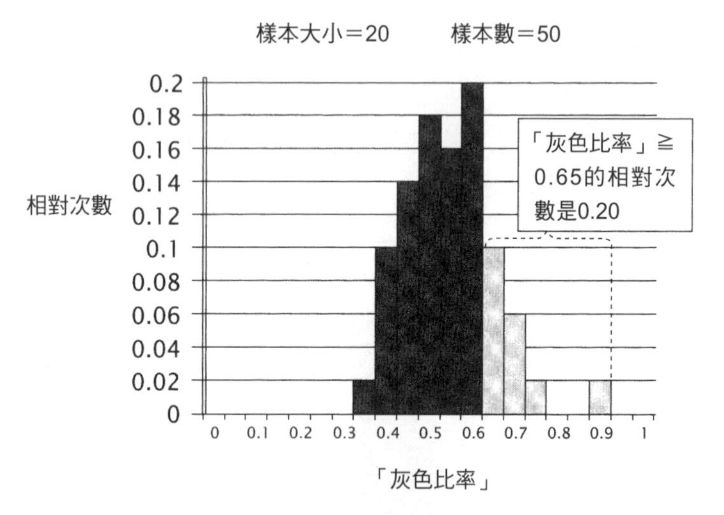

圖4.9　相對次數分配：「灰色比率」

關於「灰色比率」，透過抽樣能夠得到什麼知識？

抽樣取得的「灰色比率」可以增進我們對於「灰色比率」的知識。抽取20個珠子的第一個樣本，其「灰色比率」等於0.65，如此可以排除「灰色比率」的兩種可能：不會是0.0，也不會是1.0。

繼續抽取另外49個樣本，紀錄每個樣本的「灰色比率」，我們發現個別樣本的「灰色比率」會呈現隨機變動。個別「灰色比率」的數值雖然很難預測，但其整體型態則能提供某些資訊。個別「灰色比率」圍繞在某中心值附近，該中心值在次數分配圖上呈現明顯的凸狀。我們相信「灰色比率」應該落在這個中心值附近，雖然我們不知道其精確數據。可是，根據次數分配的凸狀中心值，我們有理由相信「灰色比率」應該介於0.40到0.65之間的某處。

最初，我們完全不知道箱內灰色珠子佔據的比例。經過50個抽樣之後，已經得到相當多的資訊。

第二個箱子

現在，我們準備透過抽樣程序來處理第二個箱子，箱內包含白色與灰色的珠子。目的仍然相同：想要知道灰色珠子佔全部珠子的比例。我們稱此為「灰色比率2」。

如同先前的情況一樣，我們不能實際觀察箱子的內容，但可以抽取50個樣本，每個樣本包含20個珠子。「灰色比率2」代表樣本灰色珠子佔全部20個珠子的比例。所以，請注意「灰色比率2」與「灰色比率2」的差異，前者代表箱子內灰色珠子佔整體珠子的比例，後者則是每個樣本之灰色珠子佔20個珠子的比例。「灰色比率2」是不可觀察的母體性質，「灰色比率2」是可觀察的樣本統計量。

圖4.10顯示這50個樣本之「灰色比率2」之相對次數分配。有幾點值得注意：

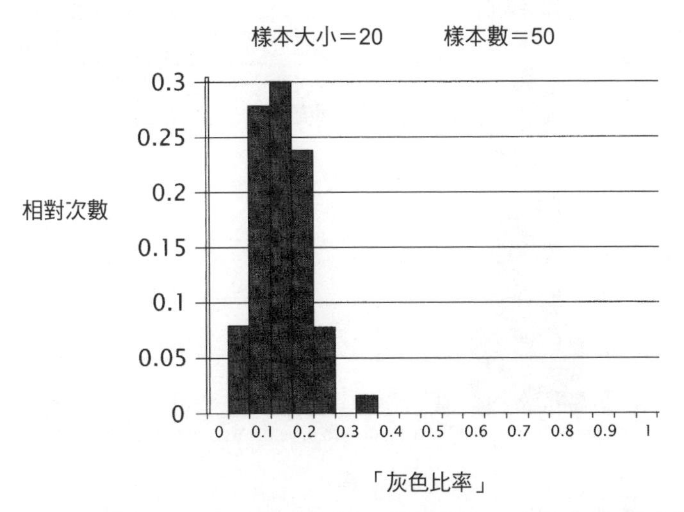

圖4.10. 第二個箱子「灰色比率 2」之相對次數分配

1. 兩個箱子之抽樣結果的灰色比率次數分配，形狀大致相同。
2. 第2個箱子分配的中心值，位置不同於第1個箱子。第1個箱子的中心值位在0.55附近，第2個箱子位在0.15附近。請參考圖4.11，該圖的橫軸採用相同刻度，兩個箭頭分別標示在兩個分配的中心值位置，分別代表「灰色比率」與「灰色比率2」。根據這個圖形，我們發現第2個箱子的分配集中程度超過第1個箱子。
3. 兩個箱子的樣本雖然都受到隨機變動的影響，但程度各自不同。第2個箱子的隨機變動程度明顯小於第1個箱子，因為第2個箱子的相對次數分配更集中於中心值附近。由於第2個箱子的樣本變動程度較小，我們對於「灰色比率2」推論的明確程度要超過「灰色比率」。

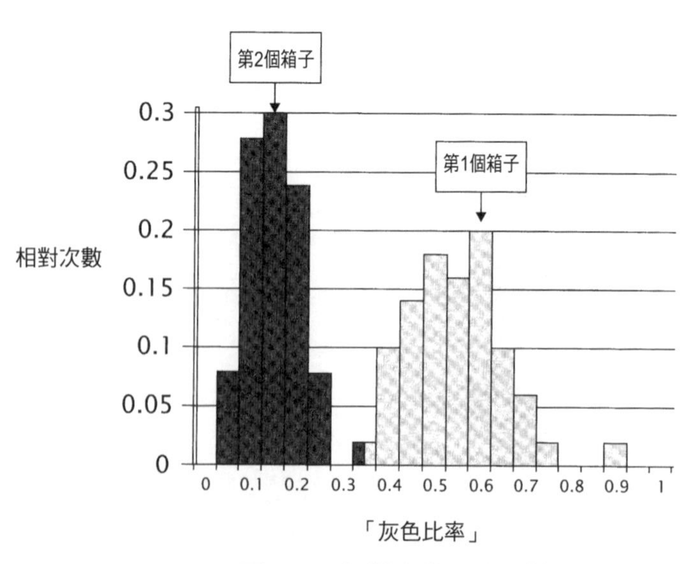

圖4.11 相對次數分配比較

關於統計學，這些箱子實驗告訴我們什麼？

紐約洋基隊前總教練尤吉·貝拉（Yogi Berra）說過，只要認真觀察，就可以看到很多。他如果是統計學家的話，可能會說，只要透過抽樣，就可以知道很多。樣本雖然只是母體的一部份，但可以顯示有關母體的很多資訊。可是，樣本也有其限制，來自隨機性質的限制。

統計學的基本工作之一，就是把抽樣變異性造成的不確定性加以量化。這使得我們可以根據樣本歸納出可靠的陳述。如果沒有這些量化，這類陳述的價值就很有限。統計學不能估計不確定，但可以提供相關的資訊，可以評估我們知道多少，知道得多精確。所以，統計學是克制過度自信的最有效工具。

統計理論

前述有關珠子的實驗，涉及很多統計推論的重要概念。現在，我們準備把這些理論引用到技術分析法則。

統計推論問題的六個要素

某技術分析法則具有預測功能，某新疫苗能夠防範某種疾病，或其他有關知識的主張，評估這些主張，都屬於統計推論的問題。一般來說，這類問題都可以簡化為六項要素：（1）母體，（2）由母體隨機抽樣取得之觀察組成的樣本，（3）母體參數，（4）樣本統計量，（5）推論，（6）有關推論可靠性的陳述。我們準備藉由箱子實驗的例子，分別說明這六個要素，並用以評估技術分析法則。

母體　母體是由隨機變數所有觀察構成的集合。母體的內容必須很明確，但可能無限大。對於典型的統計推論問題，我們想知道有關母體的某些資訊，但基於某些緣故無法或不方便直接觀察整個母體。就先前討論的珠子實驗來說，母體是由整箱珠子構成，所考慮的隨機變數是灰色珠子佔的比例。對於技術分析法則的測試，母體則是由該法則在切合實際之最近未來期間賺取的所有每天報酬[13]。

所謂切合實際之最近未來期間究竟是什麼意思呢？我們顯然沒有理由假定金融市場的動態結構是平穩的，所以沒有理由期待某個技術法則的獲利能力能夠永遠保持固定。基於這個緣故，我們考慮的技術分析法則報酬不能發生在無限未來期間。

因此，所謂切合實際之最近未來期間，是指未來的一段有限期間，對於所考慮的技術分析法則，我們預料其獲利能力在這段期間內能夠維持。請注意，除非假設預測功能具備某種程度的持續性，否則就沒有所謂具備獲利能力的技術型態。換言之，除非假定預測功能能夠持續一段期間，否則所有的技術分析都沒有意義。此處，我們假定技術分析法則能夠繼續運作一段期間，其效益足以彌補研究者發現這個法則。這個論點符合葛羅斯曼（Grossman）與史提格利茲（Stiglitz）在「論資訊效率市場的不可能性質」（On the impossibility of informationally efficient markets）一文中的立場[14]，也符合本書第7章將討論的風險溢價[15]（risk premium）觀念。

所以，切合實際之最近未來期間，是指市場行為在未來期間可能隨機實現的所有可能。我們可以想像未來存在無限多種平行母體，每種母體除了隨機成份之外，其餘部份都完全相同。對於所實現的每種母體，導致某技術法則能夠獲利的型態都相同，差異只存在市場的隨機部份。圖4.12說明這方面的概念。

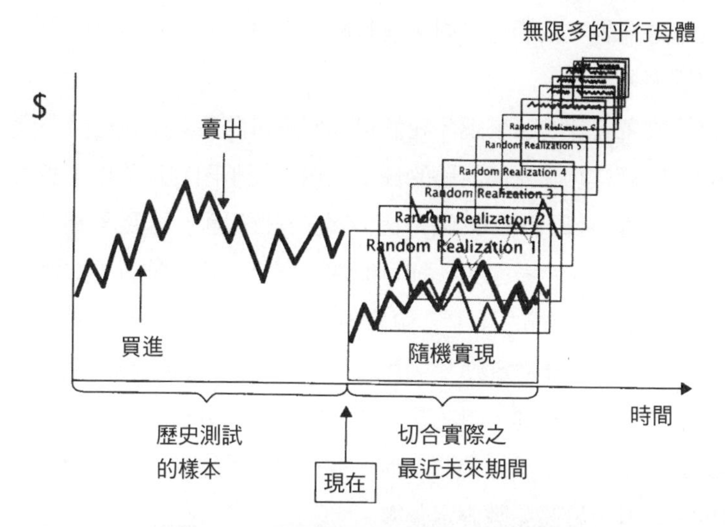

圖4.12 無限平行母體的不同隨機實現

樣本 樣本是母體可供觀察的子集合。前文討論的珠子案例，我們曾經抽取50個樣本。對於技術分析法則來說，我們通常都觀察單一樣本，也就是該法則在某歷史期間的表現績效。這個樣本是由技術法則訊號產生之每天報酬構成的集合。這些報酬數據可以彙整為單一數值，稱為樣本績效統計量。

母體參數 我們想知道的母體性質，稱為母體參數，通常可以表示為數字，但未必始終如此。

不幸地，由於不能觀察整個母體，所以我們不知道母體參數。正因為這個緣故，統計推論的目的就是讓我們有根據地猜測母體參數。就前文討論的珠子案例來說，我們想知道的母體參數是「灰色比率」與「灰色比率2」。至於技術分析法則，母體參數是該法則在切合實際之最近未來期間的績效表現。績效表現有多種不同的定義，包括：平均報酬率、夏普率（Sharpe ratio）、獲利因子、…

等。就本書來說，我們是針對抽離趨勢的資料，計算年度化的每天平均報酬率。

對於很多統計問題來說，我們可以假設母體參數永遠保持不變（母體參數為常數）。先前討論的珠子案例，箱子內的灰色珠子數量始終維持不變。母體參數保持固定的統計問題，稱為平穩的[16]（stationary）。現在，考慮另一種可能性。假定存在實驗者不知道的一個魔鬼，對於不同的樣本，偷偷地增加或減少箱子內的灰色珠子。這種情況下，母體參數「灰色比率」將變得不穩定或不平穩[17]。

本章稍早曾經提到，對於我們所考慮的技術分析法則，最初通常應該假定該法則不具備預測功能。換言之，假定該法則的期望報酬為零。或者，母體參數假定為零。

樣本統計量　樣本統計量是樣本可衡量的性質[18]，其數值是可知的，因為這是我們可以觀察的。本書討論的樣本統計量，都侷限於數據，例如：比例、百分率、標準差、平均報酬率、修減平均數[19]（trimmed average）、夏普率、…等。一般在統計推論中，樣本統計量通常也用來推估母體性質相同的參數。就先前的珠子案例來說，我們利用樣本統計量「灰色比率」推估母體參數「灰色比率」。

總之，樣本統計量之所以重要，是因為它可以顯示母體參數的資訊。除此之外，樣本統計量本身並沒有太大意義，但很多技術分析者似乎沒有注意這項基本事實。

假定某技術分析法則在歷史測試過程中呈現正值報酬率。這種情況有兩種可能：正數報酬率是抽樣變異性造成的隨機現象，或該法則確實具備預測功能（該法則的期望報酬大於零）。實際情況究竟如何呢？這可以運用統計推論來判斷。圖4.13說明這方面的概念。

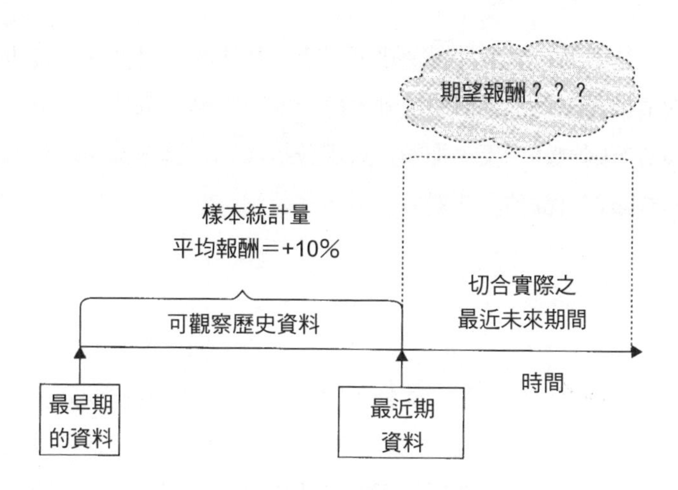

圖4.13 母體參數值是否大於零？

推論 統計推論是根據可觀察之樣本統計量，推估樣本參數的一套方法。樣本統計量是明確可知的數據，但只反映母體一小部分樣本的資料，母體參數是母體（可能包含數量無限的觀察）確定而不可知的性質。

某技術分析法則的歷史績效，如果認定是來自於抽樣變異性，則有理由推論該法則在切合實際之最近未來期間的期望報酬為零或負數。可是，如果歷史測試績效的表現很好而不能歸因於抽樣變異性（純粹的機運），那就有理由推論該法則確實具備預測功能，其運用於最近未來期間的期望報酬應該大於零。

關於推論可靠性的陳述 由於樣本沒有辦法完全代表母體，所以根據樣本統計量所做的推論，當然存在不確定性。換言之，統計推論可能發生錯誤。前文已經提到，樣本統計量會圍繞在母體參數值的周圍隨機波動。統計學並不單純接受推論不確定的事實，而會透過計量方法評估其推論的可靠性。

統計推論可能發生兩種錯誤。第一種錯誤，是推論某技術分析法則具備預測功能，但該法則實際上並不具備預測功能。第二種錯誤的情況則剛好相反，推論某技術分析法則不具備預測功能，但該法則實際上具備預測功能。

敘述統計學

統計學可以分為兩大部分：敘述與推論。關於技術分析，最重要的部分在於統計推論，內容如同前一節說明的。可是，做統計推論之前，首先需要透過很簡潔的方法描述樣本資料。敘述統計學的工具，就是要協助我們完成這方面的工作。

敘述統計學的宗旨在於簡化，也就是把龐雜的資料，簡化為容易處理的數據與圖形。敘述統計學是要表達整個樹林的情況，而不是個別樹木。關於本書即將處理的內容，最重要的敘述統計學工具有三：（1）次數分配，（2）衡量集中趨勢，（3）衡量變異程度。

次數分配

稍早提到的珠子實驗，已經談到次數分配的情況。我們把50組樣本觀察簡化為隨機變數「灰色比率」的圖形。

如果只是50個觀察值，或許不難瀏覽這些數據而得到某種結論。可是，如果觀察值為500或5,000個，直接瀏覽數據恐怕很困難，次數分配圖形更容易凸顯相關資訊。

繪製次數分配圖形，往往是分析資料的第一步驟。關於樣本觀察，瀏覽次數分配圖很容易察覺兩項特性：集中趨勢（例如:平均數），以及偏離中心值的離散程度（離勢）或變異程度。就圖4.11

來看，次數分配圖顯示兩箱珠子各有不同的中心值，也有不同的離勢（dispersion）。

衡量集中趨勢的統計量

關於集中趨勢，有多種不同的衡量，最常見者包括三種：平均數、中位數（median）與眾數（mode）。平均數也就是算術平均數，運用於很多技術分析領域，也是本書最常用的統計量。平均數就是加總觀察值的總額，然後除以觀察值的個數。

請特別注意母體平均數與樣本平均數之間的差異。樣本平均數屬於統計量，是由可觀察數值計算的數據，不同樣本各有不同的平均數。反之，母體平均數通常是不可知的，平穩問題的母體平均數不會變動。圖4.14顯示樣本平均數的計算公式。

變數X的樣本平均數

$$\bar{X} = \frac{X_1 + X_2 + X_3 + ...X_n}{n}$$

$$\bar{X} = \frac{\sum_{i=1}^{n} X_i}{n}$$

其中x_i是變數X的個別觀察值

圖4.14　變數X的樣本平均數

變異程度（離勢）的統計衡量

變異程度的衡量，是指樣本觀察值偏離其集中趨勢的程度。換言之，這是衡量次數分配的寬度。

最常見的離勢衡量，包括：變異數（variance）、平均絕對離差（mean absolute deviation）與標準差（standard deviation）。這些是

傳統統計學的重要衡量。標準差是計算每個觀察值距離平均數之距離平方加總值的平方根，計算公式請參考圖4.15。

樣本觀察的標準差

$$s = \sqrt{\frac{\sum (X_i - \overline{X})^2}{n}}$$

其中：

X_i Xi是變數X的個別觀察值

$\overline{X}$ 是變數X的樣本平均數

n n是樣本觀察個數

圖4.15 樣本觀察的標準差

關於離勢，圖4.16最能傳達直覺上的意義，其中包含幾個理想的次數分配，離勢與集中趨勢各自不同。請觀察圖4.16，離勢（變異程度）與集中趨勢是次數分配的不同性質。圖4.16最頂端小圖顯示的四個分配，其變異程度（離勢）相同，但中心值不同。第二個小圖中，次數分配的中心值相同，但變異程度不同。至於第三個小圖，每個次數分配的中心值都不同，而且離勢也不相同。

機率

在統計學運用內，機率的觀念很重要，因為這用以衡量不確定程度。統計推論達成的結論存在不確定性；換言之，其中存在錯誤的可能性。所以，對於母體參數的推估，有可能發生錯誤。這種可能性，就透過機率衡量。

關於預期或決策，我們經常不知不覺採用機率的概念。這個好

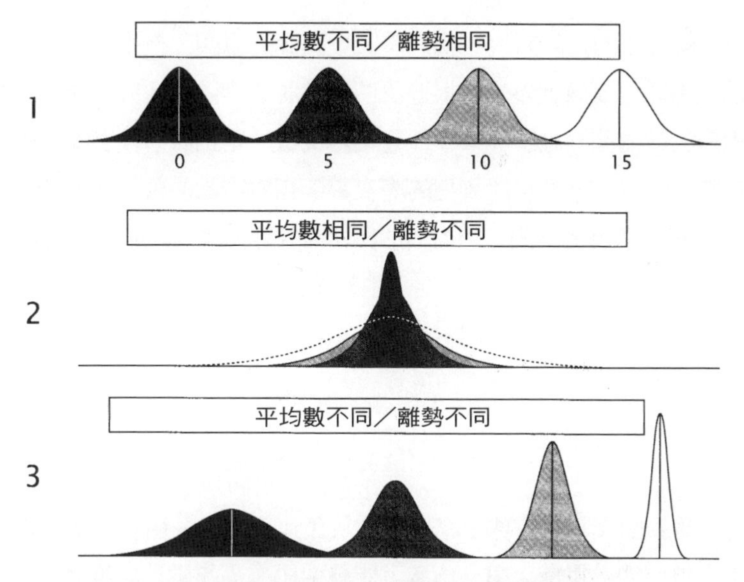

圖4.16 集中趨勢與離勢是分配的兩種不同性質

人在結婚之後是否還能保持如此？如果在這裡挖洞，找到金子的機會有多大？如果從事法律方面的工作，得到成就感的機會有多大呢？我是否應該買進該股票，若是如此，獲利可能會是多少呢？

當我們非正式地運用機率概念，可能涉及幾個類似的觀念，請參考圖4.17。

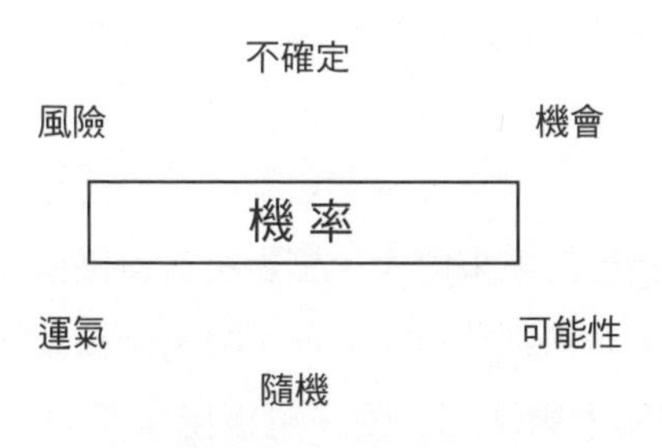

圖4.17 集中趨勢與離勢是分配的兩種不同性質

就此處的目的來說，我們需要更明確的東西。機率雖然可以由幾種不同角度做定義，但根據我們準備討論的內容觀察，最適合由相對次數的觀念說明。某事件的相對次數，是指該事件實際發生的次數，除以該事件可能發生的總次數。相對次數的數值介於0與1之間。每天都可能下雨，但4月份下雨的相對次數為0.366（11/30）。如果4月份完全沒有下雨，則下雨的相對次數為0。反之，如果4月份每天都下雨，下雨的相對次數為1.0。所以，相對次數為：

$$\frac{\text{某事件發生的次數}}{\text{該事件可能發生的總次數}}$$

關於前文討論的珠子案例，「灰色比率」總共衡量50次。任何特定數值的「灰色比率」頂多可能發生50次，如果「灰色比率」＝0.65發生了5次，則其相對次數為5/50，也就是0.10。

機率是在非常多次實驗之下的相對次數。換言之，某事件的機率，是在該事件可能發生之總次數為無限多情況下的相對次數。某事件發生的機率，數值介於0與1之間。某事件的機率為0，意味著該事件不可能發生；某事件的機率為1，意味著該事件必然發生。

機率是一種理論觀念，因為任何事件都不可能發生無限多次。可是在實務上只要發生的次數夠多，相對次數就會逼近理論機率。

大數法則

當觀察數量變得愈來愈大，相對次數會慢慢收斂到理論機率，這種性質稱為大數法則[20]（the Law of Large Number）。讓我們藉由投擲銅板來說明大數法則。公正銅板出現正面與反面的機率各為0.50。大數法則顯示，當銅板投擲次數很大的時候，銅板出現正面的相對次數會收斂到理論機率0.50。可是，即使投擲次數很多，實際數值還是可能不同於0.50，但其差距會隨著投擲次數增加而減少。可是，如果樣本很小，大數法則告訴我們，相對次數可能顯著不同於理論機率。如果只投擲3次，相對機率很可能是1，也就是3次投擲都出現正面。

圖4.18顯示銅板投擲次數由1增加到1,000次，出現正面的相對次數。投擲次數（觀察次數）少於10次時，出現正面的相對次數顯著不同於0.50。投擲3次，相對次數為0.66（2/3）。投擲8次，相對次數為0.375（3/8）。可是，隨著投擲次數增加，隨機變數（出現正面的相對次數）偏離0.50的距離愈來愈小。這就是大數法則的意思。

現在，讓我們設想某個無知的人，他投擲銅板，連續5次都出現正面，於是很驕傲的宣稱，「我找到一種投擲銅板的神奇方法，可以永遠出現正面。」根據大數法則，這個人的樂觀看法是沒有根據的。類似的情況也可能發生在技術分析領域，人們可能發現某個

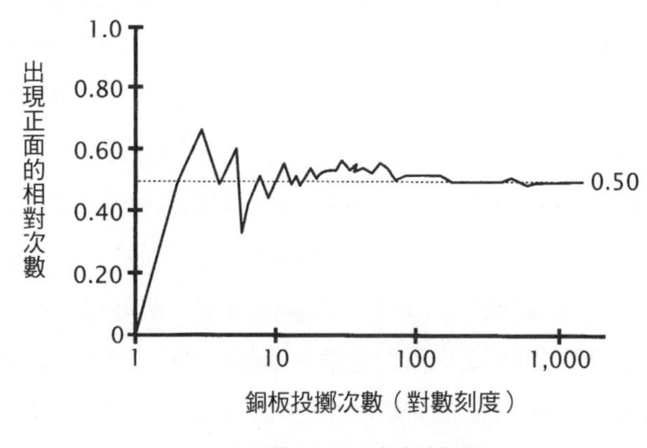

圖4.18　大數法則

法則在5次的歷史測試中，訊號都是正確的。可是，這並不足以顯示這個法則真的具備預測功能。如果這個技術分析法則是由歷史測試過程的很多法則中，挑選績效表現最佳者（所謂的資料探勘），則我們更沒有理由相信這個法則顯示在歷史測試的預測功能，能夠重複發生於未來。相關的細節討論，請參考本書第6章。

理論機率vs.實證機率

機率有兩種：理論與實證。理論機率是可以根據邏輯推理而取得的機率。換言之，這類機率不需仰賴經驗，通常都是根據對稱論證推演而得[21]。舉例來說，投擲公正的銅板，出現正面的理論機率為0.50。我們並不需要實際投擲數萬次的銅板才能歸納這個結論。由於銅板只有正、反兩面，而且又是公正的，所以我們可以根據邏輯推理，判斷出現正面或反面的機率各為0.50。同樣的道理，撲克牌出現同花順、投擲骰子出現6點、贏得彩券…等，我們都可以根據個別狀況計算理論機率。

實證機率則是根據觀察次數決定。技術分析領域考慮的機率，大多屬於這種機率。玉山在12月份降雪的機率、利率調降2%而導致股票市場上漲的機率，這些都屬於實證機率。我們只有實際觀察過去的發生的狀況（12月份的玉山）才能決定降雪的機率。

決定實證機率的過程中，務必要留意每個觀察都應該發生在相同條件之下。單就這點來說，技術分析基本上是不可能的。舉例來說，過去發生利率調降2%的事件，該事件所處的環境可能都不太一樣。利率可能是由5%或10%的水準往下調降2%。當然，我們可以把利率調降之前的水準也考慮在內，但這會讓可供觀察的事件數量顯著減少；即便如此，還有很多其他條件也未必相同。總之，在某些研究領域內，沒有辦法完全控制相關變數，這是一件不幸的事實。

隨機變數的機率分配

機率分配顯示我們可以期待隨機變數各種數值的發生機率（換言之，相對次數）。隨機變數的機率分配，是根據無限多觀察建立的相對次數分配。我們可以把機率分配視為由一系列相對次數分配構成，後者的觀察數量持續增加，橫軸刻度間隔則不斷縮小。如此一來，相對次數分配將慢慢演變為機率分配。隨著觀察次數增加，橫軸的刻度間隔則縮小[22]。當觀察次數逼近無限大，橫軸的刻度數量也逼近無限大，刻度間隔就會縮小近乎零。因此，相對次數分配將變成機率分配，或稱為機率密度函數[23]。

圖4.19到圖4.23顯示相對次數分配如何隨著橫軸刻度數量增加而其間隔持續縮小，慢慢變成機率分配的過程。次數分配的每個柱狀高度，代表對應之橫軸刻度間隔發生的相對次數。這些圖形考慮的隨機變數為價格變動量。

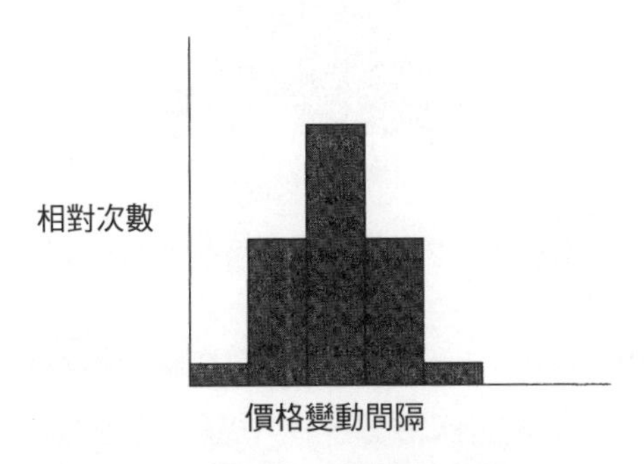

圖4.19　5個刻度的相對次數分配

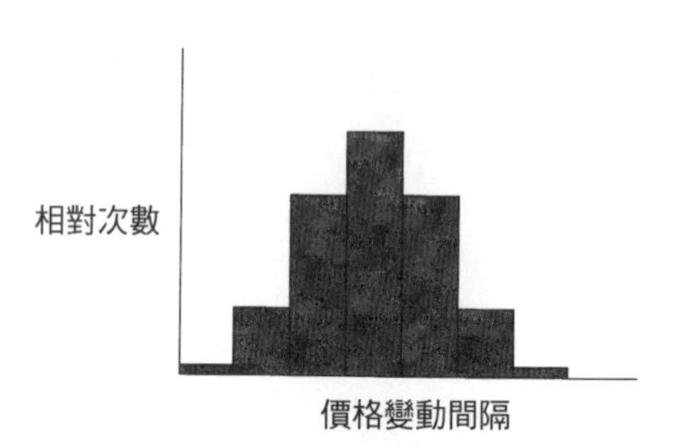

圖4.20 7個刻度的相對次數分配

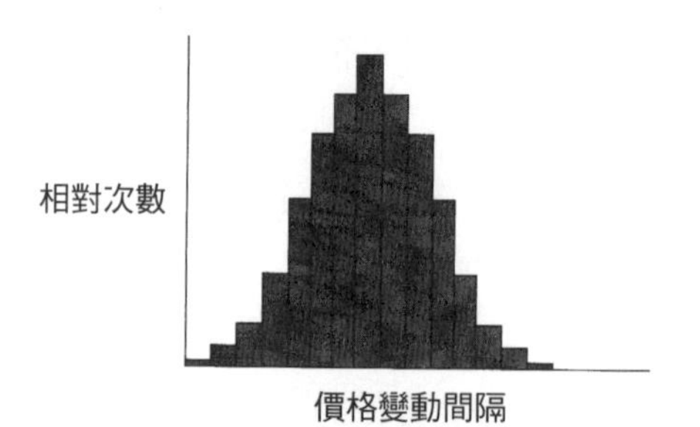

圖4.21 15個刻度的相對次數分配

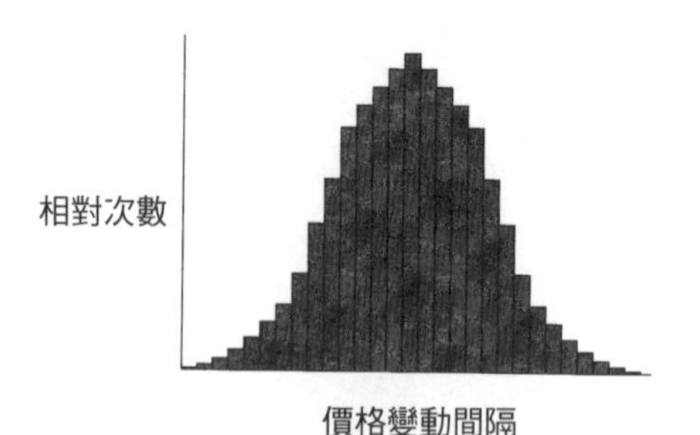

圖4.22 29個刻度的相對次數分配

這些連續圖形顯示，機率密度函數也就是無限觀察次數而橫軸刻度間隔逼近零的相對次數分配。不過，此處發生一個奇怪的現象。機率分配的橫軸刻度間隔逼近零，意味著沒有任何可數觀察能

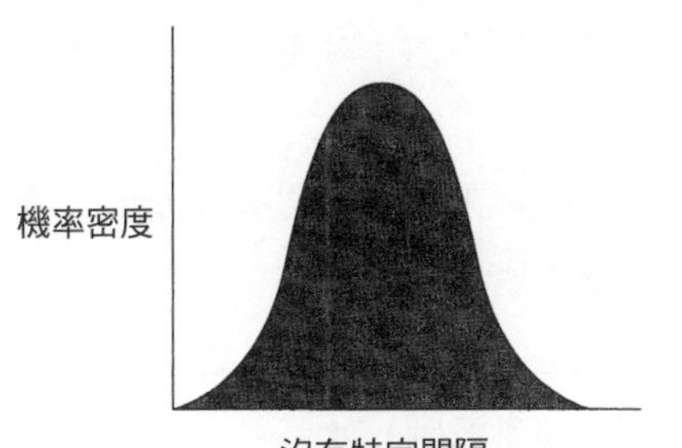

圖4.23 機率密度函數

夠發生在特定刻度上。這似乎不合常理。可是，數學觀念經常不符合普通常識。對於平面幾何來說，「點」是不佔有空間的（換言之，沒有長度或寬度），直線沒有寬度，以及其他等等。

任何刻度本身都不能發生觀察事件，這意味著連續隨機變數等於任何特定值的機率為零。因此，我們只能談論隨機變數發生在數值區間的發生機率。換言之，我們可以談論隨機變數介於兩個數值之間的發生機率。或者，我們也可以談論隨機變數大於X1而小於X2的發生機率。所以，我們可以談論隨機變數大於3.0的發生機率，但隨機變數剛好等於3.0的機率則沒有意義[24]。

這種看似違反直覺的觀念，卻適用於技術分析法則的檢定。當我們想檢定某技術分析法則的歷史測試報酬率，如果假定該法則沒有預測功能，則歷史績效為10%或以上的機率為多少呢？機率密度函數可以回答這類的問題。

機率與機率分配部分面積之間的關係

截至目前為止，關於我們的討論內容，可以摘要總結如下：

1. 當觀察事件的數量逼近無限大，某事件發生的機率也就是其發生的相對次數。
2. 當觀察事件的數量逼近無限大，相對次數分配（其橫軸刻度間隔幾近於零）將逼近機率密度函數。
3. 隨機變數等於某數值區間的相對次數，也就是相對次數分配介於該數值區間的面積。請參考圖4.24。

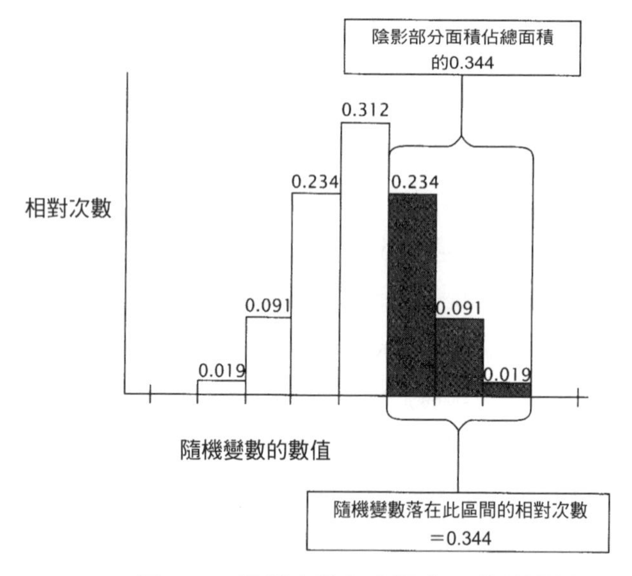

圖4.24　相對次數與分配之面積的關係

現在，我們準備踏上最後一步驟。類似前述第3點的情況，只不過要把「相對次數分配」取代為「機率密度函數」。連續隨機變數的機率，必須定義在一段區間內，機率也就等於機率密度函數在該段區間的面積。請參考圖4.25，該圖顯示連續隨機變數X介於A與B之間的機率等於0.70。

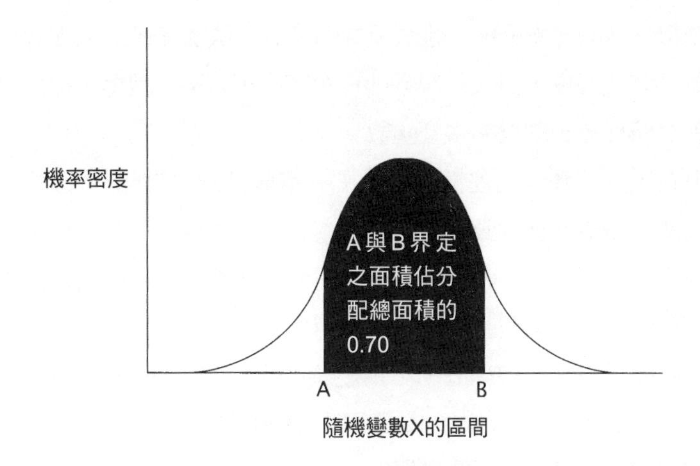

圖4.25　隨機變數X介於A與B之間的機率，也就等於密度函數介於A與B之間的面積。

很多情況下，所謂的區間，是指分配某端的一段數值。舉例來說，圖4.26顯示隨機變數X大於B的機率。這部分機率為0.15。

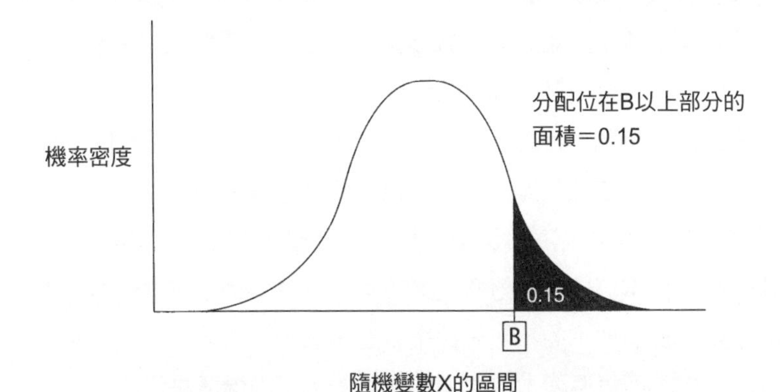

圖4.26　隨機變數X大於B的機率，也就等於密度函數位在B以上部分的面積。

隨機變數的機率分配，是很重要的概念。隨機變數的未來個別觀察雖然無法預期，但大量觀察則存在高度可預期的型態。這種型態也就是隨機變數的機率密度函數。

現在，一些觀念已經慢慢成形了。本書第5章將談到，當假設表示為隨機變數的機率分配，則可以透過隨機變數的觀察值來檢定假設成立與否。這允許我們判斷某技術分析法則在歷史測試過程顯示的獲利能力，究竟是基於運氣或預測功能。

運用於這方面的機率分配，稱之為抽樣分配（sampling distribution），這或許是統計學領域最重要的分配類型，對於技術分析者而言，則絕對是最重要的分配。

抽樣分配：統計推論最重要的概念

摘要內容：

1. 隨機變數代表機率實驗的結果。
2. 由母體抽取特定數量之觀察做為樣本，然後計算類似如樣本平均數的統計量，這稱為統計實驗[25]。
3. 樣本統計量是隨機變數[26]，因為每個樣本包含的觀察都會隨機波動，使得樣本統計量無法預測。樣本統計量是由該樣本所包含之特定一組觀察值決定，但由於樣本包含哪些觀察，則取決於機運，所以樣本統計量數值會隨機波動。就我們稍早討論的珠子實驗來說，每個樣本的「灰色比率」是由該樣本所包含之特定20顆珠子決定，而每個樣本包含哪20顆珠子，是由機運決定。
4. 相對次數分配顯示隨機變數呈現某數值的可能性有多高，但觀察數量必須非常大。

接下來，我們準備處理抽樣分配，這是有關統計推論的最重要概念。

抽樣分配：定義

抽樣分配是樣本統計量（隨機變數）的機率分配。換言之，抽樣分配顯示樣本統計量可能出現的數值，以及相關的機率[27]。舉例來說，樣本平均數的抽樣分配，是指某母體之特定大小樣本的所有隨機抽樣之平均數的機率分配[28]。此處，樣本統計量是指樣本平均數而言。

先前討論的珠子實驗，「灰色比率」就是樣本統計量。每個樣本由20顆珠子構成，總共有50個不同的樣本，導致隨機變異性。圖4.8顯示「灰色比率」的相對次數分配。如果不是取50個樣本，而是取20個珠子構成的所有樣本（換言之，幾近於無限多個樣本），這個理論性分配就是「灰色比率」的抽樣分配。

關於技術分析法則的歷史測試，我們衡量的樣本統計量，是歷史測試的績效。就本書來說，我們考慮的樣本統計量，是技術分析法則的平均報酬率。一般來說，由於歷史測試只有單一期間的市場資料可供運用，所以只能產生單一樣本的績效統計量。

雖說如此，但不妨設想我們能夠根據獨立而無限數量的市場歷史資料樣本進行檢定，如此便可以產生無限數量的績效統計量。把這些樣本統計量轉換為相對次數分配，結果也就是抽樣分配。這當然不可能，因為我們沒有無限數量的獨立市場資料。可是，雖然我們只有一個歷史資料樣本與一個樣本統計量，但統計學家發展了幾種方法，能夠相當精確地約估抽樣分配。本章稍後準備討論其中兩種辦法。

經由抽樣分配量化不確定性

統計量的抽樣分配，是從事統計推估的根本，因為這使得抽樣隨機性質（抽樣變異性）造成的不確定性能夠被量化。

如同先前說明的，如果能夠從相同母體隨機抽取大小相同而數量無限的樣本，則抽象分配可以呈現統計量的相對次數分配。先前的珠子實驗顯示，樣本統計量「灰色比率」會隨著樣本變動而波動。可是，圖4.8顯示，這些數值呈現相當明確的型態，而不是隨機散佈。隨機變異具有明確型態的性質，使得我們可以做統計推論。

說來或許有些奇怪，樣本統計量既然是隨機變數，為什麼會展現相當具有規律的型態。感謝統計學家們，情況確實是如此。圖4.8顯示相對次數分配存在中心值（換言之，抽樣分配的平均數）大約在0.55，而且樣本統計量偏離其中心值也有明確的型態。這些型態允許我們在某種明確程度之下，可以判斷母體參數「灰色比率」處在0.40到0.65之間。我們甚至可以更精確地判斷「灰色比率」位在0.50到0.60之間，但確定程度稍差一些。我們之所以能夠判斷母體參數「灰色比率」的情況，主要是基於「灰色比率」之抽樣分配的離散程度。

抽樣分配的離勢（dispersion）使得我們對於母體參數「灰色比率」瞭解的不確定性能夠被量化。抽樣分配的集中趨勢，提供「灰色比率」數值的資訊，大約位在0.55。知道這點雖然很好，但還不夠。我們想要知道「灰色比率」等於0.55的可靠程度。換言之，我們想知道，抽樣分配集中趨勢0.55也就代表「灰色比率」的精確程度。

根據「灰色比率」抽樣分配中心值來推估母體參數「灰色比率」

的可靠程度（確定程度），取決於抽樣分配的離勢（離散程度）。個別樣本之「灰色比率」與抽樣分配中心值（平均數）之間的差距愈大（離勢愈大），我們運用0.55來估計母體「灰色比率」的可靠程度愈低。

為了說明這點，讓我們考慮下列兩個抽樣分配。兩者的中心值都是0.55，但離勢差別頗大。首先考慮圖4.27，離勢很小，抽樣分配集中在中心值附近，強烈顯示「灰色比率」就在0.55附近。至於圖4.28，離勢相對較大，「灰色比率」分配的資料顯示有關「灰色比率」的推估比較不確定，實際的「灰色比率」可能顯著不同於抽樣分配的中心值。

總之，根據抽樣分配的資料推估母體參數，確定程度取決於抽樣分配的離勢，抽樣分配散佈的程度愈寬（離勢愈大），推估愈不確定。

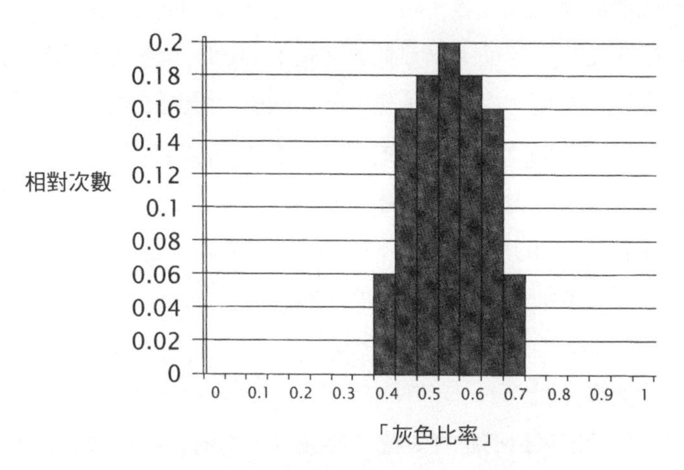

圖4.27　相對次數分配：「灰色比率」
（樣本大小＝20，樣本數量＝50）

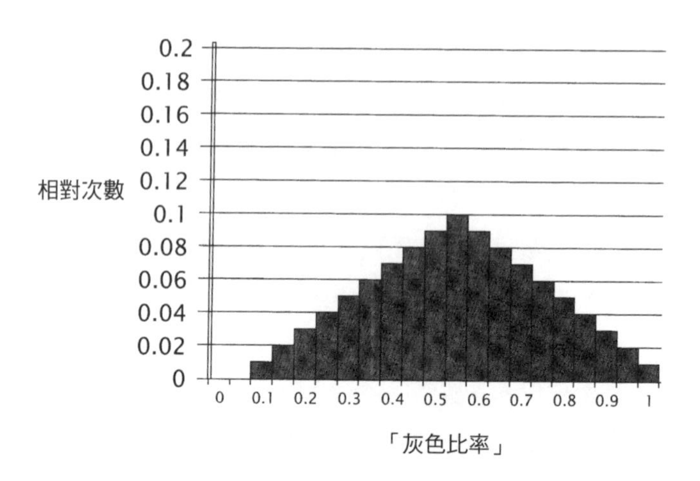

圖4.28 相對次數分配：「灰色比率」
（樣本大小＝20，樣本數量＝50）

假定虛無假設為某技術分析法則的期望報酬為零，而且假定該法則的歷史測試報酬大於零。現在，我們想知道，歷史測試的報酬大於零，是否足以否定前述虛無假設？這個問題的答案，取決於測試績效距離零的程度，相較於抽樣分配的離勢有多大。兩者相較之下，如果測試績效偏離零的程度很大，則虛無假設可能被否定。這種相對偏離程度經過量化之後，藉以評估假設是否應該被否認，相關討論是本書第5章的內容。就目前來說，我們希望強調一點，抽樣分配的寬度（離勢）是處理這個問題的關鍵。

交易績效的抽樣分配

任何統計量都可以有抽樣分配：不論是平均樹、中位數、標準差或運用於統計推論的其他統計量[29]。每個統計量都有其自身的抽樣分配。

此處討論都侷限於平均數的抽樣分配，因為本書所評估的技術分析法則績效統計量，是該法則的報酬率平均數。可是，金融投資領域還有很多其他的績效衡量，例如：夏普率[30]、獲利因子[31]、平均報酬除以「潰瘍指數」[32]（Ulcer Index）、…等。請注意，這些替代績效統計量的抽樣分配，將不同於平均數的抽樣分配。

本書用以取得平均數抽樣分配的方法，如果績效統計量抽樣分配有較長的右側尾部，其價值可能有限。這種情況也會發生在其他涉及比率的績效統計量，例如：夏普率、平均數報酬／潰瘍指數比率（mean-return-to-Ulcer-Index ratio）與獲利因子。可是，如果取這些統計量的對數值，則可以讓右側尾部縮短。

統計推論有關的三種分配

統計推論經常涉及三種分配，抽樣分配只是其中一種。很多人對於這三種分配可能產生混淆。本節準備釐清這方面可能造成的困擾。技術分析法則可能涉及的三種分配如下：

1. **母體資料的分配：**相關技術分析法則運用於切合實際之最近未來期間的所有可能每天報酬所構成的分配。
2. **樣本資料的分配：**相關技術分析法則運用於過去某期間之單一樣本的每天報酬資料分配。
3. **抽樣分配：**樣本統計量（目前是相關技術分析法則運用於個別樣本的每天平均報酬）的分配。

此處有兩點值得注意。

第一，母體資料分配與樣本資料分配（也就是前述第1點與第2點）的構成份子，都是相關技術法則運用於單一日期的報酬率（資料是指每天報酬率而言）。反之，抽樣分配的構成份子，則是相關技術分析法則運用於單一樣本整個期間的平均每天報酬率。

第二，母體分配與抽樣分配都屬於理論性的分配，其構成份子的數量為無限。反之，樣本資料分配的構成份子，其數量為有限，是由歷史測試的觀察值構成。

這三種分配之間的關係，我們可以運用某個類似於珠子案例的實驗來說明。可是，我們設想母體是由某技術分析法則的每天報酬構成，日期數量為無限。接著，由前述母體抽取50個樣本，每個樣本都包含n個每天報酬。其次，計算每個樣本之n個每天報酬的平均數，總共有50個平均數，繪製為抽樣分配。圖4.29說明相關的情況[33]。

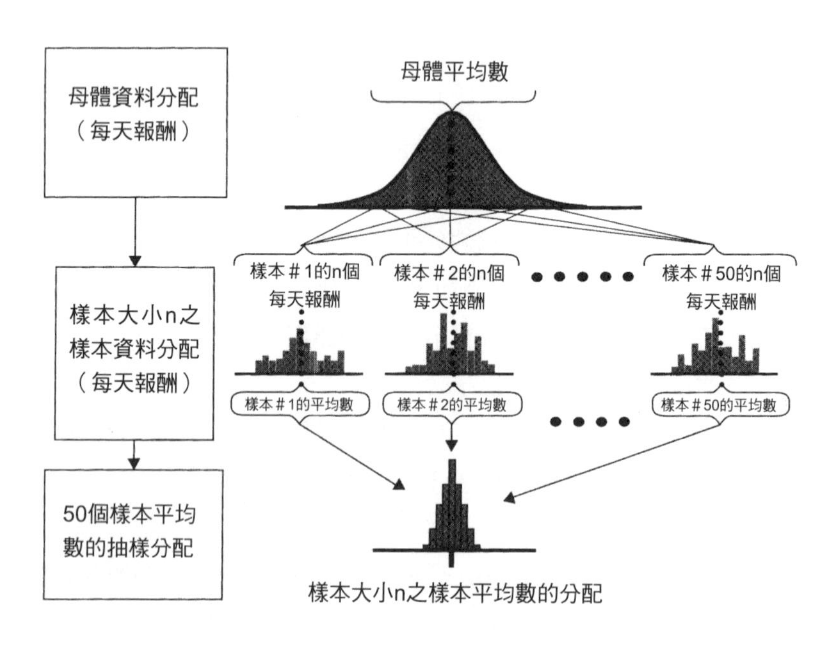

圖4.29　統計推估的三種分配

現實問題：單一樣本的問題

前述討論屬於理論性質，因為我們假想能夠從母體抽取50個樣本。現實世界裡碰到的統計問題，往往只能抽取一個樣本，因此只有一個樣本平均數。由於只有單一樣本平均數，所以不適用樣本統計量變異性的觀念。單一樣本與單一平均數的問題，請參考圖4.30的說明。

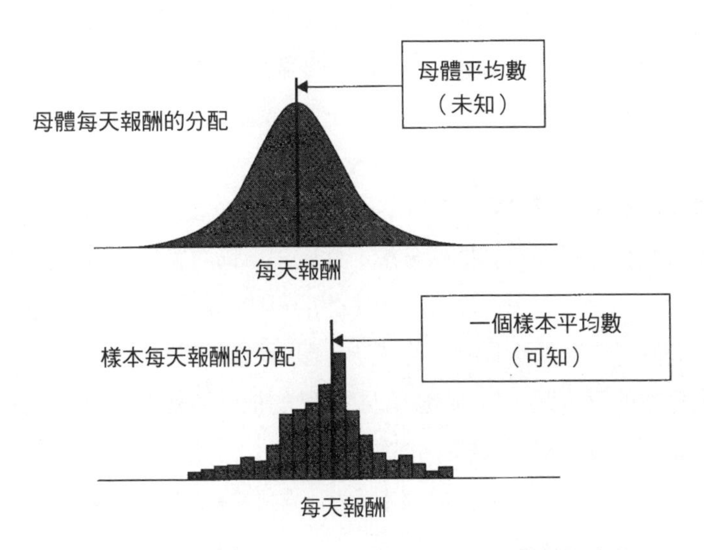

圖4.30 現實世界：單一樣本與單一測試統計量

非常幸運地，我們只要觀察單一樣本，就可以得知很多關於抽樣分配與樣本統計量變異性的資訊。相關的方法發展於20世紀初期，這也使得統計推論變成可能。事實上，統計學家們發展兩種方法，藉由單一樣本來估計統計量的抽樣分配。這兩種方法分別為傳統方法與電腦運算方法。此處雖然會討論這兩種方法，但本書第II篇的技術分析法則檢定則採用電腦運算方法。

推演抽樣分配：傳統方法

初等統計學通常都會談到這種傳統方法。這套方法的發展，要歸功於兩位數理統計學家，羅納・費雪爵士（Sir Ronald Fisher，1890～1962）與澤西・尼曼（Jerzy Neyman， 1894～1981）。這套方法運用機率理論與積分，根據單一樣本推演抽樣分配，用來估計抽樣分配的離勢、其平均數與基本形狀（常態）。換言之，這套方法提供的資訊，足以讓我們根據單一樣本來評估統計推論的可靠性。

樣本平均數的抽樣分配

每種統計量都有其抽樣分配。此處只準備討論平均數的抽樣分配，因為這是本書第II篇評估技術分析法則所採用的統計量。

關於平均數抽樣分配，傳統統計理論告訴我們一些事項：

1. 大樣本的平均數，是母體分配平均數的很好估計值。樣本愈大，樣本平均數愈接近母體平均數。
2. 抽樣分配的離勢，取決於樣本大小。對於特定母體，樣本愈大，抽樣分配的離勢愈小。
3. 抽樣分配的離勢，也取決於母體資料的變異程度。母體資料的變異程度愈大，抽樣分配的離勢也愈大。
4. 在技術分析法則評估的相關條件之下，平均數抽樣分配的形狀，通常都接近於常態分配（鐘鈴狀分配），而且樣本愈大，抽樣分配愈接近常態分配。可是，對於其他樣本統計量來說，譬如一些比率，則可能顯著不同於常態分配。

下文準備分別說明這四點。

大樣本的平均數，是母體分配平均數的很好估計值。　這是顯示稍早論及投擲銅板時談到的大數法則。大數法則告訴我們，樣本愈大，樣本平均數愈接近母體平均數。這個結論有幾個條件需要考慮[34]，雖然這些考慮並不適用於此。

投擲銅板實驗的圖形（圖4.18），說明大數法則的作用。隨著銅板投擲次數增加，出現正面的比例逐漸逼近理論值0.50。實驗的初期階段，當時的樣本很小，正面比例偏離0.50的程度頗大。這種偏離情形說明機運在小樣本裡面扮演的角色。投擲4次銅板的時候，0.75或0.25的情況雖然不是最常見者，但也夠常見了。可是，等到投擲銅板的次數到達60次的時候，0.75或0.25出現的機會不到1,000分之一。啟示：增加樣本大小，機運扮演的功能愈來愈小。

抽樣分配的離勢，取決於樣本大小：樣本愈大，抽樣分配的離勢愈小。　考慮某觀察點非常多的超大母體，觀察點分配的標準差為100。我們通常不知道母體的標準差，但假定這個例子的情況為例外。

請參考圖4.31，最底端小圖是母體分配的情況。上側的兩個分配，則是抽樣分配，樣本大小分別為10與100。請注意，當樣本大小增加10倍，分配的離勢則減少為原來的三分之一。傳統統計學告訴我們，平均數抽樣分配的標準差與樣本大小的平方根，兩者之間呈現反比例關係[35]。所以，如果樣本大小增加10倍，抽樣分配的寬度會減少3.16（＝）倍。母體分配可以視為樣本大小等於1的抽樣分配。樣本大小為100的抽樣分配，其分配寬度等於母體分配寬度的十分之一。總之，樣本愈大，樣本統計量的不確定性愈小。順必提一點，平均數抽樣分配的標準差，在統計學裡面有個特殊名稱：平均數的標準誤差（standard error of the mean，參考後文的解釋）。

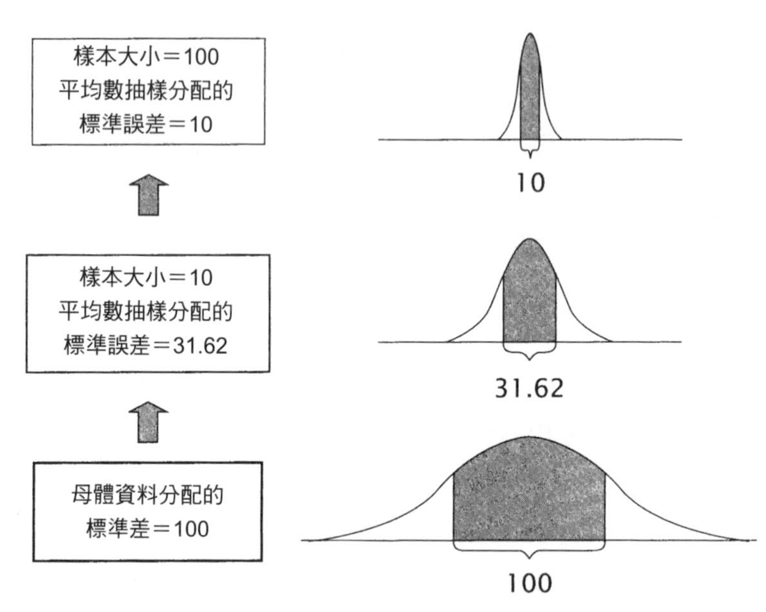

圖4.31　樣本愈大，抽樣分配的離勢愈小

在某些條件限制之下[36]，大數法則顯示，樣本愈大，我們對於母體平均數的知識愈精確。所以，在某些條件之下[37]，我們喜歡採用儘可能大的樣本，如此才能儘可能讓抽樣分配的離差變小。

抽樣分配的離勢，也取決於母體資料的變異程度。　影響抽樣分配寬度的另一個因素，則是母體資料本身的變異程度。母體資料的變異程度愈大，抽樣分配的變異程度（離勢）也愈大。

我們可以設想一種極端情況，假定母體資料完全相同。譬如說，母體每個構成份子的體重都是150磅。這種情況下，不論如何抽取樣本，樣本平均數也都是150磅，抽樣分配的離勢也就等於零。反之，如果母體每個構成份子的體重變異程度很大，則樣本平均數之間的差異也很大，如此將使得抽樣分配變得很「胖」。

抽樣分配的形狀通常都接近於常態。 傳統統計學的根本原理「中央極限定理」（Central Limit Theorem）告訴我們，在某些條件限制之下[38]，樣本愈大，平均數的抽樣分配會收斂為一種特定分配，而不論母體本身的分配如何。換言之，不論母體資料的分配如何，抽樣分配都會慢慢收斂到所謂的常態分配（normal distribution），也稱為高斯分配（Gaussian distribution）。

常態分配是最常見的一種機率分配。這種分配具有鐘鈴狀的曲線，現實世界的很多現象都呈現常態分配。

常態分配有幾點值得特別注意：

1. 常態分配可以由平均數與標準差唯一決定。換言之，我們只要知道常態分配的平均數與標準差，就知道該分配的所有性質。
2. 平均數1個標準差範圍內的觀察值，占總觀察值的68%左右；平均數2個標準差範圍內的觀察值，占總觀察值的95%左右。
3. 2個標準差的距離之外，分配的尾部變得很薄。在平均數的3個標準差距離之外，觀察值非常罕見。

圖4.32顯示常態分配的情況，這種分配在現實世界裡很常見，幾乎可以視為自然世界的基本性質。分配的形狀是由許多獨立因素在相同狀況下加總作用而成。譬如說，心臟收縮壓受到遺傳因素、飲食、體重、生活形態、有養條件…等因素共同影響。當這些因素交互作用，一大群隨機挑選人的血壓分配將是鐘鈴狀。

圖4.33的第一欄顯示幾個顯然不是常態的母體分配[39]，以及不同樣本大小的平均數抽樣分配。我們可以清楚看到，不論母體資料的分配如何，隨著樣本大小逐漸增加，抽樣分配收斂為常態分配。數字30並沒有什麼神奇之處；抽樣分配隨著樣本變大而收斂到常態分配的速度，取決於母體分配的形狀。請注意，在四種母體分配之

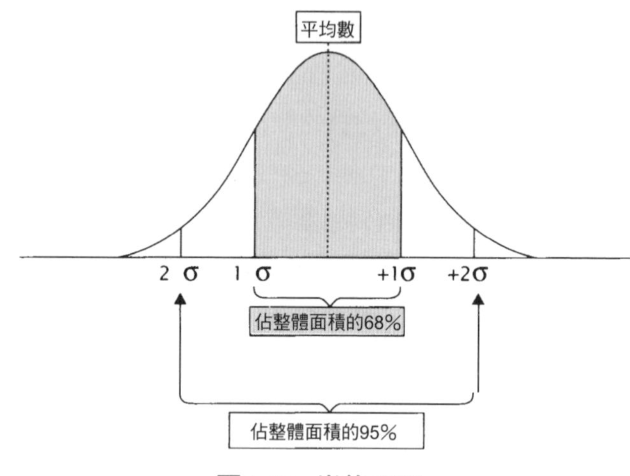

圖4.32 常態分配

中，當樣本大小增加為5時，有三種抽樣分配已經相當接近常態分配。可是，對於最下端的例子，唯有當樣本大小增加到30，抽樣分配才接近常態分配。

平均數的標準誤差

關於傳統統計學對於平均數抽樣分配的定義，我們已經邁入最後步驟。截至目前為止，我們知道：

1. 隨著樣本增大，平均數抽樣分配會慢慢收斂到常態分配。
2. 常態分配的性質可以完全由平均數與標準差決定。
3. 平均數抽樣分配的標準差，也稱為平均數的標準誤差，其大小是與母體標準差有直接關係。
4. 平均數的標準誤差與樣本大小的平方根之間成反比例關係。

平均數的標準誤差，等於母體標準差除以樣本大小的平方根。這個陳述雖然為真，但沒有多大實際價值，因為母體的標準差通常

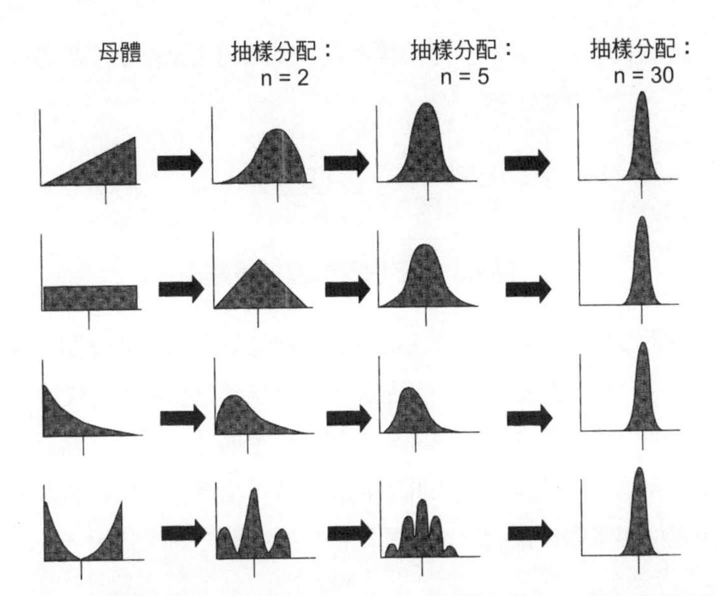

圖4.33　不論母體資料的分配如何，只要樣本夠大，抽樣分配收斂為常態分配

都不知道。可是，母體標準差可以透過樣本估計。如同圖4.34顯示的，這項估計值用表示，其中的「蓋帽」是統計學用以表示估計的符號。另外，請注意，計算公式是取n－1而不是n，這是為了彌補樣本標準差低估母體標準差的緣故。

根據樣本觀察估計母體標準差

$$\hat{\sigma} = \sqrt{\frac{\sum (x_i - \bar{x})^2}{n-1}}$$

其中：

X_i　Xi是變數X的個別觀察值

$\bar{X}$　是變數X的樣本平均數

n　n是樣本觀察值個數

圖4.34　根據樣本推估母體標準差

這個式子是用來推估母體標準差，結果再用來推估平均數的標準誤差，請參考圖4.35。

$$\text{平均數的標準誤差} = \frac{\hat{\sigma}}{\sqrt{n}}$$

圖4.35　平均數的標準誤差

有了平均數的標準誤差，而且假定抽樣分配為常態分配，就可以推估平均數的抽樣分配。請記住，這一切都只根據單一樣本。

這個傳統方法存在一個問題。此處假定抽樣分配為常態分配。可是，如果實際情況並非如此，結論就會不精確。基於這個緣故，我決定採用電腦模擬的方法，藉以估計平均數的抽樣分配。

推演抽樣分配：電腦模擬方法

30多年前，如果想由單一樣本推演抽樣分配，除了傳統方法之外，別無其他替代方法。現在，我們可以採用電腦模擬方法。透過有系統的方式，不斷重複抽取單一樣本，就可以大致推估抽樣分配。本節準備說明這個程序。

下一章將討論兩種電腦處理方法：靴環重複抽樣（bootstrap resampling）與蒙地卡羅排列（Monte Carlo permutation）。就如同任何方法一樣，這兩種方法各有其限制，但都可以彌補傳統方法的不足之處。

顧名思義，靴環重複抽樣方法的功能就像靴環一樣，能夠約估抽樣分配的形狀。本書藉由這種方法約估沒有預測功能之技術分析法則的平均報酬抽樣分配形狀。蒙地卡羅排列則是以摩洛哥賭場為名，因為這種方法透過電腦做輪盤處理。

不論採用哪種方法，所產生的抽樣分配功能都相同，顯示不具備預測功能之技術分析法則，基於抽樣的隨機效應，其歷史測試報酬高於零或低於零的可能性。所以，這可以做為評估技術分析法則績效的基準。如果某技術分析法則的平均報酬太高而不可能是來自於抽樣變異性，則認定該法則具備預測功能。

下章內容預覽

前文已經多次談到運用統計推論來檢定陳述。這種程序的正式名稱為假設檢定（hypothesis testing）。

統計推論還有另一用途，可以推估信賴區間（confidence intervals）。信賴區間是在特定信賴水準之下，包含母體參數值在內的一段數值區間。舉例來說，某技術分析法則的歷史測試顯示平均報酬為15%，該法則真正報酬的95%信賴區間介於5%到25%之間。信賴區間是由假設檢定的相同抽樣分配推演出來的，就目前這個例子來說，信賴區間的寬度為20個百分點。

第5章

假設檢定與信賴區間

統計推論的兩個步驟

統計推論包含兩個程序：假設檢定與參數估計（parameter estimaiton）。兩者都涉及未知的母體參數值。假設檢定是判斷樣本資料是否符合有關母體參數值的假設；譬如說，假設將某母體參數值設定等於或小於零。另一項推論程序為參數估計，是運用樣本資訊判斷母體參數的大約數值[1]。所以，假設檢定顯示某效應是否存在，估計則顯示該效應的程度。

由某種角度來看，這兩種推論程序很類似。兩者都是根據相關母體抽取之可觀察樣本，藉以判斷整個母體的情況。不論是假設檢定或參數估計都已經超越已知層面，試圖根據樣本統計量的數值，推論母體參數的不確定數值。因此，這兩種程序都存在誤差。

可是，參數估計與假設檢定之間也存在重要差異。兩者的目的不同。假設檢定是評估有關母體參數的某種推測，用以肯定或否定該推測。反之，估計則是針對母體參數而提供合理的數據或數值區間。由這個角度觀察，估計的企圖心較強，能夠提供比較有用的資訊。參數估計不會只告訴我們是否應該接受或拒絕某特定陳述，譬如說，某技術分析法則的平均報酬率小於或等於零，估計還能顯示平均報酬大概是多少，提供一個機率水準，顯示平均報酬率落在某特定區間的可靠程度。舉例來說，參數估計顯示某技術分析法則的報酬率為10%，而且有95%的可能性，該報酬率會落在5%到15%之間。這個陳述包含兩種類型的估計，點估計（point estimate）與區間估計（interval estimate），前者估計的報酬為10%，後者估計的報酬區間為5%到15%。本書第II篇討論的技術分析法則，將運用估計配合假設檢定。

假設檢定與非正統推論

在某個歷史資料樣本中，假定某技術分析法則能夠獲利，這個樣本統計量是一項無可爭議的事實。可是，根據這個事實，關於該技術分析法則的未來績效表現，我們可以推論什麼呢？這有兩種可能，如果該技術分析法則具備預測功能，則將來運用也很可能會獲利。另外，如果歷史測試的績效表現是純屬機運的緣故，該法則本身並沒有預測功能，則運用於將來還能繼續獲利的可能性不高。假設檢定就是透過正式、嚴格的推論程序，試圖評估哪種可能性比較高，並協助我們判斷該技術分析法則是否應該運用於將來的實際交易。

確認證據：很好，雖然必要，但不充分

本書第2章曾經指出，非正統推論是偏頗的，經常過份強調確認證據。換言之，當我們透過普通常識判斷某種想法是否正確，通常都會尋找確認證據，也就是符合該想法的事實。另外，我們通常會忽略或忽視反向證據。普通常識告訴我們，如果某想法是正確的，則該想法蘊含的事實（確認證據）就會存在。可是，某想法雖

然蘊含確認事實，但反過來說則不正確，確認事實並不蘊含該想法；換言之，確認事實並不足以證明該想法成立。由另一個角度說，當我們看到一些與某觀念符合的種種確認證據，這只代表該觀念可能正確，但並不表示一定正確。

本書第4章曾經引用下列例子，說明必要證據與充分證據之間的差別。假定我們想要檢定下列陳述是否為真：我看到的某動物是狗。如果我們發現該動物有四條腿（證據），這項證據是符合該動物是狗。換言之，如果該動物是狗，牠就必須有四條腿。可是，四條腿並不是該動物是狗的充分證據，因為四條腿的動物可能是貓、犀牛……等。

很多技術分析論文經常引用某型態的成功案例，藉以證明該型態具備預測功能。沒錯，如果該型態確實具備預測功能，則可以找到相關的歷史成功案例。然而，確認證據雖然是必要的，但並不足以證明該型態具備預測功能。如果某動物有四條腿，並不足以證明該動物是狗，那麼歷史上的成功案例，也同樣不足以證明該型態具備預測功能。

如果認為確認證據是充分的，則觸犯了肯定後件子句的邏輯謬誤。

若p爲眞，則q爲眞。

q爲眞。

無效結論：因此，p爲眞。

若某型態具備預測功能，則成功的歷史案例存在。

成功的歷史案例存在。

因此，該型態具備預測功能。

本書第3章曾經談到，確認證據雖然不足以證明假說成立，但反向證據（與假說不符合的證據）卻可以用來證明該假說不成立。（譯按：P==>Q並不蘊含Q==>P，但P==>Q蘊含~ Q ==>~ P）繼續引用先前的例子，某動物沒有四條腿，可以證明該動物為狗的假說不成立。這屬於否認後件子句的有效論證。

若p爲眞，則q爲眞。

q爲不眞。

有效結論：因此，p爲不眞。

若某動物是狗，則該動物有四條腿。

該動物沒有四條腿。

因此，該動物不是狗。

假設檢定的邏輯根據所在，即是否定後件子句。因此，假設檢定是對抗確認偏頗的有效工具，也能夠有效防範錯誤信念。

何謂統計假設？

統計假設是有關母體參數之數值的某種推測，譬如：某技術分析法則的平均報酬率。由於母體通常無法或不方便觀察，所以母體參數值為未知數。基於先前討論的理由，通常假定其等於或小於零。

觀察者所能夠知道的，是由該母體所抽取之樣本的統計量。因此，觀察者面臨一個問題：所觀察的樣本統計量，是否符合母體參數的假設數值呢？如果觀察數值很接近假設數值，則有理由相信假設成立。反之，如果樣本數值顯著不同於假設數值，則假說是否成立就大有問題。

「很接近」或「顯著不同」，兩者的意義都相當含糊。假設檢定就是透過量化程序，針對假設成立與否歸納出結論。檢定結論通常表示為0到1之間的數值。這個數值代表機率，也就是在假設為真的條件之下，樣本統計量因為機運緣故而產生該數值的機率。舉例來說，假定我們考慮的假設為：某技術分析法則的期望報酬率為零，但該法則在歷史測試顯示的報酬為+20%。對於這個假設檢定，我們的結論可能如下：如果該技術分析法則的期望報酬真的是零，那麼歷史測試報酬有0.03的機率純因為運氣而等於或大於20%。由於歷史測試績效純因為運氣而等於或大於20%的機率只有3%，所以我們可以相當確定該法則的歷史測試績效不太可能純屬運氣（換言之，具有預測功能）。

運用反向證據證明假設不成立

假設檢定通常先假定接受檢定的假設成立。這種情況下（換言之，如果假設成立的話），我們可以推演各種觀察的發生機率。換言之，如果假設成立的話，某些結果是可能發生的（機率很高），另一些結果是不太可能發生的（機率很低）。檢定者可以比較該假說之預測與實際觀察結果，如果兩者吻合，則沒有理由拒絕接受假設；反之，如果發生不太可能發生的觀察結果，意味著假說之預測與實際觀察結果並不吻合，則有理由拒絕接受假說。所以，預料之外的事件，可以做為拒絕假設的根據。前述思路或許不符合直覺，但邏輯上是正確的（否認後件子句），而且很有用。這是科學發現的邏輯根據所在。

讓我們藉由明確的例子來說明。假定我自認為是很棒的社會層級網球選手。我的假設是：黃XX是很棒的社會層級網球選手。我加入某個網球俱樂部，其成員的年齡與球齡都與我大致相當。根據前述假設，我相當有把握地預測，如果我與俱樂部的成員打球，勝率至少應該在75%以上。這項預測是由前述假設推演出來的。接下來，我要做實際的測試，與20個俱樂部成員比賽。經過20場比賽之後，實際結果讓我大吃一驚，我沒有贏得任何一場比賽（勝率為0），而且大部分比賽都輸得很慘。這個實際結果顯然不符合前述假設推演的預測。換言之，如果我的假設成立，那麼該實際結果發生的機率應該很低。這個令人意外的結果，迫使我修正前述假設（換言之，先前假設不成立）。除非我想活在虛幻的榮耀之中，否則我不該自認為是很棒的網球選手[2]。

前一段提到的例子，其證據代表的意義非常明顯。我輸掉20場比賽的每場比賽。可是，如果證據沒有那麼明顯的話，又如何呢？舉例來說，如果每三場比賽，平均獲勝兩場，那將如何？實際觀察的勝率為0.66，雖然低於預測勝率0.75，但差距並不大。兩者之間的差別，究竟代表隨機抽樣很可能發生的變異呢？或者其差異已經足以顯示我的假說不成立呢？這正是統計分析發揮功能的地方。我們想要回答下列問題：觀察勝率（0.66）與假設預測勝率（0.75）之間的差異，是否已經大到足以讓我們懷疑假設？由另一個角度說，0.66與0.75之間的差異，是否來自於抽樣隨機變異？假設檢定想要判斷這項誤差究竟是小到足以透過抽樣變異來解釋，或大到足以否定假設。

對立的假設：虛無假設vs.替代假設

假設檢定是採用間接證明的方法。換言之，藉由反向證據來證明假說不成立。因此，對於我們想要顯示為真的假說，我們採用對立的假說。舉例來說，如果我們想要顯示假說A為真，則考慮假說～A（非A）為真。

因此，假設檢定涉及兩個假設。一是虛無假設（null hypothesis），另一是替代假設（alternative hypothesis）。這些名詞聽起來或許有些奇怪，但此處還是採用這種習慣用法。替代假說通常也就是科學家想要證明者，敘述重要的新知識。對立的虛無假設則宣稱沒有新發現。

舉例來說，小兒麻痺疫苗的發明者沙克設定的替代假設為：新疫苗克制小兒麻痺的功能勝過安慰劑。虛無假設為：沙克疫苗克制小兒麻痺的功能，不會勝過安慰劑。對於本書考慮的技術分析法則來說，替代假設主張某技術分析法則的期望報酬率大於零。虛無假設則主張某技術分析法則的期望報酬率等於零。

為了簡潔起見，此處採用傳統符號：H_A代表替代假設，H_0代表虛無假設。由於虛無假設主張沒有新知識，也就是新知識為0，所以表示為H_0。

請注意，H_A與H_0的設定，兩個命題在邏輯上必須互盡與互斥。這是什麼意思？兩個命題互盡，是指它們結合起來，代表所有的可能性。沙克疫苗或是能夠有效防止小兒麻痺，否則就不能有效防止小兒麻痺。除此之外，別無其他可能。某技術分析法則的期望報酬或是大於零，否則就是不大於零。

兩個假說彼此互斥，是指兩個假說不能同時成立；所以，如果H_0不成立，則H_A成立，反之亦然。把兩個假說界定為彼此互斥、互盡，則如果能夠顯示某假設不成立，則另一個假設就必定成立。透過這種方式證明，稱為間接證明，請參考圖5.1。

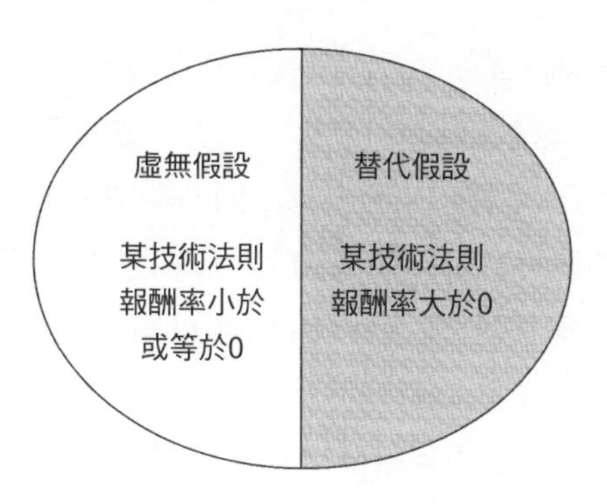

圖5.1 互斥與互盡的假設

假說檢定的理論根據

假設檢定有兩點需要稍做解釋。第一，檢定的重心為何擺在虛無假設。第二，為何設定虛無假設為真，而不是替代假設為真。本節準備就這兩方面做說明。

檢定目標為何設定為虛無假設？

如同本書第3章討論的。證據可以用來證明某個假說不成立，但不能用來證明某個假說成立[3]。因此，假設檢定的程序，需要證明某陳述為誤。問題是：在H_0與H_A之中，何者適合被證明為誤呢？

對於兩個彼此對立的陳述，H_0是被證明為錯誤的較適當對象，因為其陳述是有關單一的母體參數值。這意味著我們只需進行一項適當的檢定，找到反向的證據，就能證明H_0為誤。反之，替代假設代表母體參數的無限多個數值，而不是單一數據，如果想要證明替代假設為誤，需要找到證據顯示母體參數不屬於這些無限多個數值。

事實上，不論H_0或H_A，都涉及技術分析法則期望報酬的無限多個數據，但H_0可以簡化為單一主張。首先，讓我們考慮H_A為何代表無限多個主張。宣稱某技術分析法則的期望報酬大於零，H_A實際上是說該法則運用在切合實際之最近未來期間內，可能出現報酬率大於零的無限多種數據之一，包括：+0.1%、+2%、+6%，或任何其他正值數據，請參考圖5.2。由於H_A代表無限多個主張，需要經過無限多個檢定才能否定該替代假設，這顯然是不切實的。

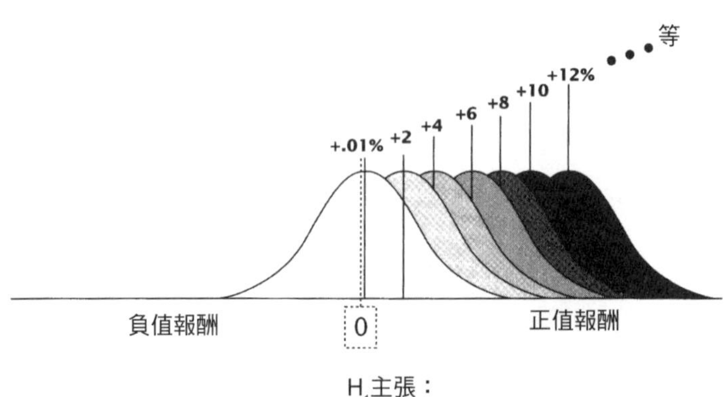

圖5.2 替代假設針對技術分析法則的期望報酬提出無限多個主張

H_0也包含有關母體參數值的無限多個主張。H_0主張技術分析法則的期望報酬等於零或小於零。可是，這些主張之中，實際上只有一個是重要的：期望報酬等於零。檢定的目標，是否定這個主張。如果技術分析法則的歷史測試結果已經反駁這項最好的結果（期望報酬＝0），那麼所有較差的結果（例如:期望報酬＝－1.3%）當然會產生更大的矛盾。所以，H_0可以簡化為單一主張：技術分析法則的期望報酬為零，請參考圖5.3。

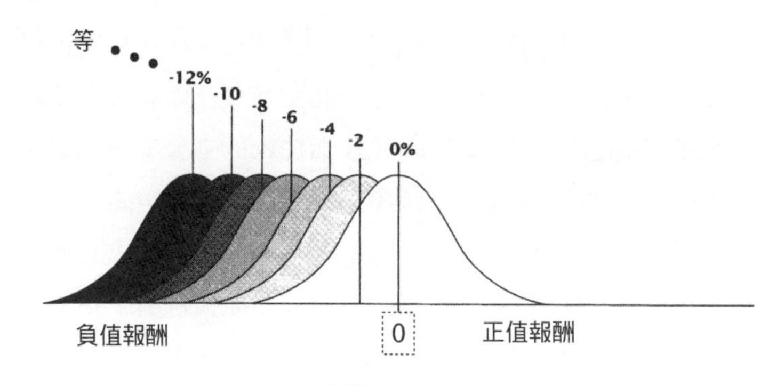

圖5.3 虛無假設針對技術分析法則的期望報酬提出無限多個主張，但只有一個是重要的

為何要假定虛無假設為真？

假設檢定基於兩個理由，假定H_0為真：科學懷疑論，以及單純性法則。

懷疑論 假定H_0為真，這符合科學對於新知識之主張抱持的懷疑態度。如同本書第3章解釋的，科學採取這種保守立場，因為提出某種主張很容易，但真正的發現則很困難。所以對於任何主張，其倡導者有提出證明的責任。

科學必須保障既有知識，避免受到謬論或錯誤信念的污染。這種情況頗類似刑事訴訟制度。在自由社會裡，個別公民有免於受到政府司法當局迫害的權利。被告除非被證明有罪，否則視為無罪。司法當局有責任證明被告有罪——否認無辜的假設。為了證明有罪，司法當局必須提出無可辯駁的證據，這是很高的門檻。最初的無辜假設，以及證明有罪的高門檻，這是司法制度防範公民權利受到侵害的保障。

根據這種科學傳統，假設檢定要求那些宣稱新知識者有必要提出證明。事實上，每當技術分析法則的歷史測試績效大於零，樣本提供的證據就傾向於支持H_A（技術法則的期望報酬大於零）。可是，除了合理的證據之外，假設檢定還要求絕對證據，然後才可以排除虛無假設H_0為真的可能。那些宣稱某技術分析法則具備預測功能者，有責任提出證明，然後該法則才可能被普遍接受。

單純性　假設檢定優先考慮H_0的另一個理由，是單純性原理。科學的基本規律告訴我們，愈單純的理論，愈可能反映自然界的真正型態。這個原則又稱為「奧康剃刀」：如果有幾種假說同時能夠解釋某個現象，那麼最單純的假說，最可能是正確的。虛無假說（H_0）把過去的成功解釋為運氣，替代假說（H_A）把過去的成功解釋為某種具有預測功能之重複發生型態的作用，前者顯然較後者單純。

愈簡單的解釋（理論、法則、假說、模型、…等），正確的可能性愈高，因為套入資料（fit data，又稱為「擬合資料」）的可能性較低。愈複雜的解釋（有更多的假設、條件、限制），則相關理論根據觀察現象進行套入的可能性較高。這個觀念可以藉由數學函數套入一組特定資料來說明。此處所謂的數學函數，可以設想為解釋特定一組觀察資料的假設。請參考圖5.4，對於既定的一組資料，分別由兩個不同的數學函數套入。其中一個函數為線性的。線性函數相對單純，可以由兩個係數或自由度（degrees of freedom）決定：斜率與縱軸截距。換言之，我們只需要調整這兩個係數，就能改變線性函數對於既有一組資料的套入吻合程度。

另一個函數為10個係數的多項式函數，結構相對複雜。每個係數都可以用來控制函數的額外一個彎曲。由於具備這種調整彈性，

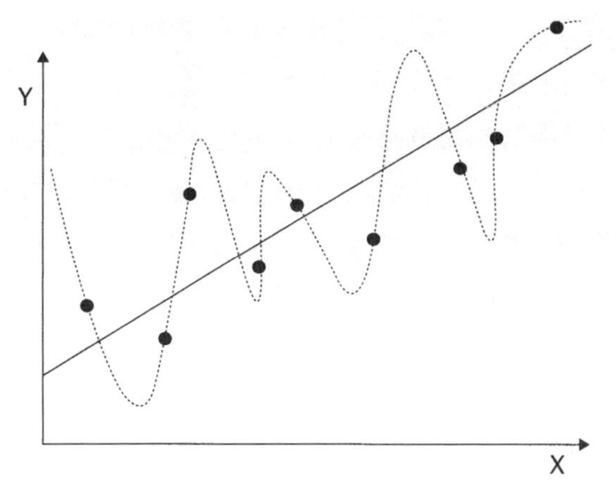

圖5.4　單純的優越性（假定其他條件不變）

曲線可以實際觸及每個資料點。事實上，目前這個函數是透過最小平方迴歸方法取得，如果該函數允許根據資料點個數來納入自由度（係數），就可以保證完美地套入資料。請注意，線性函數的套入程度並不很好，沒有觸及每個資料點，不過確實反映了資料的發展趨勢：X愈大，Y也愈大。換言之，單純的函數可以顯示資料的根本性質，凸顯X與Y之間存在的關係。反之，複雜的函數雖然能夠完美套入資料點，但其反映的經常是資料的隨機波動，反而模糊了X與Y之間的基本關係。

當然，這並不是說永遠不該使用複雜的函數。如果資料夠多，而且是由複雜的程序產生，往往也應該採用複雜的模型來解釋。可是，在其他條件都相同情況下，愈單純的解釋，通常愈可能正確。

積極與消極決策

假設檢定會產生兩種決策之一：否定H_0或保留H_0。這兩種決策的性質不同：第一種決策比較積極，第二種比較消極[4]。「否定」

屬於積極的決策，因為決策的根據是與H_0矛盾的明確證據，這些證據與我們的預期相互違背，所以提供額外的資訊。反之，「保留」H_0則比較消極，因為相關證據只不過符合我們原本就預期的情況（換言之，H_0為真）。這也就是說，檢定統計量的觀察數據符合預期，因此也沒有提供明確的額外資訊。

如果沙克疫苗測試結果顯示，使用疫苗者的患病機會不低於使用安慰劑者，則虛無假設將保留，這個結果符合假設，沒有超乎一般人的預期。所以，截至目前為止，人們還沒有找到有效的疫苗，這個測試結果只不過代表另一次實驗失敗罷了。當然，實際的情況並非如此，否則歷史就要重寫了。實際的測試結果顯示，使用沙克疫苗的人，患病的機會遠低於使用安慰劑者，所以沙克決定否決虛無假設。

基於前述緣故，否決H_0的決定，積極程度高於保留H_0。明確證據顯示最初的假設應該被否定，而新知識已經產生。反之，保留H_0的決策，則是因為缺乏明確的證據。缺乏明確的證據，並不是說虛無假設就成立，而只是說檢定結果不足以證明其不成立（換言之，虛無假設可能為真，但不必然為真）[5]。科學對於新知識的立場保守，如果缺乏明確的證據，比較合理的結論，應該是認定新知識沒有發現。

假設檢定：機制

「假設檢定通常具備三個必要構成份子：（1）一個假設，（2）一個檢定統計量（test statistic），（3）在假設成立的條件之下，透過某種方法產生檢定統計量的機率分配（抽樣分配）[6]。」此處所謂的「檢定統計量」是指用於假設檢定的樣本統計量。就目前情況來說，這兩個名詞可以互用。

運用於技術分析法則檢定，這三點分別為：（1）虛無假設H_0為技術分析法則的期望報酬為零或更低，（2）檢定統計量為技術分析法則運用於歷史測試樣本資料的平均報酬，（3）抽樣分配代表該技術分析法則如果在許多獨立樣本進行測試的平均報酬隨機變異。這個抽樣分配中心點代表平均報酬等於零，也就是虛無假設H_0主張的。

如同本書第4章提到的，抽樣分配可以透過兩種方式取得：傳統統計學的解析方法或電腦模擬。電腦模擬方法又有兩種，一是蒙地卡羅排列，一是鞋環。本書第II篇會討論這兩種方法。

問題：檢定統計量是否不太可能發生？

假設檢定的基本觀念很簡單：如果發生某種在假設成立條件之下不太可能發生的結果（觀察），這意味著假設應該不成立[7]。譬如說，我的假設是：我是很棒的網球選手。如果這個假設為真，則我很少（不太可能發生）會連輸20場。可是，很丟臉的，我竟然連輸20場。這意味著我的假設是錯的。

某稱為MA50的技術分析法則進行歷史測試。這個法則定義如下：如果S&P 500收盤價高於其50天移動平均，則建立S&P 500的多頭部位，否則持有空頭部位。替代假設H_A主張，該法則具有預測功能，所以運用於抽離趨勢的資料，期望報酬大於零[8]。如果技術分析法則不具備預測功能，則期望報酬應該等於零。虛無假設H_0主張，MA50的期望報酬等於或小於零（請參考圖5.5）。橫軸刻度代表該技術法則運用於切合實際之最近未來期間的期望報酬。

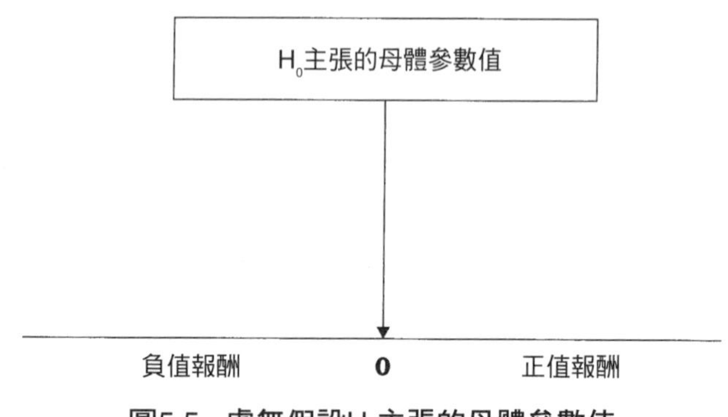

圖5.5　虛無假設H_0主張的母體參數值

MA50在歷史資料樣本做測試，其平均報酬也繪製在座標橫軸，結果請參考圖5.6。

請注意圖5.6顯示的情況，H_0主張M50的期望報酬為零，但M50的歷史測試卻呈現正值報酬，兩者之間存在偏離。於是，我們想知道：在H_0成立的情況下，這個正值偏離是否代表不太可能發生的是事件？若是如此，則歷史測試結果顯示我們應該否定H_0。

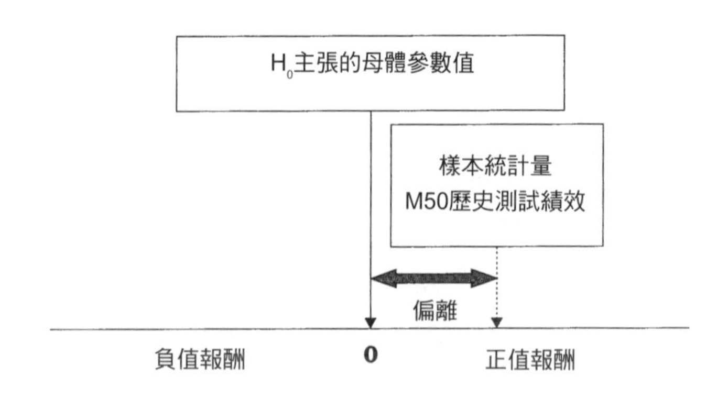

圖5.6　比較：假設主張的母體參數值與歷史測試績效

正值偏離之所以產生，有兩個可能的解釋。第一，抽樣誤差；換言之，歷史測試的樣本很特殊，使得該M50得以產生獲利。第二，M50之期望報酬等於零的假設錯誤，實際上該法則具有獲利功能，期望報酬大於零。假設檢定的目的是要決定歷史測試證據顯示的正值偏離是否夠大，使得這種結果在虛無假設正確狀況下是不太可能發生的，因此而否定H_0。

為了評估證據的不可能程度，需要透過抽樣分配來評估歷史測試的實際觀察報酬，尤其是觀察值與假設數據（期望報酬等於零）之間的偏離程度。我們知道，抽樣可以顯示樣本統計量觀察值與期望值之間因為抽樣誤差而造成之偏離程度的發生機率。如果前述偏離超過抽樣誤差所能夠合理解釋的程度，就應該否定H_0，採納替代假設H_A。

圖5.7顯示樣本統計量因為抽樣變異性而可能發生的數值。請注意，抽樣分配的位置使得最可能發生的報酬為零。這只不過顯示虛無假設H_0主張的母體參數值。另外，也請注意技術分析法則平均

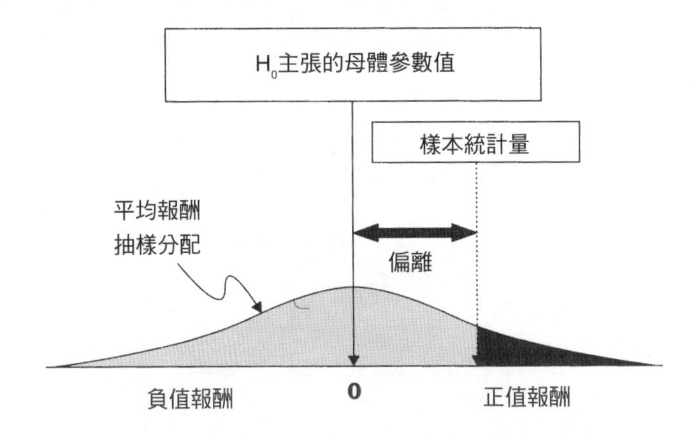

圖5.7　觀察證據落在抽樣變異性的合理範圍內；H_0沒有被否定

報酬的觀察值（歷史測試績效），明顯落在抽樣分配之隨機變異性能夠解釋的範圍內。這個結果並不令人意外。換言之，檢定統計量的觀察值與假設（預測）值之間的偏離，很可能是因為抽樣誤差造成的。因此，相關證據並不足以否定虛無假設H_0。

圖5.7清楚顯示一點，歷史測試報酬率與假設報酬率之間的偏離，其程度是否夠大而足以否決H_0，抽樣分配的寬度（離勢）扮演很重要的角色。本書第4章曾經提到，統計量抽樣分配的寬度，取決於兩個因素：（1）母體本身的變異程度，（2）樣本包含的觀察個數。關於第一項因素，母體資料的變異程度愈大（就我們考慮的技術分析法則，技術分析法則的每天報酬率），抽樣分配的寬度也愈大。至於第二項因素，樣本包含的觀察個數愈多，抽樣分配的寬度欲窄。

圖5.8顯示的抽樣分配相對較窄。樣本統計量的觀察值落在抽樣分配的外緣。在虛無假設成立的情況下，這屬於相當不可能發生的事件，萬一發生，則可以視為虛無假設不成立。

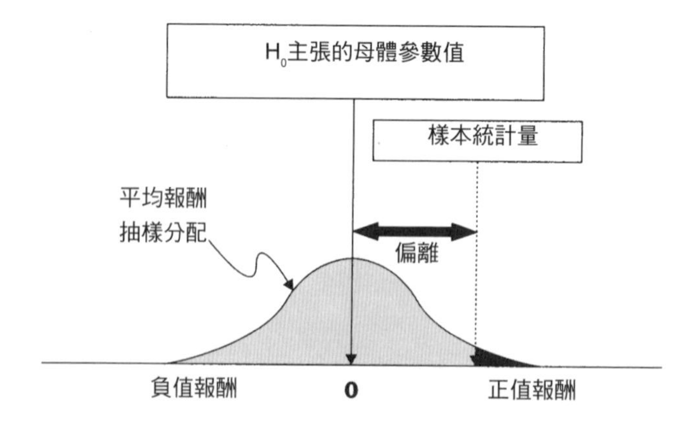

圖5.8　觀察證據落在抽樣變異性的外圍；否定H_0

這幾個圖形由直覺角度說明觀察值與假設值（也就是虛無假設預測的數值）之間的偏離程度，如何用以否定假設。這種直覺解釋可以經過量化而進行嚴格分析，把前述觀察偏離程度表視為機率，更明確來說，在虛無假設成立的條件之下，計算觀察偏離程度的發生機率。這是一種條件機率，也就是虛無假設成立為條件的機率。由另一個角度說，條件機率就是在某特定條件成立之下計算的機率。

對於假設檢定，這種條件機率有個特殊名稱，叫做p值（p-value）。更詳細來說，這是虛無假設H_0為真的條件之下，檢定統計量之觀察值發生的機率。p值愈小，我們愈有理由懷疑H_0。如果p值小於某預先設定的門檻水準，則我們否定虛無假設，轉而接受替代假設H_A。p值也可以被解釋做為：H_0實際為真而我們錯誤地否定H_0的機率。由圖形上來看，就抽樣分配曲線下方的整體面積來看，p值是位在檢定統計量觀察值右側的面積部分。

讓我們看看這些說明如何運用在技術分析法則的檢定。舉例來說，如果某技術分析法則的歷史測試報酬率為+3.5%，我們在抽樣分配圖形的橫軸上標示+3.5%的位置（請參考圖5.9）。然後決定抽樣分配面積在+3.5%右側部分所佔的比率。假定這部分面積佔總面積的0.10，則樣本統計量的p值也就是0.10。這相當於是說：如果技術分析法則的期望報酬率為零，則歷史測試報酬因為抽樣誤差而大於或等於+3.5%的機率為0.10。

P值，統計顯著性，否定虛無假設

檢定統計量p值的另一個名稱，叫做檢定的統計顯著性（statistical significance of the test）。P值愈小，檢定愈具有統計顯著性。

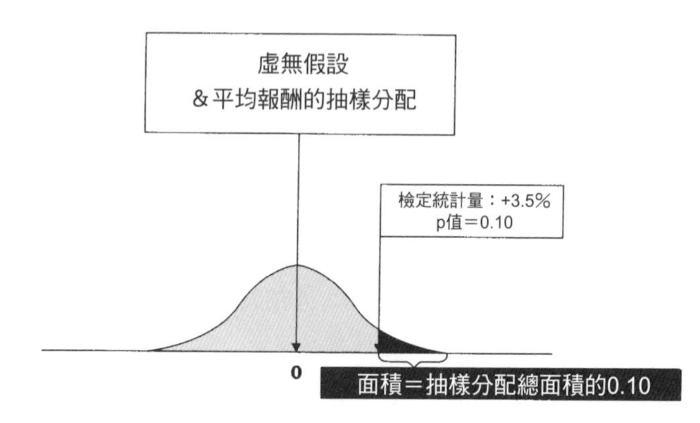

圖5.9 P值：H_0為真的條件之下，檢定統計量等於或大於+3.5%的機率

具有統計顯著性的結果，也就是p值很低而應該否定虛無假設H_0。

檢定統計量的p值愈小，我們愈有信心否定虛無假設。P值可以用來代表檢定統計量觀察值符合虛無假設的程度；p值愈大，前述的符合程度愈高，p值愈小，檢定統計量觀察值符合虛無假設的程度愈低。這相當於是說，某觀察結果愈不符合某特定見解（假說），則該見解錯誤的可能性愈大。

P值究竟要多小，才適合用來否定虛無假設H_0呢？這個問題代表H_0在不該被否定而被否定的可能性。我們稍後會處理這方面錯誤的代價問題。現在，先討論一些常用的標準。P值等於0.10經常被稱為可能的顯著（possibly significant）。P值為0.05或更低，通常被稱為具備統計顯著性，也是科學家一般用以否定H_0所可以接受的最大p值。如果p值為0.01或更低，則代表非常顯著（very significant），至於p值為0.001 或更低，則是極端顯著（highly significant）。

檢定結論與錯誤

假設檢定有兩種可能結果：（1）否定H_0，（2）接受H_0。實際狀況也有兩種可能：（1）H_0為真，技術分析法則的期望報酬為零或更低；（2）H_0不真，技術分析法則具有某種預測功能，期望報酬大於零。假設檢定有兩種可能結果，實際狀況也有兩種可能結果；所以，兩者配合起來，總共有四種可能結果，請參考圖5.10。

檢定結果 & 結論	真實情況（只有天知道） H_0爲眞 法則的期望報酬 < 0	真實情況（只有天知道） H_0爲不眞 法則的期望報酬 > 0
P值很大 H_0沒有被否定	正確決策 技術分析法則無用 我們不採用	第II類型錯誤 技術分析法則有用 我們沒有採用，喪失機會
P值很小 H_0被否定	第I類型錯誤 技術分析法則無用 我們採用，沒有賺錢，而且承擔風險	正確決策 技術分析法則有用 我們採用，而且賺錢

圖5.10　假設檢定的可能結果

假設檢定可能發生兩種錯誤。第I類型錯誤（type I error）是虛無假設H_0實際為真，但檢定統計量的p值太小而導致虛無假設H_0被否定。就本書討論的技術分析法則來說，碰到這種情況，是指技術法則實際上沒有預測功能（H_0為真），但歷史測試因為機運因素而產生足夠的利潤，造成p值太小而否定H_0。換言之，受到抽樣的隨機因素影響，導致檢定產生錯誤結果。第II類型錯誤（type II error）

是H_0實際不真，但檢定統計量的p值太大而導致虛無假設H_0被接受。換言之，接受檢定的技術分析法則，實際上具備預測功能，但歷史測試因為機運緣故而造成獲利不足，結果因為p值太大而接受H_0。

從事假設檢定，究竟會不會發生錯誤或發生哪類型的錯誤，只有老天爺知道，一般凡人只能做統計推論，必須接受檢定可能出錯的可能性。

就金融交易的立場來看，這兩類型的錯誤各有不同的後果。第I類型錯誤，使得H_0錯誤地被否定，技術分析者將採用沒有預測功能的法則。這種情況下，資本承擔的風險，將不能獲取預期的對應報酬。至於第II類型錯誤，意味著技術分析者將忽略具備預測功能的法則，因而錯失交易機會。就這兩種類型的錯誤來說，第I類型比較嚴重，資本損失要比喪失機會嚴重。資本一旦耗盡，甚至連交易的機會都沒有，但錯失某些機會，市場還會提供其他機會。

由另一個角度看，假設檢定有兩種正確情況：技術分析法則具備預測功能，檢定否決H_0；技術分析法則沒有預測功能，檢定接受H_0。

透過電腦方法產生抽樣分配

如同稍早提到的，假設檢定需要估計檢定統計量的抽樣分配形狀。這可以透過兩種方式進行：傳統的數理統計學，或最近發展的電腦隨機化處理方法。本節準備討論兩種電腦處理方法：靴環重複抽樣與蒙地卡羅排列。

當我們只能抽取單一樣本，檢定統計量只有單一觀察值，傳統與電腦處理方法都可以解決如何估計檢定統計量之隨機變異程度的問題。如同稍早提到的，單一的樣本統計量數值沒有辦法傳達變異性的資訊。

電腦處理方法是針對原始樣本觀察值做隨機再抽樣，藉此取得新的電腦生成樣本（computer-generated samples），然後估計抽樣分配形狀。每個重新抽取的樣本，可以計算樣本統計量。這種程序可以重複進行數千次或其他任何程度，因而產生很大一組樣本統計量。抽樣分配就是來自於這種電腦生成資料。針對原始樣本觀察值做隨機再抽樣，結果竟然可以約估樣本統計量的隨機變異性，看起來雖然有些奇怪，但確實是如此。這種程序不只是用於實務處理，而且也具備完美的數學理論根據。

靴環重複抽樣與蒙地卡羅排列都是採用隨機化程序，也就是說針對原始樣本做隨機重複抽樣。可是，這兩種方法在某些方面存在重大差異。首先，兩種方法之檢定採用的虛無假設稍微不同。雖然兩者的虛無假設都主張接受檢定之技術分析法則不具備預測功能，但實際處理程序則稍有不同。對於鞋環重複抽樣方法，檢定採用的虛無假設主張技術法則報酬之母體分配的期望值為零或更低。反之，對於蒙地卡羅排列方法，檢定的虛無假設主張技術法則的輸出值（+1或－1）與市場未來價格變動之間是隨機配對[9]。換言之，這種方法的虛無假設主張技術法則輸出，就如輪盤結果一樣，是沒有資訊意義的雜訊。

由於靴環重複抽樣與蒙地卡羅排列方法的檢定，運用不同的虛無假設，因此所採用的資料也稍微不同。靴環重複抽樣採用的資料，是技術法則每天報酬的歷史資料，蒙地卡羅方法採用的資料，則是技術法則輸出值的每天歷史序列（由+1與－1構成的數列）與交易市場每天的價格變動量。

這兩種方法採用不同的隨機抽樣方法。靴環方法採用置回的重複抽樣隨機程序，蒙地卡羅方法對於技術法則輸出值與市場報酬之間的隨機配對，則採用不置回的方式。稍後，當我們討論這兩種方法的運作細節時，會說明這方面的差異。

因為前述種種差異，這兩種方法產生的抽樣分配稍微不同。因此，兩個方法的檢定結果可能不同，接受或否決H_0的結論未必一致。可是，根據蒙地卡羅排列方法的發明者提摩西・馬斯特（Timothy Masters）的廣泛模擬經驗顯示，如果運用於抽離趨勢的市場資料，這兩種方法的檢定結論通常都彼此一致。基於這個緣故，對於這兩種檢定方法的運用，本書一律採用抽離趨勢的資料。[10]

靴環重複抽樣方法

靴環方法最初是由艾方龍（Efron）[11]於1979年提出，後來經過幾次修改，相關資訊請參考艾力克・諾林（Eric Noreen）的《假設檢定電腦化方法》[12]（Computer Intensive Methods for Testing Hypothesis）。靴環方法是針對原始樣本進行置回的重複抽樣，藉此取得檢定統計量的抽樣分配。

靴環方法是根據一個令人嘆為觀止的事實：靴環定理（bootstrap theorem）。這個數學定理引用了既有定理與數學系統的一些根本公理（假設）。在相當合理的一些條件之下，靴環定理顯示：當樣本逼近無限大的時候，靴環重複抽樣會收斂到一個正確的抽樣分配。由實務觀點來看，這意味著單一的觀察樣本，經過靴環重複抽樣而產生的抽樣分配，可以用以檢定技術分析法則的顯著性。

就基本格式來說，靴環方法並不適合用來評估資料探勘技術法則的統計顯著性。可是，經過加州大學聖地牙哥分校的經濟學教授郝伯特．懷德博士（Dr. Halbert White）修改之後，這套方法也適用於資料探勘的技術法則。本書第6章討論的電腦軟體「預測者現實檢視」（Forecaster's Reality Check）納入如此修改之後的靴環方法，本書第9章用以評估S＆P 500交易之6,000多種技術分析法則的統計顯著性。

靴環程序：懷德的現實檢視。 以下有關靴環方法的描述，是運用於單一技術分析法則之統計顯著性的檢定。所以，以下描述並不能用以處理資料探勘問題。圖5.11說明靴環方法的相關程序。每個重新抽樣與原始樣本之間的雙向箭頭，代表回置（replacement）的抽樣，其細節意義稍後解釋。

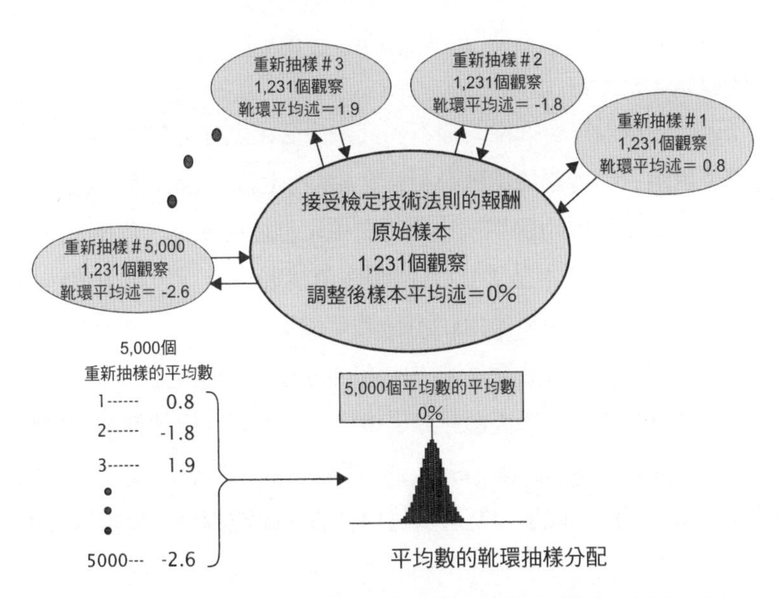

圖5.11　說明靴環程序如何產生樣本平均報酬的抽樣分配

關於圖5.11，有幾點值得注意。第一，原始樣本是由中央的橢圓形表示，包含技術分析法則運用於抽離趨勢之資料所賺取的每天報酬。如同本書第1章說明的，抽離趨勢之後，市場價格資料的每天平均變動為零（譯按：請注意，此處談論的是「市場價格資料」，而不是「技術法則的報酬」）。

第二，開始重新抽樣之前，首先透過所謂的「歸零」程序，把技術法則的每天報酬平均數設定等於零。換言之，如果技術分析法則能夠在抽離趨勢的資料上，賺取非零的報酬，則其平均報酬必須歸零。這麼做的目的，是讓每天報酬符合虛無假設H_0（技術分析法則的平均報酬等於0）。這個歸零程序的操作很簡單，先計算技術法則每天報酬的平均數，然後每天報酬資料都分別扣掉這個平均數。技術分析法則的每天報酬一旦經過前述程序歸零之後，就可以進行重新抽樣，而且抽樣的「母體」（經過歸零的原始樣本）符合H_0假設。

第三，每個重新抽樣的樣本，其大小必須剛好等於原始樣本，也就是說兩者的觀察值個數必須完全相同。因為唯有重新抽樣之樣本大小剛好等於原始樣本大小時，靴環定理才能成立。就圖5.11的例子來說，原始樣本是由1,231個觀察值構成。所以，靴環重新抽樣的每個樣本，也必須是由1,231個觀察值構成。

第四，每個重新抽樣，是採用置回的方式。換言之，由原始樣本抽取的每個報酬數據經過記錄之後，就重新置回原始樣本，如此才能確保原始樣本內始終保持1,231個觀察值，每個觀察值被抽取的機率始終相同。就是因為這種隨機性質，靴環程序才能模擬樣本統計量的變異性。

第五，圖5.11顯示重新抽取5,000個樣本。每個樣本都計算其觀察值的平均數。然後，這5,000個平均數就可以用來建構平均數的抽樣分配。

靴環程序的平均數抽樣分配，涉及步驟如下：

1. 計算相關技術分析法則運用於原始樣本觀察值的每天報酬平均值（就圖5.11來說，總共有1,231個觀察值）。
2. 歸零：把原始樣本的每個每天報酬，分別扣減每天報酬平均數。
3. 把歸零之後的報酬資料擺在箱子裡。
4. 由箱子裡隨機抽取一個每天報酬，記錄該報酬數據。
5. 把第4步驟抽取的每天報酬重新置回箱子，攪拌均勻。
6. 重新進行第4與第5步驟，直到總共抽取N個觀察值，其中N等於原始樣本大小，（就圖5.11的例子，N等於1,231）。這也就是第一個重新抽樣。
7. 計算第一個重新抽樣內N個觀察值（1,231）的平均數。這代表一個靴環平均數。
8. 重新進行第6與第9步驟，直到產生所需要夠多的靴環平均數（此處是5,000個）。
9. 建構這些靴環平均數的抽樣分配。
10. 把技術分析法則歷史測試實際觀察的平均報酬標示在此抽樣分配的橫軸，計算相關的p值，請參考圖5.12。

蒙地卡羅排列方法（MCP）

蒙地卡羅模擬是透過隨機抽樣解決數學問題的一般性方法，首先由史坦尼斯勞・烏蘭（Stanislaw Ulam，1909～1984）提出。關於技術分析法則檢定的蒙地卡羅排列方法，則是由提摩西・馬斯特博士提出，如此產生的抽樣分配，能夠用以檢定技術分析法則歷史

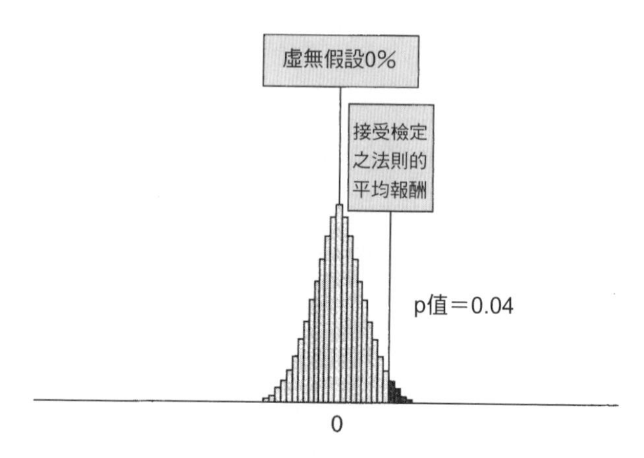

圖5.12　比較：技術分析法則的平均報酬與靴環的平均數抽樣分配

測試績效的統計顯著性。相較於懷德的現實檢視方法，這是另一種替代處理方法。

蒙地卡羅方法雖然存在已久，但過去沒有運用於法則檢定。馬斯特發現，蒙地卡羅方法可以產生不具備預測功能之技術法則的抽樣分配。然後，根據抽離趨勢的市場報酬資料（例如：S&P 500。譯按：請注意，不是技術法則的歷史測試績效）與每天法則輸出值的對偶時間序列進行隨機配對或組合[13]。請記住，蒙地卡羅排列方法檢定的H_0，主張技術分析法則評估之樣本，其所取自的母體是由沒有預測功能之法則產生的報酬。這種法則產生的每日報酬，可以藉由法則輸出值（+1與－1）與市場價格變動的隨機配對來模擬。法則輸出值與市場變動之間的隨機配對，可以破壞該技術法則存在的任何預測功能。我稱呼這種隨機配對為雜訊法則（noise rule）。

關於法則輸出值與市場價格變動之間的隨機配對程序，請參考圖5.13的說明。法則輸出值的每天時間序列，也就是該法則按照原來順序產生的數值。當法則輸出值與市場資料經過隨機配對之後，就可以計算雜訊法則每天報酬的平均數，這也就是圖5.13列在右側陰影部分的數據。可是，為了取得抽樣分配，我們需要更多的這類數值。

法則輸出值時間序列	+1	+1	+1	+1	-1	-1	-1	-1	-1	-1	
隨機化S&P 500 報酬1	-0.8	+0.3	-0.9	-2.6	+3.1	+1.7	-0.8	-2.6	+1.2	-0.4	報酬1 平均數 **-0.62**
隨機化S&P 500 報酬1	-0.8	+0.3	-0.9	-2.6	-3.1	-1.7	+0.8	+2.6	-1.2	+0.4	
隨機化S&P 500 報酬2	-0.4	+1.2	-2.6	-0.8	+1.7	+3.1	-2.6	-0.9	+0.3	-0.8	報酬2 平均數 **-0.34**
隨機化S&P 500 報酬2	-0.4	+1.2	-2.6	-0.8	-1.7	-3.1	+2.6	+0.9	-0.3	+0.8	
隨機化S&P 500 報酬3	-2.6	+1.7	-0.4	-0.9	-0.8	-0.8	+0.3	+1.2	-2.6	+3.1	報酬3 平均數 **-0.26**
隨機化S&P 500 報酬3	-2.6	+1.7	-0.4	-0.9	+0.8	+0.8	-0.3	-1.2	+2.6	-3.1	

圖5.13　蒙地卡羅排列方法

為了要產生更多的雜訊法則平均報酬，我們還需要繼續做圖5.13的程序，雖然此處只顯示三個蒙地卡羅排列，但實務處理上需要更多的資料，可能是5,000個。我們可以利用這5,000個數值，建立雜訊法則——沒有預測功能之法則——的平均報酬抽樣分配。

執行程序　蒙地卡羅排列方法產生抽樣分配的進行步驟如下：

1. 取得相關技術分析法則歷史測試期間的單日市場價格變動樣本，資料需要抽離趨勢（如同本書第1章描述者）。
2. 取得相關技術分析法則在歷史測試期間的每天輸出值時間序列（譯按：由+1與－1構成的數列）。就目前考慮的例子來說，總共有1,231個數值。在該技術法則接受測試的每一天，都有一個法則輸出值。

3. 把抽離趨勢的單日價格變動資料，分別記錄在一小卡片，然後擺入箱子，總共有1,231張小卡片。
4. 在箱子中隨機抽取一張小卡片（記錄某天價格變動），與第2步驟之時間序列的第一個數據配對。不要把小卡片重新擺回箱子；換言之，抽樣採取不重新置回的方式。
5. 重複第4步驟，直到箱子內的卡片都被抽完，而且按照順序與第2步驟的時間序列數據做配對。最後取得1,231個配對。
6. 對於這1,231個隨機配對的每組配對，讓單日價格變動分別乘以配對的數值（+1代表多頭部位，－1代表空頭部位）。
7. 計算第6步驟的取得之1,231個數值的平均數。
8. 重複第4到第6步驟，次數必須相當大（例如：5,000次）。
9. 根據第8步驟取得的數據，建構抽樣分配。
10. 把接受檢定之技術分析法則的測試績效，標示在前述抽樣分配上，計算p值（也就是測試績效右側的抽樣分配面積）。

運用電腦方法，處理單一技術法則的歷史測試

本節準備說明前述兩種電腦處理的假設檢定方法，此處考慮單一技術分析法則：91天期通道突破，運用於道瓊運輸類股指數。這個法則（稱為TT-4-91）與本書第II篇檢定的所有其他技術分析法則，細節內容請參考本書第8章。此處只準備說明假設檢定的程序。這個法則提供S＆P500的多、空訊號，涵蓋期間為1980年11月到2005年6月。這段測試期間內，該法則運用於抽離趨勢的S＆P500指數，年度化報酬為4.84％。運用於抽離趨勢的資料，該法則的期望年度報酬為零（不具備預測功能）。

此處將採用靴環重複抽樣與蒙地卡羅排列方法，檢定虛無假設（技術分析法則不具備預測功能）。問題是：TT-4-91的歷史測試績效為+4.84%，是否足以否定虛無假設？

運用靴環方法（懷德的現實檢視）檢定技術法則的績效。 為了取得平均報酬的抽樣分配，我們採用下列步驟（運用抽離趨勢的S&P 500資料）：

1. 技術法則每天報酬的歸零：對於抽離趨勢的資料，技術法則的歷史測試績效為年度化報酬率+4.84%，每天的平均報酬相當於是+0.0192%。所以，實際的每天報酬數據都分別扣減0.0192%。經過歸零程序之後，每天報酬的平均數為零，所以相關資料符合虛無假設。請注意，此處談論的是技術法則歷史測試的每天報酬，不是S&P 500的資料。
2. 每天報酬的重複抽樣：根據前述步驟取得的歸零每天報酬資料，做回置的重複抽樣。此處重複抽取6,800次（單一樣本包含6,800個觀察值），使得靴環定理得以成立。
3. 計算平均報酬：對於第2步驟抽取的第一個樣本，計算該樣本之每天報酬（總共有6,800個）的平均數。這是第一個靴環平均數。
4. 第2步驟與第3步驟重複進行5,000次。總共取得5,000個重複抽樣的樣本平均數。
5. 根據這5,000個樣本平均數，建構抽樣分配。
6. 把歷史測試績效年度報酬率4.84%（或每天報酬率+0.0192%）標示在前一步驟的抽樣分配上，計算對應的p值（換言之，抽樣分配位在4.84%或+0.0192%右側部分的面積）。

靴環方法的結果：否決H_0，技術法則可能具備預測功能。 圖

5.14顯示靴環抽樣分配，並標示TT-4-91歷史測試的實際績效。請注意，p值為0.069，這代表5,000個靴環平均數之中，總共有6.9%個平均數等於或大於4.84%。換言之，如果TT-4-91的期望報酬為零，則該法則的報酬大約有7%的機會（因為抽樣變異性）大於4.84%。統計學家認為，這個結果可能具有顯著意義。如同本書第6章將談論的，該技術分析法則究竟如何被找到的，或更明確來說，該法則是否是由歷史測試的一大堆法則中挑選出來，這會影響p值與統計顯著性。因此，目前考慮的TT-4-91，我們假定它是歷史測試程序的唯一法則。

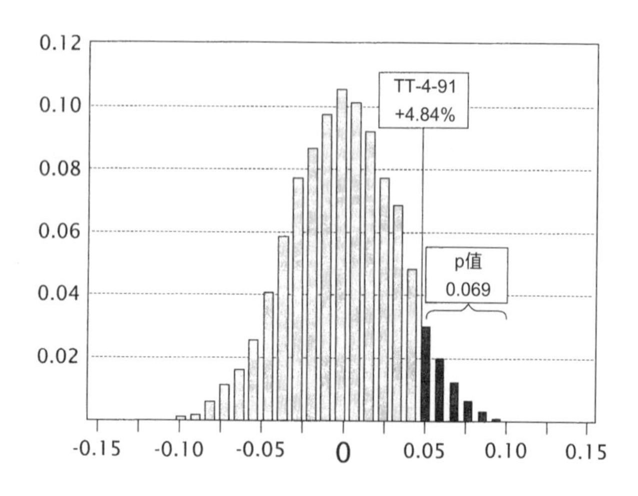

圖5.14　TT-4-91的靴環抽樣分配與p值

運用蒙地卡羅排列方法，檢定技術法則的績效。 以下步驟說明蒙地卡羅排列方法如何運用於技術法則的歷史績效測試：

1. 技術分析法則在歷史測試期間的每天輸出值，按照順序排列為時間序列。如同先前說明的，這是由+1與－1構成時間序列，總共有6,800個數值。

2. 趨勢經過抽離之後，歷史測試期間的每天價格變動（此處是S&P 500的每天報酬率），分別記錄在小球上，總共有6,800個小球，全部擺在箱子內。
3. 箱子搖晃均勻，每次由箱子內隨機抽出一個小球，然後與第1步驟之法則輸出值時間序列的數值配對。抽出的小球不重新置回，如此重複抽取小球，每個小球的價格變動都與法則輸出值時間數列的對應數據配對（換言之，第一個球與時間序列的第一個數配對，第二個小球與時間序列的第二個數配對，依此類推），直到6,800個小球都抽完為止。如此一來，6,800個價格變動（換言之，S&P 500的每天報酬率）都分別與法則輸出值（+1或－1）配對。
4. S&P 500的每天報酬分別乘以配對的+1或－1，結果相當於是雜訊法則所建立之部位在一天之內賺取的報酬（譯按：乘以+1，代表多頭部位的報酬，乘以－1，則是空頭部位賺取的報酬）。透過這個步驟，雜訊法則將提供6,800個每天報酬。
5. 取第4步驟6,800個報酬的平均數。這是蒙地卡羅排列程序為雜訊法則提供的第一個平均報酬。
6. 第3到第5步驟重複5,000次。
7. 結果將產生5,000個蒙地卡羅平均報酬。
8. 建構這5,000個平均報酬的抽樣分配，然後據此比較TT-4-91法則的歷史測試績效，計算蒙地卡羅平均報酬大於歷史測試績效的發生機率，這也就是p值。

蒙地卡羅方法的結果：技術法則可能具備預測功能。 這個結果與靴環方法的結果彼此確認，兩者的p值也幾乎相同。

估計

估計（estimation）是另一種形式的統計推估。估計不同於假設檢定，後者是針對母體參數值之主張的肯定或否定，前者則是估計母體參數值。就本書來說，我們想要估計技術分析法則的期望報酬。

點估計

估計有兩種：點估計（point estimation）與區間估計（interval estimation）。點估計採用單一數值來推估母體參數；例如：某技術分析法則的期望報酬為10%。區間推估則是在特定機率水準下，採用某數值區間來推估母體參數；例如：某技術分析法則的期望報酬有0.95的機率，落在5%到15%之間。

事實上，前文已做了一些點估計，只是沒有採用這個名詞。每當我們計算樣本平均數，並用以約估母體平均數，這就是點估計。我們很容易忽略這個事實。常見的點估計包括：平均數、鍾位樹、標準差與變異數。估計是由母體所取之樣本資料計算出來的。換言之，點估計是樣本統計量。圖5.15顯示樣本平均數的計算公式。

變數X的樣本平均數

$$\bar{x} = \frac{x_1 + x_2 + x_3 + ...x_n}{n}$$

$$\bar{x} = \frac{\sum_{i=1}^{n} x_i}{n}$$

其中，Xi是變數X的個別觀察

圖5.15　變數X的樣本平均數

技術分析領域裡，平均數的用途非常重要，而樣本平均數是最有用的估計量。在某種意義層面上，樣本平均數是母體平均數的最佳估計量。

當我們討論估計量之優劣的評估準則之後，就可以瞭解樣本平均數的功用。好的估計量應該具備的條件包括：不偏（unbiased）、一致（consistent）、有效（efficient）與充分（sufficient）。根據這四種準則，樣本平均數是母體平均數的最佳估計量[15]。

估計量的期望值如果等於母體參數值，則稱為不偏估計量。由另一個角度說，不偏估計量偏離母體參數值的離差平均數為零。所以，我們可以說，技術分析法則歷史測試樣本的平均報酬，是該法則真正平均報酬的不偏估計量。

評估估計量優劣程度的另一個準則是一致性。所謂一致估計量，是指估計量會隨著樣本大小增加而收斂到母體參數。大數法則顯示樣本平均數具備這個性質。

有效的估計量，這是與抽樣分配之寬度有關的概念。如同稍早提到的，估計量是一種樣本統計量，所以有抽樣分配。最有效的估計量，是指其抽樣分配為最窄，也就是說標準誤差最小[16]。對於分配對稱的母體來說，樣本平均數與樣本中位數都是母體平均數的不偏、一致估計量。可是，樣本平均數的效率高於樣本中位數。對於大樣本來說，平均數的標準誤差，大約是中位數之標準誤差的80%[17]。

好的估計量，最後一個條件為充分性。「如果某估計量能夠充分運用所有的樣本資料，乃至於沒有其他估計量能夠提供有關於被估計母體的額外資訊，則稱為充分估計量[18]。」樣本平均數是充分估計量。

區間估計：信賴區間

區間估計又稱為信賴區間，提供的資訊超過點估計。請參考下列說明。

信賴區間顯示什麼？ 點估計的功能有限，因為不能提供有關抽樣誤差的不確定性。信賴區間可以解決這個問題，同時提供點估計與估計量抽樣分配的資訊。信賴區間是以點估計為中心點的一段數值區間。該區間存在上限與下限。另外，這段區間還伴隨著一個機率，顯示母體參數的真正值落在該區間的可能性。習慣上，這個機率都表示為百分率而不是小數。所以，平均數的90%信賴區間，代表母體真正平均數落在該區間的機率為0.90。

關於信賴區間究竟代表什麼意思，不妨設想我們建構大量的90%信賴區間，每個信賴區間都是由母體獨立抽取的樣本。這種情況下，大約有90%的區間會包含母體真正的參數值。換言之，大約有10%的信賴區間部會包含母體參數。圖5.16顯示10個信賴區間

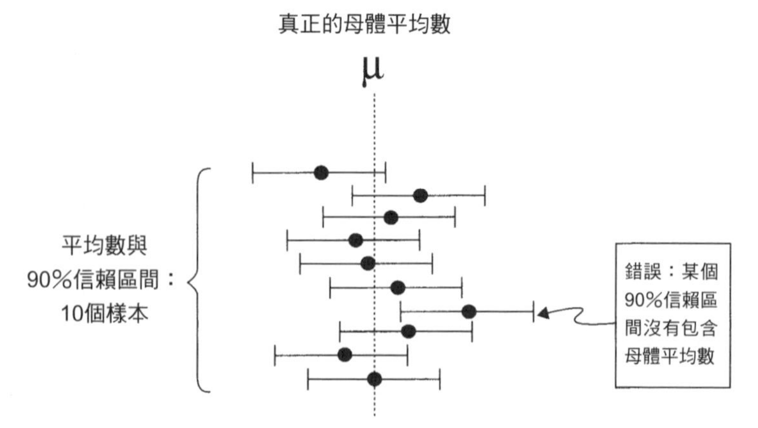

圖5.16　90%的信賴區間（正確的機率為0.90）

的情況。請注意，10個樣本顯然太少，但為了保持簡潔，此處只考慮10個信賴區間。未知的母體平均數表示為希臘字母μ，樣本平均數則標示為「黑點」。請注意，此處有一個信賴區間沒有涵蓋母體平均數。

研究者可以隨意設定信賴水準。舉例來說，99%的信賴區間有99%的機率可以包含真正的母體平均數。當然，我們必須付出代價來取得較高的信賴水準：信賴區間變得比較寬。換言之，信賴水準愈高，精確程度愈差。請參考圖5.17，當信賴水準提高到99%，則圖5.16內某個90%信賴區間不包含母體平均數的錯誤就不會發生了。信賴水準愈高，信賴區間也就愈大，涵蓋範圍愈廣，母體真正參數包含其中的可能性愈高。

如果某技術法則針對100個獨立的資料樣本進行歷史測試」，每個樣本都建構平均報酬的90%信賴區間，則這些信賴區間大約有90%會包含技術法則的真正（期望）報酬率。圖5.18顯示歷史測試績

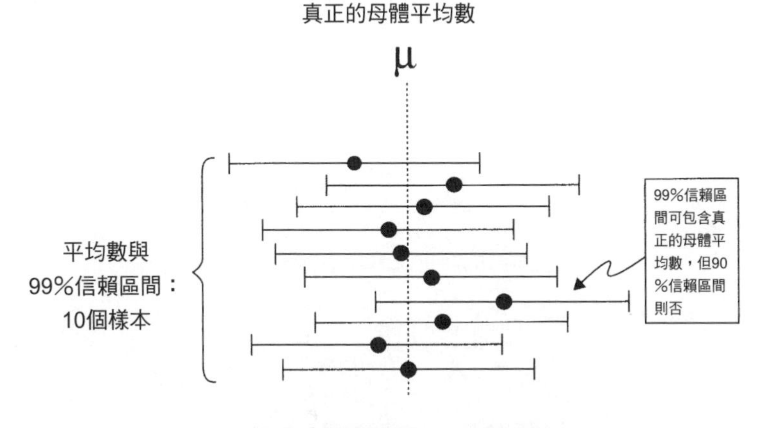

圖5.17　99%的信賴區間（正確的機率為0.99）

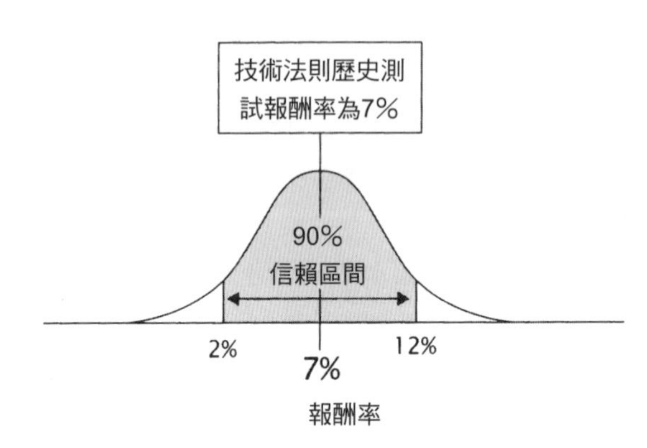

圖5.18　某技術法則歷史測試的90%信賴區間

效為7%的某技術法則與90%的信賴區間。換言之，我們有90%的把握程度，該技術法則期望報酬是落在2%到12%之間。

信賴區間與抽樣分配之間的關連　信賴區間是由抽樣分配推演出來的，後者可以用以計算假設檢定的p值。根據我們對於抽樣誤差（抽樣變異性）的瞭解，樣本平均數＝未知母體平均數抽樣誤差。圖5.19上側公式顯示這個關係。重新整理之後，這個公式可以表示為圖5.19下側的公式。換言之，未知母體平均數＝樣本平均數抽樣誤差。

已知樣本平均數＝未知母體平均數抽樣誤差

$$\bar{x} = \mu \ +/- \ \text{抽樣誤差}$$

未知母體平均數＝已知樣本平均數抽樣誤差

$$\mu = \bar{x} \ +/- \ \text{抽樣誤差}$$

圖5.19　已知樣本平均數與未知母體平均數之間的關係

圖5.19下側公式告訴我們，母體平均數的數值雖然不可知，但根據已知的樣本平均數，以及已知的抽樣分配，我們可以在特定機率水準之下，找到一段數值區間包含母體平均數。換言之，如果我們重複計算樣本平均數與90%的信賴區間，總共1,000次，則母體平均數大約有90%會落在1,000個信賴區間中。圖5.20說明這個概念，但只重複進行10次。請注意，其中有一個信賴區間沒有包含母體平均數。本節希望強調一個觀念：信賴區間寬度是推演自抽樣分配的寬度。

如同稍早提到的，信賴區間是運用假設檢定採用的抽樣分配。可是，就信賴區間而言，抽樣分配會由假設檢定的位置移動。對於假設檢定，抽樣分配的中心點位在母體平均數的假設數值（譬如為

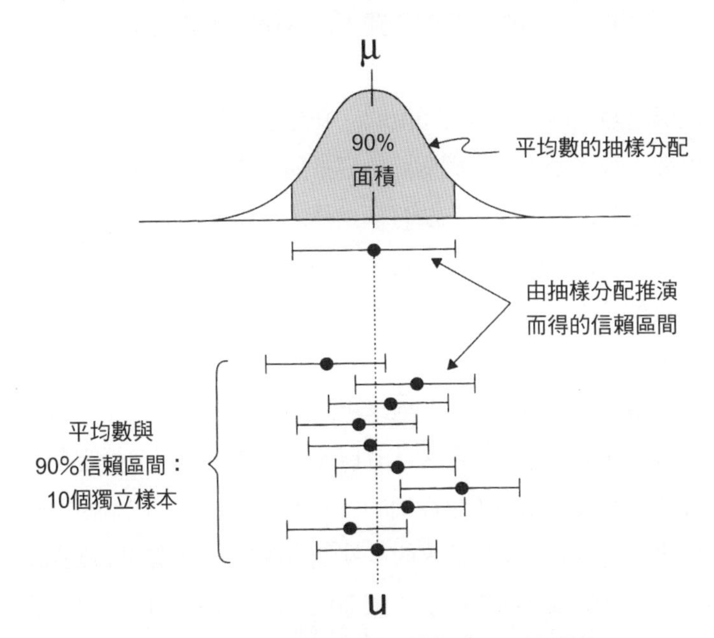

圖5.20 信賴區間與抽樣分配之間的關係

零）。對於信賴區間來說，抽樣分配的中心點則在樣本平均數，例如：7%。這部分觀念，請參考圖5.21。

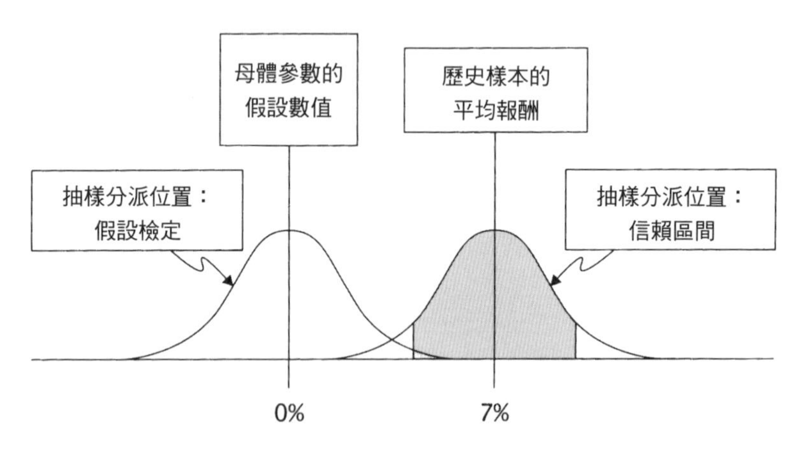

圖5.21 抽樣分配的位置：假設檢定與信賴區間

靴環重複抽樣產生的信賴區間 靴環重複抽樣也可以用來推演信賴區間。程序幾乎完全與假設檢定推演抽樣分配一樣。

計算靴環信賴區間的方法有很多種，此處準備討論的方法稱為靴環百分位方法（bootstrap percentile method），這種方法運用得很普遍，效果通常也很好。其他結構更複雜的方法，則不在本書準備討論的範圍內。

有一點需要特別強調，蒙地卡羅排列方法不能用來產生信賴區間，因為這種方法並沒有用來估計母體參數值，也沒有檢定有關母體參數值的假設。如同稍早提到的，蒙地卡羅排列方法是檢定有關技術法訊號的資訊。更明確來說，蒙地卡羅排列方法的虛無假設，主張該技術分析法則建立的多、空部位，沒有提供有關未來行情變動的有用資訊。由於其中沒有涉及母體參數值（例如：技術法則的平均報酬），所以不能建立信賴區間。

靴環百分位程序的信賴區間建構方法如下：假定技術分析法則的報酬重複抽樣5,000次，每個重複抽樣都可以取得一個平均數。所以，總共可以取得5,000個重複抽樣平均數。由於抽樣變異性，我們知道這5,000個數值會有差異。這5,000個平均數按照數值大小排列。然後，根據我們想要的信賴水準，分別移除述數列數值最大與最小的X%，其中X為

$$X=\frac{100\text{-所需信賴水準}}{2}$$

如果所需要的信賴水準為90%，則5,000個重新抽樣平均數就必須頭、尾各去掉5%。換言之，我們必須刪掉數值最大250個與最小250個重新抽樣平均數。刪掉極端值之後，剩下來的數值之中，最大與最小者分別代表90%信賴區間的上限與下限。如果是99%的信賴水準，則5,000個重新抽樣平均數必須頭、尾各去掉0.5%（相當於25個極端值）。

假設檢定vs.信賴區間：潛在衝突　某些讀者可能會發現一個問題。關於技術分析法則的期望報酬，假設檢定與信賴區間可能得到不同的結論。這是因為假設檢定著重於抽樣分配的右端尾部，信賴區間則著重於抽樣分配的左端尾部。90%信賴區間的下限可能意味著技術分析法則的期望報酬有5%機率小於零，而假設檢定在0.05顯著性之下否定虛無假設。換言之，信賴區間顯示技術分析法則不具備預測功能，但假設檢定則顯示該技術分析法則具備預測功能。就理論上來說，關於這個問題，假設檢定與信賴區間應該得到相同結論。換言之，如果90%信賴水準的下限顯示技術分析法則的期望報酬小於零，則顯著性0.05的假設檢定就不應該否定虛無假設。

可是，如果抽樣分配不對稱（偏左或偏右），則可能產生矛盾的結論。請參考圖5.22，抽樣分配顯然向左偏。對於圖5.22的下側部分，抽樣分配的位置是以假設檢定為考量。由於抽樣分配位在技術法則歷史測試績效右側尾端的部分面積還不到5%，所以根據0.05的顯著性，虛無假設H0應該被否定，轉而接受替代假設HA，也就是說技術法則的期望報酬大於零。

至於圖5.22上側的圖形，抽樣分配的位置是以靴環百分位方法建立的90%信賴區間。請注意，信賴區間的下限低於零。這意味著該技術法則的真實報酬率小於零的機率超過0.05。換言之，90%信賴區間取得的結論，與假設檢定的結論彼此矛盾。這種不一致的情況，是因為抽樣分配不對稱。

非常幸運的，在本書討論的範圍內，應該不會碰到這種問題，因為我們採用樣本平均數當作績效統計量。中央極限定理告訴我

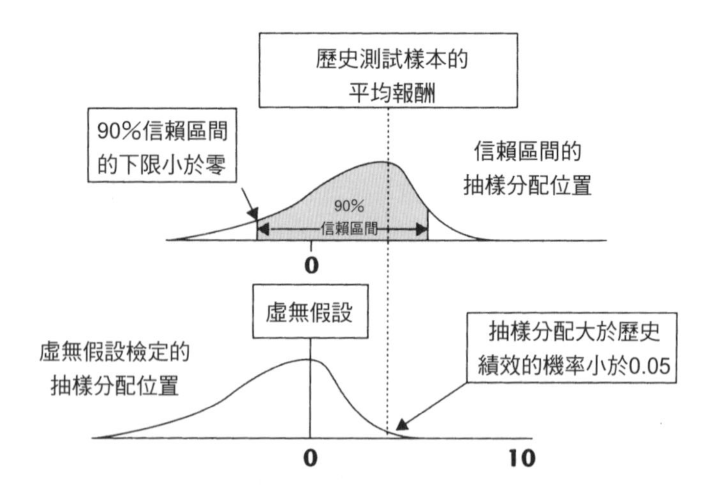

圖5.22　假設檢定與信賴區間的結論可能彼此衝突

們，只要樣本夠大，平均數的抽樣分配就不會嚴重偏斜（不對稱）。根據中央極限定理，隨著樣本愈來愈大，平均數的抽樣分配會收斂到常態分配（鐘鈴狀分配）。其他績效統計量的行為則未必如此。對於抽樣分配不對稱的情況，都有一些靴環技巧可以處理，但這些方法本身又有其他方面的問題。總之，前述種種問題，正是平均報酬率之所以是技術法則檢定較佳績效統計量的原因所在。

TT-4-91法則的信賴區間　這一小節準備說明TT-4-91技術法則的信賴區間。圖5.23顯示80%的信賴區間，並置於該法則歷史測試績效4.84%之靴環抽樣分配上。80%信賴區間的下限為+0.62%，上限為+9.06%。這意味著如果TT-4-91針對100個獨立資料樣本進行歷史測試，而且每個樣本都根據平均報酬建立80%的信賴區間，則大約有80個樣本會包含該法則的真正報酬率。

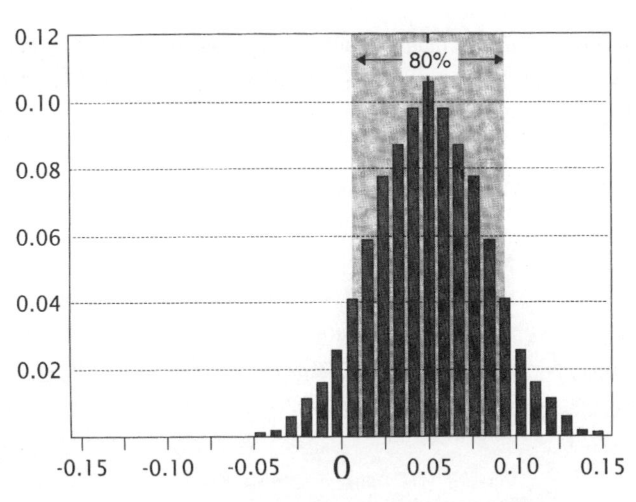

圖5.23　TT-4-91的抽樣分配與80%信賴區間

附 註（上）

導論

1. 技術分析處理的資料，通常包括金融交易工具的價格、成交量，以及期貨與選擇權的未平倉量；還包括其他足以顯示市場參與者行為與態度的衡量指標。
2. J. Hall, Practically Profound: Putting Philosophy to Work in Everyday Life, (Lanham, MD: Rowman & Littlefield Publishers, 2005)。
3. 同上，第4頁。
4. 同上，第4頁。
5. 同上，第5頁。
6. 同上，第5頁。
7. 同上，第5頁。
8. 同上，第6頁。
9. 同上，第5頁。
10. 同上，第81頁。
11. R.D. Edwards and J. Magee, Technical Analysis of Stock Trends, 4th ed., Springfield, MA: John Magee, 1958. 《股價趨勢技術分析》(上)(下)，中文版，請參閱寰宇出版公司
12. 關於艾略特波浪理論的完整討敘述，請參考R. R. Prechter and A.J. Frost的Elliot Wave Principle, New York: New Classics Library, 1998。
13. 關於這些方法，經過調整之後的客觀程度，如果能夠到達足以進行歷史測試，那麼前述批評就不適用。
14. 市場技術分析師協會（Market Technicians Association，簡稱MTA）是由專業技術分析師組成的公會，其成員必須遵守證券交易商國家協會（National Association of Securities Dealers）與紐約證券交易所（NYSE）的規定。這幾個自律性組織規定「研究報告必須有合理的基礎，不得發表沒有根據的主。」更甚者，MTA規定其成員「不得發表有關證券、市場及其任何部分或層面的技術主張，除非該陳述有明確的根據，而且符合既有證據與技術分析知識。」
15. 一些學術期刊包括：Journal of Finance，Financial Management Journal，Journal of Financial Economics，Journal of Financial and Quantitative Analysis，

以及Review of Financial Studies。

16. 學術界之外，技術分析的研究也很重視客觀方法，但相關結論經常沒有經過嚴格統計方法的驗證。
17. 請參考F.D. Arditti的「分析師是否能夠區別真正的價格走勢與隨機產生的價格資料？」（“Can Analysts Distinguish Between Real and Randomly Generated Stock Prices?” Financial Analysis Journal 34, no. 6, November/December 1978, p. 70）。
18. 請參考J.J. Siegel的《長期股票》（Stocks for the Long Run, 2nd ed. New york: McGraw-Hill, 1998），第243頁。
19. 請參考G.R. Jensen，R.R. Johnson與J.M. Mercer的「策略性資產配置與商品期貨：改善績效的辦法」（“Tactical Asset Allocation and Commodity Futures: Ways to Improve Performance” 刊載於Journal of Portfolio Management 28, no. 4, Summer 2002）。
20. 請參考C.R. Lighter的「管理性期貨的根據」（“A Rationale for Managed Futures” 刊載於Technical Analysis of Stocks & Commodities 2003）。請注意，這雖然不屬於專業期刊，但還是一篇很有根據的文章，其見解符合先前提到的幾篇專業論文。
21. 請參考P.-H. Hsu與C.-M. Kuan的「重新探討資料偵測之技術分析的獲利能力」（“Reexamining the Profitability of Technical Analysis with Data Snooping Checks” 刊載於Journal of Financial Economics 3, no. 4, 2005, 606-628）。
22. 請參考R. Gency的「簡單技術分析法則的證券報酬預測性」（“The Predictability of Security Returns with Simple Technical Trading Rules” 刊載於Journal of Empirical Finance 5, 1998, 347-349）。
23. 請參考N. Jegadeesh的「證券報酬可預測行為的證據」（“Evidence of Predictable Behavior of Security Returns” 刊載於Journal of Finance 45, 1990, 881-898）。
24. 請參考N. Jegadeesh與S. Titman的「買贏家-賣輸家的報酬：股票市場效率意涵」（“Returns to Buying Winners and Selling Losers: Implications for Stock Market Efficiency” 刊載於Journal of Finance 48, 1993, 65-91）。
25. T.J. George與C.-Y. Hwang的「52週高價與動能投資」（“The 52-Week High and Momentum Investing” 刊載於Journal of Finance 59, no. 5, October 2004, 2145-2184）。
26. B.R. Marshall與R. Hodges的「52週高價動能策略在美國之外市場是否具備獲利性？」（“Is the 52-Week High Momentum Strategy Profitable Outside the U.S.?” 準備刊載於Applied Financial Economics）。
27. C.L. Osler的「辨識雜訊交易者：美國股票的頭肩型態」（“Identifying Noise

Traders: The Head and Shoulders Pattern in U.S. Equities”刊載於Staff Reports, Federal Reserve Bank of New York 42, July 1998, 39 pages）。

28. L. Blume與D. Easley的「市場統計學與技術分析：成交量的功能」（“Market Statistics and Technical Analysis: The Role of Volume”刊載於Journal of Finance 49, no. 1, March 1994, 153-182）。

29. 請參考V. Signal的《隨機漫步之外：股票市場異常現象與低風險投資引導》（Beyond the Random Walk: A Guide of Stock Market Anomalies and Low-Risk Investing, New York: Oxford University Press, 2004）。這些結果請參考本書第4章的「短期價格漂移」。該章還列舉這個主題之相關討論的參考資料。

30. 請參考A.M. Safer的「預測股票市場異常報酬的兩種資料探勘技巧之比較」（“A Comparison of Two Data Mining Techniques to Predict Abnormal Stock Market Returns”刊載於Intelligent Data Analysis 7, no. 1, 2003, 3-14）；G. Armano，A. Murru與F. Roli的「遺傳神經專家的股票市場預測」（“Stock Market Prediction by a Mixture of Genetic-Neural Experts”刊載於International Journal of Pattern Recognition & Artificial Intelligence 16, no. 5, August 2002, 501-528）；G. Armano，A. Murru與F. Roli的「股票指數預測的混合遺傳神經工程」（“A Hybrid Genetic-Neural Architecture for Stock Indexes Forecasting”刊載於Information Sciences 170, no. 1, February 2005, 3-33）；T. Chenoweth，Z.O. Sauchi與S. Lee「神經網路交易系統的嵌入技術分析」（“Embedding Technical Analysis into Neural Network Based Trading Systems”刊載於Applied Artificial Intelligence 10, no. 6, December 1996, 523-542）；S. Thawornwong，D. Enke與C. Dagli的「神經網路做為股票交易的決策工具：技術分析處理方法」（“Neural-Networks as a Decision Maker for Stock Trading: A Technical Analysis Approach”刊載於International Journal of Smart Engineering System Design 5, no. 4 October/December 2003, 313-325）；A.M. Safer的「神經網路運用內線交易資料預測股票異常報酬」（“The Application of Neural-Networks to Predict Abnormal Stock Returns Using Insider Trading Data”刊載於Applied Stochastic Models in Business & Industry 18, no. 4, October 2002, 380-390）；J. Yao，C.L. Tan與H.-L. Pho的「技術分析神經網路：KLCI研究案例」（“Neural Networks for Technical Analysis: A Study on KLCI”刊載於International Journal of Theoretical & Applied Finance 2, no. 2, April 1999, 221-242）；J. Korczak與P. Gogers的「運用遺傳運算預測股票交易時效」（“Stock Timing Using Genetic Algorithms”刊載於Applied Stochastic Models in Business & Industry 18, no. 2, April 2002, 121-135）；Z. Xu-

Shen與M. Dong的「模糊邏輯是否能夠讓技術分析具備預測能力？」（“Can Fuzzy Logic Make Technical Analysis 20/20?” 刊載於Financial Analysts Journal 60, no. 4, July/August 2004, 54-75）；J.M. Gorriz，C.G. Puntonet，M. Salemeron與J.J. De la Rosa的「運用輻射類型函數與外生資料的時間序列預測新模型」（“A New Model for Time-Series Forecasting Using Radial Basis Functions and Exogenous Data” 刊載於Neural Computing & Applications 13, no. 2, 2004, 100-111）。

31. 該公司於2000年9月被高盛（Goldman Sachs）購併。

第1章 客觀法則與其評估

1. 持有某證券的多頭部位，是指投資人擁有該證券，希望將來能夠高價賣出而賺取差價利潤。
2. 持有某證券的空頭部位，是指投資人賣出他未擁有的證券，所以將來必須買回來。因此，空頭部位持有者希望證券價格下跌，使其買回（回補）價格低於當初的賣出價格，藉以賺取差價利潤。
3. 中性（neutral）是指投資人未持有市場部位。
4. 在某方法提供建議當時，該方法所需要運用的所有資訊，假定為衆所周知。
5. 移動平均計算的精準程度超過價格水準，則可以排除時間序列等於移動平均的可能性。
6. 請參考J. Bollinger的《包寧傑帶狀操作法》（Bollinger on Bollinger Bands, New York: McGraw-Hill, 2002）。
7. 請參考T. Hayes的《研究導向投資人：如何成功運用資訊、資料與分析》（The Research Driven Investor: How to Use Information, Data and Analysis for Investment Success, New York: McGraw-Hill, 2001），第63頁。
8. 擴散指標是定義在特定母體（例如：紐約證交所的全部掛牌股票）的多個市場時間序列。該母體之構成時間序列都引用相同法則（譬如：移動平均穿越）。每個時間序列都可以根據其與移動平均之關係，定義為上升趨勢或下降趨勢。擴散指標的數值，是處於上升趨勢之時間序列所佔的百分率，其讀數介於0與100之間。
9. 這些分析沒有清楚說明使用多少法則。如同本書第6章指出的，如果沒有進一步資訊顯示如何發現這種法則，則不可能評估相關發現的意義。
10. 本書檢定的很多法則，其使用的資料數列並非來自S＆P 500，但訊號則作用於S＆P 500。
11. 統計學的相關內容，細節請參考本書第4章。
12. (0.9) × 0.035%－(0.1) × 0.035% = 0.028%。每天平均報酬為0.028%，年度

化報酬為7.31%。

13. (0.6) × 0.035%—(0.4) × 0.035% = 0.007%。每天平均報酬為0.007%，年度化報酬為1.78 %。
14. 有關展望偏頗的問題，請參考Robert A. Haugen的《無效率股票市場：什麼可以創造獲利，為什麼》（The Inefficient Stock Market: What Pays Off and Why, Upper Saddle River, NJ: Prentice-Hall, 1999），第66頁。
15. 共同基金投資組合持有現金的比率，這些現金通常投資於國庫券、商業本票或其他貨幣市場交易工具。

第2章 主觀技術分析的效力錯覺

1. 請參考J. Baron的《思考與決策》（Thinking and Deciding, 3rd ed., Cambridge, UK. Cambridge University Press, 2000），第12頁。
2. 這個圖形是參考下列著作而繪製：G. Gigerenzer的《經過盤算的風險：如何知道數字什麼時候會欺騙你》（Calculated Risks: How to Know When Numbers Deceive You, New York: Simon & Schuster, 2002）。這本書引用的說明案例，是取材自R.N. Shepard的《心靈景象：原始景象錯覺》（Mind Sights: Original Visual Illusions, New York: W.H. Freeman & Company, 1990）。
3. 請參考T. Gilovich的《我們如何瞭解事物並非如此：人們日常推理的不可靠性質》（How We Know What Isn't So: The Fallibility of Human Reason in Everyday Life, New York: Free Press, 1991）。
4. 請參考2004年3月9日《紐約時報》，F1-F3的「藐視精神病理學的智慧：這些懷疑論者要求證明」（"Defying Psychiatric Wisdom, These Skeptics Say Prove It"）。
5. Alpha是資本資產定價模型內的術語，是投資策略報酬表示為市場指數報酬之迴歸函數的Y軸截距，代表不是來自於策略波動（beta）的報酬部分。有價值的投資策略，其alpha應該是具有統計顯著性的正值。
6. 請參考J. Murphy的《金融市場技術分析：交易方法與運用的一般指引》（Technical Analysis of the Financial Markets: A Comprehensive Guide to Trading Methods and Applications, New York: New York Institute of Finance, 1999），第20頁。根據此處的說法，市場趨勢是顯而易見的。
7. 請參考H.V. Roberts的「股票市場『型態』與財務分析：方法建議」（"Stock Market 'Patterns' and Financial Analysis: Methodological Suggestions" 刊載於Journal of Finance 14, no. 1, March 1959, 1-10）。
8. 請參考F.D. Arditti的「分析家是否能夠區別真實的與隨機產生的股票價格？」

（“Can Analysts Distinguish Between Real and Randomly Generated Stock Prices? 刊載於Financial Analysts Journal 34, no. 6, November/December 1978, 70）。另外一份性質相同的非正式檢定，請參考J.J. Siegel的《長期股票》（Stocks for the Long Run, 3rd ed., New York: McGraw-Hill, 2002），第286頁。
9. 請參考T. Gilovich的《我們如何瞭解事物並非如此》。
10. 請參考Shermer, M.的《人們為何會相信荒誕不稽的玩意兒？》（Why People Believe Weird Things: Pseudoscience, Superstition, and Other Confusions of Our Time, New York: W.H. Freeman, 1997）。
11. 請參考T. Gilovich的《我們如何瞭解事物並非如此》。
12. 同上，第10頁。
13. 請參考H.A. Simon的「人類行為的不變之處」（“Invariants of Human Behavior” 刊載於Annual Review of Psychology 41, January 1990, 1-20）。
14. 請參考Shermer, M.的《人們為何會相信荒誕不稽的玩意兒？》，第26頁。
15. 同上，第26頁。
16. 請參考C. Sagan的《糾纏不清的世界：科學猶如暗夜的燭光》（The Demon-Haunted World: Science as a Candle in the Dark, New York: Random House, 1995），第6頁。
17. C. Sagan。
18. 請參考U. Neisser的《認知心理學》（Cognitive Psychology, Englewood Cliffs, NJ: Prentice-Hall, 1967）。
19. 請參考D. Kahneman、 P. Slovic與A. Tversky的《不確定狀況下的判斷：啓發方法與偏頗》（Judgment under Uncertainty: Heuristics and Biases, Cambridge, UK: Cambridge University Press, 1982）。
20. 請參考H.A. Simon的《人類模型：社會與理性》（Models of Man: Social and Rational, New York: John Wiley & Sons, 1957）。
21. 請參考G.A. Miller的「魔術數字7，加上或減掉2：我們處理資訊的一些極限」（“The Magical Numbers Seven, Plus or Minus Two: Some Limits on Our Capacity for Processing Information” 刊載於Psychological Review 63, 1956, 81-97）。
22. 請參考J.R. Hayes的人類決策程序的資料處理極限（Human Data Processing Limits in Decision Making Report No. ESD-TDR-62-48, Massachusetts: Air Force System Command, Electronics System Division, 1962）。
23. 此處的所謂「代數」是指正數與負數的結合。
24. 這是簡單的線性結合。我們還可以考慮比較複雜的線性結合，變數可以指派權數

（加權代數加總）。

25. 請參考R. Hastie與R.M.Dawes的《不確定世界的理性抉擇：判斷與決策的心理學》（Rational Choice in an Uncertain World: The Psychology of Judgment and Decision Making, Thousand Oaks, CA: Sage Publication, 2001,）第52頁。
26. 請參考J.E. Russo與P.J.H. Schoemaker的《決策陷阱：明智決策的十種障礙，如何克服這些障礙？》（Decision Traps: The Ten Barriers to Brilliant Decision-Making and How to Overcome Them, New York: Doubleday, 1989），第137頁。兩位作者引用10份研究，比較專家直覺預測與客觀線性模型之預測的精確程度。10份研究包括：學術績效的預測、癌症病患的預期壽命、股價變動、心理醫療診斷、破產、學生對於老師教學校率的評鑑、銷貨績效、羅爾沙赫氏檢定（Rorschach）的智商。專家直覺預測與實際結果之間的相關平均為0.33（相關讀數介於0到1之間）。客觀模型的平均相關則為0.64。在100多份專業學術研究的統合分析（meta-anlysis）中，有關專家與統計法則之判斷的比較，統計法則較精確的案例佔96%。請參考J.A. Swets、R.M. Dawes與J. Monahan的「心理科學能夠增進診斷」（"Psychological Science Can Improve Diagnostic Decisions" 刊載於Psychological Science in the Public Interest 1, 2000）。
27. 如果每個變數數值高與低，都分別指派為數值1與0，則總共有四種加總結果：0（3個變數的數值都是0）、1（一個變數的數值為1，剩餘兩個變數的數值都是0）、2（兩個變數的數值為1，剩下一個變數的數值為0）與3（三個變數的數值都是1）。
28. 如果金融市場屬於複雜的非線性系統，則預測模型將採用非線性函數格式。這種情況下，指標的結合需要採用結構配置（非線性）方式，而不是單純的相繼線性結構方式。
29. 請參考B. Fischhoff、P. Slovic與S. Lichtenstein的「明確知道：極端自信的適當性」（"Knowing with Certainty: The Appropriateness of Extreme Confidence" 刊載於Journal of Experimental Psychology: Human Perception and Performance 3, 1977, 552-564）；L. A. Brenner、D.J. Koehler、V. Liberman與A. Tversky的「機率與次數判斷的過份自信：重要探討」（"Overconfidence in Probability and Frequency Judgments: A Critical Examination" 刊載於Organizational Behavior and Human Decision Processes 65, 1996, 212-219）；R. Vallone、D.W. Griffin、S. Lin與L. Ross的「本身或他人對於未來行為與結果之預測的過度自信」（"Over-confident Prediction of Future Actions and Outcomes by Self and Others" 刊載於Journal of Personality and Social Psychology 58, 1990, 582-592）；A. Cooper、C. Woo與W. Dunkeelberg的「企業家感知的成功機會」（"Entrepreneurs'

Perceived Chances for Success”刊載於Journal of Business Venturing 3, no. 97, 1988, 97-108）。

30. 請參考D.G. Myers的《直覺的力量與缺失》(Intuition, Its Poser and Perils, New Haven: Yale University Press, 2002）。
31. 請參考J. Metcalfe的「認知樂觀主義：建立在程序啓示方法上的記憶自欺」（“Cognitive Optimism: Self-Deception of Memory Based Processing Heuristics”刊載於Personality and Social Psychology Review 2, 1998, 100-110），另外請參考D.G. Myers的《直覺的力量與缺失》(Intuition, Its Poser and Perils, New Haven: Yale University Press, 2002）。
32. 請參考S. Lichtenstein、B. Fischhoff與L. Phillips的「機率校正：1980年的先進科技」（“Calibration of Probabilities: The State of the Art to 1980”收錄在D. Kahneman、P. Slovic與A. Tversky編輯的Judgment under Uncertainty: Heuristics and Biases, Cambridge, UK: Cambridge University Press, 1982, 306-334）。
33. 請參考B. Fischoll與P. Slovic的“A Little Learning…Confidence in Multi-Cue Judgment Tasks”收錄在R. Nickerson編輯的Attention & Performance VIII (Hillsdale, NJ: Earlbaum, 1980)，最初資料來源請參考D. Kahneman、P. Slovic與A. Tversky編輯的Judgment under Uncertainty: Heuristics and Biases, Cambridge, UK: Cambridge University Press, 1982）。
34. 請參考L. Goldberg的「簡單模型或簡單程序：診斷的一些研究」（“Simple Models or Simple Processes? Some Research on Clinical Judgments”刊載於American Psychologist 23, 1968, 338-349）。
35. 請參考J.J.J. Christensen-Szalanski與J.B. Bushyhead的「外科醫生運用機率資訊於實際診斷」（“Physicians' Use of Probabilistic Information in a Real Clinical Setting”刊載於Journal of Experimental Psychology: Human Perception and Performance 7, 1981, 928-935）。
36. A.A. DeSmet、D.G. Fryback與J.R. Thornbury的「重新思考外傷採用X光檢驗頭顱的效用」（“A Second Look at the Utility of Radiographic Skull Examination for Trauma”刊載於American Journal of Radiology 132, 1979, 95-99）。
37. 請參考J.E. Russo與P.J.H. Schoemaker的《決策陷阱》(Decision Trap），第72頁。
38. 同上。
39. 請參考D. Dreman與M. Berry的「證券分析之預測錯誤與其意涵」（“Analysts Forecasting Errors and Their Implications for Security Analysis”刊載於Financial Analysts Journal 51, May/June 1995, 30-41）。

40. 請參考B. Barber與T. Odena的「男生就是男生：性別、過度自信與普通股投資」（“Boys Will Be Boys: Gender, Overconfidence, and Common Stock Investment” Working Paper, University of California, Davis, 1998a）。
41. 參考Hersh Shefrin的《貪婪與恐懼之外：瞭解行為金融學與投資心理》（Beyond Greed and Fear: Understanding Behavioral Finance and Psychology of Investing, Boston: Harvard Business School Press, 2000），第51頁。
42. 請參考D. Kahneman與M.W. Riepe的「投資者心理層面」（“Aspects of Investor Psychology” 刊載於Journal of Portfolio Management, Summer 1998）。
43. T. Gilovich引用下列研究資料：N.D. Weinstein的「對於未來生活事件的不切實際樂觀想法」（“Unrealistic Optimism about Future Life Events” 刊載於Journal of Personality and Social Psychology 39, 1980, 806-820）；N.D. Weinstein的「對於健康問題的不切實際樂觀想法」（“Unrealistic Optimism about Susceptibility to Health Problems” 刊載於Journal of Behavioral Medicine 5, 1982, 441-460）；N.D. Weinstein與E. Lachendro的「生態中心論與對於未來不切實際的樂觀想法」（“Eco-centrism and Unrealistic Optimism about the Future” 刊載於Personality and Social Psychology Bulletin 8, 1982, 195-200）。
44. 請參考《郝伯文摘》（Hulbert Digest），www3.marketwatch.com/Store/products/hfd.aspx?siteid=mktw。
45. 關於自我歸因偏頗，請參考下列資料：D.T. Miller與M. Ross的「根據自身需要解釋因果關係的偏頗：事實或虛構」（“Self-Serving Biases in the Attribution of Causality: Fact or Fiction?” 刊載於Psychological Bulletin 82, 1975, 213-225）；R. Nisbettand L. Ross的《人性推理：社會判斷的策略與缺失》（Human Inference: Strategies and Shortcomings of Social Judgment, Englewood Cliffs, NJ: Prentice-Hall, 1980）；P.E. Tetlock與A. Levi的「歸因偏頗：關於認知動機爭議缺乏結論的評述」（“Attrition Bias: On the Inconclusiveness of the Cognition-Motivation Debate” 刊載於Journal of Experimental Social Psychology 18, 1982, 68-88）；R.R. Lau與D. Russel的「體育版面的歸因」（“Attributions in the Sports Pages” 刊載於Journal of Personality and Social Psychology 39, 1980, 29-38）；C. Peterson的「體育版面的歸因：共變假說的調查」（“Attributions in the Sports Pages: An Archival Investigation of the Covariation Hypothesis” 刊載於Social Psychology Quarterly 43, 1980, 136-141）；R.M. Arkin與G.M. Maruyama的「歸因、影響與大學考試表現」（“Attribution, Affect and College Exam Performance” 刊載於Journal of Education Psychology 71, 1979, 85-93）；H.M. Dawes與W.G.

Stephan的「考試表現的歸因」（“Attributions for Exam Performance” 刊載於Journal of Applied Social Psychology 10, 1980）；T.M. Gilmour與D.W. Reid的「大學考試表現好壞的控制軌跡與歸因」（“Locus of Control and Casual Attribution for Positive and Negative Outcomes on University Examination” 刊載於Journal of Research in Personality 13, 1979, 154-160）；R.M. Arkin、H. Cooper與T. Kolditz的「人際狀況之歸因偏頗的相關文獻統計評論」（“A Statistical review of the Literature Concerning Self-Serving Attribution Bias in Interpersonal Situations” 刊載於Journal of Personality 48, 1980, 435-448）；D.T. Miller與M. Ross的「根據自身需要解釋因果關係的偏頗：事實或虛構」（“Self-Serving Biases in the Attribution of Causality: Fact or Fiction?” 刊載於Psychological Bulletin 82, 1975, 213-225）；R. Nisbettand L. Ross的《人性推理：社會判斷的策略與缺失》（Human Inference: Strategies and Shortcomings of Social Judgment, Englewood Cliffs, NJ: Prentice-Hall, 1980）。

46. 請參考T. Gilovich的「賭博的偏頗評估與持續性質」（“Biased Evaluation and Persistence in Gambling” 刊載於Journal of Personality and Social Psychology 44, 1983, 1110-1126）；T. Gilovich與C. Douglas的「隨機賭博結果的偏頗評估」（“Biased Evaluations of Randomly Determined Gambling Outcomes” 刊載於Journal of Experimental Social Psychology 22, 1986, 228-241）。
47. 請參考R. Nisbettand L. Ross的《人性推理：社會判斷的策略與缺失》（Human Inference: Strategies and Shortcomings of Social Judgment, Englewood Cliffs, NJ: Prentice-Hall, 1980）。
48. 請參考John R. Nofsinger的《投資瘋狂》（Investment Madness, Upper Saddle River, NJ: Prentice Hall, 2001）。
49. 請參考D. Dreman的《反向投資策略：下一世代》（Contrarian Investment Strategies: The Next Generation, New York: Simon & Schuster, 1998, 80），提到Paul Slovic於1973年5月在IGRF發表的一篇演講：「有關決策政策的行為問題」（Behavioral Problems Adhering to a Decision Policy）。
50. J.E. Russo與P.J.H. Schoemaker提到下列資料：E. Langer的「控制錯覺」（“The Illusion of Control” 刊載於Journal of Personality and Social Psychology 32, 1975, 311-328）；L.C. Perlmuter與R.A. Monty的「感知控制的重要性：事實或幻想？」（“The Importance of Perceived Control: Fact or Fantasy?” 刊載於American Scientist 65, November-December 1977, 759-765）。
51. John R. Nofsinger參考P. Presson與V. Benassi的「操控錯覺：統合分析評論」

（“Illusion of Control: A Meta-Analytic Review” 刊載於Journal of Social Behavior and Personality 11, no. 3, 1996, 493-510）。

52. 請參考B. Fischoff的「後見之明不等於先見之明：不確定環境下，結果知識對於判斷的影響」（“Hindsight Is Not Equal to Foresight: The Effect of Outcome Knowledge on Judgment under Uncertainty” 刊載於Journal of Experimental Psychology: Human Perception and Performance 1, 1975, 288-299）；B. Fischoff與R. Beyth的「我知道會發生—曾經是未來事件的記憶機率」（“I Knew it Would Happen—Remembered Probabilities of Once-Future Things” 刊載於Organizational Behavior and Human Performance 13, 1975）；B. Fischoff的「對於那些不想研究過去的人：後見之明的啓示與偏頗」（“For Those Condemned to Study the Past: Heuristics and Biases in Hindsight” 收錄於D. Kahneman、P. Slovic與A. Tversky編輯的Judgment under Uncertainty: Heuristics & Biases, Cambridge, UK: Cambridge University Press, 1982, 201-208）。

53. 請參考Gary L. Wells與Elizabeth F. Loftus的《見證：心理學觀點》（Eyewitness Testimony: Psychological Perspectives, Cambridge, MA: Harvard University press, 1984）；Eugene Winograd的「你對於見證所應該知道的」（“What You Should Know about Eyewitness Testimony” 刊載於Contemporary Psychology 31, no. 5, 1986, 332-334）。

54. 請參考Baruch Fischoff的「海軍研究室某研究論文的偏頗去除」（“Debiasing in a Research Paper for the Office of Naval Research” 收錄於D. Kahneman、P. Slovic與A. Tversky編輯的Judgment under Uncertainty: Heuristics & Biases, Cambridge, UK: Cambridge University Press, 1982），第31章。

55. 請參考R.F. Pohl.與B. Gawlik的「後見之明偏頗與錯誤資訊效應：尤其他記憶類型分離混合的記憶」（“Hindsight Bias and the Misinformation Effect: Separating Blended Recollections from Other Recollection Types” 刊載於Memory 3, no. 1, March 1995, 21-55）；D. Stahlberg與A. Maass的「後見之明偏頗：受損記憶或偏頗重建」（“Hindsight Bias: Impaired Memory or Biased Reconstruction?” 刊載於European Review of Social Psychology 1998）。

56. 請參考R. Hastie與R.M. Dawes的《不確定環境下的理性選擇：判斷心理學與決策》（Rational Choice in an Uncertain World: The Psychology of Judgment and Decision Making），第7章「根據情節與解釋判斷」（“Judging by Scenarios and Explanations”, Thousand Oaks, CA: Sage Publications, 2001）；R.C. Shank與R.P. Abelson的「知識與記憶：真實故事」（“Knowledge and Memory: The Real

Story”收錄在R. Weyer編輯的Advances in Social Cognition, vol. 8, Hillsadale, NJ: Lawrence Earlbaum, 1995, 1-86）。

57. 請參考R.E. Nisbett、E. Borgiada、R. Rich Crandall與H. Reed的「常見誘導：資訊未必能夠提供資訊」（Popular Induction: Information is Not Necessarily Informative）收錄於D. Kahneman、P. Slovic與A. Tversky編輯的Judgment under Uncertainty: Heuristics & Biases, Cambridge, UK: Cambridge University Press, 1982），第7章。
58. 請參考B. Russell的《哲學》（Philosophy, New York: Norton, 1927）。
59. 請參考T. Gilovich的《我們如何瞭解事物並非如此》，第91頁。
60. 請參考R. Hastie與R.M. Dawes 的《不確定環境下的理性選擇》（Rational Choice in an Uncertain World），第7章。
61. 同上，第134頁。
62. 同上，第135頁。
63. 同上，第136頁，參考N. Pennington與R. Hastie的「陪審人決策的認知理論：故事模型」（“A Cognitive Theory of Juror Decision Making: The Story Model”刊載於Cardozo Law Review 13, 1991, 519-557）。
64. 請參考T. Gilovich的《我們如何瞭解事物並非如此》，第105頁。
65. 關於艾略特波浪理論的明確解釋，請參考R. Prechter的《艾略特波浪理論：股票市場獲利之鑰》（Elliot Wave Principle: Key to Stock Market Profits, Gainesville, GA: New Classics Library, 1978）。
66. 請參考M. Livo的《黃金比率：Phi的故事，世界最其奇特的數》（The Golden Ratio: The Story of Phi, the World's Most Astonishing Number, New York: Broadway Books, 2002）。
67. 在最近出本的《社會經濟學》（Socionomics, New York: New Classics Library, 2003）一書中，普烈西特（Prechter）描述艾略特波浪理論的一種客觀電腦化版本，據說是一種專家系統。普烈西特表示，這套系統可以提供有效的訊號，而且能夠判別真正的市場價格走勢與隨機程序提供的虛擬價格走勢。可是，截至2006年6月為止，我們還沒有看到相關結果。
68. 如果我們可以擬定一種客觀的波浪計數方法，有效區別隨機資料與實際資料，而且其預測結果優於適當的隨機基準，則正文的批評說法就不成立。我最近得知，普烈西特已經發展一種客觀的艾略特波浪理論運算程序，而且正在測試之中。這套電腦軟體程式稱為EWAVES，普烈西特在其1999年的著述《人類社會行為的波浪理論與社會經濟學新科學》（The Wave Principle of Human Social Behavior and

the New Science of Socionomics）曾經詳細討論。雖然我們還不確定知道EWAVES是否能夠區別實際價格資料與隨機價格資料之間的差異，但如果這套軟體真的能夠辦到這點，則艾略特理論就還有些價值。可是，這項測試顯然與該系統的預測能力無關。至於後者，普烈西特也表示正在測試中。

69. 可驗證為錯誤的預測，其內容必須足夠明確，可以清楚定義何謂錯誤。舉例來說，客觀法則發出的訊號，其成功或失敗可以被確定。訊號賺錢或賠錢。預測連續性的目標變數（譬如：迴歸模型），通常都會根據類似如誤差絕對值或平方值的損失函數（loss function）做評估，其中誤差代表預測值減去實際值。

70. 《郝伯金融文摘》（Hulbert Financial Digest）是一份獨立性的通訊刊物，專門評估其他投資顧問發行的通訊刊物根據2005年7月份的長期績效評等，年度化報酬率最高的艾略特理論通訊刊物為《艾略特波浪金融預測》（The Elliot Wave Financial Forecast），兼用多、空訊號的績效為：5年期為+1.1%，10年期為－28.2%，15年期為－25.9%，該機構自從1984年12月31日成立以來的績效為－18.2%。相同期間內，郝伯給於估計道瓊威爾夏5000指數的年度化報酬分別為（股利再投資）：5年期為－1.3%，10年期為+10%，15年期為+10.7%。請注意，對於一個採納多、空訊號的投資建議，市場指數的買進-持有策略未必是適當的評估基準。根據本書第1章的說明，評估這類策略的適當基準，應該是一種提供多、空訊號的隨機方法。

71. 我雖然儘量嘗試，但仍然不能完全排除這種偏頗的可能性，所以很難決定什麼該說、什麼不該說。總之，技術分析的最佳保障，就是根據客觀證據做客觀的評估。本書第II篇，我會透過我所知道的最客觀方法，提供有關4,500種技術分析法則評估上的相關證據。

72. 請參考David.G. Myers的《直覺的力量與缺失》（Intuition, Its Poser and Perils, New Haven: Yale University Press, 2002），第116頁。

73. 有關確認偏頗的相關論文，請參考P.C. Wason的「有關不能排除某概念工作之假說的問題」（"On the Failure to Eliminate Hypotheses in a Conceptual Task" 刊載於Quarterly Journal of Experimental Psychology 12, 1960, 129-140）；K. Klayman與P.C. Wason的「關於法則的推理」（"Reasoning about a Rule" 刊載於Quarterly Journal of Experimental Psychology 20, 1968, 273-281）；H.J. Einhorn與r.M. Hoarth「判斷信心：對於錯覺之效力的堅持」（"Confidence Judgment: Persistence in the Illusion of Validity" 刊載於Psychological Review 85, 1978, 395-416）；J. Klayman與Y.-Wa Ha的「確認、反確認與資訊」（"Confirmation, Disconfirmation, and Information in Hypothesis Testing" 刊載於Psychological

Review 94, no. 2, 1987, 211-228）。

74. 請參考R. Prak的《巫毒科學：由愚蠢到欺騙之路》（Voodoo Science: The Road from Foolishness to Fraud, New York: Oxford University Press, 2000）。
75. 請參考G.T. Wilson與D. Abrams的「酒精對於社交焦慮症與心理覺醒的影響：認知相較於藥物程序」（“Effects of Alcohol on Social Anxiety and Psychological Arousal: Cognitive versus Pharmacological Processes”刊載於Cognitive Research and Therapy 1, 1975, 195-210）。
76. 請參考T. Gilovich的《我們如何瞭解事物並非如此》，第50頁。
77. 請參考M. Jones與R. Sugden的「知識取得的正性確認偏頗」（“Positive Confirmation Bias in the Acquisition of Information”刊載於Theory and Decision 50, 2001, 59-99）。
78. 請參考L. Festinger的《認知不協調的理論》（A Theory of Cognitive Dissonance, Palo Alto, CA: Standford University Press, 1957）。
79. 請參考S. Plous的《判斷與決策心理學》（The Psychology of Judgment and Decision Making, New York: McGraw-Hill, 1993），第23頁。
80. 技術分析者如果實際根據預測進行交易，其結果會提供明確的回饋，但如同本章說明的，這種回饋會被其他認知扭曲稀釋，例如：自我歸因的偏頗。
81. 多頭陷阱或突破失敗，是發生在向上突破之後不久，價格又重新折返而跌破突破關卡。這種型態經常被戲稱為龜湯訊號，因為這與一群稱為龜族（Turtles）的商品交易者有關，他們根據最初的突破訊號進行交易，結果卻發現自己陷於水深火熱之中。
82. 請參考T. Gilovich的《我們如何瞭解事物並非如此》，第58頁。
83. Gilovich引用自M. Gazzaniga的《社會大腦》（The Social Brain, New York: Harper & Row, 1985）；R.E. Nisbett與T.D. Wilson的「顯示超過我們所能知道的：心智程序的口頭報告」（“Telling More Than We Can Know: Verbal Reports on Mental Process”刊載於Psychological Review 84, 1977, 231-259）。
84. 請參考T. Plummer的《預測金融市場：成功投資的心理動態學》（Forecasting Financial Markets: The Psychological Dynamics of Successful Investing, 3rd ed. London: Kogan Page Limeted, 1998），書中談到艾略特波浪理論，但有時候有3波，有時候有5波。
85. 請參考T. Gilovich的《我們如何瞭解事物並非如此》，第53頁。
86. 同上，第54頁。
87. 請參考C.G. Lord、L. Ross與M.R. Lepper的「偏頗同化與極端態度：先前理論對於後續證據在思考上的影響」（“Biased Assimilation and Attitude Polarization: The Effects of Prior Theories on Subsequent Considered Evidence” 看載於Journal of Personality and Social Psychology 22, 1979, 228-241）。

88. 請參考T. Gilovich的《我們如何瞭解事物並非如此》，第54頁。
89. 同上，第54頁。
90. 請參考T. Gilovich的「賭博的偏頗評估與持續性質」（“Biased Evaluation and Persistence in Gambling” 刊載於Journal of Personality and Social Psychology 44, 1983, 1110-1126）；T. Gilovich與C. Douglas的「隨機賭博結果的偏頗評估」（“Biased Evaluations of Randomly Determined Gambling Outcomes” 刊載於Journal of Experimental Social Psychology 22, 1986, 228-241）。
91. 這是指某種主觀方法或其相關層面經過客觀化之後。舉例來說，本書第3章引用的頭肩頂型態，就是一種經過處理而可以接受檢定的主觀型態（至少是其中一種形式）。當時討論的研究資料顯示，頭肩型態的效用大有問題。
92. 請參考L. Ross、M.R. Lepper與M. Hubbard的「自我感知與社會認知的維持：任務簡報範例的偏頗歸因程序」（“Perseverance in Self Perception and Social Perception: Biased Attributional Processes in the Debriefing Paradigm” 刊載於Journal of Personality and Social Psychology 32, 1975, 880-892。）
93. 請參考D.L. Jennings、M.R. Lepper與L. Ross的「個人說服印象的維持：任務簡化範例之外的錯誤自我評估維持」（“Persistence of Impressions of Personal Persuasiveness: Perseverance of Erroneous Self Assessments Outside the Debriefing Paradigm”，1980年史丹福大學未發表文稿；）M.R. Lepper、L. Ross與R. Lau的「不精確與不可信之個人印象的維持」（“Persistence of Inaccurate and Discredited Personal Impressions: A Field Demonstration of Attributional Perseverance”，1979年史丹福大學未發表文稿）。
94. 所謂失敗，是指這套架構不能區別人工虛構的隨機走勢圖與真正的價格走勢圖，或該系統提供之訊號的獲利能力不顯著高於隨機訊號。艾略特波浪理論訊號本身或許毫無用處，但在多變數模型中，這些訊號與其他指標可能產生有用的綜效。
95. 請參考普烈西特的《社會經濟學》（Socionomics）。
96. 請參考T. Gilovich的《我們如何瞭解事物並非如此》，第22頁。
97. 請參考 L. Ross、M. Lepper、F. Strack與 J. L. Steinmetz 的「社會解釋與社會預期：真實與假設解釋對於主觀可能性的影響」（“Social Explanation and Social Expectation: The Effects of Real and Hypothetical Explanations upon Subjective Likelihood” 刊載於Journal of Personality and Social Psychology 35, 1977, 817-

829）。

98. 我必須承認，撰寫本書也讓我自己很容易發生這樣的問題。解釋我的立場，使我可能會排斥自己所持論點錯誤的可能性。

99. Michael Shermer的《人們為何會相信荒誕不稽的玩意兒？》（Why People Believe Weird Things）引用這份研究資料，其中也討論奈爾森（Jay Stuart Snelson）所謂的意識型態免疫現象。

100. 請參考J.S. Snelson的「意識型態免疫系統」（“The Ideological Immune System”刊載於Skeptic Magazine 1, no. 4, 1993, 44-55。）

101. 請參考C.A. Anderson、M.R. Lepper與L. Ross的「社會理論的維繫」（“The Perseverance of Social Theories: The Role of Explanation in the Persistence of Discredited Information” 刊載於Journal of Personality and Social Psychology 39, no. 6, 1980, 1037-1049）。

102. 請注意，這是就主觀分析者採用的型態、訊號與其預期結果而言。由於此處討論的主題是錯誤感知，所以重點是分析者主觀感受的錯覺相關。

103. 根據分析者的主觀解釋。

104. 請參考T. Gilovich、L. Allen與H.M. Jenkins的「或有狀況的判斷與各種反應的性質」（“The Judgment of Contingency and the Nature of Response Alternatives” 刊載於Canadian Journal of Psychology 34, 1980, 1-11）；R. Beyth-Marom的「再論相關感知」（“Perception of Correlation Reexamined” 刊載於Memory & Cognition 10, 1982, 511-519）；J. Crocker的「互變研究判斷力的偏頗問題」（“Biased Questions in Judgment of Covariation Studies” 刊載於Personality and Social Psychology Bulletin, 1982, 214-220）；H.M. Jenkins與W.C. Ward的「反應與結果之間或有狀況的判斷」（“Judgments of Contingency between Responses and Outcomes” 刊載於Psychological Monographs: General and Applied 79, no. 594, 1965）；W.D. Ward與H.M. Jenkins的「資訊顯示與或有狀況判斷」（“The Display of Information and the Judgment of Contingency” 刊載於Canadian Journal of Psychology 19, 1965, 231-241）。

105. 所謂錯誤的正面訊號，是指訊號發生而預期結果沒有發生。所謂錯誤的負面訊號（訊號失敗），是指型態／訊號沒有發生而該型態／訊號預期的結果卻發生了。

106. 事實上，某些研究資料顯示，人們通常也會特別重視落在左下角的案例（正確辨識無事件或無機會），但整個重心大體上還是擺在左上角。

107. 請參考T. Gilovich的《我們如何瞭解事物並非如此》，第30頁。基洛維奇提到較早的一篇論文：H.J. Einhorm與R.M. Hogarth的「判斷信心：有效性錯覺的持續」

（“Confidence in Judgment: Persistence of the Illusion of Validity” 刊載於Psychological Review 85, 1977, 395-416）。

108. 下列論文探討錯覺相關的問題：R. Beyth-Marom的「再論相關感知」（“Perception of Correlation Reexamined” 刊載於Memory & Cognition 10, 1982, 511-519）；J. Crocker的「社會感知者的互變判斷」（“Judgmnt of Covariation by Social Perceivers” 刊載於Psychological Bulletin 90, 1981, 272-292）；J. Crocker的「互變研究判斷力的偏頗問題」（“Biased Questions in Judgment of Covariation Studies” 刊載於Personality and Social Psychology Bulletin, 1982, 214-220）；W.D. Ward與H.M. Jenkins的「資訊顯示與或有狀況判斷」（“The Display of Information and the Judgment of Contingency” 刊載於Canadian Journal of Psychology 19, 1965，整篇論文；J. Smedslund的「成年人的相關概念」（“The Concept of Correlation in Adults” 刊載於Scandinavian Journal of Psychology 4, 1963, 165-173）；W.D. Ward與H.M. Jenkins的「資訊顯示與或有狀況判斷」（“The Display of Information and the Judgment of Contingency” 刊載於Canadian Journal of Psychology 19, 1965, 231-241）。

109. 請參考D.L. Jennings、T.M. Amabile與L. Ross「非正式互變評估：資料為根據的判斷與理論為根據的判斷」（“Informal Covariation Assessment: Data-Based versus Theory-Based Judgments” 收錄在D. Kahneman、 P. Slovic與A. Tversky的《不確定狀況下的判斷：啓發方法與偏頗》（Judgment under Uncertainty: Heuristics and Biases, Cambridge, UK: Cambridge University Press, 1982），第15章。

110. 這些實驗的變數屬於連續變數，換言之，變數的數值可以呈現任何數值，例如：溫度。截至目前為止，本書討論的二元變數都只能呈現兩個數值，分別代表型態存在或型態不存在。

111. 請參考D.L. Jennings、T.M. Amabile與L. Ross「非正式互變評估：資料為根據的判斷與理論為根據的判斷」（“Informal Covariation Assessment”）。

112. 請參考J. Smedslund的「成年人的相關概念」（“The Concept of Correlation in Adults”）。

113. 請參考J. Baron的《思考與決斷》（Thinking and Deciding, 3rd ed., Cambridge, UK: Cambridge University Press, 2000，第177頁）。作者引用下列論文做為根據：H. Shaklee與D. Tucker的「事件互變判斷的法則分析」（“A rule analysis of judgments of covariation between events” 刊載於Memory and Cognition 8, 1980, 459-467）；M.W. Schustak與R.J. Sternberg的「因果推論的證據評估」

（“Evaluation of Evidence in Causal Inference” 刊載於Journal of Experimental Psychology; General 110, 1981）；H. Shaklee與M. Mims的「判斷事件互變性質的錯誤來源」（“Sources of Error in Judging Event Covariations” 刊載於Journal of Experimental Psychology: Learning, Memory and Cognition 8, 1982, 208-224）；H.R. Arkes與A.R. Harkness的「二元變數的可能性估計」（“Estimates of Contingency between Two Dichotomous Variables” 刊載於Journal of Experimental Psychology: General 112, 1983, 117-135。）

114. 關於卡方檢定的討論，請參考R.S. Witte與J.S. Whitte的《統計學》（Statistics, 7th ed., Hoboken, NJ: John Wiley & Sons, 2004, 469-492）。
115. 統計學上所謂的「顯著性」或「顯著程度」（significance），請參考本書第5章的解釋。
116. 請參考T. Gilovich的《我們如何瞭解事物並非如此》，第32頁。
117. 關於不對稱二元變數的錯覺相關，基洛維奇提到資料：R.H. Fazio、S.J. Sherman與P.M. Herr的「自我感知程序內的特性正面效應：不做為與做為是否具有相同重要性？」（“The Feature-Positive Effect in the Self-Perception Process: Does Not Doing Matter as Much as Doing?刊載於Journal of Personality and Social Psychology 42, 1982, 404-411）；H.M. Jenkins與R.S. Sansbury的「具有正面與負面實驗之顯著特性的判別學習」（“Discrimination Learning with the Distinctive Feature on Positive or Negative Trials” 收錄於D. Mostofsky編輯的Attention: Contemporary Theory and Analysis, New York: Appleton-Century-Crofts, 1970）；J. Newman、W.T. Wolff與E. Hearst的「成年實驗對象的特質正面效應」（“The Feature Positive-Effect in Adult Human Subjects” 刊載於Journal of Experimental Psychology: Human Learning，以及Memory 6, 1980, 630-650）；R. Nisbettand L. Ross的《人性推理：社會判斷的策略與缺失》（Human Inference: Strategies and Shortcomings of Social Judgment, Englewood Cliffs, NJ: Prentice-Hall, 1980）；P.C. Wason與P.N. Johnson-Laird的《推理心理學：結構與內涵》（Psychology of Reasoning: Structure and Content, London: Batsford, 1965）。
118. 型態與訊號的定義含糊，缺乏客觀的評估程序，這也是有助於產生確認案例。
119. 請參考T. Gilovich的《我們如何瞭解事物並非如此》，第21頁。
120. 請參考A. Tversky與I. Gati的「相似性研究」（“Studies in Similarity” 收錄在E. Rosch與B. Loyd主編的Cognition and Categorization, Hillsdale, NJ: Lawrence Earlbaum, 1978）。

121. 請參考D. Bernstein、E.J. Clarke-Stewart、A. Roy與C.D. Wickens的《心理學》（Psychology, 4th ed., Boston: Houghton Mifflin, 1997, 第208頁）。
122. 關於這項研究的參考資料，可以透過下列網址查詢：www.azwestern.edu/psy/dgershaw/lol/ReinforceRandom.html。
123. 請參考D. Bernstein、E.J. Clarke-Stewart、A. Roy與C.D. Wickens的《心理學》，第208頁。
124. 請參考T. Gilovich的《我們如何瞭解事物並非如此》，第10頁。
125. www.dataminininglab.com/。
126. 請參考N. Jegadeesh 與 S. Titman 的「買進贏家-放空輸家的報酬：對於股票市場效率的意涵」（"Returns to Buying Winners and Selling Losers: Implications for Stock Market Efficiency" 刊載於Journal of Finance 48, 1993, 65-91）；N. Jegadeesh與S. Titman的「動能策略的獲利性質：另一種解釋的評估」（"Profitability of Momentum Strategies: An Evaluation of Alternative Explanations" 刊載於Journal of Finance 56, 2001, 699-720）。
127. 請參考F.D. Arditti的「分析師是否能夠區別真正的價格走勢與隨機產生的價格資料？」（"Can Analysts Distinguish Between Real and Randomly Generated Stock Prices?" Financial Analysis Journal 34, no. 6, November/December 1978, p. 70）。
128. 請參考H.V. Roberts的「股票市場『型態』與財務分析：方法建議」（"Stock Market 'Patterns' and Financial Analysis: Methodological Suggestions" 刊載於The Journal of Finance 14, no. 1, March 1959, 1-10）。
129. 同上。
130. H.V. Roberts的例子沒有包含成交量資料，某些人認為成交量是辨識價格型態的必要資料。
131. 請參考 F. D. Arditti 的「分析師是否能夠區別真正的價格走勢與隨機產生的價格資料？」
132. 請參考J.J. Siegel的《長期股票》（Stocks for the Long Run, 3nd ed. New York: McGraw-Hill, 2002）。
133. 同上，第286-288頁。
134. 有特定的統計方法（例如：連串檢定，runs test）可以偵測資料之非隨機程度。
135. 請參考T. Gilovich的《我們如何瞭解事物並非如此》。
136. 同上，第14-15頁。
137. 請參考R. Hastie與 R.M.Dawes 的《不確定世界的理性抉擇：判斷與決策的心

理學》，第4頁。

138. 請參考D.G. Myers的《直覺的力量與缺失》(Intuition, Its Poser and Perils, New Haven: Yale University Press, 2002)。
139. 同上，第4頁。
140. 譬如說，我們估計的考試成績永遠都高於實際分數。即使是不偏的判斷，同樣可能發生錯誤，但誤差不應該始終高於或始終低於實際結果；舉例來說，不偏的考試預估成績，應該有時候高於實際結果，有時候低於實際結果。
141. 所謂的不確定狀況，是指其結果不可能或很難預測。
142. 請參考B. Malkiel的A Random Walk Down Wall Street, New York: W.W. Norton, 1973。
143. 機率理論有一種學派，把機率定義為相對發生次數，後者是指某事件過去發生的次數，除以該事件可能發生的次數。本書第4章與第5章會詳細討論這個問題。
144. 對於獨立事件來說，情況確實是如此。可是，對於相依事件而言，則某事件發生之後，將使得另一種事件發生的可能性提高。譬如說，在一連串小地震之後，大地震發生的機率將提高。飛機失事屬於獨立事件；換言之，某架飛機失事，並不會導致飛機失事的機率提高。
145. 請參考 D. Kahneman、P. Slovic 與 A. Tversky 的「不確定狀況下的判斷：啓發方法與偏頗」(“Judgment under Uncertainty: Heuristics and Biases” 刊載於 Science 185, 1974, 1124-1131。
146. 類別的有效特徵，是指該特徵能夠涵蓋該類別的所有成員。一般情況下，最顯著的特徵往往就是類別的有效特徵，但未必始終如此。
147. 請參考R. Hastie與R.M.Dawes的《不確定世界的理性抉擇：判斷與決策的心理學》，第116頁。
148. 關於貝氏定理的說明，請參考S. Kachigan的《統計分析》(Statistical Analysis, New York: Radius press, 1986, 476-482)，或參考網路百科全書Wikipedia。
149. 結合是指邏輯運算因子「而且」；譬如說：這是一隻動物，而且是馬。
150. 請參考 D. Kahneman、P. Slovic與 A. Tversky 的《不確定狀況下的判斷：啓發方法與偏頗》(Judgment under Uncertainty: Heuristics and Biases, Cambridge, UK: Cambridge University Press, 1982)。
151. 由邏輯運算因子「而且」所串連起來之一系列性質的發生機率，等於這些個別性質發生機率的乘積。由於任何事件的發生機率都不大於1.0，所以許多個別性質發生機率的乘積，數值應該小於（或至少不大於）任何個別性質的發生機率。舉例來說，如果X、Y與Z是獨立事件（或彼此不重疊的性質），假定這些個別事件發生的機率都分別是0.5，則X與Y同時發生的機率為 0.5×0.5＝0.25，X、Y與Z同時發生的機率則是0.5×0.5×0.5＝0.125。

152. 這個例子是取自於S. Plous的《判斷與決策心理學》（The Psychology of Judgment and Decision Making, New York: McGraw-Hill, 1993），第111頁。
153. 請參考Nassim Nicholas Taleb的《被隨機性質愚弄：市場與生活中隱藏的機運》（Fooled by Randomness: The Hidden Role of Chance in the Markets and in Life, New York: Texere, 2001）。
154. 這是投擲100,000次銅板的2個標準差信賴區間。
155. 有關人們對於投擲銅板行為可能產生的錯誤預期，基洛維奇引用的研究資料包括：R. Falk的「隨機感知」（"The Perception of Randomness" 刊載於Proceedings, 5th International Conference for the Psychology of Mathematics Education, Grenoble, France: 1981）；W.A. Wagenaar的「人文學科產生的隨機序列：文獻概論」（"Generation of Random Sequences by Human Subjects: A Critical Survey of Literatures" 刊載於Psychological Bulletin 77, 1972, 65-2）；D. Kahneman and A. Tversky的「主觀機率：代表性判斷」（"Subjective Probability: A Judgment of Representativeness" 收錄在D. Kahneman, P. Slovic and A. Tversky編輯的Judgment under Uncertainty: Heuristics and Biases, Cambridge, UK: Cambridge University Press, 1982, 第3章）。
156. 兩個序列事件的發生機率都是0.56，也就是0.015626。
157. 請參考T. Gilovich的《我們如何瞭解事物並非如此》，第15頁。
158. 同上，第20頁。

第3章　科學方法與技術分析

1. 請參考M. Shermer的《人們為何會相信荒誕不稽的玩意兒？》（Why People Believe Weird Things: Pseudoscience, Superstition, and Other Confusions of Our Time, New York: W.H. Freeman, 1997）。
2.請參考C. Van Doren的《知識史：過去、現在與將來》（A History of Knowledge: Past, Present, and Future, New York: Ballantine Books, 1991）。
3. 請參考S. Richards的《科學的哲學與社會學：導論》（Philosophy & Sociology of Science: An Introduction, Oxford, UK: Basil Blackwell, 1983），第45頁。
4. 同上。
5. 同上，第189頁。
6. 同上，第201頁。

7. Shermer的《人們為何會相信荒誕不稽的玩意兒？》引用。
8. 請參考Van Doren的《知識史：過去、現在與將來》，第189頁。
9. 同上。
10. 請參考Richards的《科學的哲學與社會學：導論》，第14頁。
11. 請參考D.J. Bennett的《邏輯的功能：瞭解語言什麼時候會欺騙我們》（Logic Made Easy: How to Know When Language Deceives You, New York: W.W. Norton, 2004），第30頁。
12. 同上，第31頁。
13. 同上，第99與108頁。另外，請參考P.C. Wason的「自相矛盾」（“Self-Contradictions”收錄在Thinking: Readings in Cognitive Science, Cambridge, UK: Cambridge University Press, 1977），第114-128頁；S.S. Epp的「邏輯的一種認知教導方法」（“A Cognitive Approach to Teaching Logic”收錄在DIMACS Symposium, Teaching Logic and Reasoning in an Illogical World, Rutgers, The State University of New Jersey, July 25-26, 1996, 下載網頁www.cs.cornell.edu/Info/People/gries/symposium/symp.htm.）。
14. 事實上，一組觀察結果可能符合一種以上的理論或假說（換言之，能夠被這些理論與假說解釋），甚至符合無限多種的替代理論，這種問題在哲學與科學領域內，稱為理論不充分決定的問題（underdetermination of theories problem）。由於有很多假說都能產生相同一組觀察，這些假說稱為實證上相同（empirically identical）。這意味的單就這組觀察資料本身，沒有辦法用以判別哪種假說正確。
15. 請參考F. Schauer的《外觀、機率與典範》（Profiles, Probabilities and Stereotypes, Cambridge, MA: Belknap Press of Harvard, 2003），第53頁。有關狗繁殖行為的研究資料，請參考註腳7。
16. 下一章將顯示，如果價格變動呈現常態分配，則10個觀察相較於10,000個觀察，不確定程度將變成10倍。如果價格變動不是呈現常態分配，則不確定性可能更嚴重。
17. http://en.wikipedia.org/wiki/Philosophy_of_science。
18. 請參考Shermer的《人們為何會相信荒誕不稽的玩意兒？》，第24頁。
19. 請參考Richards的《科學的哲學與社會學：導論》，第45頁。
20. 請參考S.L. Silver的《科學之興起》（The Ascent of Science, New York: Oxford University Press, 1998），第18頁。
21. 同上，第14頁。
22. 請參考R.S. Percival的《關於卡爾帕布》（About Karl Popper），摘錄自其博士論

文，下載網頁www.eeng.dcu.ie/~tkpw/intro_popper/intro_popper.html。

23. 這是由次數的角度界定機率的意義。此外還有其他定義。
24. 請參考Richards的《科學的哲學與社會學：導論》，第52頁。
25. 請參考K.R. Popper的《科學發明的邏輯》（The Logic of Scientific Discovery, London: Hutchinson, 1977）。
26. 請參考K.R. Popper的《推測與駁斥》（Conjectures and Refutations, London: Routledge & Kegan, 1972）。
27. 這是所謂的理論不確定性（underdetermination of theories）問題。
28. 「如果假說是真的，則應該可以看到X現象。」「看到X現象」（肯定後件子句。無效結論：「假說是真的」（肯定後件子句的謬誤）。
29. 必要條件是產生某種效應所必須具備的條件，但該條件並不足以讓該效應產生。舉例來說，如果X是Y的必要條件，意味著如果沒有，Y就不可能發生，但X存在，並不代表Y必定會發生。簡言之，「若Y，則X」邏輯上對等於「若非X，則非Y」（Y ==> X? ~ X ==> ~ Y）。至於充分條件，則其存在可以保證效應發生。
30. 請參考Richards的《科學的哲學與社會學：導論》，第59頁。
31. 羅伯．普烈希特正在發展客觀版本的艾略特波浪理論（稱為EWAVES），所以我的這項主張可能在短期未來遭受挑戰。普烈希特表示，他的艾略特波浪理論系統可以提供明確的訊號，而且可以衡量操作績效。
32. 弱式效率市場假說有各種不同的定義，有些是說只運用歷史價格資料的投資策略，不能創造超額報酬；還有另一種說法，不論是採用歷史價格、成交量或其他資料，這些採用歷史資料的投資策略都不能創造超額報酬。
33. 請參考N. Jegadeesh與S. Titman的的「買贏家-賣輸家的報酬：股票市場效率意涵」（“Returns to Buying Winners and Selling Losers: Implications for Stock Market Efficiency” 刊載於Journal of Finance 56, 1993, 699-720）。
34. 請參考Robert A. Haugen的《無效率股票市場：什麼可以創造獲利，為什麼》（The Inefficient Stock Market: What Pays Off and Why, Upper Saddle River, NJ: Prentice-Hall, 1999），第63頁。
35. 請參考F. Nicholson的「本益比與投資結果之間的關係」（“Price-Earnings Ratios in Relation to Investment Results” 刊載於Financial Analysts Journal, January/February 1968, 105-109）；J. D. McWilliams的「價格與本益比」（“Prices and Price-Earnings Ratios” 刊載於Financial Analysts Journal 22, May/June, 1966, 136-142）。
36. 由於我們的時間與資源都有限，所以不能考慮所有可能的想法，因此需要根據過去的知識、經驗或直覺來挑選。某些新想法比較值得考慮，另一些想法比較不值得考慮。可是，這種說法如果過份強調的話，也會產生問題，可能因此錯失突破的機會。所以，如果必須在某個方向出差錯的話，那還是寧可開放一點。

37. 請參考W.A. Wallis與H.V. Roberts的《統計學：新的處理方式》（Statistics: A New Approach, New York: The Free Press of Glencoe, 1964），第5頁。
38. 請參考P.W. Bridgman的「智識層面」（“The Prospect for Intelligence” 刊載於Yale Review 34, 1945, 444-461），引用於J.B. Conant的《認識科學》（On Understanding Science, New Haven: Yale University Press, 1947），第115頁。
39. 請參考W.A. Wallis與H.V. Roberts的《統計學》，第6頁。
40. 請參考J.E. Russo與P.J.H. Schoemaker的《決策陷阱：明智決策的十種障礙，如何克服這些障礙？》（Decision Traps: The Ten Barriers to Brilliant Decision-Making and How to Overcome Them, New York: Doubleday, 1989），第135頁。
41. 請參考L.R. Goldberg的「人vs.人的模型：理性根據，加上一些改善診斷推論方法的證據」（“Man versus Model of Man: A Rationale, Plus Some Evidence for a Method of Improving Clinical Inference” 刊載於Psychological Bulletin 73, 1970, 422-432）。
42. 請參考P.H.K. Chang與C.L. Osler的「方法的狂亂：技術分析與匯率預測的不理性」（“Methodical Madness: Technical Analysis and the Irrationality of Exchange-Rate Forecasts” 刊載於Economic Journal, 109, no. 458, 1999, 636-661）；C.L. Osler的「辨識雜訊交易者：美國股票的頭肩型態」（“Identifying Noise Traders: The Head-and-Shoulders Pattern in U.S. Equities”，紐約聯邦准被銀行出版，1998）。
43. 請參考R.D. Edwards、J. Magee與W.H.C. Bassetti（編輯）的《股價趨勢技術分析》（Technical Analysis of Stock Trends, 8th ed., Boca Raton, FL: CRC Press 2001）；M.J. Pring的《技術分析精論》（Technical Analysis Explained, 4th ed., New York: McGraw-Hill, 2002）；J.J. Mruphy的《金融市場技術分析：交易方法與其運用的綜合指南》（Technical Analysis of the Financial Markets: A Comprehensive Guide to Trading Methods and Applications, New York: New York Institute of Finance, 1999）。
44. 走勢圖型態也可以透過模糊邏輯定義，採用類別成員函數（由0到1.0），而不是單純的是或不是。可是，如果要有效評估型態，類別成員函數還是需要設定門檻，藉以判斷某型態是否屬於既定類別。
45. 請參考S.S. Alexander的「投機市場的價格走勢：趨勢或隨機漫步」（“Price Movements in Speculative Markets: Trends or Random Walks” 刊載於Industrial

Management Review 2, 1961, 7-26）；S.S. Alexander的「投機市場的價格走勢：趨勢或隨機漫步II」（“Price Movements in Speculative Markets: Trends or Random Walks No. 2” 刊載於Industrial Management Review 5, 1964, 25-46）。

46. 請參考A.A. Merrill的《過濾波浪：基本理論》（Filtered Waves: Basic Theory, Chappaqua, NY: Analysis Press, 1977）。
47. 請參考P.H.K. Chang與C.L. Osler的「方法的狂亂：技術分析與匯率預測的不理性」（“Methodical Madness: Technical Analysis and the Irrationality of Exchange-Rate Forecasts” 刊載於Economic Journal, 109, no. 458, 1999, 636-661）。
48. 請參考C.L. Osler的「辨識雜訊交易者：美國股票的頭肩型態」（“Identifying Noise Traders: The Head-and-Shoulders Pattern in U.S. Equities”，紐約聯邦准被銀行出版，1998）。
49. 請參考A.W. Lo、H. Mamaysky 與 J. Jiang的「技術分析基礎：運算方法、統計推論與實際執行」（“Foundations of Technical Analysis: Computational Algorithms, Statistical Inference, and Empirical Implementation” 刊載於Journal of Finance 55, 4, August 2000, 1705-1765）。
50. 核心迴歸所估計的平滑曲線，是取附近或局部觀察的平均值，每個觀察值的權數，則與該觀察值和平滑值之間的距離成反比關係。所以，愈接近平滑值的觀察，其權數愈大。所謂的核心，是指加權函數的形狀而言。一種常見的加權函數，是採用常態機率分配的形狀（高斯核心）。
51. 這篇論文並沒有明白指出型態對於趨勢預測沒有功能，但Narasimahan Jegadeesh對於這篇文章所做之評論（第1765-1770頁）的資料顯示如此。在表格1，他顯示型態報酬（趨勢）並沒有顯著不同於不採用型態的情況。
52. 請參考T.N. Bulkowski的《走勢圖型態總攬》（Encyclopedia of Chart Patterns, New York: John Wiley & Sons, 2000），第262-304頁。

第4章　統計分析

1. 請參考W.A. Wallis與H.V. Roberts的《統計學：新的處理方式》（The Basic Practice of Statistics, New York: W.H. Freeman, 1999）。
2. 請參考B. Russell的《西方哲學史》（A History of Western Philosophy, New York: Simon & Schuster, 1945）。
3. 請參考R.P. Abelson的《做為主要論證的統計學》（Statistics as Principled Argument, Mahwah, NJ: Lawrence Erlbaum, 1995）。

4. 請參考W.A. Wallis與H.V. Roberts的《統計學：新的處理方式》(Statistics: A New Approach, New York: The Free Press of Glencoe, 1965)，第101-110頁。
5. 技術分析法則套用的市場資料，應該先抽離趨勢，相關討論請參考第1章。
6. 正式情況下，機率密度函數是定義為隨機變數之累積機率函數的第一階導函數。可是，就目前討論來說，可以把機率視為事件發生的可能性或機會。
7. 這部分面積是密度函數整體面積位在歷史測試實際績效右側的部分。
8. 為了單純起見，此處不考慮四肢有殘缺的狗。
9. 請參考W.A. Wallis與H.V. Roberts的《統計學》，第101～110頁。
10. 請參考D.S. Moore的《統計學基本實務》(The Basic Practice of Statistics, New York: W.H. Freeman, 1999)。
11. 請參考S. Kachigan的《統計分析》(Statistical Analysis, New York: Radius press, 1986)，第77頁。
12. 目前這個例子中，根本現象假定是平穩的；換言之，不會隨著時間經過而變動。金融市場不太可能是平穩的系統。一般來說，統計推論不適合處理不平穩現象。透過任何技術法則——不論是否由統計方法推演——進行投資，都要面臨不平穩的風險。
13. 每天報酬是指技術分析法則對於歸零或抽離趨勢（根據第1章的定義）之市場資料賺取的報酬。
14. 請參考S.J. Grossman與J.E. Stiglitz的「論資訊效率市場的不可能」(“On the Impossibility of Informationally Efficient Markets” 刊載於American Economic Review 70, no. 3 (1980), 393-408。)
15. 本書第7章「非隨機價格運動理論」討論到技術分析法則可能因為賺取風險溢價(risk premium)而能夠獲利。這種情況下，技術分析法則的獲利，可以視為技術交易者提供珍貴的資源給市場其他參與者而獲取的報償；所謂珍貴的資源，包括：流動性、價格資訊、風險轉移…等。由於這些都是持續性的需求，所以技術分析法則也可以賺取持續性利潤。
16. 嚴格來說，這個「平穩」的定義並不正確，但就目前討論而言，這個定義是可以接受的。
17. 請參考N. N. Taleb的《被隨機性質愚弄：市場與生活中隱藏的機運》(Fooled by Randomness: The Hidden Role of Chance in the Markets and in Life, New York: Texere, 2001)，第97頁。
18. 嚴格來說，樣本統計量的函數不能取決於未知參數。所以，統計量的計算如果需要未知資訊，就不是統計量。

19. 修剪平均數是扣除最大5%盈虧之後的平均數。修剪平均數可能更接近母體平均數，因為扣除了可能扭曲結果的離群值（outliers）。
20. 事實上，大數法則是指樣本平均數與母體平均數之間的收斂。可是，如果某事件發生設定為數值，某事件沒有發生設定為數值0，則相對次數也可以是為平均數。「相對次數」是指某觀察樣本內事件發生的比例，機率則是指無數嘗試所發生的事件相對次數。
21. 請參考S. Kachigan的《統計分析》第75頁。
22. 根據大數法則，每個區間的觀察次數必須夠大，而足以顯示該區間代表數值的真正相對次數。
23. 機率密度是累積分配函數的斜率。對於橫軸上的任何點，其對應之機率密度函數高度，也就是等於或小於橫軸上該點之機率的第一階導函數。
24. 舉例來說，取得數值4.23的機率為零。這個結果並不算奇怪，因為連續隨機變數的數值永遠不會剛好等於4.23。實際的數值可能稍高或稍低於4.23。
25. 事實上，樣本內的個別觀察也是機率實驗。
26. 關於樣本統計量，比較技術性的定義如下：一個或多個隨機變數的函數，但不取決於未知參數。這意味著，統計量本身也是隨機變數。
27. 請參考S. Kachigan的《統計分析》第101頁。
28. 請參考R.S. Witte與J.S. Whitte的《統計學》（Statistics, 7th ed., Hoboken, NJ: John Wiley & Sons, 2004），第230頁。
29. 其他統計量包括：Z、t、F比率、$\chi 2$、…等。
30. 夏普率定義為年度化平均報酬率減去無風險報酬（例如：90天期國庫券利率），然後除以報酬的年度化標準差。
31. 利潤因子定義為獲利交易總獲利，除以虧損交易總虧損。請注意，根據定義，獲利因子的分子與分母都是正數，所以獲利因子本身也始終是正數。如果獲利因子為1，代表技術法則的盈虧相等。計算獲利因子的最好辦法，是取其對數值，將其轉換到自然的零點（譯按：作者的意思應該是log 1 = 0）。
32. 潰瘍指數可能是衡量風險的最佳指標，因為其中考慮淨值折返程度（夏普率沒有直接考慮這點）。夏普率採用標準差衡量風險，沒有考慮盈、虧交易的序列。關於潰瘍指數的定義，請參考P.G. Martin與B.B. McCann的《富達基金投資人指南》（The Investor's Guide to Fidelity Funds, New York: John Wiley & Sons, 1989, 75-79）。另一個類似的觀念，請參考J.D. Schwager《史瓦格期貨技術分析》（Schwager on Futures—Technical Analysis, New York: John Wiley & Sons, 1996）提到的折返比率報酬（return to retracement ratio）。

33. 另一個類似的圖形，請參考Lawrence Lapin的《現代商業決策統計學》（Statistics for Modern Business Decision, 2nd ed., New York: Harcourt Brace Jovanovich, 1978），圖6-10，第186頁。
34. 運用樣本平均數推估母體平均數，需要考慮的條件是母體平均數必須有限。
35. 如果檢定統計量是樣本平均數，這個說法是正確的，但一般情況下並不正確。此處涉及一項關鍵假設，樣本的構成觀察必須是獨立的。如果構成觀察序列相關（時間序列的情況可能是如此），則變異數隨著樣本大小降低的速度，會低於樣本大小平方根。
36. 母體的平均數與標準差為有限。
37. 對於平穩程序來說，統計學的通則是：樣本愈大愈好。金融市場的時間序列通常是非平穩的，舊有的資料與當前市況未必有關，甚至可能造成誤導。舉例來說，NYSE專業報價商的融券餘額相關指標，其預測能力會隨著時間經過而下降。樣本愈大，未必愈好。
38. 樣本構成觀察必須取自相同母體，而且必須獨立的，母體平均數與標準差必須有限。
39. 這些圖形構想是引用字Lawrence Lapin的《現代商業決策統計學》（Statistics for Modern Business Decision, 2nd ed., New York: Harcourt Brace Jovanovich, 1978），第216～217頁。

第5章　假設檢定與信賴區間

1. 請參考J.E. Burt與G.M. Barber的《地理學家初等統計學》（Elementary Statistics for Geographers, 2nd ed., New York: The Guilford Press, 1996），第5頁。
2. 如同本書第3章談到的，由於自我歸因的偏頗，人們會找種種藉口來解釋自己的失敗：頭痛、鞋帶沒綁好、剛與太太吵架、競爭者的惡毒眼神、…等。如果證據條件不夠嚴格的話，永遠都可以找到方便的藉口。
3. 根據帕布與休姆的說法（請看考本書第3章），沒有任何確認證據可以用來證明某主張。可是證據可以用來否認某主張。基於這個緣故，科學家進行假設檢定的時候，通常都會強調否定主張的證據，而不是與主張一致的證據。
4. 請參考R.S. Witte 與J.S. Whitte的《統計學》（Statistics, 7th ed., Hoboken, NJ: John Wiley & Sons, 2004），第264頁。
5. 同上。
6. 請參考Eric W. Noreen的《假設檢定電腦處理方法：導論》（Computer Intensive Methods for Testing Hypotheses: An Introduction, New York: John Wiley & Sons,

1989），第2頁。

7. 請參考D.S. Moore的《統計學基本實務》（The Basic Practice of Statistics, New York: W.H. Freeman, 2000），第314頁。
8. 如同本書第1章說明的，抽離趨勢的市場資料，每天價格變動的平均數為零。這可以排除歷史測試期間內市場趨勢與部位多、空偏頗共同造成的技術法則績效扭曲。
9. 所謂的隨機配對，是指隨機挑選市場的歷史價格變動，然後與技術法則之輸出值（+1或－1）隨機配對。
10. Quantmetrics, 2214 El Amigo Road, Del Mar, CA 92014。
11. 請參考B. Dfron的「靴環方法：另一種觀點」（“Bootstrap Methods: Another Look at the Jackknife” 刊載於Annals of Statistics 7, 1979, 1-26）。
12. 請參考Eric W. Noreen的《假設檢定電腦處理方法：導論》，其中引用有關靴環方法的一些研究資料：B. Efron與G. Gong的「靴環方法概觀」（“A Leisurly Look at the Bootstrap, the Jacknife and Cross-Validation” 刊載於American Statistican 37, February 1984, 36-48；B. Efron的「較好的靴環信賴區間」（“Better Bootstrap Confidence Intervals” 刊載於LCS Technical Report No. 14, Department of Statistics and Stanford Linear Accelerator；B. Efron與R. Tibshirani的「靴環方法：標準誤差、信賴區間與統計精確性的其他方法」（“Bootstrap Methods for Standard Errors, Confidence Intervals, and Other Methods of Statistical Accuracy” 刊載於Statistical Science 1, 1984, 54-77）。
13. 所謂的「對偶」是指數值按照發生的時間順序排列。
14. 根據傳統技術分析的解釋，通道突破在輸入資料處觸及當天與回顧期間的最高值，則發出買進訊號。
15. 請參考L.J. Kazmier的《商業與經濟統計分析》（Statistical Analysis for Business and Economics, New York: McGraw-Hill, 1978），第217頁。
16. 由相同母體抽取獨立樣本，標準誤差是指樣本平均數圍繞在母體平均數的標準差。
17. 請參考Kazmier的《商業與經濟統計分析》，第216頁。
18. 同上。

寰宇圖書分類

技　術　分　析

分類號	書　名	書號	定價
1	波浪理論與動量分析	F003	320
2	亞當理論	F009	180
3	股票K線戰法	F058	600
4	市場互動技術分析	F060	500
5	陰線陽線	F061	600
6	股票成交當量分析	F070	300
7	操作生涯不是夢	F090	420
8	動能指標	F091	450
9	技術分析&選擇權策略	F097	380
10	史瓦格期貨技術分析（上）	F105	580
11	史瓦格期貨技術分析（下）	F106	400
12	甘氏理論：型態－價格－時間	F118	420
13	市場韻律與時效分析	F119	480
14	完全技術分析手冊	F137	460
15	技術分析初步	F151	380
16	金融市場技術分析（上）	F155	420
17	金融市場技術分析（下）	F156	420
18	網路當沖交易	F160	300
19	股價型態總覽（上）	F162	500
20	股價型態總覽（下）	F163	500
21	包寧傑帶狀操作法	F179	330
22	陰陽線詳解	F187	280
23	技術分析選股絕活	F188	240
24	主控戰略K線	F190	350
25	精準獲利K線戰技	F193	470
26	主控戰略開盤法	F194	380
27	狙擊手操作法	F199	380
28	反向操作致富	F204	260
29	掌握台股大趨勢	F206	300
30	主控戰略移動平均線	F207	350
31	主控戰略成交量	F213	450
32	盤勢判讀技巧	F215	450
33	巨波投資法	F216	480
34	20招成功交易策略	F218	360
35	主控戰略即時盤態	F221	420
36	技術分析・靈活一點	F224	280
37	多空對沖交易策略	F225	450
38	線形玄機	F227	360
39	墨菲論市場互動分析	F229	460
40	主控戰略波浪理論	F233	360
41	股價趨勢技術分析——典藏版（上）	F243	600
42	股價趨勢技術分析——典藏版（下）	F244	600
43	量價進化論	F254	350
44	技術分析首部曲	F257	420
45	股票短線OX戰術（第3版）	F261	480
46	統計套利	F263	480
47	探金實戰・波浪理論（系列1）	F266	400
48	主控技術分析使用手冊	F271	500
49	費波納奇法則	F273	400
50	點睛技術分析─心法篇	F283	500
51	散戶革命	F286	350
52	J線正字圖・線圖大革命	F291	450
53	強力陰陽線(完整版)	F300	650
54	買進訊號	F305	380
55	賣出訊號	F306	380
56	K線理論	F310	480
57	機械化交易新解：技術指標進化論	F313	480
58	技術分析精論（上）	F314	450
59	技術分析精論（下）	F315	450
60	趨勢交易	F323	420
61	艾略特波浪理論新創見	F332	420
62	量價關係操作要訣	F333	550
63	精準獲利K線戰技(第二版)	F334	550
64	短線投機養成教育	F337	550
65	XQ洩天機	F342	450
66	當沖交易大全(第二版)	F343	400
67	擊敗控盤者	F348	420
68	圖解B-Band指標	F351	480
69	多空操作秘笈	F353	460
70	主控戰略型態學	F361	480
71	買在起漲點	F362	450
72	賣在起跌點	F363	450
73	酒田戰法—圖解80招台股實證	F366	380
74	跨市交易思維—墨菲市場互動分析新論	F367	550

智慧投資

分類號	書名	書號	定價
1	股市大亨	F013	280
2	新股市大亨	F014	280
3	金融怪傑（上）	F015	300
4	金融怪傑（下）	F016	300
5	新金融怪傑（上）	F022	280
6	新金融怪傑（下）	F023	280
7	金融煉金術	F032	600
8	智慧型股票投資人	F046	500
9	瘋狂、恐慌與崩盤	F056	450
10	股票作手回憶錄	F062	450
11	超級強勢股	F076	420
12	非常潛力股	F099	360
13	約翰・奈夫談設資	F144	400
14	與操盤贏家共舞	F174	300
15	掌握股票群眾心理	F184	350
16	掌握巴菲特選股絕技	F189	390
17	高勝算操盤（上）	F196	320
18	高勝算操盤（下）	F197	270
19	透視避險基金	F209	440
20	股票作手回憶錄（完整版）	F222	650
21	倪德厚夫的投機術（上）	F239	300
22	倪德厚夫的投機術（下）	F240	300
23	交易・創造自己的聖盃	F241	500
24	圖風勢——股票交易心法	F242	300
25	從躺椅上操作：交易心理學	F247	550
26	華爾街傳奇：我的生存之道	F248	280
27	金融投資理論史	F252	600
28	華爾街一九〇一	F264	300
29	費雪・布萊克回憶錄	F265	480
30	歐尼爾投資的24堂課	F268	300
31	探金實戰・李佛摩投機技巧（系列2）	F274	320
32	金融風暴求勝術	F278	400
33	交易・創造自己的聖盃（第二版）	F282	600
34	索羅斯傳奇	F290	450
35	華爾街怪傑巴魯克傳	F292	500
36	交易者的101堂心理訓練課	F294	500
37	兩岸股市大探索（上）	F301	450
38	兩岸股市大探索（下）	F302	350
39	專業投機原理 I	F303	480
40	專業投機原理 II	F304	400
41	探金實戰・李佛摩手稿解密（系列3）	F308	480
42	證券分析第六增訂版（上冊）	F316	700
43	證券分析第六增訂版（下冊）	F317	700
44	探金實戰・李佛摩資金情緒管理（系列4）	F319	350
45	期俠股義	F321	380
46	探金實戰・李佛摩18堂課（系列5）	F325	250
47	交易贏家的21週全紀錄	F330	460
48	量子盤感	F339	480
49	探金實戰・作手談股市內幕（系列6）	F345	380
50	柏格頭投資指南	F346	500
51	股票作手回憶錄-註解版（上冊）	F349	600
52	股票作手回憶錄-註解版（下冊）	F350	600
53	探金實戰・作手從錯中學習	F354	380
54	趨勢誡律	F355	420
55	投資悍客	F356	400
56	王力群談股市心理學	F358	420
57	新世紀金融怪傑（上冊）	F359	450
58	新世紀金融怪傑（下冊）	F360	450

共同基金

分類號	書名	書號	定價
1	柏格談共同基金	F178	420
2	基金趨勢戰略	F272	300
3	定期定值投資策略	F279	350
4	理財贏家16問	F318	280
5	共同基金必勝法則-十年典藏版（上）	F326	420
6	共同基金必勝法則-十年典藏版（下）	F327	380

投　資　策　略

分類號	書　名	書號	定價
1	股市心理戰	F010	200
2	經濟指標圖解	F025	300
3	經濟指標精論	F069	420
4	股票作手傑西・李佛摩操盤術	F080	180
5	投資幻象	F089	320
6	史瓦格期貨基本分析（上）	F103	480
7	史瓦格期貨基本分析（下）	F104	480
8	操作心經：全球頂尖交易員提供的操作建議	F139	360
9	攻守四大戰技	F140	360
10	股票期貨操盤技巧指南	F167	250
11	金融特殊投資策略	F177	500
12	回歸基本面	F180	450
13	華爾街財神	F181	370
14	股票成交量操作戰術	F182	420
15	股票長短線致富術	F183	350
16	交易，簡單最好！	F192	320
17	股價走勢圖精論	F198	250
18	價值投資五大關鍵	F200	360
19	計量技術操盤策略（上）	F201	300
20	計量技術操盤策略（下）	F202	270
21	震盪盤操作策略	F205	490
22	透視避險基金	F209	440
23	看準市場脈動投機術	F211	420
24	巨波投資法	F216	480
25	股海奇兵	F219	350
26	混沌操作法 II	F220	450
27	傑西・李佛摩股市操盤術 (完整版)	F235	380
28	股市獲利倍增術 (增訂版)	F236	430
29	資產配置投資策略	F245	450
30	智慧型資產配置	F250	350
31	SRI 社會責任投資	F251	450
32	混沌操作法新解	F270	400
33	在家投資致富術	F289	420
34	看經濟大環境決定投資	F293	380
35	高勝算交易策略	F296	450
36	散戶升級的必修課	F297	400
37	他們如何超越歐尼爾	F329	500
38	交易，趨勢雲	F335	380
39	沒人教你的基本面投資術	F338	420
40	隨波逐流～台灣50平衡比例投資法	F341	380
41	李佛摩操盤術詳解	F344	400
42	用賭場思維交易就對了	F347	460
43	企業評價與選股秘訣	F352	520

程　式　交　易

分類號	書　名	書號	定價
1	高勝算操盤（上）	F196	320
2	高勝算操盤（下）	F197	270
3	狙擊手操作法	F199	380
4	計量技術操盤策略（上）	F201	300
5	計量技術操盤策略（下）	F202	270
6	《交易大師》操盤密碼	F208	380
7	TS程式交易全攻略	F275	430
8	PowerLanguage 程式交易語法大全	F298	480
9	交易策略評估與最佳化（第二版）	F299	500
10	全民貨幣戰爭首部曲	F307	450
11	HSP計量操盤策略	F309	400
12	MultiCharts快易通	F312	280
13	計量交易	F322	380
14	策略大師談程式密碼	F336	450
15	分析師關鍵報告2-張林忠教你程式交易	F364	580

期　貨

分類號	書　名	書號	定價
1	期貨交易策略	F012	260
2	股價指數期貨及選擇權	F050	350
3	高績效期貨操作	F141	580
4	征服日經225期貨及選擇權	F230	450
5	期貨賽局（上）	F231	460
6	期貨賽局（下）	F232	520
7	雷達導航期股技術（期貨篇）	F267	420
8	期指格鬥法	F295	350
9	分析師關鍵報告（期貨交易篇）	F328	450

選　擇　權

分類號	書　名	書號	定價
1	股價指數期貨及選擇權	F050	350
2	技術分析＆選擇權策略	F097	380
3	認購權證操作實務	F102	360
4	交易，選擇權	F210	480
5	選擇權策略王	F217	330
6	征服日經225期貨及選擇權	F230	450
7	活用數學・交易選擇權	F246	600
8	選擇權交易總覽（第二版）	F320	480
9	選擇權安心賺	F340	420
10	選擇權36計	F357	360

債　券　貨　幣

分類號	書　名	書號	定價
1	貨幣市場＆債券市場的運算	F101	520
2	賺遍全球：貨幣投資全攻略	F260	300
3	外匯交易精論	F281	300
4	外匯套利 ①	F311	480

財務教育

分類號	書名	書號	定價
1	點時成金	F237	260
2	蘇黎士投機定律	F280	250
3	投資心理學（漫畫版）	F284	200
4	歐尼爾成長型股票投資課（漫畫版）	F285	200
5	貴族・騙子・華爾街	F287	250
6	就是要好運	F288	350
7	黑風暗潮	F324	450
8	財報編製與財報分析	F331	320
9	交易駭客任務	F365	600

財務工程

分類號	書名	書號	定價
1	固定收益商品	F226	850
2	信用性衍生性&結構性商品	F234	520
3	可轉換套利交易策略	F238	520
4	我如何成為華爾街計量金融家	F259	500

金融證照

分類號	書名	書號	定價
1	FRM 金融風險管理（第四版）	F269	1500

國家圖書館出版品預行編目資料

讓證據說話的技術分析 / 大衛・艾隆森（David Aronson）著；
黃嘉斌譯. 初版. 一台北市：寰宇, 2008. 07（民97）
冊；公分（寰宇技術分析；255）

譯自：Evidence based technical analysis:applying the scientific
method and statistical inference to tradingsignals

ISBN 978-957-0477-81-8（上冊：平裝）

1.投資技術 2.投資分析

563.5 97012807

寰宇技術分析 255

讓證據說話的技術分析（上冊）

作　　者	David Aronson
譯　　者	黃嘉斌
主　　編	柴慧玲
美術設計	黃雲華
出 版 者	寰宇出版股份有限公司
	臺北市仁愛路四段109號13樓
	TEL: (02) 2721-8138 FAX: (02)2711-3270
	E-mail: service@ipci.com.tw
	http://www.ipci.com.tw
	劃撥帳號 1146743-9
登 記 證	局版台省字第3917號
定　　價	350元
出　　版	2008年7月初版一刷
	2015年3月初版二刷

ISBN 978-957-0477-81-8（平裝）